비의 이름

비의 이름

남이서 장편소설

큰나무

비(悲)의 이름

초판 인쇄 | 2003년 6월 10일
초판 발행 | 2003년 6월 20일

지은이 | 남이서
펴낸이 | 한익수
펴낸곳 | 도서출판 큰나무

등록 | 1993년 11월 30일(제5-396호)
주소 | 120-837 서울시 서대문구 충정로 3가 3-95 2층
전화 | 02) 365-1845 · 1846　팩스 | 02) 365-1847
e-mail | btreepub@chollian.net
홈페이지 | www.bigtreepub.co.kr

값 8,500원

ISBN 89-7891-163-3　03810

‘비의 이름’에는 아주 많은 슬픔이 보입니다.
하지만 너무도 사랑하기에 그 슬픔은 결국 서로의 마음에서 녹아내립니다.
사랑은 슬픔을 치유하기 때문입니다.

1

꿈에서 깨어났다. 무거운 머릿속 공명들이 일으킨 자잘한 파문들이 커다란 동심원을 그린다. 이내 공명들은 고장난 기계 속 비어버린 터빈처럼이나 요란을 떤다. 요행히 그냥 넘어가는 법이 없다.

눈을 떠 자신이 있는 곳을 확인했다. 낯선 공간의 텅 빈 공허가 그를 맞았다.

울렁이는 위의 신호를 받고도 모른 척 고개를 돌렸다. 차라리 멀쩡하지 않은 게 낫다. 무미건조한 삶의 연속됨에 숨이 막혀 와 질식할 것 같았기에 정말로 이 고통이 달콤하기까지 하다.

자신이 저버린 것이 무엇인지 깨달았을 때, 소중한 그것은 이미 그 자리에 없었다. 환멸이 밀려들었다. 때늦은 후회와 채울 수 없는 갈증과 타는 목마름은 황량한 사막 한가운데 외따로 떨어진 것 마냥 그를 가슴 졸이게 한다. 그와 함께 무릎의 통증까지 되살아났다.

혜수······.

손을 뻗어 침대 곁 테이블 위의 물잔을 집어들었다. 하지만 텅 비어 있었다. 짜증이 밀려들었다. 하루에 수십 번도 더 목이 타는데 그

때마다 물잔은 비어 있다. 한 모금의 물조차 아까운 듯이.

"후."

깊은 한숨을 내쉰 후에야 침대에서 몸을 일으켰다. 더 이상은 갈증에 누워 있을 수가 없었다.

부엌으로 가는 길, 갈증은 참을 수 없는 한계까지 이르렀다. 냉장고문을 열자마자 물병의 뚜껑을 잡아뜯듯 열고는 벌컥벌컥 들이켰다. 냉기가 목에서 가슴으로 퍼져갔다.

"사장님."

일주일 전부터 그와 함께 생활하기 시작한 아주머니가 그의 옷차림에 눈길을 떨궜다. 변변치 못한 차림새에 신경 쓸 여력도 남지 않았기에 귀찮은 듯 손을 들어 보였다.

"식사는……."

"됐습니다."

"하지만 평창동 사모님께서……."

"말씀 마세요."

발길을 돌려 방으로 돌아왔다.

방에 들어서자마자 욕실로 향했다. 쏴아 하는 소리와 함께 찬물이 쏟아져 내렸다. 후 하고 분 입가의 바람을 타고 물방울이 튀었다. 긴 상처를 따라 흘러내린 물은 저들끼리 어우러져 하수구 구멍 속으로 사라져갔다. 그렇게 차가운 물줄기에 몸을 씻어 내리고 예전처럼 혼자서 아침을 준비했다.

욕실 밖 그의 침실. 넓은 침대에 준비되어 있어야 할 정장도 넥타이도 양말과 손수건의 흔적도 찾을 수 없다. 마지막으로 매무새를 단정히 매만져줄 손도 있지 않다. 손수건을 건네던 따스한 손은 더 이상 없다.

그곳에는 환영조차 있어 주지 않았다.

"다녀오세요, 사장님."

멈칫.

저절로 몸이 뒤를 향한다. 하지만 이내 걸음은 앞으로 향했다.

신원.

오랫동안 결코 자신의 것이길 거부하던 이곳의 커다란 현판 앞에 우뚝 멈춰 섰다. 곧 그의 지배하에 놓일 곳이다. 자신을 거부하던 아버지, 당신의 손으로 그를 불러들였듯, 이곳의 모든 것이 그의 앞에 굴복하는 것만 같았다.

한국에 돌아와 첫 출근이다. 3년간이나 돌아올 것을 강요하던 아버지는 결국 병이란 이유를 들이대 그를 불러들였다. 모든 것을 내주겠다는 말을 덧붙여.

눈으로 신원의 외관뿐 아니라 근접한 인근 지역까지 훑었다.

낯익음.

이제 또다시 그 낯익음에 얼마간 가슴을 조려야 할 것이다. 혹시, 정말 만약에라도, 아니 그럴 일은 없겠지만 그래도 혹여라도 볼 수도 있지 않을까 하는 과거의 희망이 싹텄던 곳에 와서야 그나마 희망의 빛줄기가 보이는 것 같았다. 하지만 아직 그녀는 너무 멀리 있다. 아직까지는.

"안녕하십니까, 오늘부터 사장님 비서로 일하게 된 윤손영입니다."

그는 로비에서 기다리고 있던 비서에게 아무 대꾸도 던지지 않았다. 더 이상 무엇이 필요하겠는가, 안녕하시오란 인사조차 귀찮은 그인데.

"회장님이 찾으십니다. 5분마다 전화 주셨습니다."

손에 있는 시계가 정확하다면 그는 정시 출근이다.

윤손영이란 비서의 안내를 받으며 그는 사무실로 향했다. 경비의 깍듯한 인사를 받고 화강암과 콘크리트 덩어리 안의 오밀조밀함을 통과해 기잉기잉 거리는 기계 속에 몸을 실었다. 그곳에서 내려 또다시 얼마간을 걸었다. 그러고 나서야 들어설 수 있는 곳. 그곳은 신원의 대표이자 심장인 최 회장, 자신의 아버지가 계신 곳이다.

“기다리고 계십니다.”

3년 전에 있던 김 비서가 아직도 그 자리를 지키고 있었다.

들어선 회장실은 달라진 게 별로 없었다. 새것 같은 소파도, 책상 뒤에 즐비하게 늘어선, 가증스런 화목함을 자아내는 가족 사진도 여전했다.

“니 얼굴 보기가 나라님 얼굴 뵙기보다 더 힘들구나.”

최 회장이 굳은 아들의 얼굴에서 읽을 수 있는 것이라곤 극히 적은 감정의 파편들뿐이었다.

“정리는 된 거냐?”

정리가 됐을 리 만무했다. 진우는 자신이 생각해도 신기할 정도로 또렷하게 가슴 한쪽에 아로새겨져 버린 슬픔을 아직도 주체할 수가 없었다. 그렇기에 정리란 있을 수 없었다.

“얼굴을 보니 그런 것 같지 않구나.”

진우에게선 한마디의 말조차 듣기 힘들 듯했다.

“말수가 더 없어졌구나. 얼굴은…….”

그늘진 아들의 얼굴을 보고 있는데 더 무엇을 확인하겠는가.

“오늘 이사진을 부를까 한다.”

결국 진우에게 모든 것이 돌아가는 것이다. 그렇게 발버둥쳐 그것을 얻고자 했을 땐 이렇게도 허전할지 몰랐었다. 그런데 왜 그렇게 목을 맸는지.

“예전 일은 잊어라.”

“잊을 수 있었다면…… 떠나지도 않았습니다.”

아들의 대답에 아버지의 얼굴이 굳어졌다.

“그럼 어쩔 거냐?”

“……”

“찾을 생각이냐?”

“……”

“그래, 잊을 수 없다면 찾아야지. 헌데 찾아서 어쩔게냐. 싹싹 빌기라도 하겠다는 거냐?”

“필요하다면,”

진우의 눈이 아버지의 눈을 응시했다.

“합니다.”

그 아버지에 그 아들이었다. 최 회장의 낮은 웃음소리가 메아리쳤다.

“그래, 이렇게 닮았는데, 이렇게 똑같을진데. 해보거라. 해봐.”

물러난 진우의 입맛은 씁쓰름했다. 예전에도 그랬지만 지금도 그랬다. 이제 와 아들로 인정받다니, 참으로 아이러니가 아닐 수 없다. 습관처럼 굳어 있는 왼쪽 무릎에서 힘을 뺐다. 오늘 따라 무릎의 찌뿌드함이 그의 신경을 더욱더 자극했다.

진우의 눈길이 창밖에 닿았다. 창밖에 만개한 꽃들이 눈에 들어왔다. 좁다란 빌딩 옥상 한 켠을 차지한 노란빛 개나리. 저도 모르게 진우의 발길이 창가로 향했다. 가지려 발버둥쳤을 때 이곳은 그의 손을 거부했다. 하지만 결국 최후의 승자는 그가 됐고 그녀와의 일에서도 그렇게 되길 바랄 뿐이다.

2

노랗고 빨갛게 물이 든 산을 바라보던 형준은 감탄사를 연발했다.

"색 좋다. 아, 죽인다. 끝내주는 경치 아니냐?"

온산을 뒤덮은 듯한 개나리를 보며 내리깐 흐릿해진 눈빛으로 연신 방긋거렸다. 그런 형준이 혜수는 너무나 우스웠다. 천하의 막가파 형준이 자연경관에 넋이 나가 한숨과도 같은 감탄사를 연발할 거라고 그 누가 생각이나 하겠는가. 작년에도 보고 재작년에도 보아온 모습이지만 정말 적응 안 되는 일이었다.

"이번에도 저 개나리 밭에서 뒹굴어야겠군. 아, 난 개나리가 너무 좋아. 노란색을 숭배하지. 난 너무 순수한 거야."

더는 참지 못하고 일침을 놓았다.

"훗. 해봐요. 그래 봐야 가지에 찔려 고생밖에 더하겠어요?"

작년 봄, 형준 선배는 말 그대로 개나리 밭이라며 뒹굴었다. 뒹굴었다기보다 실수로 넘어졌다는 게 옳다. 제법 날카로운 가지에 여기저기를 긁히는 영광의 상처를 얻었고 그것이 덧나 며칠을 고생했다. 그럼에도 형준은 그 아픔을 빨리도 잊어버렸다.

"또 한 번하지 뭐, 까짓거!"

그때였다. 쨍그랑 소리와 함께 하얀 무엇인가가 둘의 사이를 가로질러 칠판에 맞고 펑 하는 소리까지 낸 후에 바닥으로 떨어졌다.

"어마!"

"방금…… 뭐였냐?"

날아온 그 무엇인가를 찾지 않아도 그 물건의 정체를 알 수 있었다.

"선새임요, 용서하시소."

우렁찬 누군가의 목소리가 들렸다. 다름 아닌 동준이었다. 방망이 하나 울러메고 운동장 한가운데 떡 하니 서서 나름대로의 사죄를 표하고 있었다. 그것이 사죄하는 폼이라면 말이다.

"지가 그럴라꼬 그랬겠십니꺼, 하다보이 그리 된 기지예."

몇몇 아이들은 벌써 꼬리를 내리고 어딘가로 사라지고 있었다.

"이놈들, 잡히기만 해봐라. 눈물이 쏙 빠지도록 혼내줄 테다."

형준은 창에 붙어 도망가는 아이들 뒤통수를 향해 고래고래 소리를 질렀다.

"이것들을 어찌하면 쓸 거나. 확 잡아다 볼기짝을 쳐?"

한탄보다는 우스꽝스런 감정이 더 많이 섞인 목소리였다.

"어쩌긴요, 용서해야죠."

혜수의 대답에 형준이 말도 안 된다는 억지 표정을 지었다.

"용서? 내 사전에 용서란 없다. 난 복수의 화신. 끝끝내 이 원수를 받이내고아 말리라."

비장미가 흐르는 선언이었다.

"뭘 어떻게 받아내려고요?"

"한달 내내 화장실하고 복도 청소시킬 거다. 에이, 재래식 화장실 사라진 것이 이렇게 서러울 줄이야. 재래식 화장실이 있었음 아주 단단히 혼내줄 수 있는 절호의 기횐데."

정말 많이 아까운 듯했다.

"무슨 선생님이 이래 정말? 애들을 가르치는 선생님의 첫째 덕목이 뭔지 알죠? 선배는 틀렸어요. 왜 선생님이 됐는지 모르겠다니까.”

“모르긴 뭘 몰라?”

토라진 듯 입까지 삐죽거려대는 형준 선배를 혜수는 귀엽게 노려보았다.

“오늘은 읍내 갈 일 없다 했더니 기어코 한 건 만들어주는군.”

말은 그렇게 해도 읍내 가는 걸 가장 신나 하는 형준이었다.

“그럼 핵교 잘 지켜라. 내는 자비 털어 유리 사러 간다. 에고, 내 팔자야.”

“지금 바로 가게요?”

“당연하지. 지금이 몇 시인데. 아, 차 시간 늦겠다.”

버스 시간까지 기억하고 있는 형준을 누가 말리겠는가.

“게으름 피지 말고 일해. 알았지?”

끝까지 한마디를 내뱉고서야 교무실 밖으로 향하는 형준이었다.

“맛있는 거.”

그런 형준의 뒤통수를 향해 혜수의 요구사항이 날아들었다.

“없어.”

“맛있는 거!”

“몰라.”

“모르긴 뭘 몰라요?”

아까 형준의 말을 그대로 쫓아했다.

“아, 알았어, 알았어. 탁배기, 아니 소주로 하랴?”

“선배!”

주억주억. 고개를 흔들며 벌써 저만치 가버렸다.

“하여간 행동은 빨라.”

미소짓는 혜수의 얼굴 위로 햇살이 쏟아졌다.

따사로운 봄볕이 투명한 유리창을 통과해, 비어 있는 꽃병의 그림자를 길게 만들었다. 산들산들 부는 바람은 머리칼을 날리고, 웅웅거리며 날아다니는 벌들은 창공의 이곳저곳을 제 맘껏 누비고 다녔다. 이런 봄, 아이들의 아스라한 웃음소리는 긴 여운을 남기는 법이다. 가끔은 오늘 같은 날이 있기도 하지만, 그래도 성원분교 아이들의 봄 맞이는 그녀조차도 흥겹게 만든다. 쿡쿡거리는 웃음과 함께 스르르 눈이 감겼다.

감은 눈 사이로 비쳐드는 빛이 붉은 기를 드리웠다. 살며시 한 눈을 떠 태양을 보려 하지만 감히 치켜 뜬 그녀의 모양새가 마음에 들지 않는지, 태양은 그 눈부심으로 다시 눈을 감게 했다. 추운 겨울을 보내고 맞이한 봄 햇살이 그 어느 때보다도 따스하다.

"선상님요! 주무시는교?"

깜짝 놀라 자리에서 일어섰다.

"어머, 동준이 아버님!"

일어선 혜수의 얼굴은 붉다 못해 불타는 고구마가 되어 있었다. 그도 그럴 것이 넋 빠진 모습으로 흥얼거리고 있는 것을 학부형에게 들켰으니 그 얼마나 망신인가. 한편으로는 오랜만에 고즈넉함을 즐겨 볼까 했던 계획이 물거품이 된 안타까운 심정을 달래야 했다. 하지만 이내 피식 웃음이 새어나왔다. 동준이 녀석이 꽤나 걱정됐던 모양이다. 아버지까지 보내다니.

"동준이 그 아가 말썽 쪼까 부렸다케서."

"아니에요."

"아이긴요 그 아가 유리창 값 물어 돌라꼬 으찌나 성화를 부려 쌌는고……."

봄볕에 빨갛게 익은 얼굴의 동준 아버지 입가에 계면쩍은 미소가 어렸다.

"아니라니까요."

"하이구야 아이긴요, 내 단디 혼을 낼 틴께 넘 걱정 마소."

"정밀이이에요. 그러지 마세요. 벌써 한바탕 눈물을 흘렸을 거예요. 그걸로 됐어요. 유리는 이 선생님이 벌써 사러 가셨는 걸요."

"허이구야. 이를 우야면 좋노. 내 이노무 자슥을……."
혜수는 웃어 보였다.
"다음에 또 그러면 그때 혼도 내시고 유리도 끼워주세요."
"그라도 사람이 그라면 안 되는긴디……."
혜수는 순간 좋은 생각이 난 듯 손벽을 쳤다.
"참, 부탁 한 가지 드릴게요."
"하무요, 하무요, 하시소."
"김치요. 저번에 주신 거 벌써 다 먹어서……."
미안한 듯 말끝을 흐렸다. 그러자 동준 아버지는 이를 훤히 드러내
보이며 웃었다.
"아이고 그기야 쪼매 있다 동준이 손에 들려 보낼틴게 걱정 마시소"
"예."
말이 끝나기가 무섭게 동준 아버지는 허리 숙여 인사를 건넸다.
"어머, 벌써 가시게요?"
"야. 논에 물대다 와 갖고 퍼뜩 가봐야 안 하는교."
"예, 그럼."
동준 아버지는 저쯤까지 가서도 연신 뒤를 보며 인사를 하셨다. 혜
수도 덩달아 허리를 숙여 답례를 하고, 그렇게 몇 번을 반복한 후에
야 자리에 앉을 수 있었다.
"아차차, 시험지. 과제물 검토도 해야 하는데."
그제서야 내일 돌려줄 시험지가 눈에 들어왔다.
한 손에는 빨간펜을 들고 시험지와 쌓여 있는 노트를 끌어당겼다.
제일 처음 것은 1학년 받아쓰기였다. 첫 장. 혜수의 입가에는 벌써부
터 웃음기가 가득했다.
진달레. 나미. 게미. 북도두다.
"풋! 이 녀석 하나도 제대로 쓴 게 없네."
혜수는 미간을 찌푸리며 틀린 답을 고쳐주었다. 하지만 찌푸려졌
던 미간은 금세 펴지고야 말았다. 시험지 아래 쓰여진, 답만큼이나

맞춤법이 엉망인 글귀가 눈에 들어왔다.

'넘 어리운디오. 쨈 숩게 내주이소.'

한참을 웃다 혜수는 그 밑에 이렇게 적었다.

'쉬운 거 빵점 받으면 더 창피한 거 아닌가?'

피식하며 새어나온 웃음을 지으며 다음 답안지에 빨간색의 동그라미와 사선을 그려나갔다. 그렇게 웃음으로 매긴 저학년 채점을 끝내고 학년이 올라가 5학년 은진이의 작문노트를 보았다. 혜수는 이내 배꼽을 쥐고 웃었다.

오늘은 맑다.
내일도 맑다 했다.
그럼 그 다음날도 맑겠지.

난 맑은 날이 좋다.
흐리뻐면 기분이 나쁘다.
아덜은 흐려서 비오는 것도 좋다지만
내는 싫다.

비오면 눅눅하고
밖에서 놀지도 몬하고
집에서 일만 하라 야단한다.

그래서 내는 맑은 날이 좋다.

'맑은 날이 좋다'라는 시에 점수를 도대체 어떻게 매겨야 할지 감이 잡히지 않았다. 하긴 작문에 정답이 어디 있겠는가. 그래서 아래에 이렇게 적었다.

'잘했음. 조그만 소망이 있다면, 다음에는 시 말고 수필을 써서 제

출해 주렴.'

이렇게 하나하나 정성 들여 채점을 하고 있을 쯤, 멀리서 차 한 대가 운동장을 가로질러 오는 게 보였다. 오늘 같은 휴일에는 가끔 외지인들이 운동장에 차를 세우고 마을 주변을 구경하기도 했다. 하지만 눈에 익은 차종에, 가까워지며 드러난 번호판을 확인하는 순간, 혜수는 미간에 작은 주름을 잡았다. 그리고는 하던 일을 멈추고 밖으로 나가기 위해 신발을 고쳐 신었다.

혜수가 복도를 지나 밖으로 나오자 얼굴 가득 미소를 담은 남자가 그녀를 향해 걸어오는 게 보였다. 약간은 마른 듯한, 하지만 남자의 몸이 분명한 선을 그리고 있는, 멋쟁이 세미정장 차림의 도회지 청년이 선한 웃음을 지으며 그녀에게로 다가오고 있었다. 그는 바싹 좁혀진 거리 안의 그녀를 팔로 안아들고 휙 한바퀴 돌렸다.

"아!"

혜수의 비명은 싫어서가 아닌 놀라움 때문이었다.

"안 돼요. 내려놔요. 어지럽다구요."

"이 정도는 해야 제가 반가울 거 아니에요?"

"안 그래도 반가워요. 정말이라구요."

세 번째 돌려질 쯤에는 기겁하며 팡팡 어깨를 쳤다.

"에이, 엄살은……."

"엄살 아니에요. 정말 어지러워요."

그녀의 항복선언을 받고서야 남자는 득의양양한 표정을 지으며 내려놓았다

"살갑게 구는 사람이 저밖에 더 있습니까? 그러니 예쁘게 아양 떨 때 받아 두세요."

물론 지금 툴툴거리는 이 남자 말고도 25명이나 되는 성원분교 학생들이 그녀에게 살갑게, 아니 귀찮도록 따라붙곤 한다.

"진실을 알면 놀라실 텐데."

한쪽 눈을 찡그려 제법 위험스런 표정을 지었다.

"무슨 진실이요? 꼬맹이 코흘리개의 코 닦아주는 진실이요? 그런 거라면 안 들을래요. 애들이 절 무지 싫어하는 거 아시죠? 그래서 저도 그 애들을 싫어하기로 했죠."

"말도 안 돼요."

혜수의 말에 진천이 씨익 하고 웃었다.

"잘 계셨죠?"

미소 띤 얼굴 뒤엔 다짐이라도 받을 듯한 의지가 숨어 있었다.

"보면 모르시겠어요?"

혜수는 애써 미소를 지었다. 하지만 날카로운 진천의 눈은 확인이라도 하려는 듯 혜수의 이곳저곳을 뜯어보기 시작했다.

"음. 살이 좀 찌고, 볕에 좀 그을고, 눈가에 잔주름 수도 늘고. 뭐 그 정도 빼놓고는 대체로 봐줄 만합니다."

그 말에 혜수의 입이 쩍 벌어졌다.

"너무해요."

기분 좋은 웃음.

"농담이에요. 예뻐 보이세요, 정말."

혜수의 입술이 삐죽삐죽 불만을 토로했다.

"에이, 얼굴 풀어요."

결국 혜수도 따라 웃고 말았다.

"오는데 힘드셨죠? 시원한 냉커피 한 잔 어때요?"

"물론 좋죠."

정중한 그녀의 초대에 진천도 정중하게 응했다. 눌은 교무실이라고 쓰여 있는 곳을 향해 걷기 시작했다.

진천의 눈이 혜수에게 잠시 머물렀다.

여전히 집안 식구들의 근황은 묻지 않는 그녀였다. 아직은 시기가 안 되었다고 해석해야 할지, 아니면 지금까지 되풀이해 온 행동에 의한 자연스런 모습인지 진천은 그 속내를 알 수 없었다. 문제는 적절한 시기가 아니어도 그는 계획을 실천할 수밖에 없다는 사실이었다.

교무실이래 봐야 세 칸짜리 학교의 가운데에 위치한 또 하나의 교실에 불과하다. 그냥 교실 한켠에 커피며 녹차며 작은 냉장고가 있고 시골스런 분위기와는 어울리지 않는 컴퓨터 2대가 놓여 있을 뿐이다. 물론 어른이 앉기에 적당한 책상 2개도 창가 쪽에 마주보고 놓여 있다.

"여기 앉아요."

혜수가 권한 의자를 마다하고 진천은 학생용 의자를 끌어다 그 위에 위험스레 엉덩이를 걸쳤다.

"지금 뭐 하는 거예요?"

"보면 모르십니까? 애로 돌아가고 있는 중이에요."

정색을 하며 대답하는 진천을 향해 혜수는 뼈 있는 한마디를 던졌다.

"이 학교는 비품이 넉넉지 못해요. 부서지면 아마 삐걱거리는 의자 4개도 함께 고쳐달라고 수리비를 청구할지 모른다구요."

그러자 진천은 얼른 일어나 의자를 있던 자리에 갖다 놓았다. 그리곤 그녀가 권했던 의자에 털썩 주저앉았다.

"저도 저렇게 쪼그맸을 때가 있었겠죠?"

"그럼요."

"말썽도 많이 부렸을 거예요."

"부렸을 거라구요? 어머님 말씀으로는 대단했다던대요?"

"무슨 그런 말씀을. 전 무지 착실한 꼬마였다구요."

진천은 속으로 안도하고 있었다. 어머니 얘기에도 그녀의 표정은 평소와 같았다.

"자요."

재빠른 솜씨로 만들어낸 냉커피는 너무 달지도 그렇다고 텁텁하지도 않은 게 맛이 좋았다. 물론 도시에서의 원두커피에 비한다면 프림과 설탕이 듬뿍 든 커피가 그의 입맛에 맞을 리 없었다. 하지만 따스한 마음이 녹아 있는 커피이기에 그 맛은 무엇과도 비교되지 않았다.

정적. 그 한가운데 스치는 바람소리며 나뭇잎 부딪히는 소리, 근처

개울의 물 흐르는 소리가 들려왔다.

"고요하네요."

"언제나처럼."

"네. 언제나처럼."

한 모금의 시원함을 들이켰다.

"저만 오면 시끄러워지죠."

"그러게요."

또다시 한참이나 말이 없었다.

"형수!"

그랬다. 진천에게 혜수는 형수였다. 가슴 한켠 쓰라림으로 자리한 첫사랑. 그리움의 이름.

"왜요?"

조용한 물음이었다. 하지만 진천은 대답 대신 웃음으로 때웠다.

"싱겁기는……."

그는 벌써 세 번의 여름과 세 번의 겨울 동안 이곳을 방문했다.

도시의 찌든 공해를 벗어나 산천의 수려함을 만끽하고, 아이들과 놀아주고, 바쁜 일손을 도왔다. 이 집 저 집 다니며 여름에는 삶은 옥수수와 감자를, 겨울에는 이가 시리도록 얼린 홍시도 먹었다. 소똥 치우며 눈물을 흘리기도 하고 개울에 등목도 했다. 풀잎 하나 입에 물고 신선이 됐다가 아이들에게 떠밀려 비탈진 산길 스키도 타봤다. 지난 시간 하나하나가 그렇게 고운 추억이 됐다.

"내 차를 봤으면, 지금쯤 요것들이 나타날 때가 됐는데……."

그의 말에 맞춰 아이들의 재잘거림이 들려왔다.

"천리안이라도 갖고 있어요?"

"보통이죠."

그는 그 말과 함께 애들을 맞이하기 위해 느릿한 걸음을 옮겼다.

혜수는 그때서야 얼굴의 가면을 벗었다. 그는 점점 그의 형을 닮아가고 있었다. 한 해 한 해 진천의 얼굴 보기가 쉬워지고는 있지만, 그럼에도 아직 욱씬 하는 통증은 남아 있었다.

창밖을 내다보던 혜수는 피식하고 웃음을 터트렸다. 그가 운동장에서 한 아이를 하늘로 집어 던졌다 받으며 그 무게에 휘청댄 것이다. 애들이 얼마나 빨리 자라는지 그는 모르고 있었다. 작년에야 그 애를 쉽게 던지고 받을 수 있었겠지만 해가 바뀐 지금은 아마도 작년의 배는 무거워졌을 것이다.

살 빼란 말과 아이들의 투덜거리는 소리가 들렸다.

"선물 없다."

진천의 으름장에 아이들이 와 하고 함성을 질렀다. 이에 진천은 신이 나 차문을 열고 정성 들여 싼 선물 하나하나를 꺼냈다. 뒤를 이은 맞추기 게임. 걱정은 없었다. 우기기와 편파판정으로 선물을 받지 못하는 아이가 생길 리 없다는 걸 경험으로 알고 있는 혜수였다.

"형수! 옷 좀 받아줘요."

훌떡 벗어버린 옷을 그녀 쪽으로 던졌다.

익숙한 향. 일순간 얼굴이 굳어졌다. 그 순간을 놓치지 않는 진천. 그러나 못 본 척 돌아섰다. 자신의 옷에 배인 향이 아마도 형과 비슷했으리라. 진천은 어렵지 않게 추측할 수 있었다.

"옷 버려요. 바꿔 입고……."

그녀의 말은 이미 소용없게 되고 말았다. 흙먼지를 풀풀 날리는 아이들 한가운데에 그가 있었다. 또한 흙먼지를 가장 많이 일으키는 주범은 다름 아닌 그였다.

훅. 한숨을 내쉰 혜수는 밖으로 나섰다. 진천이 내려온 첫날은 으레 애들이 합세해 작은 잔치가 벌어지게 마련이었다. 이장님 댁과 형준 선배 내외에게 또 신세를 져야 할 듯싶었다. 변변한 찬 하나 없으니 어쩌겠는가.

이 작은 마을에서는 장을 보러 나간다는 일 따위가 있을 수 없다. 굳이 그러려고만 한다면 못할 것도 없겠지만 40분 넘게 터덜거리는 버스를 타고 읍내까지 나가 사오기엔 번거로움이 만만치 않은 것이다. 그러느니 차라리 이곳 법도에 맞게 행동하는 게 이치에 맞았다. 또한 그녀가 부탁하지 않아도 아이들이 학교에 등교하며 가져오는, 오이며 상추며 고추 등으로도 충분히 한 끼를 해결할 수 있었다. 정말 이곳처럼 살기 좋은 곳이 있을까 싶었다.

혜수가 저녁을 거의 다 했을 쯤 배고픈 메뚜기떼가 들이닥쳤다. 우두머리 메뚜기가 먼저 입을 열었다.

"형수, 밥 아직 안 됐어요? 뱃가죽이 등에 붙었어요."

"다 됐어요. 조금만 기다려요. 그 전에 씻고 앉아요."

우우거리는 아이들의 머리 위로 주걱을 휘둘렀다.

"씻지 않는 사람은 밥 없다."

앞다투어 수돗가로 향하는 아이들, 그 머리 너머로 진천의 장난기 넘치는 눈이 보였다.

"도련님! 그 웃음은 뭐죠?"

"살다보면 예외가 있는 법 아니겠습니까?"

"오, 그래요? 어쩌죠, 전 예외란 놈을 무지 싫어하는데요."

"전 배가 무지 고프고 손님인데요? 그리고 수돗가는 이미 애들에게 점령당했어요."

혜수의 손가락 하나가 욕실을 가리켰다.

"저곳은 너무 한가하다고 불평을 다 하네요."

진천은 풀죽은 모습을 연기하며 늘어진 어깨를 하고 욕실 안으로 사라졌다.

"전 형수가 이럴 줄 몰랐어요. 명색이 도련님 되는 사람에게 씻지 않으면 밥도 안 주겠다고 하다니. 그래도 되는 겁니까?"

"불결한 건 있을 수 없는 일이에요. 내 사전에는 그렇게 적혀 있다구요."

진천은 세안까지 한 듯 뽀드득한 얼굴을 하고 나타났다.

"보기 좋아요."

혜수의 웃음에 진천 역시 히죽 웃었다.

"내 뱃가죽은 늘어붙어삐다 못해 없다."

진천의 말에 와 하고 웃는 아이들을 따라 혜수도 웃었다.

"고맙다."

심통난 모습의 진천을 향해 아이들은 한 번 더 와 하고 웃었다.

식사는 거의 전쟁터를 방불케 했다. 한 손에 밥그릇을 쥐고 다른 손으로는 숟가락을 쥔 배고픈 어린 군인들. 완전무장을 한 모습이 꽤나 비범해 보였다. 된장찌개며 김말이며 이장님께 얻어온 김치에 형준 선배가 찔러 준 비장의 비엔나 소시지가 순식간에 동이 났다. 혜수는 딱 세 번의 수저를 떴을 뿐이다.

"너무들 하는군."

인상을 써보지만 통하지 않았다.

"사는 건 전쟁입니다, 형수. 먹고살기 위한 전쟁이요."

진천의 농담이 돌멩이가 됐다. 그 파장은 생각보다 멀리멀리 퍼져 나갔다.

사는 건 전쟁, 전쟁인 것이다.

"형수."

"그래요. 그렇죠……."

그의 말이 머리 속에 메아리친다.

'사는 건 전쟁이야. 먹고 먹히며 사는 방식이 다큐멘터리 영상 속에서만 존재하는 게 아니라구. 바로 옆, 내가 살고 있는 이곳이 밀림이고 현실인 거야. 내 것 아니다 싶은 건 넘보면 안 되는 법이지. 넘보면…… 그만큼의 대가를 치러내야 하는 거고.'

"치러내고 있죠, 처절하리만큼."

"형수."

진천이 놀란 표정으로 그녀를 보고 있었다. 자신도 모르게 말이 튀어나온 모양이었다.

"아니에요. 아무것도 아니에요."

혜수는 수저를 놓고 다 먹은 아이들의 입에서 밥풀이며 김 가루 등을 털어주었다. 진천의 한숨이 그 뒤를 따랐다. 아직 시기가 아닌 듯싶었다. 하긴 이런 일에 시기란 것을 정할 수나 있는지 의문이었다. 그렇게 생각하자 갑갑함이 밀려들었다.

"자, 이제 집으로 가야지."

"쪼매만 더 놀고자븐디……."

"안 돼, 어서들 집에 가. 내일 놀아도 되는 거야."

밀려난 아이들이 하나둘 집으로 향했다. 그런 아이들을 마중하며 선 형수의 모습을 진천은 물끄러미 바라보았다. 살아 있다면 세 살, 그쯤일 형수의 아이, 그리고 형의 아이.

"아까 제가 말실수한 건가요?"

혜수가 돌아서서 진천을 쳐다보았다. 그리고 미소지었다.

"아니에요."

"그럼……."

"도련님 말이 진실이라, 그래서……. 조금은 허망하고…… 아무 것도 아니에요."

자신의 옆을 지나치는 혜수에게 진천은 약간 노기 띤 목소리로 반박했다.

"아무것도 아닌 게 아니에요! 알아야겠어요."

강경한 진천의 목소리에 혜수는 숨을 죽였다. 그리고 입을 열었다.

"사는 건 전쟁이란 말, 딱 맞는 말이어서요. 그뿐이에요. 먹고살아야 하고 또…… 남을 앞질러야 하고 사랑도 쟁취해야 하는, 거저 얻어지거나 감상만으로는 살아갈 수 없다는 말…… 사랑을 지킬 수 없다는…… 사람 사는 이치가 다 그런 거란 생각, 그뿐이에요."

불 켜진 집으로 혜수의 모습이 사라졌다.

진천은 호주머니 안에서 담배를 꺼내 물었다. 불을 붙이고, 깊게 빨아들이고, 긴 한 모금의 담배연기를 내뿜었다. 공중으로 사라지는 연기 속으로 빠알간 담뱃불이 다시 피었다.

그가 담배를 피기 시작한 지도 이제 3년이 되어 가고 있었다.

"니 형수 될 사람이다."

형수란 모름지기 이래야 한다는 어떤 규정된 바는 없지만 자신 앞에 있는 여자는 그 말과 너무나 어울리지 않았다. 수줍은 미소하며 어쩔 줄 몰라 왔다갔다하는 눈망울하며, 어리디 어린 모습이 너무도 친숙해 마치 자신의 친구인 것만 같았다. 그게 마음에 들어서였을까, 진천은 얼굴 가득 미소를 띠고 선뜻 인사를 건넸다.

"전 진천이라고 합니다, 최진천."

어색한 듯, 아니면 무언가 두려운 듯 떨리는 손을 그 앞에 내밀었다. 어른으로서의 예우임이 분명한 악수. 그게 또한 진천을 기분 좋게 했다.

"형이 결혼한다고 해서 우리 모두 놀랐어요. 아니, 제가 많이 놀랐죠. 아참, 어머니 아버지는 안에 계셔. 어서 들어가."

형수의 등에 형의 손이 얹히고 형수는 마치 끌려가는 소인양 눈망울을 굴렸다. 아마도 질투 때문이리라. 형수 될 사람이 그만큼 마음에 들었기 때문에 괜히 그렇게 보이는지도 모를 일이다. 아니면 긴장해서거나. 아무튼 그런 이유 때문에 저런 표정을 짓는 거라고 진천은 생각했다.

"어서 들어와요."

사람 좋은 어머니의 웃음이 그녀를 맞이했다. 하지만 잠시 후 숨 한번 쉬는 것조차 허락을 받아야 할 것 같은 무거운 분위기에 마주 앉은 사람 전부가 불편해지고 말았다.

"니 아내 될 사람이다. 그러니 봐달라?"

무거운 분위기를 더하면 더했지 조금도 덜어주는 목소리는 아니었다.

"봐달라고는 하지 않았습니다. 예의일 듯하여 거치는 것뿐이죠."

"건방은……."

독기 서린 심상찮은 분위기에 영문을 알 길 없는 혜수의 얼굴이 하얗게 질려갔다.

"여보."

시어머니가 중재를 위해 끼어들지만 소용없었다.

"물러가. 볼 거 없다."

"그러시다면."

기다렸다는 듯 일어서 버리는 진천의 행동에 혜수의 눈이 둥그레졌다.

"지…… 진우 씨."

당황한 그녀가 진우의 옷깃을 잡았다.

"일어나. 더 볼 거 없다시잖아."

"그래도……."

진우의 뒤로 이죽거림이 뒤따랐다.

"아내 될 여자는 잘 봤구나. 어른 앞에 고개 숙일 줄은 아니."

그 말에 진우의 턱이 굳어졌다.

"일어나. 차릴 예의는 여기까지야."

턱만큼이나 딱딱한 목소리였다. 그 목소리에 엉거주춤 일어선 혜수의 손목을 진우는 단단히 움켜잡았다.

"애야."

"형."

혜수는 진우의 손에 끌려 방밖에 섰다.

"잠시만요, 그래도 인사는……."

"인사는 무슨 인사. 받기 싫다는 사람 앞에 허리를 조아릴 필요는 없어."

"잠깐만요, 잠깐만요. 그래도 그런 게 아니죠. 어떻게……."

하지만 그녀의 말은 묵살되었다.

진천이 안으로 들어왔을 땐 아까의 흔적들이 말끔히 정리된 후였다. 혜수는 이미 그의 커피까지 준비하고 식탁에 앉아 있었다.

“담배 피는지 몰랐네요.”

“꽤 됐는데.”

물론 형수 앞에서는 피지 않았다. 이유는 자신의 모습에서 형을 볼까 싶은 염려 때문이었다. 이젠 자신의 이런 모습을 보여도 될 것 같았다. 아니, 그래야 했다.

혜수의 엄한 눈길이 그에게 쏟아졌다

“끊어요. 안 좋은 습관이에요.”

“알아요. 근데 마음대로 안 돼요.”

그게 형수 때문이었다는 말은 하지 않았다.

“남자들이란.”

귀엽게 노려보는 혜수에게 진천은 쑥스러운 미소로 답했다.

긴 침묵. 작은 망설임. 결국 진천이 입을 뗐다.

“형…… 들어왔어요.”

혜수의 커피잔이 공중에서 멈췄다. 흔들리는 눈동자. 하지만 금세 사라져버렸다. 혜수의 손에 들려 있던 잔이 탁 소리를 내며 유리탁자 위에 놓였다.

“잘…… 됐네요.”

진천의 잔도 탁자 위에 놓였다.

“형이 형수 어떠냐고 묻기에, 잘 있다고 했어요.”

“잘하셨어요.”

“형수, 많이 좋아졌냐고 묻기에 그렇다고 했고요.”

혜수는 고개를 끄덕이는 것으로 답을 대신했다.

“이제 울지 않느냐고 하기에 조금은…… 운다고 그랬어요.”

그 말에 혜수의 눈가가 젖어들었다.

“그냥…… 잘 있다고만 할 걸 그랬죠?”

진천의 말에 혜수는 미소지었다.

“아니에요. 잘하셨어요. 사실인 걸요. 아직도 조금은…… 마음이 아프고 그래요.”

혜수는 잔을 들고 일어나 등을 보였다. 남은 커피가 개수구 속으로 사라졌다.

"형이 한 번 보고 싶대요."

굳어진 어깨가 답인 듯싶었다.

"아직은 볼 수가 없다고 전해주세요."

진천은 이미 그렇게 대답했다. 그 말에 형의 얼굴이 얼마나 굳어지던지, 단단하기만 하던 눈매에 드리운 그림자가 어찌나 깊던지, 그만 약속을 하고 말았다.

침묵은 아주 길었다. 그 끝을 알 수 없을 정도로 무척이나 길었다.

"참, 아까 애들이 봄소풍 애기를 꺼내던데 어디로 갈지는 정하셨어요?"

"아니요, 아직."

주제가 바뀐 게 다행스러웠는지 혜수의 얼굴이 펴졌다.

"제가 좋은 곳을 알고 있는데."

"어디요?"

"소개시켜 주면 뭐 주실 건데요?"

"없어요. 아까도 소시지 제일 많이 먹은 사람이 누군데."

"칫, 그깟 소시지에. 아무튼 아주 좋은 곳이에요."

혜수는 어딘지 다그쳐 물었다.

"저희 학교요."

그 말에 혜수의 눈은 금세 경계의 빛을 띠었다. 하지만 진천은 무시했다.

"학장님께 말씀드렸더니 좋다고 하셨어요. 학기 초라 조금은 정신 없겠지만."

"도련님."

"진천이요, 진천. 말을 놓으라고 해도 꼭 존댓말 쓰고 그러지 말아요, 형수. 저…… 형수가 품에 안고 울던 그때와 별로 다르지 않아요."

이건 부끄럽기 짝이 없는 행동이다. 하지만 그럼에도 그는 이 얄팍

한 술수를 쓰고야 말았다. 그러지 않을 수 없었다. 약속도 약속이지만 형수에게 드리워진 어두움을 더 이상은 두고 볼 수 없었다.

약해지기 시작하는 형수의 모습이 빤히 들여다보였다.

"도련님은, 참 착해요."

진천은 뜨끔하고 가슴이 아렸다.

"착하긴요. 저 아는 사람들 중에 절 그렇게 평가하는 사람은 없을걸요."

"저요. 제가 그렇게 보고 있어요."

진천은 자꾸만 자신이 한 일에 회의가 밀려들었다.

"아무튼 애들에게 물어봐 주세요."

그 말에 혜수의 얼굴이 일그러졌다.

"뻔히 알면서."

맞다, 뻔히 아는 일이었다.

"다 포섭해 놨다니까요. 걱정 안 하서도 돼요. 제가 누굽니까. 우리 학교 농구부 유명하잖아요. 애들도 다 좋아할 거예요. 농구부 설득에 애를 먹긴 했지만 어디 제 힘에 당할 재간이 있나요?"

진천의 시선이 형수의 눈에 가 박혔다. 흔들리는 형수의 눈을 잡아 주기라도 하려는 듯 그렇게 바라보았다.

진천의 시선에 혜수는 입꼬리를 살짝 올렸다. 진우의 동생이니 어련할까 싶었다. 이쯤에서 그의 손을 들어주기로 했다. 어쩌면 자신을 시험할 좋은 기회인지도 모를 일이었다.

"그래요, 애들에게 그렇게 말해 볼게요."

진천의 입에서 안도의 한숨이 흘러나왔다.

"내일은 상택이가 자기네 집에서 자야 한다고 고집하던데, 그 녀석 고집이 언제부터 그렇게 대단해진 거예요?"

"누구에게 영향을 받았을 것 같으세요?"

"글쎄요."

능청스레 너스레를 떠는 진천이었다. 혜수는 얄미운 그를 향해 예쁘게 눈을 흘겨보았지만 웃으며 넘어가고야 말았다.

혜수가 진천을 형준 선배네로 쫓은 시각은 꽤나 늦어서였다. 그제서야 겨우 찾은 자유시간. 하루를 툴툴 털 자기만의 시간 안에 홀로 섰다.

진천을 편하게 대한다 하면서도, 아직은 무섭도록 짙게 남은 기억으로 그게 그리 쉽지만은 않았다. 불편함. 거리감. 살갑게 다가서는 진천이지만 그 마음을 다 되받아주지는 못했다. 버거움의 대상. 아니 그건 진우였다. 처음부터 그는 불편하기만 했다. 사람을 긴장시키는 묘한 분위기. 왜 그 분위기를 외면하고 흘려버렸을까. 그때 단단히 방어했더라면…… 그랬다면…….

시끄러운 차도.
지희 언니의 부름에 급히 약속장소로 달려가던 혜수는 그만 앞에 서 있던 남자를 보지 못하고 부딪히고 말았다.
"아야."
어찌나 세게 부딪혔는지 머리가 어찔거릴 정도였다.
"죄송합니다."
얼굴도 보지 않고 사과를 건네는 그녀를 남자는 한참이나 빤히 쳐다보았다. 그 시선을 눈치챈 것인지 혜수의 시선이 남자의 얼굴로 향했다. 그는 좀 놀란 듯했다. 적어도 혜수가 보기에는 그랬다. 하지만 그것에 신경 쓸 여유가 없었다. 불같은 성격의 지희 언니에게 찍히기 전에 눈앞에 짠 하고 나타나야만 했다. 그게 급선무였기에 혜수는 다시 한 번 고개 숙여 인사를 하고 급한 걸음을 옮겼다. 하지만 조금 앞서가다 또다시 누군가의 손에 잡히고 말았다.
"야, 너 어디 가? 뒤에서 누가 따라오니? 뭐가 그리 급해?"
"아, 진희야."
"그래, 나다."

“아, 급해, 급해.”

혜수는 또다시 걸음을 옮겼다. 하지만 진희는 순순히 놓아주질 않
았다.

“뭐야, 뭐가 급해?”

“지희 언니, 지희 언니를 만나기로 했단 말야. 빨리 가야 해. 너도
알지? 언니 성격이 좀 급하니.”

“어머 그래? 잘됐다, 나도 가자.”

지희 언니를 대하면 고양이 앞의 쥐가 되면서도 꼭 지희 언니 있
는 곳에 끼고 싶어하는 진희였다. 지희 언니 말로는 언니의 아버지가
이름만 들어도 아는 회사의 회장만 아니었어도 절대 자기에게 굽실
거리지 않았을 진희라고 했다. 혜수는 솔직히 그게 뭐 그리 대수인가
싶었다. 회장이 지희 언니가 아닌 이상 진희에게 이로울 게 없어 보
였다.

호텔이란 곳의 특성상 화려하고 고급스런 인테리어로 으리으리, 삐
까뻔쩍해 보였다. 그런 곳의 한쪽에 고즈넉하니 자리를 잡고 있는 레
스토랑은 시끄럽지 않은 음악과 낮은 사람들의 말소리로 가득했다.

“저기 있다.”

귀신 같이 잘도 찾은 진희가 가리킨 곳은 창가에 위치해 분수대의
정경이 멋들어지게 보이는 곳이었다. 뿐만 아니라 눈에 가장 잘 띄는
자리이기도 했다.

“언니, 오랜만이다.”

진희는 반가움에 한 옥타브 올라간 톤으로 지희를 불렀다. 지희 언
니의 얼굴에 드리운 조롱기를 진희는 진정 몰라보는 것일까?

“넌 뭐냐?”

아니나 다를까 지희 언니의 구박이 시작되었다. 하지만 이런 정도
의 구박에는 의연하기만 한 진희였다.

“또 뭐유? 뭐가 심기를 건드렸수?”

“너. 난 너 볼 생각은 없었는데?”

“으이그, 말하는 투하곤.”
지희의 얼굴이 혜수에게로 향했다.
“얘는 어서 주웠냐?”
“오는 길에 만났어요, 우연히.”
“뻔하지. 돈을 물 쓰듯 하는 애를 어디서 만났겠어.”
지희의 말에 진희의 눈이 가늘어졌다.
“아니야. 오늘 여기서 볼일이 있었단 말야.”
“너도?”
“나 말고 여기서 볼일 있었던 사람이 또 있었나봐?”
진희의 물음에 지희는 말을 얼버무렸다.
“있기는 누가 있어.”
“누가 있긴, 언니가 있지. 언니랑 혜수랑 여기서 약속한 거 아냐?”
“그래, 그렇다. 어쩔래?”
“내가 뭐라 했나?”
지희의 약간은 이상한 행동에 대한 진희의 지적은 곧이어 지희의
몇 배의 복수로 이어졌다.
“넌 여기 뭐 때문에 온 거야? 설마 약혼해 놓고 바람 피러 온 건
아니겠지? 그럼 장소를 잘못 택했어. 이곳에는 눈이 너무 많거든.”
“언니!”
진희의 얼굴이 붉으락푸르락해졌다.
“여기 면세품 사러 왔어. 누가 부탁하더라구.”
지희의 표정이 금세 그럴 줄 알았다로 바뀌었다.
“안 봐도 비디오다. 그래서 결혼은 어이하누. 쯧쯧.”
진희는 금세 꼬리를 내리고 눈을 깔았다.
“그이 돈 잘 벌어.”
“아무리 많이 벌어도 니 씀씀이 픽도 감당되겠다. 졸업도 안 한 게
결혼부터 한다고 설치고.”
“결혼, 언제 해도 하는 거잖아. 그리고 나도 뭐 일은 할 거야.”

끝이 흐려지는 것이 말의 신빙성을 떨어트렸다.

"손톱 소제하러 들락거리는 그곳에서? 그 빳빳한 머리털에 구루퍼 말고 할 수 있는 일도 있냐? 하긴 미용보조라면야."

신랄한 지희와의 대적에서 진희는 또다시 밀리고 말았다.

"아직은 뭘 할지 고민중일 뿐이야."

목소리 톤도 낮아졌다.

"고민? 배부른 돼지의 고민이라, 그게 과연 뭘까?"

지희가 말한 배부른 돼지가 누구인지 지적할 필요도 없었다. 진희의 코에서 색색 콧김이 일었다. 그때였다.

"여자들만의 만찬입니까?"

갑자기 들려온 남자의 목소리. 혜수의 고개가 한쪽으로 쏠리며 목소리의 주인공을 올려다보았다.

주름 한 점 없는 잿빛 수트, 떡 벌어진 어깨, 베이지빛 넥타이, 손이 베일 것 같은 푸른 와이셔츠, 꾹 다문 입매, 가지런한 코선, 쌍꺼풀 없는 눈, 숱 많은 눈썹, 넓은 이마, 흐트러짐 없는 짧은 머리.

아까의 그였다.

"진우 니가 웬일이냐?"

지희 언니와 친한 듯했다. 아까 자신이 제대로 사과를 했는지 이전 장면을 빠르게 리와인드시켰다. 그녀가 생각하기에는 그런 대로 적절한 사과라고 생각됐다.

"아아, 대답하지 마. 내가 알아맞힐 테니."

목소리가 날카로운 게, 언니와 친하긴 한데 진희 정도의 친분이 아닐까 싶었다. 그런 생각을 하는 외중 자연스레 든 눈에 그의 눈빛이 어렸다.

'날 기억해?'

그녀가 제대로 본 거라면 그는 그렇게 묻고 있었다. 아까 부딪힌 것을 말하는 것일까라는 물음은 부질없는 것 같았다. 왜냐하면 그의 눈은 그녀를 매우 친근한 사람으로 보고 있었기 때문이다. 몇 년은 알아온 듯한 그런 친분. 그러고 보니 낯이 익은 듯도 싶었다.

"낯짝 두꺼운 놈, 낮부터 그 생각이 간절하디?"

혜수는 상념에서 깨어났다. 지희 언니의 말 때문이 아니라 그의 눈
이 자신에게서 지희 언니에게로 옮겨가 버린 탓이다. 최면이 풀린 듯
자연스레 제정신이 들었다.

"누나!"

경고성이 짙은 목소리였다.

"그렇게 부를 거 없어. 그렇게 안 불러도 너 내 동생 맞아. 내가 틀
린 말했니?"

대화가 심상치 않았다.

"내가 니 마음을 왜 모르겠니."

그 말 뒤로 웃음이 뒤따랐다. 그건 분명 심기가 불편한 듯한, 소리
만 큰 웃음이었다.

"이 호텔 침대 쿠션이 죽인다고는 하더라. 그,거, 할 때, 충분히 증
명해 준다고 하던데."

유독 '그거 할 때'란 말에 힘이 들어갔다. 남자의 얼굴이 예사롭지
않았다. 잘 웃지 않는 듯한 얼굴이어서일까, 찡그린 눈썹만으로도 충
분히 위압감이 느껴졌다.

"그렇게 궁금해?"

낮은 목소리에 저절로 침이 넘어갔다. 진희의 얼굴에도 만만찮은
불안감이 서렸다.

"아니, 내가 왜 궁금해하겠니?"

"지금쯤이면 지겨워질 만도 하지, 충분히. 내가 괜찮은 사람 소개
시켜 줄 수도 있어. 말 날 건 걱정 마. 비밀은 철저히 보장해."

지희의 한쪽 눈썹이 위로 올라갔다.

"지금 나더러…… 바람 피란 거니? 친누나에게?"

"비밀은 보장한다니까. 친동생이니 하는 말이야. 안 그래?"

입술을 약간 비틀어 웃는 것이, 분명 비웃음이었다. 지희 언니의

눈썹 또한 꿈틀거렸다.

"간이 배 밖으로 나왔구나."

"그래서야 살 수 있나?"

남자는 그저 웃기만 했다. 비웃음이 담긴 웃음.

"내가 꺼내줄 수도 있어. 부어오른 니 간 덩어리 말이야."

잇새로 내뱉는 지희의 말은 꽤나 과격했다.

"가능하다면."

그 말이 끝나기가 무섭게 남자는 비웃음까지도 싹 가신 얼굴로 말을 이었다.

"내 사생활이야, 신경 꺼. 인사나 하려고 한 게 실수인 것 같아."

돌아서려는 남자의 팔을 지희가 잡아챘다.

"내 말투 그런 거 몰라. 꼭 그렇게 맞받아야겠니? 그리고 어제 제사에는 왜 안 온 거야?"

"누나 말투 그런 거야 한두 해 겪어 본 거 아니기에 이제 더 이상 그대로 둘 수 없었던 거고, 어제 제사에는 가고 싶지 않았어. 일방적인 통고에 휘둘릴 나이는 지났잖아. 그리고 남들 입에 오르내리는 거, 누나는 좋을지 몰라도 난 아니야."

마지막 말은 주위에 있는 진희와 혜수를 두고 한 말이었다.

"나도 그런 건 원하지 않아."

"그럼 그 입 좀 조신하게 닫고 있어."

"너 지금 나에게 훈계하니?"

"할 만하니까."

"말 날 거 걱정 마. 애들 내 후배야."

"후배들이란 사람에게는 입이 없나보군."

등을 보이고 가려는 사람을 지희는 끝까지 불러 세웠다.

"어디 가?"

"내 일에 신경 꺼. 그만하면 됐잖아."

그 말을 마지막으로 남자는 휭 하니 가버렸다. 분명 화가 많이 난 듯했다.

"여하간 저놈하곤 농담도 못해."

"그게 농담이야? 하긴 그러니까 살았지, 아니었음 찔려 죽고 말았을 거야."

"무슨 말이야?"

"가시. 것도 철로 만들어진 튼튼한 가시 말이야. 피가 철철. 아휴 무셔."

"야!"

진희의 말에 지희의 목소리가 커졌다.

"그만 좀 하쇼. 하여간 그놈의 찔러대는 버릇하고는."

그제서야 혜수도 한숨을 토해냈다.

"싸우는 줄 알았어요. 왜 그래요? 유독 가시를 세워 몰아붙이던데. 친동생이라면서."

"어이구, 정말 저놈은 사람 속도 모르고."

이제는 중얼거리기까지 하는 지희 언니를 혜수는 물론이고 진희까지도 이해할 수 없다는 표정으로 쳐다보았다.

"그나저나 생긴 거 하난 끝내준다. 저런 남자를 옆에 차고 다니면 진짜 죽일 텐데. 분위기도 예술이잖아. 물론 좀 성격이 힘들긴 하지만."

진희의 소감에 지희의 얼굴이 또다시 구겨졌다.

"도대체 왜들 그래? 저 면상 딱 보면 몰라, 여자 울릴 면상은 아니야."

지희의 눈이 혜수에게로 향했다. 하지만 혜수는 진희의 말에 충격을 받은 듯 친구에게서 시선을 떼지 않았다. 아마도 약혼까지 한 여자가 할 발언은 아니다 싶었던 것이다.

"그렇긴 하지. 그래도 언니, 잘생긴 건 잘생긴 거야."

"어쭈? 니가 아주 무덤을 파는구나. 내가 니 피앙세란 놈에게 확 불어버리면 어쩌려고 그런 말을 해?"

"치사하게 그렇게까지 할라고."

"또 모르지 쏙지까지 놀아버리면 그럴지도."

그 말에 진희는 주춤거렸다. 지희는 그 틈을 타 혜수의 얼굴을 살폈다. 그리고 조용히 물었다. 티나지 않게 신경 쓰며.

"넌 어때? 내 동생 본 소감이."

"저요?"

"그래."

"뭐…… 그냥 잘생겼다. 그리고 얘 말대로 성격 장난 아니겠다. 그렇게 생각했는데요."

"그냥 그게 다야?"

진희가 놀랍다는 듯 입까지 벌렸다.

"진짜 그게 다니?"

이번에는 지희 언니까지 끼어들었다.

"뭐요? 뭘 바래요?"

"바라는 것은 없지. 그래도 그 정도 반응일 줄이야. 내 동생이 한참이나 널 빤히 보기만 하기에 뭔가 삐리리 하는 줄 알았지."

"맞아."

진희의 맞장구에도 혜수는 모르는 척 고개를 숙였다.

"밥이나 먹어요."

"밥이야 항상 먹는 거고 제대로 불어. 너 혹시 진우 씨 만난 적 있어?"

분명 진희는 은근한 기대를 가지고 묻는 듯했다.

"있지, 딱 그 표정이던데. '나 너 알아', 딱 이거였거든."

"알긴 알지."

"알지, 그렇지?"

진희는 제대로 걸렸다는 듯 펄쩍펄쩍 뛰었다. 그런 진희의 방정맞음에 지희 언니가 제동을 걸었다.

"넌 좀 가만히 있어. 그래, 어디서 언제 봤어?"

"아까 여기 들어오다가요."

"여기 들어오다가?"

“네. 쾅 하고 부딪혔는데 아마 그것 때문에 그런 것 같아요.”

“그래? 그렇단 말이지.”

지희는 뭔가를 계산하는 듯 생각에 잠겼다.

“언니, 밥이나 먹자.”

“알았다. 뭐 좀 먹자. 입맛 달아난 지 오래지만 그렇다고 굶을 수야 없지. 니가 사라. 결혼 앞둔 처자 돈맛 좀 보자.”

“언니, 내가 무슨…….”

“아니면 가. 혜수는 내 책임이지만 넌 아니야.”

“어이구, 짠순이.”

그 순간에도 혜수는 진우를 생각하고 있었다. 어디서 봤는지, 왜 그가 그리 쳐다봤는지, 그 시선에 왜 그리 당황스러웠는지, 모든 게 의문 투성이였다. 그리고 왠지 모를 낯익음은 무엇 때문인지 궁금하기 짝이 없었다.

“혜수 뭐 먹을래? 진희가 쏜단다.”

“그래, 인심이다. 내가 쏜다.”

울며 겨자 먹기가 분명한 듯했지만 진희는 배포 있게 나왔다. 그런 사이 지희의 눈길은 혜수에게 꽂혔다. 혜수는 정말 동생을 못 알아보는 듯했다. 알아봤다면 분명 말했을 것이다. 누구처럼 뱃속에 감추고 아무것도 아니라며 능청 떨 위인은 못되니까.

“언니, 언니도 주문해야지.”

“그래.”

슬쩍 웃는 미소만 보이고 뒤 한 번 돌아보지 않고 가버린 진우만이 둘의 만남이 그곳에서 비롯된 게 아니라는 사실을 알고 있었다.

형수 집에서 얼마나 걸어나왔을까? 진천은 재킷 주머니에서 핸드폰을 꺼내들었다. 그리곤 어딘가를 향해 말을 이었다.

“형 말대로 했어.”

“살했다.”

진천이 코웃음을 쳤다.

"잘하는 짓인진 아직도 판단이 안 서."

대답 없는 형에게 진천은 꼭 하고 싶은 한마디를 건넸다.

"다신 울리지 마."

진천은 진우의 대답을 기다리지 않고 전화를 끊었다.

담배 생각이 간절했다. 주머니에서 꺼낸 담배를 손에 쥐었다.

담배 생각이 나긴 저 멀리 있는 진우 역시 마찬가지였다. 진천과 동시에 진우의 손에도 담배가 들렸다. 둘은 거의 동시에 담배에 불을 붙였고 거의 동시에 연기를 내뿜었다. 뿌연 연기의 매캐한 향이 공기 중으로 퍼져나갔다.

진천이 별빛 보석을 던져놓은 듯한 시골의 밤하늘에 넋을 잃고 있는 사이 진우는 도시의 현란함에 젖어들었다. 후둑후둑 떨어지는 빗줄기 사이로 빌딩들마다 켜진 불들이 도시의 밤을 화려하게 수놓고 있었다.

하지만 진우의 눈에는 그런 것들이 들어오지 않았다. 그저 자신이 잘하고 있는 거란 확신을 스스로에게 되뇌이고 있을 뿐.

손에 들려 있는 담배를 또다시 입에 물었다. 어두운 사무실 안에 희뿌연 담배 연기가 피어올랐다. 담배 연기를 싫어하던 혜수의 모습이 떠올랐다. 코를 찡긋거리며 노려보던 애교 섞인 투정들. 이번 일만 잘된다면 그는 담배를 끊을 생각이다.

다시 한 번 희뿌옇게 피어오른 연기가 공기중으로 사라졌다. 그제서야 창밖의 빗줄기가 보이고 창을 때리는 소리가 들렸다.

혜수와의 첫만남. 그때도 이렇게 비가 왔었다.

5월, 억수같은 비가 쏟아져 시야를 가렸다. 비만으로도 천길인데 길 한가운데서 기능 잃은 고철이 서고야 말았다. VX3000이고 나발이고 제 할 일 잃어버린 물건은 폐품일 뿐이다. 정비소 들어갔다 나온 지 이틀만에 이 모양이라니. 망할 놈의 정비소란 욕이 절로 나왔다. 구실 못하는 것은 둘째치고, 정비소는 전화조차 받지를 않았다.

썩을. 제기랄.

하는 수 없이 114에 전화를 넣었다. 가까운 곳의 정비소란 정비소는 모두 난리가 난 듯했다. 설명이라곤 비오는 날이라 고장 차에 사고가 장난 아닌지라 한 시간이나 두 시간 후에나 올 수 있다는 답변이 다였다.

핸드폰을 딱 하고 닫아버렸다. 어쩔 수 없이 약속을 취소해야 했다.

"젠장."

이번에는 약속 상대의 휴대폰 번호를 눌렀다.

"미안해. 차가 말썽이라 못 가. 그래, 아니 됐어. 많이 늦을 거야. 그래. 다음에 보자."

다시 볼 일은 없겠지만 어쨌든 지금은 그렇게 말하고 전화를 끊었다. 주위를 살폈다.

비에 젖은 봄꽃과 가로수, 희미한 불빛들. 그게 다다. 간간이 지나는 차들이 보이긴 하지만 워낙에 낮부터 퍼부었던지라 인적이 드물었다. 답답한 마음에 우산을 들고 차에서 내려 엔진을 살펴보았지만 아무것도 모르는지라 바로 닫아버렸다. 멍청히 차에서 기다리는 것보다야 나을 것 같아서 좀 걸어가 보기로 했다. 운 좋아 빈 택시라도 잡는다면 그야말로 횡재고 말이다.

쏴아쏴아.

생각보다도 빗줄기가 세찼다. 아무래도 안 되겠다 싶어 다시 전화를 들었다.

"네, 접니다. 죄송합니다, 늦은 시간에. 차가 고장입니다. 택시는 보이지도 않고. 예, 여기는……."

위치 확인을 위해 주위를 살피던 진우의 눈에 저쯤, 터덜거리는 걸음의 형상이 잡혔다. 긴 머리를 흰 손수건인 듯한 걸로 묶은, 하얀 옥양목 차림의 여자였다. 순간 소름이 돋았다. 하지만 이내 젊은 여자의 뒤태라는 게 확인됐다. 비에 젖어버린 소복 안으로 청바지인 듯한 게 비쳐 보였다.

차를 포기하고 여자의 뒤를 밟았다.

"예, 그쯤입니다. 그렇게 해주십시오."

핸드폰 닫는 탁 소리가 제법 크게 났다. 하지만 여자는 돌아보지 않았다. 빗소리에 묻혀서거나 들릴 만큼 가까운 거리가 아니라 그럴 수도 있지만 그보다 처량 맞은 모습으로 보아 지금 자신의 상황이 어떤지 알지 못하는 듯싶었다.

진우가 이렇게 사람에게 관심을 보이는 것은 참으로 신기한 일이었다. 남의 일에 참견 안 하기로 만천하에 공표된 그가 평생 처음으로 여자 꽁무니를 쫓기 시작했다. 분명 그는 여자에게 다가가고 있었다.

몇 걸음만에 따라잡은 여자의 팔을 잡아 돌려세웠다.

충혈된 눈, 텅 빈 시선, 공허함. 진우가 마주본 여자의 눈이었다. 어딘지 누구와 닮은 듯한 모습이다. 놀란 듯 치켜 뜬 긴 눈썹 위로 물길이 생겼다. 금세 여자는 눈을 가늘게 뜨고 그를 올려다보았다.

주르륵 주르륵.

빗줄기는 계속해서 여자의 얼굴을 타고 흘러내렸다. 자세히 보니 머리끝부터 발끝까지 그냥 흠뻑 젖은 정도가 아니었다. 꽤나 오랜 시간 빗속에 있었는지 얼굴이 창백하게 질려 있었다.

"놔주세요."

나이는 스물 남짓, 조용한 음성, 흐려진 눈빛, 푸르게 변해버린 입술, 그밖의 것들. 진우는 자신의 우산 안으로 여자를 들였다. 여자의 말은 무시했다. 그녀의 떨림이 그에게까지 전해질 정도였기에.

"추워?"

비에 젖은 여자는 아니라는 듯 고개를 가로저었다.

"놔주세요."

"어디서부터 걸은 거야?"

그녀의 요청은 묵살하고 자신이 알고 싶은 것을 물었다. 하지만 그녀 역시 그의 질문을 무시하긴 마찬가지였다. 그러다 뭔가를 생각해

낸 듯 주위를 두리번두리번 살폈다.

"뭘 찾지?"

"전화요."

그는 자신의 주머니에 있는 핸드폰을 꺼내 슬쩍 내밀었다. 피식, 웃음이 났다. 이런 시대에도 핸드폰 없이 다니는 사람도 있구나 싶었다.

오른손에 쥐어진 핸드폰을 여자는 한참이나 멀건히 쳐다만 봤다. 마치 작동법을 모르는 사람처럼. 그것도 잠시, 번호가 기억났는지 손가락으로 열심히 숫자를 눌렀다. 하지만 추위에 곱아버린 손은 마음처럼 잘 따라주지 않았다.

"이리 내."

전화기를 잡으려 뻗은 손에 여자의 손이 닿았다. 지릿한 냉기, 흡사 송장의 몸에 스친 느낌이었다. 과거에 딱 한 번 죽은 사람의 몸에 손을 댔던 적이 있었다. 그때와 같진 않지만 지나친 냉기가 그때를 떠올리게 했다.

"번호가 뭐지?"

전해 들은 번호를 재빨리 눌렀다. 신호가 간 지 두 번만에 상대가 전화를 받았다.

"혜수니? 너 어디야?"

진우는 조용히 전화기를 내밀었다.

"니 이름이 혜수니?"

주억주억. 그녀의 손에 핸드폰을 쥐어줬다.

"작은…… 엄마…….."

여자의 목소리가 많이 떨렸다. 두 눈에 눈물까지 고였다. 눈꺼풀이 내려앉기 직전, 그는 똑똑히 보았다.

한 손으로 우산을 번갈아 잡고 재킷을 벗어 여자의 어깨에 걸쳐주었다. 눈물을 참는 것과 전화를 받는 것, 그의 행동을 저지하는 세 가지 행동을 동시에 하기란 쉽지 않았다. 그래서 그녀의 어깨에 커다란 잿빛 재킷이 자리를 잡았다.

"아니에요. 갈 수 있어요."

흐느낌이 섞였다. 머리 속에서부터 흘러내리는 빗물은 눈가의 물기와 합쳐져 볼을 타고 땅으로 떨어졌다. 아닌 척 폭 고개를 숙이지만 다 가릴 수는 없었다.

뚝뚝뚝.

엉겁결에 그의 손이 그녀에게 가 닿았다.

흠칫! 여자는 그 손길에 놀랐다기보다 자신의 옆에 그가 있다는 사실에 놀란 듯했다.

"네, 조심할게요."

조심스레 핸드폰을 그에게 넘겼다.

"감사합니다."

쓱쓱. 여자는 눈물인지 빗물인지를 닦아낸 후 어깨에서 그의 옷을 벗어 내렸다.

"입어. 곧 차가 올 거야. 기사도 딸렸으니 안심해도 돼."

벗은 옷을 다시 추슬러줘야 했다. 그러나 여자는 꽤나 고집스럽게 한사코 그에게 옷을 넘기려 들었다.

"됐대도."

그의 완강함 때문인지, 아니면 스스로도 추위를 참을 수 없어서인지, 어쨌든 여자는 그의 호의를 받아들였다. 또한 그의 손에 이끌려 그의 차 안에 앉기까지 했다. 온기가 남은 차 안이 그에게도 꽤나 반갑게 느껴졌다. 부들거리는 여자의 치아소리가 사라지길 기다렸다. 몸이 어느 정도 정상체온을 찾을 쯤 그가 부른 차가 옆에 와 섰다.

"어디까지 가지?"

차를 갈아타자마자 그가 물었다.

"성심병원 영안실…… 아니, 사당. 그래요, 사당 쪽으로 가주세요."

차는 그녀가 말한 곳을 향해 출발했다.

침묵이 계속되었다. 둘은 그 어떤 대화도 시도하지 않았다. 간간이 치아소리와 차창에 부딪히는 빗방울소리를 제외하곤 정말 조용하기만 했다. 그저 남자의 시선이 떨고 있는 여자의 얼굴과 옷차림을 훑고, 여자는 그 시선을 묵묵히 받아낼 뿐이었다. 참으로 묘한 그림이었다.

남태령이란 이정표와, 흉물스레 양쪽이 깎인 산자락이 보였다. 둘을 태운 차는 빨간 불빛의 차량 사이를 가로지른 후, 이층집들이 즐비한 골목을 통과해 어느 한 곳에 멈춰 섰다. 여자가 내리고 그도 따라 내렸다. 우르르 사람들이 몰려들어 그녀를 덮쳤다. 정말 그랬다. 덮쳤다는 말 그대로였다. 떼지어 몰려든 무리들로 인해 그녀가 보이지 않을 정도였다.

"놀랐잖니. 오다 너 없어진 거 알고 얼마나 놀랐던지."

"이럼 안 되지 그래도 니가 맞인데……."

"후딱 들어가자. 도대체 어딜 헤매다 온 거야."

여자는 친척임이 분명한 사람들 사이로 삐죽이 눈을 들어 감사의 인사를 잊지 않았다. 그 눈길에 사람들 또한 그에게 고개를 숙여 감사인사를 전했다. 아마도 고맙다는 말을 하거나 집으로 들일 정도의 여유는 없는 듯했다. 하긴 상이란 건 사람들의 심기를 불편하게 하는 법이다. 그 역시 고개를 끄덕여 답하곤 곧바로 차에 올랐다.

"어디로 모실까요?"

잠시 생각에 잠겼다. 어디로 갈까?

"집으로 가세요."

우중충한 날의 우중충한 기분. 외로움. 코끝을 울리는 알코올기가 좋은 벗이 되어주리라. 지나쳐 벗어나지 못할 징도만 되지 않는 않는다면, 술만큼 좋은 친구도 없으니까.

"사연이 꽤나 많은 여자 같던데요."

"네."

갑자기 피곤이 몰려들었다. 그 여자로 인해 잊었다 싶었던 감정이 되살아났다. 진우는 저도 모르게 어딘가를 향해 전화를 걸었다.

"네, 접니다. 부탁드릴 것이 있습니다. 아니요, 그저 신상에 관한

몇 가지만 알아봐 주시면 됩니다. 예, 이름은 한혜수. 아버지 이름은
한범권. 주소는……."
　눈썰미 빠른 최진우의 눈에서 빗겨가는 것이란 없었다. 문패며·작
지 않은 글씨로 쓰여 있는 주소까지 그는 정확히 보았고 뚜렷하게
기억했다. 하지만…….
　"아닙니다, 됐습니다."
　진우는 소리를 내며 접힌 핸드폰을 한동안 응시하기만 했다. 자신
이 왜 그 작은 여자에 대해 알고 싶어하는지 알 수 없었다.
　"쓸데없는 짓. 술, 그게 필요해."
　진우는 눈을 감으며 가죽냄새 나는 시트 속으로 몸을 깊숙이 묻었다.

3

진천의 빠른 일 진행으로 서울로의 소풍은 순풍에 돛단 듯 진행되었다. 마지막으로 한 번만 더 확인하면 그걸로 확정이었다. 며칠간 형준 선배 내외뿐 아니라 25명의 성원분교 전원이 소풍이란 주제로 말을 시작해 소풍이란 주제로 말을 마칠 정도로 작은 학교는 들썩였다.

"아무래도 그쪽만 믿고 있을 수는 없으니까 형준 선배가 하루 날 잡아 올라갔다 와요."

결국 최종 마무리까지 진천에게 맡길 수 없다는 생각에 혜수는 형준에게 운을 뗐다. 그렇지 않아도 학기중이라 바쁜 진천인데 이 일로 많은 시간을 빼앗아 미안하기도 했다.

"그러지. 학장님 만나 뵙고 인사도 드리고 꿈에 그리던 농구부 선수들도 좀 볼 겸. 나야 좋지."

헤벌쭉 웃는 형준 선배의 얼굴을 미희 선배가 잡아당겼다.

"지금 놀러 가는 건 줄 알아?"

"아, 왜 꼬집고 그래, 이 사람이. 일의 능률을 높이려면 즐겨야 한다는 말 몰라?"

“제발 애들 교재 준비할 때도 그런 열정을 불태워 봐.”

그 말에 형준이 발끈했다.

“뭐야, 지금 내가 그럴 때는 열정을 불태우지 않는다는 말이야?”

침까지 튀는 두 사람의 티격태격에 익숙한 혜수는 슬며시 미소지었다.

“커피 준비할게요. 그때까지는 끝내요.”

그러면서 물러나온 혜수는 문이 닫히자마자 입가의 미소를 거둬들였다.

괜한 걱정일 것이다. 정말은 아무것도 아닌데 자신이 그저 우려하며 스스로를 바보로 만들고 있는 것이라 뇌까리면서도 한편으로는 슬금슬금 기어드는 걱정의 한 조각을 마저 놓을 수만은 없었다. 서울이 얼마나 넓은 곳인데 그런 곳에서 진우를 만나겠는가. 만약 진천이 진우에게 말한다 해도 그는 아마 그곳에 모습을 보이지는 않을 것이다. 사람이고, 또 마음이란 게 남아 있다면 그는 절대 얼굴을 디밀지 않아야 한다. 혜수는 그렇게 생각했다.

발자국소리마저 들리지 않는 복도 쪽을 보고 있던 형준과 미희는 동시에 서로를 쳐다보았다.

“혜수가 괜찮을까?”

미희의 안쓰러운 목소리에 이어 형준을 말했다.

“나도 걱정이긴 해. 그 동안 서울이 마치 지옥이라도 되는 듯 피해 왔잖아.”

“난 진천이 뭔가 꾸미는 것 같아 그게 더 걱정이야. 갑자기 소풍 제의를 한 것만 봐도 그래. 물론 진천이 혜수에게 잘하고 애들도 좋아하긴 하지만 그래도 왠지 기분이 꺼림직한 것이…….”

말끝을 흐리는 미희를 향해 형준의 눈이 반짝였다.

“차라리 이참에 진천과 확…….”

숨 들여 마시는 소리와 함께 그렇지 않아도 큰 눈을 동그랗게 뜬 미희가 날벼락이라도 맞은 듯한 표정으로 형준을 쳐다보았다.

“야, 너 미쳤냐?”

“야? 이게 자기 낭군에게…….”

하지만 미희는 형준의 말에 아랑곳하지 않고 퍼부어댔다.

“지금 ‘진천과’라고 했어? 지금 그 인간들과 또다시 얽힐 일을 만들라고 종용하는 거야? 혜수, 그 집안 식구들 누구와도 연결되고 싶어하지 않아. 진천하고도 어쩔 수 없이 지내는 것뿐이라구. 진천이 워낙 잘하니까 딱 자를 수가 없는 거란 말야.”

“내 보기엔 그런 것 때문만은 아닌 것 같은데?”

“아니면. 그럼 그 고매한 의견 좀 들어보자.”

“혜수 마음에는 아직 진우란 남자가 남아 있어.”

그 말에 미희의 입이 쩍 하고 벌어졌다.

“미쳤어?”

“미치긴, 정상이다.”

“정상? 정상이라면 어떻게 그런 말을 해?”

“사랑한 만큼 미움이 컸다면 그만큼 미련도 오래 가는 법이야. 안 그래?”

“미련도 미련 나름이지. 지 자식 없애라고…….”

“쉿!”

혜수가 커피 쟁반을 들고 들어왔다.

“이제 말다툼 다 끝난 거예요?”

“끝나긴! 이게 꼭 지 남편에게 빠득빠득 대든단 말씀이야.”

“이게? 지금 나한테 이게라고 한 거야?”

형준은 두 눈을 크게 뜨고 순진한 척 그녀를 올려다보았다.

“내가? 우리 마나님을? 무슨 그런 벼락 맞을 말씀을…….”

“나 저 인간 싫어질라 그래.”

노려보는 미희에게 형준은 웃는 낯을 들이미는 것으로 답했다.

“그 말 예전에도 하셨어요.”

혜수가 아무렇지 않게 받아쳤다.

미희는 자기 편을 들어주지 않는 혜수도 밉다는 듯 홍 소리를 내며 고개를 돌려버렸다.

"아이고 마나님, 이 따끈한 차 한 잔 드시고 제발 용서해 주십쇼. 제가 어찌 마나님을 그리 칭했겠습니까. 사랑시린 우리 마나님을. 안 그러냐?"

"그래요? 그 사랑시린 마나님이 애까지 가졌다면 얼마나 더 사랑시릴 것 같으신가요?"

혜수와 형준은 서로 동지애를 불태우다 미희의 말을 듣고 잠시 꼼짝도 하지 않았다.

"야, 너……."

"제발 그 말투부터 고쳐라. 야, 너가 뭐냐?"

"다시 말해 봐. 진짜야?"

"그럼 내가 언제 실없는 소리한 적 있어?"

잠시 굳어졌던 혜수는 진심어린 기쁨으로 환하게 웃었다. 이제 둘 다 서른이고 보면 절대 이르다고 말할 수 없는 일이었다. 또한 사랑으로 맺어져 그에 따른 결실을 이룬 것이니만큼 그 충만됨은 축하를 받고도 남음이었다.

"축하해요, 형준 선배, 미희 선배."

"잠깐 그러니까. 니 배가 살쪄서가 아니라 애가 들어 있어서 늘어진……."

"꺅."

미희가 형준의 마지막 말에 깔고 앉아 있던 방석을 집어들고 때리기 시작했다.

"야야, 진정해. 임신한 여자가."

"나 안 살아, 정말. 내가 왜 이런 인간하고……."

혜수는 부모가 되어서도 계속 저리 살 둘을 보며 아직 태어나지도 않은 아이를 향해 웃어주었다. 하지만 그 눈빛의 끝에 서린 물기는 어쩔 수 없었다.

태어나지도 않은 아이. 어둠 속에서 영원히 길을 잃었을 아이. 그래서 너무도 미안한 아이.

혜수는 잠시 눈을 감았다. 세월이란 것은 참으로 요상해 칼로 쑤시는 아픔에 눈조차 뜰 수 없던 고통의 늪에서 어느 정도 벗어나게 해주었다. 그럼에도 무딘 칼날의 아픔과 채 아물지 못한 상흔이 주는 둔중한 통증까지는 앗아가지 못했다. 하긴 이것을 예전의 시린 칼날의 그 고통에 비하랴만 문득문득 떠오르는 찬기에 내쉬는 숨의 허연 입김은 뿌연 시야를 만들어내곤 한다.

"두 분, 다 싸우셨으면 예정일이나 뭐 그런 거에 대해 차근히 말해야 하는 거 아니에요?"

"그래, 맞다."

형준은 얻어맞다 생각난 듯 미희의 어깨에 손을 올렸다.

"딸이냐 아들이냐?"

역시나 성질 급한 형준다운 질문이었다.

"그걸 어떻게 아냐. 아직 6주밖에 안 됐는데."

조금은 쑥스러운지 우물쭈물 대답하는 미희의 볼이 붉게 물들었다.

"에게 겨우? 그럼 애 언제 나와?"

정신이 없긴 없는 모양이다. 초등학생도 아는 것을 형준 선배는 끊임없이 물어댔다. 마치 애를 한 번도 본 적이 없는 사람처럼. 그 광경이 너무나 보기 좋고 정겹지만 않았어도 키득거림과 함께 치솟는 장난스런 비아냥을 참지 않았을 것이다. 그만큼 둘은 정겨웠다.

혜수의 가슴을 에이게 했던, 가슴 절절한 심파. 단지 진우가, 자신의 남편이 조금만 더 자신을 믿었더라면 하는 과거로의 회귀만 아니었다면 그 순간의 기쁨은 혜수의 가슴까지 녹였을지 모를 일이었다. 조금의 믿음만 있었더라도.

'지워. 없애.'

떠올리고 싶지도 않은 한마디. 하지만 잊혀지지 않는 한마디.

혜수의 눈에 찬 이슬이 맺힌다. 하지만 이내 지워버렸다. 그런 혜수의 얼굴 위로 형준과 미희의 시선이 교차되었다. 결국 가라앉아버린 분위기를 혜수는 어색한 말로 풀어보려 했다.

"왜 이래요, 둘 다. 표정이 영 아니네. 기뻐해야 할 일이에요 알죠?"

"그래, 그렇지. 당연히 기쁘지."

입술을 깨무는 미희를 혜수는 꽤나 매서운 눈길로 노려보았다.

"그러지 마요. 뭐예요 다들. 기쁜 일이라니까. 축하해야 할 일이라구요. 아, 그래, 샴페인. 우리 그거 한잔할까요? 아참, 안 되는구나, 미희 선배는. 그럼 거국적으로 저녁 한 끼 대접할까요?"

"뭐 거국적일 것까지야."

그러면서도 형준은 입가의 미소를 귀에까지 걸었다. 그런 형준을 놀리며 혜수는 등을 돌렸다. 순식간에 굳어진 얼굴을 겨우겨우 추슬렀다. 자꾸만 목을 조르는 과거의 환영들을 애써 쫓았다.

'지워. 없애.'

뭘 지우고 뭘 없애라고 한 건지 알고나 한 말이었을까. 하긴 모를 리 없다. 무섭도록 잘라버린 말이, 그녀를 얼마나 아프게 했는지 그나 자신이나 너무나 잘 알고 있었다. 단 한 마디의 변명도 허용하지 않았던 그를 미워하며 얼마나 눈물을 흘렸던가. 이젠 과거가 되었건만 아직도 이런 순간순간에는 그의 영향 밖으로 완전히 벗어나지 못했음을 실감한다. 지겨운 일이지만 정말 어쩔 수 없는 일이었다.

"어디 가?"

형준의 눈치 없는 물음에 미희는 눈살을 찌푸리며 그의 팔을 잡아끌었다.

"왜 그래?"

형준은 그런 미희에게 타박을 했다.

"애들이요. 애들 아직 집에 다 안 갔잖아요."

"잘 놀 텐데 뭐. 그냥 둬."

"그러다 저번처럼 승주와 혜정이가 싸우면요. 승주가 하도 벼르고 있어서 이번에는 혜정이도 만만하게 대하진 못할 거라구요."

혜수는 그리 말하고 밖으로 나갔다.

"왜 그리 눈치가 없어. 혜수 속이 어떻겠어?"

미희는 즉각 방석으로 응징했다.

"그럴수록 건드려줘야 해. 자꾸 혜수가 원하는 대로 건드리지 않고 눌러두면 나중에는 어떻게 손을 쓸 수도 없을 정도로 곪아버린다고. 아무렇지도 않게 대하는 게 최선이야. 우리 머리에도 그 재수 없는 일이 끈덕지게 따라다니길 원치 않을 거라구."

"그렇다고 대놓고 말할 수는 없어."

"없기는. 아직 녀석이 적응을 못했으니 계속 적응시켜야지."

"아휴, 그 못된 심보 누가 당해."

"흥! 내가 안 해도 이미 진천이 포섭을 깔아두는 것 같던데 뭘."

"무슨 말이야?"

미희의 닦달에도 형준은 입을 열지 않았다.

형을 누구보다 잘 따르던 진천이었다. 아무리 형수의 고통에 형을 미워하게 됐다지만, 아니 형수를 누구보다 아끼기에 진천은 진우의 말을 들어줄 것이다. 둘을 만나게 말이다.

"이제 볼 만한 영화가 시작되겠어. 으차."

애들의 위한 소품을 옮기며 형준은 둘이 잘되기만을 기원했다. 아니 원만히 해결되기를 바랐다. 그건 지극히 개인적인 이기심이기도 했다. 자신이 행복할 때 누군가 불행하면 기쁨이 반으로 줄어든다. 물론 이 생각을 말로 뱉었다면 아마 미희 손에 아작이 나도 열두 번은 더 났겠지만 그런 이기심을 가슴에 품지 않을 사람이 몇이나 될까 싶었다.

물론 이유가 그것만은 아니었다. 어쨌든 자신이 아끼는 후배이고 미희만 아니었다면 사랑이란 것을 해볼 만한 가치가 있는 여자이기에 형준은 혜수의 행복을 간절히 바라고 있었다. 그것이 험난한 가시밭길임을 모르지 않음에도 진우란 남자의 눈빛에서 거짓을 볼 수 없었기에 한 번은 쾅 하는 부딪힘이 있을 거란 사실을 어렵지 않게 예감할 수 있었다. 어쩌면 남자란 종족만이 주고받을 수 있는 텔레파시나 영감 같은 것이라고도 말할 수 있었다.

어디서 본 문구가 떠올랐다. 남자는 가슴에 커다란 방 하나를 가지고 있는데 그 방에는 단 한 사람만을 들일 수 있다고 했다. 온전히 단 한 사람만을 들일 수 있는 그 방에 진우란 남자는 혜수를 담았을 것이다. 그의 표현이 잘못되었고 조금은, 아니 많이 삐뚤어져 있다 해도 그 사랑을 의심할 수는 없었다. 물론 여자들은 의심하겠지만 말이다.

다행히도 자신에게는 미희란 손쉬운 먹이가 있었지만 최진우란 사람에겐 꽤나 험난한 과정이 기다리고 있다. 하긴 그러고 보면 그 사내도 고단한 삶을 산 아주 힘든 사람이란 생각도 들었다. 그에게는 쉬운 게 없었다. 혜수도 그렇고 그의 집안사 또한 그랬다. 남자 대 남자로서의 동정심이 아주 없다고 할 수 없는 건 바로 그런 점 때문이리라. 그 모든 걸 한꺼번에 해결하기란 제아무리 슈퍼울트라 짱 나이스 가이여도 힘들 것이다. 그러니 두고보는 사람의 조마조마한 가슴에 재미를 더하는 것이 아닐지. 자신이 생각해도 조금은 악마적인 취미 같기는 했다.

"이번 기회는 놓치지 마쇼. 다음은 내가 반대할 테니까."

"내일이구나."

창가에 서 있는 진우의 눈이 반짝 하고 빛을 발했다. 자그마치 3년을 기다렸다. 하긴 그보다 더한 시간이었어도 기다렸을 것이다. 이쯤에서 혜수를 볼 수 있다는 것이 다행인지도 모른다. 한때 그녀를 보는 것 자체를 포기한 적이 있었다. 움직이지 않는 왼쪽 다리를 양손으로 잡아 옮길 때의, 말로는 뭐라 형언하기 힘든 역경이 닥쳤을 때 그는 모든 걸 놓아버리고만 싶었다. 하지만 그때부터 그의 해바라기는 시작되었다.

그런 갑갑한 시간을 보낸 지금, 그는 그 어느 때보다 강해졌다. 육

체적인 면이 아닌 정신적인 면이. 그래서 혜수가 뭐라 말해도 견뎌낼
수 있을 정도로 튼튼해진 신경을 갖게 되었다. 아니, 그렇게 믿고 있
다. 물론 전혀 아픔을 느끼지 못한다는 건 아니다. 아픔은 느낀다 해
도 뒤로 물러나지 않을 고래심줄 같은 고집을 키웠다는 것이다.
　"이 기다림은 내 몫이니까."
　"뭐라고 한 거야, 형?"
　그때 진천이 끼어들었다.
　"아무것도 아니야."
　진천은 형의 얼굴을 살폈다. 저도 모르게 발길이 형에게로 향하다
니 놀랄 일이었다. 가족에게조차 숨긴 형의 사고, 그리고 재활훈련.
그 지겨운 싸움을 함께 한 동지애 같은 것이 그의 발길을 이쪽으로
잡아당겼는지 모른다. 아니면 이제 떠나보낼 누이를 맡길 사람을 탐
색하는 남동생 같은 심정 때문인지도.
　"형수…… 생각했구나."
　"그래."
　"내일이라니. 생각보다 시간이 빨리 지나갔어."
　3년 세월이 수월하지 않았던 만큼 그에게는 며칠이 결코 짧지 않
았다.
　"지금 안 자고 있을 텐데 전화라도 해볼까?"
　진천이 슬며시 던진 말에 진우는 가타부타 대꾸가 없었다. 그러나
진천은 형의 심정을 짐작할 수 있었다. 형이 형수의 목소리를 들을
수 있도록 스피커폰을 사용했다. 요란한 신호음이 적막한 빙 인에 울
려 퍼졌다.
　한 번. 두 번. 세 번.
　세 번째 신호가 끊어지기 전 혜수의 목소리가 들렸다.
　"여보세요?"
　스피커폰에서 흘러나오는 혜수의 목소리에 진우의 몸이 굳어졌다.
진천의 눈은 그런 형에게 맞춰졌다.

"형수."

방 안의 분위기와는 다른 세 살 꼬마의 장난기가 묻어나는 목소리였다.

"도련님!"

반가워하는 혜수의 목소리가 방 안을 더욱 무겁게 만들었다.

"예예, 제가 도련님이죠. 누가 그걸 모른데요?"

혜수의 웃음소리가 전화선을 타고 흘렀고 그 순간 살며시 진우의 눈이 감겼다.

"물론 알죠. 저도 알고 도련님도 아는 사실이죠."

"암요. 알구말구요. 잘 알죠."

마지막 '잘 알죠'란 말은 왠지 장난스럽지 못했다. 하지만 금세 농을 걸었다.

"살아 계신지 알고 싶어 전화드렸어요. 꼬맹이 놈들 등살에 두 손 두 발 다 들고 백기까지 펄럭이고 있는 건 아닌가 싶었거든요."

"도련님 없다고 더 신나 하긴 하던데."

"에이, 무슨 그런 섭한 말씀을."

"진심이랍니다."

둘은 마치 모의라도 하는 양 서로만 아는 대화를 나누며 공감어린 웃음을 흘렸다.

"그나저나 어쩐 일이세요?"

"꼭 일이 있어야 전화드립니까?"

"물론 아니죠. 그래도 식사시간에 맞춰 전화 주신 이유가 뭘까 싶어서요."

"아, 벌써 저녁 먹을 시간인가요? 어쩐지 내 배꼽시계가 울려대더라니. 혼자 식사하세요?"

"아니에요. 마침 형준 선배네로 건너가려던 참이었어요."

"앗. 돼지 선배는 잘 계세요?"

"어머, 도련님. 지금 하신 말 형준 선배에게 일러바칠 거예요."

“아이구, 설마 그러실라구요.”

“흠…… 글쎄요.”

또다시 웃음이 흘러나왔다. 그런 둘의 대화를 들으며 진우는 주먹의 핏줄이 선명히 드러날 정도로 힘을 주었다.

“참, 내일인 거 아시죠?”

아무렇지도 않게 던진 말의 파장은 꽤나 위력을 발휘했다. 순식간에 침묵을 만들어낸 것이다. 잠시 후 잠긴 혜수의 목소리가 들렸다.

“네.”

“준비 다 하셨어요?”

이번만큼은 진천도 아무렇지 않은 척 넘어갈 수 없었던지 목소리가 갈라졌다.

“준비랄 게 있나요, 뭐.”

“있죠.”

진천은 아까보다는 그나마 밝은 목소리를 낼 수 있었다.

“일용할 양식과 얼굴의 주름살 방지용 크림 챙기는 것부터, 그래도 서울 나들이인데 때 빼고 광내려면 어디 하루 가지고 준비가 되겠어요?”

“점점.”

“제 말이 맞죠, 뭐.”

“그래요, 인정하죠. 그래도 거기서 살 것도 아니고 잘 보일 사람도 없는데 그런 준비는 해서 뭐하겠어요.”

살 것도 아니고 잘 보일 사람도 없다는 말에 진우의 눈이 빛을 발했다. 올라와 살 뜻이 없음을 알고 있음에도 그녀의 말은 비수처럼 진우의 가슴에 꽂혔다. 그런다 한들 그가 타박할 수 없기에 더욱 이가 악다물어지는 말이었다.

“도련님, 그런데 전화감이 왜 이리 멀어요?”

잠시 당황한 진천은 아무 말도 하지 못했다. 하지만 이내 둘러댔다.

“아 저, 핸드폰이라 그런가봐요.”

“그렇군요. 참 식사 못하셨다고 하셨죠?”

역시나 형수다운 질문이었다.

“예, 아직이에요.”

“때 거르지 마세요 젊은 거 오래 안 가요 금방 제 나이 되신다구요”

나이 차 많이 나는 연장자인 듯 말하는 혜수에게 웃음이 났다. 겨우 세 살 차이인데 말이다. 그래도 혜수의 마음 씀씀이에 진천의 얼굴이 풀어졌다. 가까이에 서 있는 진우의 얼굴이야 어두워지다 못해 까맣게 되었다 해도 이 순간만큼은 진천의 마음에 스며든 따스한 햇살의 기운을 앗아가진 못했다.

“이만 끊을게요. 선배, 밥상 앞에서 오래 못 버티는 거 아시죠?”

“예. 그럼요, 잘 알죠. 얼른 식사하러 가세요.”

“네.”

전화기를 내려놓은 진천의 시선이 제일 먼저 향한 곳은 진우의 얼굴이었다. 하지만 형은 전화기를 내려놓음과 동시에 등을 돌려버렸기에 기분을 따져볼 수 없었다. 단지 경직된 어깨의 선이 대충 상황을 가늠케 했다.

“형.”

“잘 지내는 모양이구나.”

“그런 것 같아.”

더 이상 말을 붙이기 힘들었다. 형은 말을 붙이기 힘들 만큼 굳어져 있었다.

“저기…… 형, 꼭 내일…….”

“하루라도 미루고 싶지 않다.”

진천은 그대로 입을 다물었다.

“알았어.”

그 말을 하고는 형을 뒤로했다. 무거운 걸음을 옮기며 든 생각은 제발 형수가 상처를 많이 받지 않기만을 바란다는 것뿐이었다.

“많이는 말고 조금만 아파해요. 조금만…… 아주 조금만요”

자신이 한 약속이 갑작스레 답답한 쇠사슬이 되어 목을 조르는 듯
했다. 진천은 전화를 걸어 가장 친한 친구 상기를 불러냈다.

"나야, 나와라. 거기서 기다릴게."

앞뒷 말 다 잘라먹은 진천의 요구에도 상기는 몇 마디 욕지기만을
뱉어낼 뿐 주섬주섬 옷을 주어 입고 약속장소로 향했다.

동생이 나간 후에도 진우는 한참이나 그 자리에 서 있기만 했다.
자신의 치졸하고 옹졸한 감정에 치가 떨렸다. 자신의 또 다른 단면과
마주할 때마다 그는 미치도록 스스로가 싫어졌다. 자신의 동생이다.
다른 누구도 아닌 피를 나눈 형제이건만 혜수와의 일에선 그마저도
경쟁상대, 아니 적으로 간주되곤 했다.

창가에 기대선 진우는 어두워지기 시작한 창밖 풍경에 눈을 고정
시켰다.

서른세 해를 살아온 그였다. 그 중 행복이란 것을, 기쁨이나 달콤
함이란 것을 안 건 그녀와 함께 했던 단 여섯 달 뿐, 그 외의 시간은
그에게 죽은 시간과도 같았다.

혜수는 유순한 듯하면서도 꽤나 발끈 하는 성격을 갖고 있었다. 감
정에 치우치는 면이 많을 뿐더러 그 감정이 오래 가는 편이었다. 그
렇기에 한 번 싸우면 절대 먼저 사과하는 일 따윈 없었다. 그렇다고
그가 사과하는 깃도 아니었지만, 어쨌든 시간이란 놈에 의해 유야무
야 흘러버릴 수 있었다.

물론 결정적인 마지막 다툼은 시간으로도 해결할 수 없는 큰 일이
되고 말았지만.

그건 전적으로 그의 잘못이었으며 누구에게 그 죄를 뒤집어씌울
수조차 없었다. 의심하고, 화내고, 행복이란 것을 차버리는 어리석은
짓을 한 건 다름 아닌 그 자신이었다. 다시 찾기가 얼마나 힘든 일인
지 그때는 몰랐던 것이다.

아니, 찾고 싶은 마음이 그때는 없었다. 그때는 그가 너무 바보였

던 것이다.

　화가 났다. 끓어오르는 화를 주체할 길이 없었다. 아니, 주체하고 싶지도 않았다. 지금 자신의 앞에서 수줍은 듯 웃고 있는 여자의 목이라도 조르고 싶었다. 자신의 아내이기에 더욱 용서할 수 없었다. 아직도 만나고 있을 줄이야. 분명 경고를 했고 그녀는 그 사실을 뚜렷하게 각인까지 했다. 자기 말을 따르지 않으면 결과가 어떨지 그려주기까지 했다. 그러니 바보가 아니라면 알아서 처신했어야 한다. 그럼에도 자신의 아내는 어리석은 짓을 저질렀다. 너무나 어리석은 짓을.
　"지금 아이라고 했어?"
　"네, 아마 지리산에 갔을 때 그런 것 같아요."
　얼굴까지 붉히는 아내를 보며 진우는 쓴물을 삼켰다.
　"지워. 없애."
　"네?"
　순진하게 물어오는 아내의 목이 너무나 유혹적이었다. 저절로 손이 올라가 그 여린 목을 조르고 싶게 했다.
　"못 들었어? 지우라고, 없애버려."
　"무슨 말이에요?"
　동그랗게 뜬 눈이 가증스러웠다.
　"아이를 지우라고, 지워버리란 말야! 이제 알아듣겠어?"
　혜수는 마치 마른하늘에 날벼락이라도 맞은 것 같았다.
　"당신 미쳤어요?"
　"아니, 극히 정상이야. 미친 것은 내가 아니라 너야. 감히 누굴 속여, 누굴!"
　"속이다뇨?"
　"그럼 속이는 게 아니란 말야?"
　"아이를 어떻게 속여요. 대체 무슨 말이에요?"
　"긴 말 필요 없어. 조용히 처리해. 이 일로 시끄럽게 굴지 마. 한 번은 용서해도 두 번은 안 돼."

진우는 들고 있는 가방 손잡이를 부서지도록 꽉 쥐었다. 부들부들
떨리는 손마디가 비명을 질러댔음에도 그는 손의 힘을 풀 수 없었다.
만약 그런다면 자신이 풀린 손을 어디에 갔다댈지 그 자신도 알 수 없
었기 때문이다. 더 이상 아내와 한 자리에 있을 수 없어 방을 나섰다.

집을 나서는 그의 걸음에도 분노가 서려 있었다. 감히 그를 속이려
했다. 감히 그를 얼빠진 멍청이로 만들려 했다. 용서할 수가 없었다.
자신의 결정에 처음으로 회의가 들었다. 부모의 전철을 밟는 것만 같
아 착잡하기만 했다.

차는 빠른 속도로 서울과의 거리를 좁혔다.

3년만의 귀향이었다. 부모님과 동생들이 몇 번 내려와 그녀의 얼
굴을 보고 가긴 했지만 그녀가 서울에 발을 디디는 건 3년만에 처음
이었다. 그녀를 뒤로하고 차에 오르시던 아버지의 얼굴을 볼 때마다
얼마나 스스로를 미워했는지 모른다. 그깟 감정 하나 통솔 못해 서울
쪽으로는 머리도 두지 않는 어리석음을 무엇으로 탓할까. 이제야 겨
우 아버지의 마음을 조금은 편하게 해드릴 수 있게 되어 다행스러웠
다. 그것만으로도 이번 서울행은 의미가 있었다. 그뿐인가, 동생 인후
의 툴툴거림으로부터도 해방이었다. 그러고 보니 큰오빠의 기일이
다가오고 있다. 그 생각에 마음이 도로 무거워졌다.

"뭘 그렇게 생각해?"

"아, 아니에요."

형준 선배가 언제 왔는지 그녀의 옆자리를 차지하고 있었다. 그녀
의 짝꿍으로 정해진 가장 어린 송이가 어느새 뒤편 언니 오빠들과
어울린 것이다.

"너 얼마만이냐?"

"알면서."

"삼 년?"

“그렇게 됐네요, 벌써.”

“그러고 보면 너 참 독해.”

그 말에 미희 선배가 눈을 흘겼다. 하지만 혜수 들으라고 말한 형준이기에 기어코 사과는 하지 않았다.

“아무튼 어려운 걸음을 한 거니까 부모님께 잘해. 저번에 아버님 뵈니까 속이 많이 상하신 것 같더라, 새어머니께도 잘하고.”

“당신이 그렇게 말 안 해도 혜수가 어련히 알아서 할까?”

결국 미희가 끼어들었다.

“아, 이 사람이. 지금 윗사람으로서…….”

“당신이나 잘해. 우리 아버지는 당신만 보면 한숨부터 쉬신다구. 알쥐?”

형준 선배가 또 무언가를 잘못한 모양이었다.

“글쎄, 저번에 서울 와서 자기네 집만 쏙 들르고 우리 집은 안 간 거 있지? 정말이지…….”

“아, 일절만 해.”

형준은 미희의 말이 더 쏟아지기 전에 얼른 막았다.

“아무튼 혜수 너 잘해. 그리고…….”

형준은 살짝 혜수의 안색을 살폈다.

“진우 왔다니까 걸음걸음 확인하고 다녀.”

혜수의 어깨가 눈에 띄게 굳어졌다.

“인간아, 이리 안 와?”

미희의 목소리에 아이들이 창에서 눈을 뗐다.

“아, 아니야. 애들아, 놀아. 아무것도 아니야.”

미희는 애써 사태를 수습해야 했다.

“쳇! 경고는 해줘야 할 거 아냐.”

“경고? 경고 같은 소리하네.”

잇사이로 흘러나오는 나직한 미희의 목소리는 제법 위협적이었다.

“그 경고, 나한테 받아봐. 경고로만 안 끝날 줄 알아.”

이를 물고 말을 잇는 아내가 꽤나 무서웠는지 형준은 순순히 혜수의 옆자리를 비웠다.

"내가 못살아, 못살아. 대체 왜 그래? 아, 정말 미치겠어. 나이나 적어? 왜 이리 앞뒤 분간을 못할까. 할 소리 안 할 소리 좀 가리라고 했지, 이 인간아."

혜수는 미희의 말이 들리지 않았다. 형준 선배가 알고 있다는 건 그녀와 관련된 모든 사람들이 알고 있다는 말이었다. 그의 불같은 화를 본 사람이 그녀만은 아니었던 옛날, 지나가는 사람들의 따가운 시선조차 아랑곳하지 않던 그의 윽박지름에 두 손을 들어버렸던 그 옛날에도 미희 선배와 형준 선배는 그녀의 편을 들었다.

서울이란 팻말이 보이기가 무섭게 차는 톨게이트를 빠져나갔다. 오른쪽으로 돌고, 왼쪽으로 돌고, 꽉 막힌 차선에 들어서자 그제서야 서울이구나 하는 감상이 몰려들었다.

차창 밖의 세상은 별로 변한 게 없는 듯했다. 여전히 많은 사람들이 이 조그만 서울 하늘 아래를 누비고 있었다. 남녀노소, 삼삼오오, 저마다 갈 곳을 향해 바쁘게 걸어갔다.

아이들은 창 하나씩 차지하곤 코를 막을 듯 붙어 앉아 그런 서울을 구경하느라 여념이 없었다. 그게 어디 아이들만이겠는가. 며칠 전에도 올라왔던 형준까지도 넋 놓고 보고 있었다. 마치 도회지에 처음 상경한 촌놈처럼, 아까의 실인은 있지도 않았던 듯 아무렇지도 않게 앉아 두 눈 동그랗게 뜨고 서울구경에 바빴다.

차는 어느새 진천이 다니는 학교 앞에 당도했다. 제일 먼저 보인 것은 간편한 복장을 한 진천의 환한 웃음이었다.

"형수."

마치 국빈이라도 맞는 사람처럼 감개무량한 표정이었다.

"누가 보면 제가 대단한 사람이나 되는 줄 알겠어요."

"그럼요, 대단하죠."

진천의 뒤를 이어 자원봉사로 나왔다는 진천의 친구들이 서 있었다. 그 중에는 진천의 고교동창 상기도 보였다.

"오랜만에 뵙네요."

"그러네요. 잘 지내셨어요?"

"그럼요."

쑥스러운 듯한 상기의 인사를 받고 난 후 자원봉사자로 나온 진천의 친구들과 아이들의 인사가 있었다.

"지는 상택이라캅니더."

"지는 혜진이고, 야는 지 동상 송이라 캅니더."

아이들이 한마디 할 때마다 여기저기가 감탄사 같은 것이 흘러나왔다.

"와 저리 좋아하노. 우리가 그리 웃기나."

"아이다. 그런 게 아이다. 설 사람들은 으디 하나 나사가 빠져 핀기다. 그라지 않고서야 저리 요상할 수 있것나."

저마다의 의견과 저마다의 결론을 내린 아이들은 순순히 진천의 친구들 손을 잡았다.

일은 일사천리로 진행되었다. 굳이 형준과 미희, 혜수가 따라다닐 필요도 없었다. 캠퍼스 안은 재잘대는 시골 꼬마들에게 점령되었고 그들 주위의 대학생들은 저마다 귀엽다는 듯 그들을 쓰다듬어 주었다. 그 중에는 아이들을 위한 보모 역을 자청하는 이들도 있었다.

"인기가 대단한걸."

"애들 입에서 나오는 사투리를 재미있어하는 것 같아."

"하긴. 우리 시골만 해도 분교 졸업하면 가까운 도시로 유학 가잖아. 그럼 사투리고 뭐고 단박에 서울 말씨로 바뀌고 말지. 촌스러우면 애들이 싫어한다고. 사투리를 들을 기회가 없긴 할 거야."

그 말에 미희 선배의 입에서 한숨이 터졌다.

"아휴, 그나저나 내년 입학생이 한 사람밖에 없다는 사실이 가슴 아파."

"그러게."

자꾸만 수가 적어지는 분교 학생들을 가르치는 선생님의 안타까움이 담긴 대답이었다.

"그러나저러나 다음이 어디라고?"

형준은 아까부터 몸이 달아 있었다. 저번 방문 때는 농구부 선수들을 만나지 못했다고 했다. 경기 일정이 빠듯해 때마침 원정경기를 가고 없었다고 했다.

"드디어 세화 농구부와의 만남입니다."

진천이 선심 쓰듯 답했다. 이에 벼르고 또 별렀다는 듯 손바닥까지 부벼 가며 헤벌쭉 웃는 형준은, 파파 스머프에 나오는 가가멜을 연상케 했다.

"누가 더 좋아하는지 모르겠어. 누가 애고 누가 어른이야."

미희 선배의 핀잔에도 형준은 아랑곳하지 않았다.

"내가 농구 팬이잖아."

"하긴, NBA 농구 보겠다고 미국 갈 여비 마련하다 아버님께 혼난 사람이니 말 다했지."

"이거 왜 이래, 그런 배짱이 맘에 들었다며?"

"하이고, 배짱? 내가, 내가 그랬다구?"

혜수는 이들이 어떻게 하나가 되기로 결심했는지 지금 생각해도 의아하기만 했다. 물론 지희 언니가 힌몫 거들긴 했지만 아무리 생각해도 둘은 견원지간으로밖에는 보이지 않았다. 물론 서로의 사랑이 깔린, 믿음이 충만한 견원지간이지만.

지희 언니.

그 이름에 가슴 한쪽이 싸해졌다. 믿었던 사람에게서 듣는 불신의 말은 억장을 무너지게 하는 법이다. 한시도 눈 감고 편히 쉬어 보지 못한 그때에는 더욱 그랬다.

'내가 잘못한 거니? 니들 엮어주려고 한 내가 그렇게 큰 잘못을 한 거야, 그런 거야? 왜들 이래, 왜들 정신 못 차려. 진우, 많은 이해가 필요한 애라고 내가 말했지? 그러지 못할 거면 시작도 말라고 했잖아. 너에게 책임 묻는 건 아니지만 어떻게 일을 이 지경으로 만들어. 그리고 그 애…… 진우 애 맞니? 맞아? 확실한 거야?'

무어라 해야 할까? 그때의 막막한 심정이란 이루 말할 수 없는 아픔이었다. 누구라도 붙잡고 하소연하게 만들 정도의 절박함까지 느껴야 했다. 하지만 그 고통을 혜수는 혼자서 고스란히 받아냈다. 그녀의 곁에는 아무도 없었기에 그리 할 수밖에 없었다. 항상 그녀의 고민을 들어주던 사람은 떠나고 없었으니까.

팔이 안으로 굽는 거야 당연하다지만 그때 자신을 탓하던 지희 선배가 너무나 원망스러웠다. 그의 불신은 그녀가 만든 게 아니었다. 그럼에도 지희 언니는 그녀에게 불같이 화를 냈다. 말도 안 되는 진우의 의심까지 그녀의 책임으로 돌리며 아프게 했다. 그에게 찍어다 붙이려 했던 사람치고는 너무한 대접이 아닐 수 없었다. 하지만 이제는 그 감정마저도 과거의 일인 듯 저만치 사라져 갔다. 선배를 원망하고 자신을 정당화하기에 바빴던 때는 지나버린 것이다. 이젠 정말 과거가 되어 버렸다.

학교가 자랑하는 농구부 체육관에 도착했다. 계단에서부터 열기가 느껴지는 듯했다. 힘찬 구령소리와 젊음을 불태우는 고동치는 심장소리로 체육관은 하나의 생명체처럼 느껴졌다.

"굉장해."

형준 선배의 감탄어린 말이 들렸다. 형준 선배의 방정맞음에 한마디 할 줄 알았던 미희 선배가 웬일로 조용했다. 돌아보니 입까지 떡 벌리고 농구부원들을 보고 있었다. 입에 파리 들어간다고 말해 주려다 그만 두었다. 분명 자신이 언제 그랬냐며 발뺌할 게 뻔하니까.

"형수, 잠시만 기다려요. 이제 조금 있음 휴식시간이거든요."

혜수가 고개를 끄덕여 보이자 진천은 어딘가를 향해 불이 나게 뛰어갔다.

애들은 저마다 좋아하는 선수를 손가락으로 가리키며 디펜스니 레이 업이니 하는 말을 해댔다.

"자요."

진천이 불쑥 그녀의 앞으로 음료를 들이밀었다.

"고마워요. 마침 목이 말랐는데."

시원한 음료가 목으로 넘어가며 자신도 몰랐던 갈증을 해갈시켜 주었다.

"난 우리 애들이 이렇게 농구를 좋아하는지 몰랐어요. 여하간 굉장하네요."

"생동감 넘치는 경기죠. 형수, 농구해 본 적 없어요?"

'농구해 본 적 없어?'

진천의 얼굴 위로 다른 이의 얼굴이 겹쳐졌다. 그 순간만큼은 친근하게 다가섰던 그였건만.

'아니, 아니, 무릎을 구부려야지. 그렇게 뻣뻣해서야. 어어 방어, 방어. 아니지, 그렇게 거리를 두면 공간을 빼앗긴다니까. 가까이 붙어, 더. 그래. 아니, 그렇다고 옷을 붙들면 어떡해. 지금 손이 어디에 가 있는 거야?'

그 뒤를 잇는 유쾌한 웃음소리. 청아하기까지 했던 웃음소리였다.

"형수!"

"아, 예."

"왜 그러세요?"

진천의 조심스런 물음에 혜수는 고개를 가로저었다.

"아무것도 아니에요."

"정말이요?"

"예, 정말이에요."

혜수의 웃는 낯을 보고서야 진천은 얼굴을 풀었다.

"자, 가요. 해보자구요."

혜수가 고개를 저으며 겸연쩍은 미소를 지었다.

“왜요, 공이 무서워요?”

“아니요. 그게 아니라 농구 못해요. 몸이 뻣뻣해서.”

그 말에 진천은 웃음을 터트렸다.

“하긴 형수가 좀 굼뜨긴 해요.”

“굼뜨다뇨? 그냥 몸이 조금, 아주 조금 뻣뻣한 것뿐이에요.”

진천의 미소가 햇살에 부딪혀 흩어졌다.

“그래요, 그래. 누가 뭐래요? 믿어줄게요 진짜 믿어드린다니까요.”

혜수의 째려보는 시선에 진천은 한참이나 키득댔다.

“이 기회에 배워봐요. 농구선수에게 직접 교육받는 이런 기회는 두 번 다시 없을 거라구요.”

진천은 혜수를 보며 다시 미소지었다.

“자, 가요. 여기! 여기 지원자 또 한 명 있어요.”

이 말에 음료수가 쏟아지는 것도 모르고 혜수는 손사래를 쳤다.

“됐어요, 싫어요. 애들이나 시켜줘요. 전 아니에요. 싫다니까요.”

“왜요. 재밌어요. 놀이잖아요.”

“글쎄, 싫어요. 애들이나 가르쳐주세요.”

“물론 애들에게도 기회가 있죠. 하지만…….”

“정말이에요. 선생님으로서의 품위를 지켜야 한다구요.”

진천은 그 말에 씨익 웃었다. 이런 순간에야 선생님의 품위 운운하다니.

“선생님으로서의 품위요? 그런 분이 체육시간에 그 흙먼지를 뒤집어써가며 발야구를 해요?”

“그건…… 애들하고의 놀이죠.”

혜수가 멋쩍은 듯 웃었다.

“이것도 놀이예요. 좀 크고 징그런 인간들과의 놀이지만.”

하지만 혜수는 끝끝내 진천의 청을 밀어냈다.

자원봉사를 나선 친구들과 농구부원들 그리고 아이들이 한데 어우러져 즐거운 비명을 질러댔다.

"어때요, 오길 잘했죠?"

진천이 선수 벤치에 주저앉으며 묻자, 혜수는 피식하고 웃었다.

"네, 도련님 말씀 듣기를 잘했어요."

"정말요?"

"그럼요."

혜수의 웃음이 거짓이 아님을 알게 되자 진천은 안도의 미소를 지었다. 하지만 오늘 저녁에 있을 만남을 생각하니 마냥 즐겁지만은 않았다. 아마 그를 많이 원망할 것이다. 그렇다고 무를 수 있을까? 그러기에는 형의 가슴에 박혀 빠질 줄 모르는 형수를 더 이상은 그냥 두고 볼 자신이 없었다. 둘은 틀림없이 하나가 되야 했다. 그게 진천이 생각하는 세상 이치였다. 오해가 풀리고 서로에 대한 사랑을 확신한다면 안 될 것도 없었다. 진천은 그렇게 생각하기로 했다.

"오늘 하루 수고하셨습니다."

"뭐야, 지금 우리만 쏙 빼고 둘만 도망가는 거야?"

"봐줘요. 형수 오랜만에 올라오신 거잖아요."

"아무리 그렇기로서니, 하늘 같은 선배는 내팽개치고 혜수 한 명 달랑 들쳐메고 줄행랑을 치려고 해!"

혜수를 데리고 나오다 들켜버린 진천은 한참이나 형준의 불호령을 들어야 했다.

"형준 선배, 술 살게요. 이수 서하게 한턱 쏠게요. 진짜라니까요."

술이란 말에 형준은 귀가 번뜩해진 듯했다.

"술?"

"그래요, 술. 근사하게 쏠 테니 오늘 하루만 봐줘요. 어차피 오래 있지도 못하잖아요. 형수 오랜만에 집에도 가셔야 하고."

"언제?"

공짜, 그것도 술에 약한 형준은 진천의 술수에 그만 넘어가고 말았다.

"내려가기 전날. 어때요?"

“흠…… 나 입 고급이야.”

“알아요. 한두 해 알아온 사이인가?”

“좋아. 혜수 데려가. 단! 눈물 빼는 일은 없어야 한다.”

눈빛까지 날카롭게 되받아치는 형준을 향해 진천은 어색한 웃음만을 지어 보여야 했다. 다행히 미희와 혜수는 둘만의 대화에 빠져 이쪽은 보려고도 하지 않았다.

“내 말 알아들었어?”

진천의 고개가 위아래로 끄덕여졌다.

“하긴 내가 이런다고 할 일 못하는 것도 아니지.”

“죄송해요.”

“죄송하다. 그건 결국 혜수가 바라지 않는 일을 하고야 말겠다는 의미인데……. 나에게 죄송할 일은 아니지. 내일 혜수 얼굴 볼 수 있을지 그게 걱정일 뿐이다. 아무튼 조심해.”

“예.”

역시나 눈치 빠른 선배였다. 어디서 그런 눈썰미만 익혔는지 남 거북해하고 껄끄러워하는 건 기가 막히게 알아챘다.

진천이 혜수를 차에 태우고 떠나자 형준은 입맛을 다셨다.

“하, 그놈! 형수 두 번만 아꼈다가는 위아래도 분간 못하겠네.”

“왜 시비야. 진천이가 하는 말도 일리가 있어. 오랜만이잖아. 근사한 곳에서 멋진 시간 보내게 해주고 싶다는 소망이잖아. 우린 그저 애들 저녁상 봐주고 내일 돌아올 혜수를 기다리면 되는 거야. 솔직히 우리는 오늘 한 거 없잖아. 특히 당신은 말야!”

“아, 내가 뭘. 그리고 나는 오랜만 아닌가? 저번에는 볼일만 보고 내려간 거였고. 근사한 곳 가고 싶은 건 나도 같은 심정이라고.”

미희는 한심하다는 듯 한숨을 내쉬었다.

“당신이 애야? 왜 꼭 애들처럼…….”

“잘해 주고 싶다가도 깽판 놓고 싶어지잖아. 쳇! 분명 일 벌어질텐데……. 아, 아깝다, 아까워. 따라갔으면 근사한 구경을 하는 건데.”

"지금 이 사람이 무슨 말을 하는 거야? 근사한 구경이라니. 무슨 구경!"

미희가 정색을 하고 묻자 형준은 슬슬 자리를 피하려 했다.

"아, 몰라. 모른다구."

"빨리 말해. 무슨 구경?"

"글쎄 그런 게 있어, 이 사람아."

형준은 끝내 아무 말도 해주지 않았다.

옷가방 하나 달랑 들고 따라나선 혜수는 진천의 차가 멈춰 선 곳을 확인하고 얼굴을 굳혀야 했다. 진우와 재회한 호텔이자 그 일이 있던 곳.

지겹도록 머릿속을 따라다니던 그의 영상은 이곳에서 시작되었다. 과거다 싶었는데 이렇게 빨리 상기하게 될 줄은 몰랐다.

몸이 뻣뻣해져 왔다. 아니다, 아닌 거다. 모두 다 과거고 묻기로 했다. 이제는 정말 아무 상관없는 거다. 이런 거 하나하나에 신경 쓰며 산다는 거 자체가 힘들고 고욕인 것이다.

가만가만 뜯어본 호텔 레스토랑은 그 전과는 많이 달라져 있었다. 물론 그때도 지금처럼 화려했다. 우아하면서도 사람 기죽이는 세련된 인테리어. 하지만 3년의 세월이 흐른 지금은 그때와 비교해 조금은 단순하면서도 고풍스럽고 그러면서도 여전히 세련되게 변했다. 붉은색 카펫은 약한 무늬가 수놓아진 좀더 은은한 색으로 바뀌었다. 데스크, 그 외 깔끔함을 더한 몇몇의 탁자며 의자들 또한 둥근 곡선을 강조한 화려하게 보였던 디자인에서 단순하고 현대적인 느낌의 체리색으로 바뀌어 있었다. 벽을 타고 늘어선 조명이며 높다란 천장 꼭대기에 매달려 있는 샹들리에까지 그때와는 달라 보였다.

앞으로 한 발 내디딘 혜수는 카펫의 푹신함에 놀라 잠시 주춤거렸다. 때마침 그녀의 팔을 잡아준 진천을 향해 고마움을 표하려 얼굴을 들었다. 그런데…… 또다시 기억회로가 잘못 작동되고 말았다. 진천의 얼굴 위로 그의 모습이 겹쳐졌다.

‘점점 더 재미있어지는군. 이곳은 나 같은 인간이 이용하는 곳인데……. 아니지, 이제 너 역시 나와 같은 인종이 되어버린 걸 잠시 잊고 있었어. 그런 얼굴 할 거 없어. 죄책감 따위를 제일 경멸하거든. 그런 감정 느낄 짓은 하지 말았어야지. 용서나 관용 따윈 한 번으로 족해. 난 이미 한 번 베풀었고 두 번은 없어.’

“형수, 형수.”

“예?”

걱정하고 있음이 분명한 진천의 얼굴이 보였다.

“불편하세요? 피곤해요?”

“아니요, 괜찮아요.”

“그런데 왜 그래요? 낯빛이 안 좋아요.”

“정말 괜찮아요.”

“정말이세요?”

진천은 걱정을 쉽게 거두어들이지 못했다.

“정말 괜찮은 거죠?”

“그렇다니까요.”

“불편하면 나가요. 호텔이란 곳이 편한 곳만은 아니죠.”

“아니에요, 괜찮아요. 정말이에요.”

정말은 그렇지 않았다. 그저 오래 있을 필요가 없다는 사실 하나에 매달릴 뿐이었다.

“이곳에 온 거 알면 형준 선배가 도련님을 가만두지 않을 거예요.”

“쳇, 형준 형은 너무 욕심이 많아요. 그러면서도 왜 살이 안 찌는지. 먹는 거 밝히는 걸 보면 거구가 되고도 남았어야 하는데.”

“그만큼 많이 움직여요. 활동적이잖아요.”

혜수가 살포시 웃어 보였다.

진천은 자신이 잘하는 일인지 회의가 들었다. 되돌릴까 하는 생각이 들려는 찰나 형의 무거운 한숨과 형수의 물기어린 눈빛이 머리를 스치고 지나갔다. 이젠 어쩔 수 없다. 되돌리기엔 너무 늦은 것이다. 잠시 후면 형이 이곳에 들어설 것이고, 그러고 나면…… 어떤 식으로든 결과가 드러날 것이다. 잘한 일인지, 아님 또다시 이 여린 여자에게 상처만을 줄 것인지가 결정된다.

"예전에 이곳에 오신 적 있으시죠?"

의자에 앉은 지 얼마 되지 않아 진천이 슬쩍 운을 띄웠다.

"아시면서 물어보시는 이유가 뭐죠, 도련님?"

진천은 이번에는 너무 앞섰다는 생각이 들었다. 조용한 혜수의 목소리가 예사롭지 않았다.

"시험하시는 거죠, 과거를 얼마나 잊었나?"

진천이 천천히 고개를 끄덕였다.

"잊지 않았어요. 잊을 수 없는 과거니까…… 기억해야죠."

아무 말도 못하는 진천을 보며 혜수는 애써 밝은 표정을 지었다.

"대신 무뎌졌어요. 과거의 감정으로부터…… 상당히 많이…… 무뎌졌어요."

그러길 바라는 것이리라.

"형수."

"네?"

고개를 든 혜수의 눈과 진천의 눈이 마주쳤다. 진천은 뭔가 꺼림칙한 일을 벌이기 직진의 얼굴이었다. 흔들리는 눈동자, 연신 입술을 깨무는 동작하며 불안한 듯 혜수의 시선을 피하기까지 했다.

"저기 형수, 제가…… 형수가 제일 싫어하는 일을 했다면…… 그랬다면 어떨 것 같아요?"

혜수는 진천을 빠히 응시했다. 쿵. 쿵. 쿵. 심장의 고동소리가 귀를 때렸다. 피가 일시에 심장으로 몰려와 터질 듯했다.

"어떤…… 일인지에 따라 다르겠죠."

"형수기 제일 싫어하는 일. 네, 제일 싫어할 그런 일이라면, 아니 싫어하는 이상일 수도……."

혜수의 눈이 가늘어졌다. 그리고 뭔가를 깨달은 듯 벌떡 일어섰다. 갑작스런 행동에 의자가 나동그라졌다. 그 뒤로 정확하게 때를 맞힌 진우가 모습을 드러냈다.

"도련님…… 어떻게……."

혜수는 등뒤의 그를 느꼈다. 그일 수밖에 없었다. 따끔거릴 정도의 시선을 줄 수 있는 사람, 그리고 그것을 고스란히 느끼게 하는 사람은 그밖에 없었다.

"어떻게……."

"제 말 들어주세요, 형수님! 전……."

혜수의 파리해진 입술이며 핏기가 가신 얼굴에서 진천은 자신의 멍청함을 욕해야 했다. 너무 일렀던 것이다. 형수는 가까스로 참고 있었을 뿐이다. 그 이상의 강함을 원한 건 자신의 이기심이고 억지였다. 무뎌져 가는 것도, 잊혀져 가고 있었던 것도 아니었다. 참고, 참고 또 참아내고 있었을 뿐이다.

한 방울의 눈물이 굴러 떨어졌다.

4

“형수님!”

부르는 소리가 들릴 리 만무했다. 하지만 불안한 모습으로 서 있는 형수를 내버려둘 수 없었다.

“앉으세요. 앉아서…….”

진천이 언제 다가왔는지 쓰러진 의자를 일으켜 세웠다. 그랬음에도 혜수는 까맣게 모르고 있었다. 어찌나 손발이 떨리던지 스스로도 어떻게 해볼 수 없을 지경이었다. 그런 혜수의 하얗게 질려버린 얼굴에 진천의 안타까운 시선이 머물렀다. 가까이까지 다가온 웨이터를 눈짓으로 쫓고 위태롭게 흔들리는 형수에게 자리를 권했다.

“그래, 앉아. 금방이라도 쓰러질 것 같아 보여.”

갑작스레 들린 목소리에 혜수는 진저리를 쳤다. 잊을 수 없는 목소리, 잊지 못한 목소리, 잊혀지지 않는 목소리의 주인공이 그녀의 등 뒤에 와 섰다. 한밤중에도 마치 현실처럼 또렷하게 들리는 그의 목소리에 가슴을 부여안고 몸을 일으킨 적이 한두 번이 아니었다. 금세라도 뒤에서 그녀를 잡아 끌 것 같은 두려움에 집 밖으로 나서는 것조차 꺼렸었다. 그런 사람의 모습이 환영이 아닌 현실로 그녀의 곁에 다가와 서 있다. 가장 두려워했던 일이 이것이 아니었던가.

"앉아."

"명령하지 말아요."

그녀의 새된 목소리에 뒤에 서 있던 진우의 몸이 굳어졌다. 혜수는 눈을 감고 지금의 상황을 이겨내려고 안간힘을 썼다.

"명령…… 아니야."

"그럼 부탁인가요?"

비아냥이었다. 생채기라도 내고 싶은 오기가 스멀스멀 기어올랐다. 옹졸한 자신의 행동에 웃음도 나지 않았지만 어쩔 수 없었다. 그의 겉모습만이라도 상처로 가득하길 바랐다. 그랬으면 좋겠다고 빌었다. 그랬으면 하고…….

"그렇다고 해두지."

의외의 대답에 혜수는 코웃음을 쳤다.

"놀랍군요. 역시 오래 살고 볼일이에요."

"형수."

그제서야 겨우 눈을 들었다. 그리고 마주선 진천에게 원망의 눈길을 보냈다.

"하지…… 말았어야 했어요, 도련님. 하지 말았어야…….."

"형수, 그게……."

무어라 변명을 할 것인가. 할말이 없었다. 일부러 그런 것이 아니란 말은 절대 할 수 없지 않은가. 그러니 무엇에 대해서건 어떠한 변명을 할 수 없는 거였다.

"혜수야."

그가 숨을 내쉬듯 그녀의 이름을 불렀다. 한숨과도 같은 그 부름에 혜수의 눈이 또다시 감겼다. 눈꺼풀 사이로 이슬이 내비쳤던 것은 잠시였다. 이내 무슨 결심이라도 한 듯 결연하게 눈을 떴다. 그리고 천천히, 아주 천천히 돌아섰다.

마주본 그에게서 3년이란 시간을 볼 수 있었다. 푹 꺼진 눈은 예전보다 더 깊은 눈망울을 담았고 꼭 다문 입매며 날카로운 시선 주위로는 3년 전에는 볼 수 없었던 주름이 패여 있었다. 하지만 눈빛은 여전했다. 살아 있음을 자부하는 빛나는 검은 눈동자가 그녀를 그때처럼 움츠러들게 했다. 세월도 그의 눈빛만은 유하게 만들지 못한 모양이었다.

한 발짝 다가선 진우로 인해 혜수는 움찔 뒤로 물러났다. 그 행동에 그녀의 다리가 탁자에 닿았고 물이 담겨 있던 잔이 위태롭게 흔들렸다. 그 모든 것을 지켜보고 있던 진우의 한쪽 눈가가 살며시 일그러지며 상처가 분명한 뭔가를 전해 왔다. 혜수의 고개가 좌우로 흔들렸다. 그럴 리 없다고, 스스로를 다짐시키는 행동이었다. 그는 상처란 것을 모르니까. 그는 차디찬 북극해의 얼음이니까, 절대 그럴 리 없다고 외쳤다.

"앉자."

예전의 명령조는 아니지만 충분히 위압적인 목소리였다.

혜수의 고개가 양옆으로 흔들렸다.

"앉아. 잠시면 돼."

물론 오래 걸릴 리 만무했다. 그가 언제는 뭔가에 공들이고 시간 끄는 것을 좋아했던가.

앉기를 간곡하는 그의 말에 혜수는 망설이듯 진천을 쳐다보았다. 무언가 기댈 것이 필요했음이다. 진천이 이 자리를 만든 주범임에도 혜수는 어쩔 수 없이 그에게 손을 내밀었다. 하지만 진천의 고개는 서서히 위아래로 흔들리며 자리에 앉아야 한다는 뜻을 전했다. 결국 혜수는 자리에 앉았다. 절대로 눈을 들지도 그를 보려고도 하지 않은 채 그렇게 자리를 지켰다. 그것만으로도 감사해야 한다는 듯, 그렇게 꼼짝도 하지 않았다. 내린 눈의 시선을 자신의 손에 고정시키고 있었다.

"선생님이 됐다고."

진우가 먼저 운을 뗐다.

“······.”

침묵이 답으로 돌아왔다.

다 알고 있으면서도 묻는 저의가 의심스러웠음이다. 그렇기에 침묵, 그것만이 그에게 줄 수 있는 전부였다.

진우의 얼굴이 점점 굳어져 인간으로서의 표정을 깡그리 없앨 무렵 혜수의 입이 열렸다.

“벽지에 있기 힘들 텐데.”

“누구처럼 물욕이 많지 않아 불편 따윈 느끼지 않아요.”

진우는 놀라움 반 실망 반의 복잡한 심정으로 그녀를 응시했다. 대답을 기대하긴 했지만 이런 것은 아니었다. 옆에 있는 진천은 가시방석에 앉는 듯 불편함에 몸둘 바를 몰라했다.

결국 진천이 나섰다.

“형수 잘하고 있어. 그곳이 공기도 맑고 자연경관도 수려해 살기에 그만이거든. 애들도 형수를 얼마나 좋아한다고. 그뿐인가, 형수 애들 좋아하잖아. 그놈 가졌을 때도······.”

진천은 혀를 깨물고 싶었다. 어쩌면 이리도 생각 없이 말을 내뱉는지, 스스로가 바보 같아 견딜 수 없었다. 무거움에 자신마저 꺼질 것 같다 한들 할말과 안 할말이 있는 거였다. 진천은 어쩔 줄 몰라하며 자신이 만들어낸 일에 식은땀마저 흘렸다.

미안해 어쩔 줄 몰라하는 진천이 깨닫지 못한 진실이 있다. 둘의 파국은 결코 그 이유만은 아니라는 사실. 지금 둘을 가장 괴롭히고 있는 건 잃어버린 아이 때문만은 아니란 사실을 진천은 모르고 있었다.

“그래, 혜수······ 애들을 참 좋아하지.”

“당신과는 달리.”

떨리는 목소리로 내뱉는 말 한 마디 한 마디가 그의 가슴을 적셨다. 표정은 굳힌 채, 예전 그가 그랬던 것처럼 차가움을 가장한 채 그를 향해 얼음송곳을 들이댔다.

진우의 흔들림 없는 시선이 긴 시간 혜수에게 꽂혔다. 그러다 천천히 의자 등받이에 몸을 묻고 칼 같은 냉험함을 드러내며 입을 열었다.
"다시…… 합쳤음 해."
"형!"
우지끈! 마음 안에서 무언가가 부서져 내렸다. 소리도 요란한 그 충격은 귓가에서 가슴까지 이어지며 찌르르한 통증까지 만들어냈다. 적어도 혜수가 느끼기엔 그랬다.
하긴 그에게 뭘 기대하겠는가. 그리 당하고, 그리 아파하고, 그리 울었으면 깨달았을 만도 한데, 아직도 모자람이 있는 듯했다.
"너무 일러. 내가 자리를 마련한 건…… 형수와 서서히 친해질 수 있는……."
혜수가 말을 잘랐다.
"당신 형님, 그런 거 몰라요. 그저 받아버리곤, 누가 깨지나 지켜볼 뿐이죠. 그 대부분, 아니 전부가 그로 인해 깨져 나가는 사람들 투성이일 뿐이에요. 모르진 않으실 텐데요. 형님을…… 두둔하시겠어요?"
혜수의 눈에 그렁그렁 눈물이 맺혔다. 진천은 그런 형수의 얼굴을 외면했다. 차마 마주 볼 수 없었다.
진우의 시선과 혜수의 시선이 부딪혔다. 기대하던 스파크 대신 얼음덩이들이 쏟아져 내렸다.
"맞아, 난 돌리는 법을 몰라. 내 뜻이 어떤지, 이곳에 내가 나타났다는 사실만으로도 짐작할 수 있었을 거야. 그러니 놀라지 않는 거겠지."
"그와 마찬가지로 저의 대답이 어떨 거란 거, 그것 역시 아시겠죠? 왜요, 이번에도 돈으로 해결하시려구요?"
맺힌 눈물을 무시하며 혜수는 떨리는 미소를 만들어냈다. 그에게는 보일 수 없으니까. 절대로. 또 하나의 눈물은 또 하나의 굴욕이기에. 그러기에 입술 끝을 깨물고, 가슴 깊은 응어리를 방패삼아, 그의 눈빛을 맞받았다. 비웃음의 의미까지 띄워서.
혜수의 얼굴에 흐르는 차가움의 장벽을 진우는 알아볼 수 있었다. 아니, 차가움을 가장한 모습을. 그 이유와 그럴 수밖에 없는 그녀의 심정까지 꿰뚫어 보는 그였기에 혜수의 겉모습 이면을 들여다볼 수 있었던 것이다. 얼음의 장벽 안에 자신을 가두고 고통으로 제련된 철옹성을 두른 모습. 자신과 너무나도 닮은꼴인 그 모습에 가슴이 아렸다. 결국 그런 혜수 앞에서 진우의 무모함은 힘을 잃었다.

"혜수야, 우리……."

나직한 그의 목소리에 혜수의 목소리는 더욱 날카로워졌다.

"부르지 말아요. 내가 말했죠? 이젠 우리란 없다고, 남이라고, 함께란 것조차 없었다고, 그렇게 말했죠? 잊지 말라고, 그렇게 말했잖아요."

"알아. 기억해."

혜수는 서슬 퍼런 눈빛으로 자신을 노려보던 그때의 그와, 지금 그녀의 앞에서 안타까움을 전하는 그를 동일인물로 보기가 어려웠다.

"그런데, 그런데 왜 이래요?"

"다시 시작해. 내가,"

진우는 잠시 말을 끊었다. 그리고는 혜수의 두 눈을 응시했다.

"다가가겠어. 충분한 시간을 가지고."

그의 말에 혜수는 시니컬한 웃음을 흘렸다. 눈물이 그렁한 눈만큼이나 고스란히 아픔을 드러내는 웃음이었다.

"그럼 처음부터 틀렸어요. 이건 천천히가 아니죠. 예전의 저라면 지금의 상황조차 이해 못하고 끌려갔을 거예요. 하지만 이젠 아니에요. 그 예전의 바보는 사라지고 없어요. 왜인지는 잘 아시리라 생각돼요. 그리고…… 웃기네요, 왜 당신이 이러는지. 당신은 미련 따윈 모르는 사람이에요. 이런 식으로, 이런 식으로 예전의 상처를 건드리지 말아요. 당신은 아무렇지 않겠지만 난 아니에요. 아직도 피를 흘려요. 시뻘겋게 달아오른 피를. 당신을 더 미워하지 않게 해줘요. 지금만으로도 충분히 힘들고, 충분히 괴로우니까……."

혜수는 천천히 일어났다. 자꾸만 꺾이는 무릎에 힘을 주고 부자연스런 걸음을 내디뎠다.

"형수."

"오지 마세요. 따라 오지 말아요. 지금은…… 도련님도 용서 안 돼요."

비틀비틀 걸어 나가는 혜수의 뒷모습을 두 남자의 눈이 따라갔다. 모퉁이를 돌아 더 이상 형수의 모습이 보이지 않게 되자 진천의 입에서 원망의 말들이 쏟아졌다.

"왜 그랬어, 왜 그렇게 성급하게 군 거야? 형수는 아픔을 마음 안에 담는 사람이야. 쉽게 잊는 사람이 아니라구. 잘 알면서, 잘 알고 있으면서…… 도대체 왜 그런 거야?"

"깨고 싶었다."

감은 두 눈에 지그시 힘을 준 진우의 목소리는 내재된 슬픔으로 떨리고 있었다.

"니 형수 말대로 뭔가를 바란 것일 수도 있겠지. 그래…… 맞아. 닫혀진 반응이 아닌 살아 있는 혜수가 보고 싶었던 거야. 그래 봐야 엉망이 된 과거만을 되돌릴 뿐인데. 아까는 잠시…… 그러고 싶었다."

진천은 할말을 잃었다. 조마조마함에 숨이 막힐 것 같았던 이유는 바로 여기에 있었다. 형수에게만은 감정 조절이 안 되는 형임을 알기에, 불쑥 돌발적인 행동을 할지 모른다고 스스로도 인지하고 있었기에, 그래서 그토록 불안했던 것이리라.

진우는 조용히 향이 강한 위스키를 입가에 가져다 댔다. 숨이 막힐 정도의 강한 알코올이 든 위스키가 식도를 타고 흘렀다. 그래도 그의 심정은 불안정하기만 했다. 술기운을 빌린다 해서 사라질 것이 아님을 알면서도 한번쯤은 부릴 수밖에 없는 만용.

혜수를 보내고 동생마저 가버린 레스토랑에 앉아 진우는 조용히 술을 들이켰다. 진우의 기억 속 혜수는 오늘만큼이나 슬픈 눈을 하고 있었다.

호텔 로비에 선 진우.

진우는 미친 듯한 열기에 휩싸여 있었다. 감히 누굴 바보로 만들겠다는 것인가. 자신을 그렇게 호락호락하게 봤다면 그건 그녀의 잘못이다. 되돌릴 수도 용서받을 수도 없는 잘못. 분명 그는 경고했었다. 한 번의 실수는 있어도 두 번의 용서는 없다고. 혜수는 그의 말을 듣지 않았고 이후의 책임은 고스란히 그녀의 몫으로 남을 것이다.

호텔 룸번호가 317호라 했다. 부디 그곳에 혜수가 없기를, 더 이상 자신의 감정을 주체 못할 지경까지 몰고 가지 않기를 기도했다. 자신의 의심이 잘못이기를, 꼭 그렇게 되기를 빌었다.

엘리베이터의 문이 열리자 낯모르는 사람의 어깨가 자신의 어깨에 부딪히는 것조차 상관하지 않고 앞으로 나아갔다. 걸음의 속도조차 조절할 수 없었다. 빠른 걸음은 호흡을 가쁘게 만들고 그의 심장 박동을 증가시켰으며 얼굴까지 상기시켰다.

드디어 317호 앞.

단호한 손길로 조금의 망설임 없이 벨을 눌렀다.

잠시 안에서 소란스런 말소리가 들렸다. 아마도 한쪽은 싫다고 하는 것 같고 다른 한쪽은 그래도 열어야 한다는 쪽으로 의견이 갈린 듯했다. 그 잠시의 순간도 참을 수 없어 주먹으로 문을 쳤다.

쾅쾅쾅.

"문 열어. 당장!"

그의 목소리에 잠시 방안이 조용해졌다. 하지만 이내 여자의 '맘대로 해'란 소리와 함께 문이 열렸다.

"진우 씨……."

픽! 가차없이 날아간 주먹이 문을 연 남자의 얼굴에 꽂혔다.

"안 돼."

비명소리와 함께 한달음에 달려온 여자가 남자를 안았다. 그 꼴이 보기 싫어 상처를 확인하려는 여자의 가녀린 팔뚝을 잡고 밖으로 끌어냈다. 한사코 뒤에 남은 남자의 안전을 확인하려는 여자의 행동에 진우는 더욱 화가 치밀었다.

"진우 씨, 잠시만요. 잠시만 이 손 놓아……."

"입 닥쳐. 금이 간 자제력이 깨지려 하니까."

잇새로 내뱉는 진우의 말에도 여자는 한사코 뒤로 몸을 뺐다.

"진우 씨."

"맞아. 내가 진우야, 최진우. 당신 남편. 한혜수의 남편이 바로 나란 말야. 그러니 그 입 닥쳐."

한혜수. 그의 아내. 남편인 그가 아닌 다른 이를 가슴에 품은 가여운 여자.

엘리베이터에서 내려 호텔의 로비를 가로질렀다. 자꾸만 뒤를 돌아보는 혜수의 행동에 기억도 나지 않는 가시 돋친 말들을 토해냈다. 혜수는 부정했고 그는 화가 끓어올랐다.

계단으로 뒤따라 왔는지 아까의 남자가 혜수의 이름과 자신의 이름을 번갈아 불렀다. 그것이 더욱 진우의 화에 불을 질렀다. 감히 자신의 이름과 혜수의 이름을 함부로 입에 올리다니. 그의 이성이 날아가는 순간이었다.

감히, 감히 저따위 것이 자신을 능멸하다니. 다 쓰러져 가는 회사의 실장으로밖에 있지 않은 주제에 어디 자신과 동일선상에 있으려한단 말인가. 진우는 들끓는 화를 참을 수 없어 돌아서자마자 다시 주먹을 뻗었다. 명중했음을 알려주는 둔중한 통증이 손을 통해 전달됐다. 희열에 온몸이 떨렸다. 그의 상태를 알아보지 못한 남자는 오해란 말을 흘리며 더욱 그의 분노를 샀다. 또한 미국으로 떠나주겠다는, 비련의 남주인공처럼 내뱉는 대사는 거의 압권이었다. 게다가 마지막으로 또다시 혜수의 이름을 입에 올렸다.

두 번. 세 번. 네 번.

그의 폭력에 혜수의 얼굴이 하얗게 질려가고 있음이 눈에 들어왔다. 하지만 상관없었다. 이건 어디까지나 그와 그녀가 만들어낸 작품인 것이다. 불륜. 끔찍하기 그지없는 단어가 뇌리를 스치자마자 주먹엔 더한 힘이 실렸다.

쓰러진 남자에게 일말의 동정도 주지 않을 채 혜수의 팔목을 잡아

끌었다. 혜수는 거의 악에 가까운 비명을 지르면서도 힘의 우위에 있
는 진우에게 끌려가야 했다. 그 꼴이 또한 온몸의 피가 곤두설 정도
로 그를 감정적으로 만들었다. 그녀는 아마 평생 이 일을 잊지 못할
것이다. 그가 꼭 그렇게 만들고 말 것이다.

바보. 멍청이. 어리석은 하등동물. 그것이 자신이다. 진천이 누구인
가, 진우의 동생이 아니던가. 그런 진천을 믿다니. 또 한 번 자신의
어리석음을 만천하에 공개하고 말았다. 무얼 시험하려 했던가. 과연
이런 일을 꿈꾸며 서울로 올라온 거란 말인가.
아니었다. 절대 아니었다. 서울이란 팻말을 보고도, 눈에 익은 장
소와 낯설지 않은 풍경을 보고도 아무렇지 않으리란 확신을 얻기 위
해 올라왔다. 아니…… 어쩌면 꼭 그렇지만은 않다. 형준 선배가 경
고했던 것처럼 어쩌면 그를 본다 해도, 그래도 두 눈 똑바로 뜨고 가
소롭다는 듯 웃어줄 수 있는지, 그걸 확인하러 올라왔던 것인지도 모
른다. 아니, 그걸 확인하려 온 것이 맞다.
하지만 너무나 빨랐다. 그녀는 자신이 생각했던 것보다도 그를 더
많이 담아두었던 것이다. 그녀는 조금씩밖에는 잊지 못하는 사람이
었다. 엄마가 돌아가셨을 때도 그랬고 아이와 영원한 이별을 했을 때
도 그랬다. 아버지에 대한 배신감을 접는데도 너무나 오랜 시간이 걸
렸다. 하지만 그 무엇보다, 진우에 대한 것은 그 모든 것을 합친 것보
다 더 그녀를 괴롭혔다. 어쩌면 너무나 많은 것들이 너무나 복잡하게
얽혀 있기에 그런지도 모른다. 또한 그는 그녀를 너무나 많이 아프게
했다. 그때의 기억을 조금도 잊지 못하게 할 정도로.

모든 것이 멈춘 호텔 로비.
혜수의 눈에 비친 그는 금방이라도 폭발할 듯한, 불길 활활 타오르
는 화기의 한복판과도 같았다.
"점점 더 재미있어지는군. 이곳은 나 같은 인간이 이용하는 곳인

데……. 아니지, 이제 너 역시 나와 같은 인종이 되어버린 걸 잠시 잊고 있었어. 그런 얼굴 할 거 없어. 죄책감 따위를 제일 경멸하거든. 그런 감정 느낄 짓은 하지 말았어야지. 용서나 관용 따윈 한 번으로 족해. 난 이미 한 번 베풀었고 두 번은 없어.”

이죽거림이 지나쳐 사람의 오장육부를 뒤흔들어 놓았다.

“지금 당신이…… 뭘 의심하는 건지나 알아요? 알면서 이러는 거예요?”

물론 모르고서 할 만한 의심은 아니었다. 그의 성격이 그랬고 그가 한 말 속의 뼈로도 알 수 있는 거였다.

“모르고 이럴 것 같아?”

속내를 알 수 없는 가면이 또다시 그의 얼굴을 뒤덮었다. 눈에서 나는 태울 듯한 열기만 아니었다면 그를 매우 침착한, 아니 냉담한 사람이라고 생각했을 것이다.

“미쳤군요, 정말 미쳤어요. 미치지 않고서야…… 그러지 않고서야…….”

그의 우악스런 손아귀가 혜수의 팔을 비틀어 잡았다.

“미치는 것과 이것은 별개의 거야. 정말 미칠 것 같은 건, 지금 너의 부정을 뒷받침해 줄 만한 증거가 하나도 없다는 거야. 무슨 말인지 알아? 나 역시 사람이고 남자이기에 내 여자가 깨끗하길 바라는 욕심이 없지 않아. 그런데 그 욕심을 채워줄 증거라곤 니 순결 하나 밖에 없어. 지금은 그것조차 믿을 수가 없단 말야. 정말 미칠 것 같은 건, 나와 함께 있는 지금 이 순간에도 그놈을 생각할지도 모르는 너야. 정말 돌겠는 건 그것을 확인하기 위해 니 가슴을 열어볼 수 없다는 거야. 그보다 더한 건, 이런 치졸한 생각에 사로잡혀 있는 내 자신이 무섭도록 진저리쳐진다는 사실이야. 무슨 말인지 알겠어, 알겠냐구! 그러니 조용히 입 닥치고 내가 시키는 대로 해. 그 애 지워. 지우라고, 깨끗하게. 알겠어? 내가 이만큼이라도 이성을 붙들 수 있을 때 해. 돌아버린 후엔 내 자신이 어떻게 나갈지…… 나조차 짐작할 수 없으니까. 내 폭주를 막고 싶거든…… 내가 시키는 대로 해. 알겠어?"

위협적인 음성 때문이 아니었다. 그의 눈빛이 주는 경고의 메시지가 하도 완강해 다른 이의를 제기치 못하게 했다.

그의 손에 붙들려 가는 그 순간이 혜수에게는 평생에서 가장 굴욕적인 때였다.

"혜수야, 진우 씨."

그녀를 부르는 소리. 차라리 못 들은 척해야 했다.

"이런, 부끄러움까지 잊었군."

그의 목소리에 소름이 끼쳤다.

"기다려. 기다려."

그 말을 들을 진우가 아니었다. 하지만 혜수의 한쪽 팔을 잡아 못 가게 막는 사태에 이르자 가면은 벗겨지고 그 안의 야수가 드러났다.

픽, 하는 소리에 혜수의 몸이 움찔거렸다.

"왜 아픈가? 맞는 사람보다 보는 사람이 더 고통스러워하는군."

그때 진우의 표정을 혜수는 잊을 수 없었다. 아니, 잊혀지지 않았다.

"오해입니다. 오해하고 계시는 겁니다."

"오해? 무슨 오해. 오해할 게 없어 보이는데. 이것처럼 간단명료한 걸 본 적이 없는데, 그런데도 오해라."

"사실을 말씀드리죠. 그럼 이해할 수……."

"지금까지 충분히 이해란 걸로 넘어가 준 겁니다. 이 이상 건드리지 마시죠. 아주! 잘못되는 수가 있습니다."

마지막 말은 협박 이상의 의미였다. 그가 한다고 했던 것 중엔 이루지 못한 것이 없음을 혜수만큼 뼈저리게 깨달은 사람도 없을 것이다.

"갑니다. 당신 말대로 외국이든 어디든 갈 테니, 혜수에게는 더 이상……."

"입 닥쳐!"

불끈 쥐어진 손에 힘이 들어갔다.

"아무리 그래도 혜수는……."

눈에 보이지 않을 정도로 주먹이 날아들었다. 혜수가 할 수 있는 거라곤 날아드는 그의 주먹을 몸으로라도 막는 것뿐이었다.

"그만, 그만해요. 그만하라구요. 하지 마. 가, 어서 가. 가라니까!"

혜수의 울부짖음에 진우의 눈은 광기를 더했다.

"안 돼요. 그러지 말아요. 그만해요, 제발요."

마지막 발길질이 날아들었다.

"안 돼!"

죽은 듯 쓰러져 있는 이를 향해 혜수가 던진 한마디였다.

"누나."

버스에서 내려선 그대로 사람들에게 치이며 그 자리에 서 있었던 듯하다. 망연히 서 있는 혜수를 인후가 불렀다.

"누나."

혜수의 눈이 동생을 응시했다.

"응? 언제 왔어."

인후는 텅 빈 혜수의 시선에 철렁 가슴이 내려앉는 듯했다.

"어디다 정신 빼고 다니는 거야. 어디 아파?"

동생의 걱정 담긴 말 한마디에 혜수는 그만 눈물을 터트리고 말았다.

"어? 왜 그래, 누나? 무슨 일이야."

"아니…… 아무것도 아니야. 반가워서, 반가워서……."

떨리는 목소리에 서러운 듯 흐느끼는 혜수의 모습은 반가움만이 아니었다. 하지만 인후는 입을 다물었다. 며칠 전 폭탄선언과도 같은 말을 진천으로부터 들었던 것이다. 말렸어야 했는데 혹시나 하는 마음에 그만 눈을 감고 말았다. 그 결과가 또다시 시린 눈망울과 아픔을 드러낸 누나의 눈물이라니, 자신의 어리석음에 절로 탄식이 나왔다. 그럼에도 인후는 모른 척 누나의 장단에 맞췄다.

"그렇게 반가웠어? 그래, 많이 반가워해. 반성도 좀 하고. 얼마나 오랜만이면 눈물이 날 정도로 반갑겠어. 다 누나 잘못이야."

혜수는 대답 대신 고개만 연신 끄덕였다. 그런 혜수의 얼굴을 인후
는 조용히 감싸 쥐었다. 그리고 계속해서 흘러내리는 눈물을 엄지손
가락으로 훔쳤다.

"나이 거꾸로 먹었구만. 웬 눈물이 이리 많아. 그만 울어. 이러다
날 새겠네. 어서 들어가야지. 내가 담근 김치도 맛보고, 누나만 눈 빠
지게 기다리시는 어머니, 아버지도 뵈야 할 거 아냐. 상다리 부러질
까 걱정되도록 차린 음식도 맛봐야 하고. 현태도 누나 보려고 일찍
퇴근했는데."

"응, 응, 그럴게."

대답은 그리했어도 눈물이 쉽게 그치지 않았다. 속에 것을 게워 내
는 것이 어디 짧은 순간에 될 일이겠는가. 인후는 소리 죽여 우는 누
나의 등만을 두드리고 쓰다듬으며 한참을 기다렸다. 시간이 지나고
울음소리가 잦아들 쯤, 통통 두드리던 손을 멈추고 고개 숙인 누나의
얼굴을 들어올렸다.

"눈물 지워. 아버지가 걱정하셔."

인후의 손에 눈물이 씻기자 그제서야 혜수도 붉어진 눈망울을 닦
아냈다.

"응. 주책 맞게 웬 눈물이 이리 나오니."

"주책인 줄은 아네?"

인후의 놀림에 혜수는 훌쩍이는 가운데서도 웃음을 터트렸다.

"거봐. 안 우니까 보기 좋잖아."

"알았어. 안 울게."

"자, 닦아."

손수건도 아닌 꼬깃한 휴지조각이 디밀어졌다.

"이게 뭐야?"

인후는 피식 웃었다.

"예비용인데, 특별히 누나니까 주는 거야."

"예비?"

“응. 그럴 일이 있어.”

“뭔데?”

두루마리를 풀어놓은 것임이 분명한 휴지로 남은 눈물을 훔쳤다. 그리곤 자못 궁금하다는 듯 되물었다.

“뭐냐니까?”

“가면서 얘기하자.”

인후는 손에 든 까만 봉지를 왼쪽으로 옮기고 위태롭게 매달려 있던 핸드백도 대신 들었다. 그리고는 커다란 자신의 손으로 누나를 감싸안고 집으로 향했다.

절룩! 한쪽 다리에 유달리 힘을 주며 걷는 인후의 움직임에 혜수는 멈췄던 눈물이 다시 나려 했다. 사고 난 지 10년이 흘렀음에도 인후의 다리는 예전으로 돌아가지 못했다. 그 사고로 혜수의 가슴이 어떤지 잘 아는 인후는 누나 앞에서만은 더욱 걷는 것에 신경을 썼다. 그렇기에 혜수는 미안함을 감춰야 했다.

“그만 울 거지?”

“예비용이 무슨 뜻인지나 말해.”

인후는 흠 소리를 내더니 잠잠한 침묵으로 혜수의 질문에 딴청을 폈다.

“한인후!”

“늦는다더니 생각보다 빨리 왔네? 밥도 먹고 온다더니. 진천이 근사하게…….”

혜수의 얼굴이 순식간에 싸늘해졌다.

“누나…….”

“아니야.”

“뭐가 아니야?”

혜수는 애써 자신의 얼굴에 있는 그림자를 지우려 활짝 웃었다.

“너야말로 뭐야, 있는 대로 딴청 부리고. 말할 거야 말 거야.”

인후는 대답 대신 한숨을 내쉬었다. 잠시 망설이는 듯하던 인후는 고개를 흔들었다.

"저녁 먹고 해줄게."

"안 돼, 지금 말해. 궁금하잖아."

"먹고 한다니까. 어차피 식구들 모두에게 할말이었어."

"그래?"

혜수는 그렇게 동생의 손에 이끌려 집으로 들어갔다.

807이란 숫자가 이렇게 무거워 보일 수도 있구나 싶었다. 솔직한 심정은 들어가고 싶지 않았다. 어디 아무도 모르는 곳에 가 실컷 울거나, 고함이라도 지르며 화를 터트리고 싶었다. 하지만 어디 사람의 도리가 그러한가. 동정 아니면 비아냥거릴 인후와 같은 나이의 현태에게든 정겹게 대하려 무던히도 애쓰는 새어머니나 무심한 듯하면서도 날카롭게 살펴볼 아버지께 인사를 드려야 하는, 그런 것이 사람의 도리란 것이니까.

"들어가자. 누나 왔어요."

현관을 열고 들어서는 인후는 뭐가 그리 좋은지 큰 소리로 혜수의 도착을 알렸다.

"저 왔어요."

현태가 먼저 뛰어나왔다. 의외로 인후가 든 짐을 받아들며 선선히 인사부터 했다. 하긴 딱 한 번 그녀가 있는 곳으로 왔었던 현태였다. 그러고 보니 얼굴 본 지는 2년이 넘었다. 그때도 형에 대한 분노가 남아 있었기에 혜수를 쳐다보는 눈빛이 녹녹치만은 않았었다.

"오랜만이야. 얼굴 잊어버리겠네."

결국 혜수가 시선을 피하며 어색하게 인사말을 건넸다.

"정말 오랜만이네."

현태 역시 시선을 피하긴 마찬가지였다. 신발을 벗고 들어서려는데 어머니가 현관까지 나오셨다.

"안녕…… 하셨어요?"

멋쩍지만 인사를 건넸다.

"그래, 얼굴이 영 아니네. 그 동안 끼니는 제대로 먹은 거냐? 얼굴이 까칠한 것이……."

역시나 마음 착한 새어머니였다.

"그럼요."

혜수 역시 입가에 주름을 잡았지만 차마 눈에까진 이르지 못했다. 또한 새어머니와 시선을 맞추지도 않았다.

"저 왔어요."

거실에 계신 아버지에게 다시 인사말을 건넸다. 인후는 혜수보다 더 큰 소리로 누나가 왔음을 알렸다.

"오랜만에 딸이 왔는데 반갑지도 않으세요?"

"왔냐."

겨우 얻어들은 인사말에 혜수는 피식 웃음이 났다.

"내참! 누나 오기 전까지 10분에 한 번씩 물으시더니, 오니까 본 척도 안 하시네."

아버지는 투덜거리는 인후의 말은 귓등으로 흘리시며 소파의 옆을 툭툭 치셨다.

"앉아라."

무뚝뚝한 아버지 밑에서 27년을 살아온 혜수다. 아버지 성격을 왜 모르겠는가. 저것이 아버지 나름의 마음 표현이란 것을.

"건강은 좀 어떠세요? 지난번에 당뇨 있다고 하시더니."

"괜찮아졌다. 밥으로 풀만 먹는 것만 빼면."

슬쩍 새어머니의 눈치를 살피는 아버지를 혜수는 모른 체했다. 아마도 핀잔인 듯했다. 육식을 좋아하지도 않으시면서 괜한 트집을 잡고 계신 것이다.

"생식하세요?"

혜수의 질문에 현태가 끼어들었다.

"엄마가 아버지 건강을 위해 야채만 올리거든. 우리도 덩달아 초

식동물이 됐지 뭐. 진짜 못할 짓이야. 힘을 쓸 수가 있어야지."

인후에게서 받아 든 까만 봉지를 새어머니께 넘기고 현태까지 소파 한쪽을 차지했다. 그런 현태를 옆으로 밀며 인후도 끼어 앉았다.

"니가 힘 쓸 일이 뭐 있나? 여자친구와도 깨진 지 한참이면서."

둘의 티격태격이 또 시작됐다.

"넌 임마 나이든 여자 좋아라 쫓아다니면서 무슨 큰 소리냐?"

현태도 만만찮은 공격을 감행했다.

"능력 있지, 몸매 빵빵하지, 그 정도면 완벽이야."

"흥이다. 저것도 앞날이 뻔해."

그러고 보니 자신의 단짝 근영이가 인후의 꾐에 넘어간 지도 여러 해가 되었다. 고등학교 다닐 때부터 줄창 쫓고 쫓는 게임을 하더니 얼마 전에는 결혼 얘기까지 오가는 듯했다. 그럼에도 그저 좋아란 말 몇 마디로 안부를 대신 했으니 근영이가 아주 많이 서운해할 것은 자명했다. 하지만 연락하기가 쉽지 않았다. 미안하기도 하고 쑥스럽기도 하고, 아무튼 유독 근영이에게만은 연락을 못하고 지냈다. 그런 자신의 행동을 반성하는 의미에서라도 내려가기 전에 근영이를 한 번은 만나야 할 것 같았다. 아니면 친구의 연을 끊어버리겠다는 협박을 받을 것이 뻔하다. 그나저나 고지식하기론 아버지만큼이나 확고부동인 근영이 아버님과 동생 인후 사이가 걱정이다. 유들유들한 성격의 인후이니 알아서 잘하리란 생각도 들지만 한편으로는 그래서 더 어렵지 않을까 싶었다.

"아직 멀었나?"

식사를 채근하는 아버지 말에 뭘 그리 장만하셨는지 바쁘게 손을 놀리는 새어머니가 다 되어 간다고 답했다.

"혜수가 생각보다 빨리 와서 아직 찌개 준비가 안 됐어요 찌개는 바로 끓여 먹어야 맛이 나지 됐다 먹으면 니 맛도 내 맛도 아니잖아요"

"전 괜찮아요. 천천히 하세요. 먹고 오려고 했는데. 괜히 수고스럽게만 했네요. 그냥 먼저 드시지 그러셨어요. 그래서 연락드렸는데 뭐

하러 기다리세요.”

“어머니가 기다려보자 그러셨어. 누나 성격에 밥 못 먹고 들어와
도 먹었다고 할 게 뻔하다고.”

부엌의 부산함은 한층 더해졌다. 마치 손님을 대접하는 주인의 손
길 같았다. 그녀는 객이란 말이었다. 단지 이 집에 잠시 들른 손님.

“가지고 온 것이 그것밖에 없냐?”

아버지가 옷가방조차 들지 않고 들어온 혜수에게 말했다.

“깜빡했나봐요.”

“정신하고는.”

아버지의 핀잔에 혜수는 머쓱한 표정을 지었다. 하지만 실상은 그
옷가방을 어디에 두고 왔는지를 떠올리며 속으로 식은땀을 흘리고
있었다.

“내 옷 입어. 어릴 때 종종 그랬잖아.”

인후는 어색해지려는 분위기를 알아채기라도 했는지 혜수의 옆구
리를 찌르며 농을 걸었다.

“니 옷? 말은 바로 해라, 니가 내 거 입었지.”

“아니지. 누나가 내 거 입은 거지. 생각 안 나? 중학교 때만 해도
내 거 입고 나갔다가 ‘남자 자크는 오른쪽이네, 왼쪽이네’ 하며 애들
이 놀렸다고 울고 들어온 거.”

“너.”

“다 큰 것들이 하는 짓하고는, 쯧쯧. 그건 그렇고 예전에 입던 옷
들이 남아 있을 거 아니냐.”

“아, 그렇네요.”

혜수는 겸연쩍은 얼굴을 했다. 생전 처음으로 방문한 사람마냥 행
동하다니. 정말 자신이 객이 된 느낌에 울컥하는 뭔가가 치밀어 올랐
다. 아니, 그보다 그렇게 말씀하시는 아버지의 마음에 생각이 미치자
덜컥하고 심장이 내려앉는 듯했다.

혜수의 시선이 TV에 고정된 아버지의 얼굴로 향했다. 그러고 보니

어느 날부터, 아니 정확하게는 새어머니와의 결혼을 밝히기 얼마 전부터 아버지는 당신의 속내를 드러내지 않으셨다. 혼내는 대신 당신 속으로 화를 삭히고 그녀나 동생에게는 내색하지 않았다. 뭐라 한마디만 해도 아파할까 싶으셨는지 꾹꾹, 그렇게 눌러 참으셨다. 어머니가 세상 떠나신 이후, 아니 새어머니와 재혼한 후엔 혜수에게 직접적으로 꾸짖은 적이 단 한 번도 없었다. 지금 생각해보니 그런 것 하나하나가 불효이고 못된 소갈머리를 드러낸 것만 같아 죄스러웠다.

"옷 갈아입고 올게요."

"그래라."

"가자."

혜수는 따라나서는 인후를 노려보았다.

"남 옷 갈아입는데 니가 왜 와?"

"보여줄 몸매도 안 되는 주제에. 누나 방 이제 내 방이란 말야. 누나 거 어디 있는지 찾지도 못할 거면서."

집을 너무 오래 비운 모양이었다. 이렇게까지 횡한 기분을 맛보리라고는 생각도 못했다. 그런 혜수의 기분을 눈치챘는지 인후가 단호하게 입을 열었다.

"그런 얼굴 하지 마. 방만 바꾼 거야. 내 방 채광이 안 좋잖아."

"내가…… 뭐랬니?"

인후는 그저 누나의 얼굴만 바라보았다.

저녁 식사자리에서 밝힌 인후의 폭탄과도 같은 말에 식구 모두가 벌어진 입을 다물지 못했다. 특히 혜수의 얼굴은 거의 하얀 백지로 변해버렸다.

"그러니까…… 근영이가 임신을……."

인후는 누나의 눈만을 응시했다.

"네."

새어머니의 물음에 인후는 작은 소리로 대답했다. 하지만 눈은 여전히 누나의 얼굴에 고정시킨 채였다. 잠시 동그랗게 떠진 눈이 감정을 가리기 위해 내려진 눈꺼풀로 그 안을 보지 못하게 했다. 하지만 인후는 속지 않았다.

"이건 사고 정도가 아니잖아."

현태의 말에 인후는 고개를 끄덕였다.

"근영이네 부모님도 아시니?"

"네, 오늘 근영이가 말한다고 했어요."

"그랬구나, 이를 어쩌니."

아버지의 얼굴이 심상치 않았다.

"죄송해요, 아버지."

"두 번 생각할 것도 없다. 물론 책임질 생각으로 말을 꺼낸 거겠지만 근영이 생각해서 서둘러라."

"네."

인후는 슬쩍 누나의 얼굴을 살폈다. 그 눈길에 새어머니와 아버지의 눈길도 합쳐졌다.

"그렇게 보실 거 없어요."

"누나."

"넌…… 매 좀 맞아야겠다. 근영이 내 친구야."

"알아. 미안해."

"어쩌면."

인후는 아무런 변명도 하지 않았다. 누나의 시선에도 그 이상을 들려줄 수는 없었다. 근영이 더 이상 기다리다간 목이 빠져 버릴 거라 앙탈을 부렸다는 사실도, 그와의 잠자리 얘기를 먼저 꺼낸 것도, 유혹의 손을 먼저 뻗친 것도 자신이 아닌 근영이란 말은 아무리 둘이 친구라 해도 할 수 없었다.

"식사하세요."

멋쩍어진 인후가 밥 위로 고개를 떨궜다.

"너 때문에 밥맛 떨어져서 먹고 싶지 않아. 그냥 결혼하고 싶습니

다 하면 어디가 덧나? 꼭 그렇게 유난을 떨어야 돼? 푼수처럼 굴어야
하냐고."

　인후도 현태가 말한 순서를 생각해 보지 않은 것은 아니었다. 하지
만 그렇게 하면 근영이가 배불러 온 후에야 식장에 들어갈 수 있을
텐데 인후는 그러고 싶지 않았다. 또한 누나의 반응을 살피고 싶었
다. 아직도 아파하는지 알고 싶었다.

　"식사하자. 하고 나서 다시 얘기하자."

　하지만 이미 식사 분위기는 엉망이 되어 있었다. 혜수는 자신 때문
에 이리 된 것임을 알기에 뭐라 말을 꺼내야 할지 갈피를 잡을 수가
없었다. 이건 충분히 즐겁고 행복한 일이 될 수도 있었다. 요즘 시대
에 혼전에 아이를 갖는 경우가 결코 드물지만은 않으니까. 책임지고
아이 낳아 잘 기를 수 있는 어른이 벌인 일이니까 충분히 이해하고
넘어갈 수 있다.

　걸리는 거라곤 그녀가 품고 있는 쓰린 옛 과거뿐, 그뿐이다. 아이
는 그 말 자체로 행복이고 충만으로 가득한 아름다움이다. 굳이 숨길
것도, 죄지은 듯한 얼굴로 그녀의 기분을 살필 필요나 이유가 되어서
는 안 되는 거다. 그리고 이제 그녀는 아이란 말의 그 고운 느낌을
받아들일 때가 되었다.

　"나중에……."

　혜수의 입에서 말이 떨어지기가 무섭게 가족의 시선이 그녀에게로
향했다.

　"근영이 놀려먹을 일 생겼네."

　혜수의 입가에 어린 미소에 인후는 가슴이 찡했다. 아니, 그녀를
보고 있는 모든 식구들의 가슴을 울렸다.

　"고마워, 누나."

　"내가 아기 만들었니, 왜 나에게 고마워해? 그나저나 빨리 준비해
야겠다. 배불뚝이 신부는 아무리 생각해도 웃기는 코미디야."

　"그렇지? 나도 그렇게 말해 줬어."

“아까 그 휴지 근영이 거야?”

“응. 애 가져서 그런지 뭐라고도 안 하는데 울고 그러데.”

“그랬구나. 축하해. 이제 애 아빠네.”

선선히 불어오는 바람이 무겁게 내려앉은 장막을 거둬가기 시작했다. 농담이 오가고 웃음이 공기중에 퍼져갔다. 한결 가벼운 마음이 된 가족들을 혜수 역시 만족한 시선으로 바라보았다. 가족에게까지 그 긴 그림자를 드리울 이유는 없었다. 그건 너무 이기적이다.

“이왕이면 빨리 결혼했음 해요.”

“이거 완전히 떡 본 김에 제사 지낼 형국이네.”

현태가 못마땅한 듯 콧잔등에 주름을 잡았다.

“그럼 안 되냐. 누나 말대로 근영이 배불러 오면 신부복 어떻게 입혀?”

“하긴, 것도 웃긴다. 근영이 누나가 키가 크길 해 살집이 좋길 해. 마른 몸에 배만 나온 올챙이 같을 거 아니야. 거기다 웨딩드레스라니 상상만 해도 웃긴다.”

낄낄 웃어대는 현태를 인후가 노려본다.

“너 근영이한테 이른다.”

이른다는 말에 현태의 놀림이 딱 멎었다.

“치사한 놈.”

근영이에게 된통 당한 이후 현태는 근영이라면 그저 조심부터 했다. 말로나 덤벼드는 기세로나 어떤 것으로도 이기기 힘든 상대임을 깨달은 것이다. 하긴 그 이유란 것에는 혜수도 있었다. 혜수의 가슴에 못을 박는 나쁜 놈이란 비난을 고스란히 들어야 했던 건 누나를 상대로 하극상을 벌인 그의 잘못 때문이었다.

“근영이 잘 있지?”

“전화통화는 한다며?”

“하긴 하지.”

그저 안녕이란 안부 말만을 전하고 끊어버려서 그렇지 인사를 나

누긴 했다. 그때마다 들어야 했던 근영이의 이 가는 소리가 지금도 들리는 듯했다.

"근영이가 말하고 싶어했는데, 올라와 얼굴 보고 말하는 게 좋을 것 같아 하지 말라고 했어."

"잘했어. 이런 얘기 전화로 들으면 안 되지."

이후의 시간은 온통 결혼 얘기로 가득 찼다. 인정을 받고 나니 꽤나 든든했는지 인후는 근영이란 이름이 불리는 내내 웃었다. 아주 행복하고 즐거운 모습으로 활짝 핀 웃음을 지었다. 혜수는 그런 동생이 자랑스러우면서도 한편으로는 섭한 마음이 들었다. 동생이 아직도 그녀의 손을 쥐고 싶어하는 게 아닐까 하는 어리석은 생각을 가지고 있었던 것이다.

인후 나이 세 살, 그때부터 혜수는 동생을 자식인양 돌봐야 했다. 아픈 어머니를 대신해야 했으니까. 하지만 이젠 그렇지 않다. 더 이상 밤이 두렵다며 우는 동생을 안아줄 필요가 없다. 더 이상은 눈물을 훔쳐줄 그녀의 손을 필요로 하지 않게 된 것이다. 그렇기에 섭한 마음이 드는 게 당연한 것은 아닌지.

아니, 사실은 자신이 동생의 손을 원하고 있는지도 모른다. 이제는 편안히 기댈 수 있는 넉넉한 어깨를 지닌 동생이기에, 눈물을 닦아주고 두 손을 잡아줄 든든한 후원자로 동생을 필요로 하게 된 것인지도 모른다.

혜수가 피곤하다며 방에 들어간 사이 인후와 현태는 인후의 방에 앉아 나란히 담배를 물었다.

"누나 얼굴 별로던데."

"알아."

"니가 잘못한 거야. 무슨 폭탄투하를 그 모양으로 하냐?"

"그랬지?"

"직격타였어."

"일부러 그런 거야. 떠보려고."

인후의 말에 현태는 적잖이 놀랐다. 누나라면 비켜 가는 바람조차 조심하려 드는 인후였다.

"시간이 흘렀잖아. 어떤지 알고 싶었어."

"너도 참."

인후의 담배연기가 공기중으로 사라졌다.

"근영이 누나는 어때? 그 집은 우리 집처럼 쉽게 넘어갈 것 같진 않은데."

"나만 죽일 놈 되는 거지."

"그럼 니가 죽일 놈이지 아니야?"

"쳇, 내가 꼬드겼나. 근영이가 그랬다구. 난 억울하단 생각까지 든다니까."

"뭐야? 하긴 근영이 누나 성격이면 그럴 만도 하지."

현태는 예전 자신이 당하던 때를 떠올렸다.

'이 머저리 등신아, 니가 그러고도 사람이야? 뭐 죽은 사람을 살려 내? 미쳐도 정도껏 미쳐라. 혜수가 죽어라 고사 지냈니? 누구 때문에 혜수가 이리 된 건데. 누구 때문에 애가 이리 된 거냐구! 애초에 원인 제공자가 누구야, 어? 감정에 휘둘려 혜수를 힘들게 한 게 누군지나 알고 떠드는 거야! 너 나한테 죽고 싶어? 이게 어디 와서 행패야, 행패가. 니깟게 손 올리면 어쩔 거야, 엉? 어쩔 거냐고. 보자보자 하니 위아래 구분 못하는 천둥벌거숭이가 아냐. 형편없어, 형편없다고. 인간도 되도 안 한 것이, 머리에 피도 안 마른 것이 어디서 나대, 나내길. 싸가지 없는 자식.'

현태가 벌개진 얼굴로 대거리를 하려들자 뒤통수를 향해 정확한 펀치가 날아왔다.

'입 다물어. 조금이라도 허튼 소리 했다간 그놈의 혓바닥을 날로 회쳐 먹을 줄 알아.'

저것이 과연 여자 입에서 나올 소리인가 의심하던 찰나 울고 있던 혜수가 고개를 들었다.

'그만해, 그럴 필요 없어. 현태 말이 맞아.'

'맞긴 뭐가 맞아. 사리분별이라곤 화장실과 식당 구분할 수준밖에 안 되는 이놈 말이 뭐가 맞냐고. 너, 빨랑 안 꺼져? 죽을 만큼 맞아야 정신 차리겠어? 엉?'

두 눈 부릅뜨고 입도 뻥긋 못하게 하는 근영의 행동에 분하고 억울했지만 솔직히 빨갛게 충혈된 눈에 헝클어진 머리, 하얗게 질려 있는 혜수의 몰골을 보고는 뭐라 말할 투지를 상실해 버렸다.

'어디 얼마나 편하게 사나 두고봐.'

그래도 마지막 악담은 잊지 않았다. 그때만 떠올리면 아직도 한숨이 나왔다. 그 사고가 어디 누나의 잘못이었겠는가. 그럼에도 살려내라 떼를 쓰다니, 한심하기 그지없었다.

"나도 참 멍청했지."

"뭐?"

"아니야."

"너 그만 가라. 이러다 내 방에 불난 줄 알겠다. 왜 너까지 따라 들어와 굴뚝을 만들고 그러냐?"

"뭐야. 이제 아기 아빠라고 몸 사리냐?"

"그렇다, 어쩔래."

"꼴값을 떨어요. 넌 이제 죽은목숨이야. 근영이 누나 성격이 어떤지 넌 모를 거다."

인후가 모를 수 없었다. 하지만 그런 성격이 좋았다. 불의를 보면 참지 못하고 부르르 몸을 떠는 정의의 사도. 그래도 어디까지나 연약하기만 한, 천상 여자인 근영이었다. 자신이 제일 사랑하는, 아니 두 번째로 사랑하는 근영. 아직까지 누나가 제자리에 돌아가 있지 않기에, 누나의 가슴이 휑하니 뚫려 있기에, 그 자리를 조금이라도 메워 주기 위해 아직 근영은 두 번째일 수밖에 없었다. 근영이 이 사실을 안다 해도 아마 이해해 줄 것이다. 어쩌면 벌써 알고 있는지도 모른

다. 그건 인후의 의무이니까. 자신의 어린 시절을 지켜준 엄마 같은
누나에 대한 아주 최소한의 예우이니까.

　오롯이 누워 있는 오누이.
　"엄마 오늘도 못 와?"
　"응."
　"그럼 언제 와?"
　"나도 몰라."
　지쳐버린 12살 혜수는 자신의 손목을 꼭 쥐고 있는 인후가 귀찮기
만 했다. 잠이 쏟아지려는데 동생은 계속 엄마를 찾았다.
　"누나가 그것도 몰라? 오늘 병원에 갔다왔잖아, 엄마 만났다고 했
잖아. 언제 올 수 있는지 물어보지 않았어?"
　"안 물어봤어. 그리고 자, 내일 학교 가야지."
　"아빠는 오늘도 병원에서 자?"
　"응."
　"아빠는 언제 온다고 했는데?"
　혜수는 그만 동생의 손을 쳐냈다.
　"시끄러워. 이제 그만 자라니까."
　떨쳐내는 손길이 어찌나 매섭던지 인후는 쉽게 누나의 손을 다시
잡지 못했다. 그렇게 얼마쯤 지났을까. 자신이 한 행동이 부끄러웠는
지 혜수는 동생 쪽으로 돌아누웠다. 인후는 울고 있었다. 조용히 눈
물만 뚝뚝 흘리며 숨죽여 울고 있었다.
　"인후야."
　새록새록 드는 미안한 마음에 이번에는 혜수 쪽에서 쉽게 손을 잡
을 수 없었다.
　"나 엄마 보고 싶은데."
　그 말에 혜수의 눈에서도 눈물이 흘러내렸다.
　"엄마 올 거야. 올 거라고 그랬어. 지금은…… 지금은 좀 아프니

까. 그러니까 나중에 온다고 그렇게 말했어."

"누나 울지 마. 나 귀찮게 안 할게."

"너도 울지 마. 바보처럼 남자가 울기나 하고. 어서 자. 내일 학교 가야지."

"응. 누나도 잘 자."

그렇게 마주보고 얼마나 누워 있었을까. 인후의 손이 슬며시 혜수의 손을 잡았다.

"누나 자?"

"아니."

"나…… 손 잡아도 돼?"

"응."

혜수도 인후의 손을 마주 잡았다. 그러다 3학년임에도 유달리 덩치가 작은 동생을 꼭 끌어안고야 말았다.

"이젠 괜찮지?"

"응."

"잘 자."

"응."

인후는 그렇게 잠이 들었다. 인후가 잠든 후에도 혜수는 한참이나 울었다. 동생은 알지 못하는 사실을 알기에 쉽게 눈물이 그치지 않았다. 엄마의 병은 고치기 힘든 거라고 했다. 의사는 언제 죽을지도 모르는 그런 병이라고 말했다. 약을 끊어도 죽고 계속 복용해도 죽는다고. 하느님은 어쩌자고 그런 병을 인간에게 주셨는지, 혜수는 원망스럽기만 했다.

"백혈병이란 건 나쁜 거예요. 그런데 왜 저희에게 주셨어요? 왜?"

혜수는 울다 지쳐 잠이 들었다.

혜수는 밤새 뒤척인 후에야 겨우 동틀 녘에 잠이 들었다. 그렇기에 현관문이 열렸다 닫힌 사실도, 그 문으로 누가 들어왔는지도 알지 못했다.

"엄마, 아버지, 누가 왔는지 좀 보세요."

현태는 뭐가 그리 신이 났는지 문에서 신발을 벗기도 전에 집안이 울릴 정도로 소리쳤다.

"매형이에요."

인후는 너무 놀라 마시려던 물잔을 내려놓고 현관으로 뛰어갔다. 정말 매형이었다. 아니, 누나의 전남편. 생각해 보니 그것도 아니었다. 법적으로는 완전 남인, 그저 예전에 잠시 매형이라 불렀던 남자를 쳐다보았다.

"오랜만이군."

진우는 아무 말도 못한 채 멍하니 서 있는 인후에게 인사를 건넸다.

"들어오게."

조용한 아버지의 음성에 인후는 그만 말할 순간을 놓치고 말았다. 누나가 이곳에 와 있으며 아직 매형을 볼 준비가 되어 있지 않다는 말을.

"예."

인후를 지나쳐 거실로 향하는 진우의 등뒤로 인후의 시선이 매섭게 꽂혔다.

부모님이 모르는 사실이 있었다. 오직 혜수와 그만이 아는 진실. 저 허우대 좋은 인간이 만들어낸 가공의 진실만을 알고 있는 아버지로선 당연히 그를 집안으로 맞아들일 수 있는지 몰라도 자신은 아니었다. 속이 뒤집히려는 짓을 거우거우 눌러 참았다. 그리고는 재빨리 누나가 잠들어 있는 방문을 살며시 열었다. 세상 모르게 자고 있는 누나가 오히려 다행스럽게 느껴졌다. 누나가 일어나기 전에 보낼 수만 있다면 더욱더 다행일 것이다.

"앉게나."

진우가 소파의 한쪽 끝에 앉자마자 부엌에서는 부산스레 움직이는

비(悲)의 이름 103

소리가 들렸다.

"그래, 여긴 어쩐 일인가."

"제가 엄마 심부름 나갔다 만난 거예요. 요 아래 수위실에 누나의 가방을 맡기고 있더라구요."

현태는 그 말이 뜻하는 의미가 무언인지 깨닫지 못하고 있었다. 아버지와 인후의 얼굴이 굳어지는 것을 깨달은 후에야 생각 없이 행동한 자신을 질책할 수 있었다.

"어제…… 혜수를 만난 건가?"

"예."

인후의 얼굴은 아까보다 더욱 일그러졌다.

"무슨 말을 나눴는지…… 물어봐도 되겠나?"

"오래 얘기 나눈 것은 아닙니다."

답변을 하지 않겠다는 말을 돌려 한 거였다.

"설마 그냥 인사만 나누셨겠어요? 누나를 흔들어놓는 덴 일 초란 짧은 순간만으로도 충분하죠."

인후의 날이 선 목소리에 진우는 아무 말도 하지 않았다.

"차라도 마시고……."

"그러지 마세요, 아버지. 누나 일어나기 전에 이 집에서 나가게 하는 게 더 좋아요. 본인도 그걸 알죠."

"인후야."

아버지의 노한 부름에도 도끼눈처럼 치뜬 인후의 눈은 경계태세 그대로였다. 진우 역시 마찬가지였다. 하얗게 불거진 손마디가 그의 감정을 나타내고 있었다. 아니, 그뿐만이 아니다. 꼭 다문 입술의 굳어짐과 내리 뜬 눈빛의 살벌함만으로도 충분했다.

"잠시 만나볼까 했는데, 인후가 그렇게 하고 싶어하지 않는 것 같군요."

인후의 입에서 어림없다는 듯한 코방귀가 새어나왔다.

"그럼 이만 가보겠습니다."

“아니네. 내 집에 온 손님…….”

“누가요!”

꽉 잠긴, 화가 난 음성이 들렸다.

“누나.”

“혜수야.”

진우만이 담담한 얼굴로 혜수의 일그러진 얼굴을 쳐다보았다.

“역시나…… 제 말은 당신에게 어떤 의미로도 전달되지 않는군요. 싫다 좋다의 의견도, 내 입에서만 나오면 무시되는군요.”

혜수의 말에 진우의 얼굴이 굳어졌다.

“뭘 더 바라세요, 뭘 더!”

“바라는 건 한 가지야. 어제 말한 것.”

“하!”

혜수는 기도 안 찬다는 듯 쓸쓸하게 웃었다.

“이거 왜 이래요. 당신, 당신이란 사람…….”

“방으로 들어가서 얘기하지.”

“아니요, 전 할말 없어요.”

진우는 자신의 행보가 빠름을 모르는 바가 아니었다. 하지만 가까이에 있는 혜수를 보지 않고 갈 수는 없었다. 그렇기에 현태가 웃으며 아는 체를 했을 때 조용히 따라 들어오고만 것이다.

“죄송합니다, 아버님, 심려를 끼쳐드려서. 혜수와 조용히 얘기를 나누고 싶습니다.”

누가 밀릴 새도 없이 진우는 혜수의 팔을 끌어 가장 가까운 방으로 들어갔다. 예전에는 혜수가 썼고 지금은 인후가 쓰고 있는 방이었다. 그녀가 없는 사이 방안 공기는 이미 남자가 쓰고 있음을 알리는 향으로 가득했다.

진우는 들어가자마자 문을 잠갔다. 소리도 나지 않게. 그리고 창가로 향했다. 담배 불이 피어오르고도 한참, 진우는 아무 말도 하지 않았다. 물론 혜수 역시 말을 꺼내지 않았다. 그건 무언의 전쟁과도 같았다.

 가까이 손만 뻗으면 잡을 수 있는 손잡이를 보고도 혜수는 가만히 있었다. 표독스런 말 한 마디라도 남기겠다는 일념 때문이었다. 하지만 단지 그 이유만이었을까.

 "내가 합치자고 한 말……."

 그의 갑작스런 목소리에 움찔 몸을 떨던 혜수가 그의 말을 가로막았다.

 "안 들은 걸로 하겠어요."

 "혜수야."

 "안 들은 걸로 하겠다구요."

 "억지 부리지 마."

 "누가 억지를 부리는 줄이나 알아요?"

 노여움이 가득 담긴 혜수의 눈이 진우의 눈길을 잡았다.

 "그래, 내가 억지를 부리고 있는지도 몰라."

 "잘 아시네요."

 "하지만 내가 변했다는 것도 알아줘."

 "하! 웃기지 말아요. 당신은 털끝만큼도 변하지 않았어요."

 "정말 그럴까?"

 "그래요. 그렇다구요."

 3년이었다. 어찌 3년 사이 하나도 변하지 않는 사람이 있을 수 있단 말인가. 그는 3년이란 시간의 3분의 1을 병원에서, 그리고 또 3분의 1은 몸을 완전하게 하기 위해, 나머지 3분의 1은 그녀를 향한 마음을 다잡는 데 보냈다. 더 빨리 올 수도 있었지만 그럴 수 있는 형편이 아니었다. 물론 그 사실을 지금의 혜수가 알아주길 바라는 것은 아니다. 하지만 딱 잘라 그에게 변화란 있을 수 없다고 하는 혜수가 조금은 섭섭하게 느껴졌다.

 "혜수는…… 많이 변했어."

 혜수는 입술만 달싹일 뿐 아무 말도 하지 않았다.

　"그 변화의 원인이…… 나에게도 같은 효과를 발휘했을 거란 생각은 안 해 봤어?"

　"당신이 아파할 일은 없었어요."

　"아니, 그렇지 않아."

　혜수의 입에서 시니컬한 웃음이 흘러나왔다.

　"우습지도 않네요. 왜 이래요, 왜 자꾸 과거를 붙들고 늘어져요? 끝난 연을 왜 자꾸 이으려 하냔 말예요? 거스르려 하지 말아요. 그건 지희 언니가 내게 해준 말이에요. 그저 순리에 맞게, 거스르지 말고, 그렇게 살라고."

　진우가 한 발짝 다가섰다.

　"이게 순리란 생각은 안 들어?"

　"억지 쓰지 말아요."

　"억지랄 수 없어. 아니, 억지라 해도 상관없어."

　진우의 눈에서 예전 그의 독선적인 면을 볼 수 있었다.

　"당신은 변한 게 없어요."

　진우의 눈이 꼭 감겼다 서서히 떠졌다.

　"그렇지 않아."

　"아니요. 예전에도 이랬죠. 자기 마음대로, 하고 싶은 대로 모든 것을 휘둘러야 직성이 풀리는, 맘대로 되지 않으면 그 화가 어디까지 미칠지 그 끝을 알 수 없는 분노. 당신은 여전하군요."

　"그런다 해도 상관없어. 상관 안 해."

　"물론 그러시겠죠."

　혜수의 말 한 마디 한 마디가 진우에게는 지독하리만치 치명적인 상처가 되고 있었다. 그래서일까, 스멀스멀 오기 같은 것이 끓어올랐다.

　"이렇게 빨리 널 다시 보는 게 아니었는데."

　"앞으로 또 볼 일 없을 거예요."

　다시 한 번 진우의 눈이 감겼다. 하지만 이내 감정을 지워버린 얼굴로 그 까만 홍채 안에 혜수의 얼굴만을 담았다.

"너 말 중에 옳은 게 있어. 내 독단적인 면. 그래, 그건 예전이나 지금이나 같을지 몰라. 내 뜻을 이루고 말겠다는 집념은, 글쎄 그때보다 더해졌다고 볼 수 있지. 어떤 면에서는 말이야."

혜수의 심장이 덜컹 하고 내려앉았다.

"나름대로는 최선을 다할 거야. 어쩌면 또다시 너에게 상처 입힐 수도 있겠지. 하지만 바라만 보는 것으로 끝내진 않을 거야."

그건 최후통첩이었다.

"갈게. 조만간 다시 볼 거야."

"아니요, 전 볼 일 없어요."

"아니, 꼭 그럴 거야. 그렇게 할 거야."

혜수의 눈가에 고인 물기가 진우의 눈에 투영됐다. 흔들림을 접으려 돌아서는 그를 혜수는 멀거니 바라만 보았다. 다짐하듯 내뱉는 그의 말이 혜수를 잠시 멍하게 만들었다. 그래서였다. 휭 하니 나가버리는 진우를 향해 어떠한 반박의 말도 꺼낼 수 없었다.

혜수는 감은 눈과 꼭 쥔 손에 힘을 가했다. 예전의 아픔이 다시 시작되려는 순간이었다. 그가 왜 또다시 과거를 끄집어내려는지 그 이유를 알 수 없었다. 아니, 안다 해도 막을 수 없을 것이다. 그는, 그는 자신이 세운 힘의 논리에 너무나 익숙해져 있는 사람이니까. 이대로 또다시 쓰러져 그저 짓밟는 대로 밟혀야만 하는 것인지.

혜수는 또다시 막막해졌다.

등을 보이고 있는 여인의 단정한 모습 뒤로 냉기가 흐르고 있었다. 선뜻 다가설 수 없는 그 분위기에 압도되고 말았다. 똑똑 떨어지는 음절마다 힘이 들어가 그녀의 심경이 어떠한지를 그대로 드러내고 있었다.

"가만 안 둘 거야. 내가 그대로 둘 것 같아! 평생 지고 살 고통하나쯤은 만들어줘야지. 그래야 공평한 거 아니야, 그래야!"

여인이 몸을 돌리자 단정한 뒷모습만큼이나 보기 좋은 얼굴이 드러났다. 하지만 나오는 말들은 모두 귀에 거슬리는 것뿐이었다.

"잊으면 안 된다. 넌 나에게 남은 유일한 자식이야. 내가 못하면 니가 해야 해. 알겠니, 진우야?"

귓가에 생생한 어머니의 음성이 진우를 그때로 돌려놓는 듯했다. 식은땀이 흘러 셔츠를 적시고 손 안에 흥건히 물이 고이게 했다. 왜 어머니의 표독스런 표정과 아파하는 혜수의 얼굴이 겹쳐 보였을까. 하나도 같지 않은데. 그 둘은 하나일 수 없는데. 그런데 유독 그 마지막 날의 어머니의 모습과 좀 전의 혜수의 모습이 너무나 흡사해 보였다. 그건 매우 얄궂은 일이었다. 어쩌면 그를 거부한 점이 닮아서인지도 모른다.

혜수는 받아들일 수 없다고 했다. 그의 진심 따위는 알고 싶지 않다고 했다. 그럼 이제 어떻게 해야만 하는 것인가? 다시 예전처럼 그가 하고픈 대로 모든 것을 끌어가도 상관없단 말인가.

아니, 그건 아니다. 그건 혜수를 또다시 죽이는 짓이고, 그건 그 역시 황폐하게 만드는 길이다. 그 방법 외의 것을 찾아야 한다. 그렇다면 무엇으로 둘의 연결고리를 만들 수 있을까. 무엇을 어떻게?

김창혁.

어째서 이런 순간에 그의 이름이 떠오른 것일까? 혜수와의 일을 망쳐놓은 결정적 화가 되었던 사람의 이름을 어째서 이런 중요한 순간에 떠올린 것일까? 왜 하필이면 지금. 아니다. 어쩌면 그를 이용할 수 있을지도 모른다.

이용이라. 그 말이 딱 어울렸다. 이긴 이용이었다. 혜수의 눈길을 자신에게 머물도록 할 수 있는 가장 근사한 이유가 되어줄 것이다. 혜수는 그의 소식에 목말라 할지 모른다. 아니, 반드시 그럴 것이다. 그걸 이용한다면 자신의 변화를 눈치채게 할 수도 있다. 웃음도 안 나오는 말도 안 되는 계획이었지만 지금의 그에게는 최후의 수단이었다. 아무래도 중단했던 일을 다시 추진해야 할 듯했다.

"젠장, 빌어먹을……."

자동차 핸들을 힘껏 내리쳤다. 손바닥에 전해오는 저릿한 아픔 따위는 느낄 수도 없었다. 정말 지독하리만치 자신이 싫었다. 넓지는 않더라도 최소한 남들만큼의 아량이 있었음 싶었다. 하지만 김창혁이란 이름만 들어도 그의 입에서는 저절로 욕설이 뱉어져 나왔다. 어쩔 수 없었다.

이로써 그 동안 세워두었던 모든 계획이 물거품으로 돌아갔다. 서서히 다가가겠다던 다짐도 빌어먹을이란 말과 함께 공중으로 흩어져 버렸다. 인사를 나누고 서로를 향해 웃어주고 그 웃음으로 아픔을 끌어안고 서로를 달래고, 그렇게 서서히 가까워지겠다는 그의 꿈이 산산이 부서졌다. 혜수의 눈물을 닦아주고 자신도 아파했음을 알려주며 웃음으로 가득한 미래를 만들자는 다짐의 맹세를 나누겠다는 결심 또한 바보의 독백으로 막을 내렸다. 그렇게 서서히 화해해 나가리란 그만의 꿈은 스스로에게도 비웃음을 받고 말았다.

그 얼마나 멍청한 계획인가. 기껏 방해를 받아봐야 그녀의 약하기만 한 반항과 주의의 따가운 시선, 그리고 약간의 기다림일 것이라 생각했다.

그의 기억 속 혜수는 여린 마음을 가지고 있었다. 독기라곤 개미눈물만큼도 없는, 눈물 많고 동정심 많고 남을 배려할 줄 아는 모습이었다. 하지만 그는 잘못 알고 있었다. 3년이란 시간이 만들어낸 허상을 끌어안고 있었는지도 모른다. 아니다, 그의 기억은 정확했다. 단지 자신이 그 모든 것을 파괴해 버렸다는 사실만 알지 못했을 뿐이다. 자신의 손으로 말이다.

"접니다. 오전 일정 취소하세요. 그리고 제 전화번호 수첩 속에서 이환수라는 사람의 연락처를 찾아 연결하세요. 급한 겁니다."

쇠뿔도 단김에 빼라고 했다. 이왕 할 거라면 오래 끌 이유 따윈 없었다. 그에게는 기다릴 여유 따윈 없으니까. 아니, 조금이라도 다가갈 구실이 된다면 그게 어떤 것이든 상관하기 싫었다. 지금 그의 머리에 예측될 결과 따위를 넣어둘 만한 공간은 없었다. 그러니까 상관하지도 않을 것이다.

그가 변했으리란 기대 따위는 하지 않았다. 하지만 이렇게까지 나올 줄은 생각도 못했다. 무엇일까? 무엇이 이토록 그를 과거에 집착하게 만든 것일까? 아무리 생각해 봐도 그 해답을 찾을 수 없었다. 하긴 그녀가 그가 아닌 다음에야 그의 속을 어떻게 알 수 있겠는가. 그를 자신의 분신처럼 여겼을 때조차도 그의 행보에 대한 어떠한 추측도 할 수 없었는데 말이다.

그래도 그는 너무나 변한 것이 없었다. 얼굴에 약한 주름이 진 것과 꽉 닫혔을 때의 입매가 변했다는 것 빼고는 어떤 변화도 찾을 수 없었다. 아니, 과거의 그와 너무나 똑같아 놀랄 지경이었다. 시간도 그만은 비켜간 듯했다. 자신과의 결혼을 마음대로 결정한 것처럼 그는 이번에도 하고픈 대로 하려 들 것이다. 누가 말리겠는가. 자신의 결혼을 자신이 결정할 수 없었던 그 과거와 뭐가 다르겠는가. 그래도 굳이 따지자면 더 이상 그의 말 따위에 휘둘릴 그녀가 아니란 사실뿐. 하지만 정말 그럴까? 그녀가 발을 들인 그 덫이 과연 과거에만 존재하는 것일까? 과거의 그 충격이 다시는 없을 거라고 단정지을 수 있을까? 집으로 들어설 때 본 그 싸늘하게 굳은 식구들의 표정을 다시는 볼일 없을 거라 단정지을 수 있을까?

솔직히 자신이 없었다.

항상 시끌시끌한 집이었다. 인후와 현태가 티격태격 다투고 있거나 새어머니의 잔소리, 하다 못해 시끄러운 텔레비전 소리라도 들려야 했다. 하지만 그날은 아무것도 없었다. 묵직한 침묵만이 집안 공기를 가득 채우며 뭔가 일이 있음을 암시했다.

그때 혜수는 아무것도 모른 채 신발을 벗고 거실로 향했다. 인후가 일어나 혜수를 주시했다.

"인후야, 왜 그래? 무슨 일이야?"

침울한 얼굴로 고개만 가로저을 뿐 어떤 대답도 해주지 않았다. 소파에 앉아 계신 어머니 역시 얼굴색이 좋지 않았다. 현태만이 평소와 별다를 바 없는 뚱한 얼굴을 하고 있을 뿐이었다.

"혜수 왔으면 이리로 좀 들어오거라."

"예!"

방으로 들어서던 혜수는 아버지 앞에 무릎을 꿇고 있는 큰오빠를 보았다. 혜수 역시 영문도 모른 채 무릎을 꿇었다. 그렇게 꿇어앉은 지 한참, 무슨 일인지 전혀 알지 못했던 혜수로서는 답답했다. 다리 까지 저려 와 왈칵 짜증이 났다.

"최진우란 사람이…… 찾아왔었다."

"예?"

진우란 이름을 듣자마자 혜수는 온몸에 전류가 흐르는 듯했다. 아 버지 입에서 진우의 이름이 나왔다. 그건 그녀에게보다 아버지에게 먼저 뜻을 알렸단 말이었다. 뻔했다. 두 번 생각할 것도 없었다. 그녀 에게는 선택의 여지가 없음을 확실하게 한 것이다.

"아버지."

그가 어디까지 얘기했을까? 아이 얘기까지 모두 한 것은 아닐지. 했다면…… 아버지의 심정이 어떠할지 생각해 볼 것도 없었다. 무조 건 잘못했다고 빌어야만 했다.

"너에게 할말이 있어 불렀다."

"아버지, 죄송해요. 제가…… 제가……."

과연 뭐라고 할 수 있단 말인가, 뭐라고.

혜수는 한순간을 놓쳤다. 아버지의 얼굴에 어린 미안한 감정을, 깊 게 주름진 눈가에 약한 이슬이 맺혔던 것도 보지 못했다.

"결혼 얘기 들었다."

"아버지 그게…… 그러니까……."

"받아들이겠다고 했다."

선택이란 애초에 없었다. 그가 그렇게 만들어놓았다.

"내 입으로 얘기하겠다고 부탁했다. 아무래도…… 남의 입을 통해

서보다야 낫지 싶어서.”

　죄송하다는 말이 입가에서만 돌고 차마 나오지 못했다.

　“용서해 다오.”

　갑작스런 말에 한순간 혜수의 눈이 커다래졌다.

　“못난 애비가…… 끝내 못난 짓만 하는구나.”

　“무슨…… 아니에요, 아버지 제가…….”

　“뭐라 해도 너에게는 그저 용서만 빌 뿐이다.”

　혜수의 얼굴이 점점 밀랍처럼 변해 갔다. 왠지 뭔가가 잘못되어 가고 있는 것만 같았다. 이건 혜수와 진우 둘만의 얘기가 아닌 듯싶었다.

　“아버지, 무슨 말씀을…….”

　“그 사람, 도움을 받아들였어.”

　“예, 도움이라뇨?”

　곁에 있던 큰오빠가 입을 열었다.

　“회사가 좀 어려웠어.”

　“나도 알아.”

　“어음이 계속 돌았어. 기한이 다 되어 가는데 막을 여력이 없어.”

　“그게 뭐, 그게 나랑 진우 씨랑 무슨 관계야?”

　설마 아니리라. 혜수는 주위에 마치 소용돌이 같은 것이 몰아치는 것만 같았다.

　“자세히, 자세히 말해. 무슨 말인지 알아듣게.”

　“돈이 필요했어.”

　“그래서.”

　“받았어.”

　“받았다구?”

　“그래.”

　“뭐야 지금…… 지금…….”

　날 팔았단 말이야. 혜수가 하고 싶은 말은 이것이었다. 하지만 차마 입 밖으로 꺼내지는 못했다.

"혜수야……."

"아버지, 설마…… 아니겠죠. 마…… 말도 안 돼."

"삼 억이었다. 집은 이미 저당잡혀 있고 회사로 대출 받을 수도 없었다."

어쩔 수 없었다. 그러니 이해해 달라. 아버지는 지금 그렇게 말하고 계셨다. 하지만 혜수의 귀에는 그 어떤 말도 제대로 들리지 않았다. 문제가 있었고 돈으로 해결해야만 했으며 그걸 진우란 사람이 처리해 줬다. 그것이 골자였고 그렇게 혜수가 팔려간 것이란 말만이 귓속을 파고들었다.

"얼마라구요? 삼 억이요?"

"현태 취직도…… 첫째 유학 문제도……."

"지금 저에게 오빠와 동생 문제를 해결하기 위해 제가 팔렸단 말을 하고 계신 거예요?"

저도 모르게 아버지에게 반항했다.

"혜수야."

"오빠는 가만히 있어. 지금 유학 간다니까 좋아서 이래? 어쩌면, 어쩌면……."

혜수는 일어나 나와버렸다. 문 밖에 있는 남은 식구들의 얼굴을 보면서 문득 이것이 현실일까 하는 의문이 들었다. 설마 아닐 것이다. 아무리 그라지만 이렇게까지 할 수는 없다는 생각에 고개를 흔들었다.

"누나."

인후의 목소리에 혜수는 독기 품은 눈초리로 동생을 윽박지르기 시작했다.

"그래, 넌 뭘 받아? 나 팔아 뭐 받니. 응, 말해 봐."

"왜 이래, 누나. 아버지 심정도 헤아……."

"그래? 내가 아버지 심정을 헤아려야 하는 거구나. 그럼 내 심정은 누가 헤아려 주는 거야? 말해 봐, 말해 보란 말야."

그렁그렁 눈물을 단 채 자신의 방으로 향했다.

“누나.”

“입도 뻥긋 하지 마. 나에게 말도 시키지 말란 말이야.”

식구들의 한탄을 혜수는 귀를 틀어막은 채 들으려 하지 않았다. 그가 말한 것은 이런 거였다. 자신만만한 표정으로 그녀를 쳐다보던 이유는 바로 이랬기 때문이다.

“결혼 날짜 잡았어. 이것저것 귀찮은 일 만들 필요 없다고 봐.”

짜증 섞인 그의 말에 혜수는 잠시 할말을 잊었다.

“무슨…… 무슨 말이에요, 결혼 날짜라뇨?”

“지금 들었잖아. 이번 달 중으로 할 거야.”

“진우 씨, 어떻게…….”

“뭐가? 그럼 책임지지 말라는 거야?”

이건 책임의 문제가 아니었다.

“아이 가졌다는 말을 한 건 결혼을 위해서가 아니었어요.”

“아니, 결혼을 위해서였어. 스스로를 기만하지 마.”

“기만이 아니라 사실이에요. 당신도 알아야 할 것 같으니까. 물론 결혼을 염두에 두지 않은 건 아니에요. 하지만 어제 당신의 얼굴을 보고 깨달았죠. 아, 결혼까지는 무리겠구나. 그래서…….”

“그래서 뭐? 그래서 애를 지우겠다? 정말 그럴 자신 있나?”

비웃음이 분명한 미소를 입가에 지은 진우가 그 어느 때보다 싫었다. 화가 나 따귀라도 갈겨주고 싶은 정도였다.

“아니면 잠자코 있어. 이 정도 양보했으면 된 거잖아.”

“누가 당신과 엮인대요?”

“그만해. 한마디도 꺼내지 마.”

부들부들 떠는 혜수의 모습을 진우의 검은 눈길이 위아래로 훑었다.

“그래, 싫다?”

진우의 표정은 웃기지마라였다. 니깟 게 이 정도 해줬으면 감지덕지해야지 무슨 말이 더 필요하냐는 듯한 그런 얼굴이었다.

"그렇게 쳐다보지 말아요."

"이미 끝난 문제야. 더 이상 시끄럽게 굴지 마."

그는 그 말만을 남기고 일어났다. 그리고는 뒤도 돌아보지 않고 가버렸다. 혼자 남은 커피숍에서 혜수는 그렇게 두 시간을 앉아 있었다.

돌아 나오는 걸음이 온전할 리 없었다. 아무려면 진우의 다른 모습을 보았는데 멀쩡할 수 없었다. 어쩌면 저렇게 사람이 달라질 수 있단 말인가. 어쩌면 저리 차갑게 내칠 수 있단 말인가. 혜수의 머릿속은 온통 진우에 대한 놀라움으로 가득했다.

진우는 지끈거리는 두통에 잠시 눈을 감았다. 하지만 이내 감았던 눈을 떠버렸다. 그래 봐야 잡념만 생긴다는 것을 경험으로 알고 있었다.

눈길이 멈춘 사무실의 이곳저곳. 휑하고 공허한 것이 사람이 있는 공간인가 싶었다. 들어찬 거라고는 냉기를 가득 품은 서류조각과 아무 뜻 없는 장식품, 그리고 잡다한 물건들. 인간의 온기를 느낄 만한 것은 티끌만큼도 없었다. 아니, 먼지 한 점 없는 것이 더욱 그런 분위기를 자아냈다.

시린 눈을 깜박여 까맣게 쓰여진 글자에 집중하려 미간을 찡그렸다. 상반기 결산보고와 함께 기획서, 시장 동향보고와 신제품에 대한 프레젠테이션, 기타 갖가지 보고서가 태산과도 같이 쌓여 있었다. 예전의 그라면 이런 것쯤 눈 깜빡하는 사이 훑어보고 체크하며 허용할 것과 하지 않을 것, 틀린 곳과 첨부할 내용들을 써내려 갔을 것이다. 일말의 망설임도 없이. 하지만 지금 그는 앞에 놓인 서류의 내용을 반도 숙지하지 못하고 있었다. 혜수를 찾아갔던 영향이 생각보다 컸던 것이다.

김창혁. 그에 대한 일을 다시 진행하라 일렀다. 일말의 의심을 하게 된 신용카드 거래명세서가 그의 앞에 놓여 있었다. 저걸 무엇 하러 3년간이나 끌어안고 있었을까. 오늘 같은 일이 있을지 몰라 그랬던 것인지도.

꼬깃꼬깃 접혀 있는 종이조각은 찢었다 붙였는지 테이프가 군데군데 붙어 있었다. 진우는 또다시 그 종이를 손에 쥐었다. 그리고 눈을 감았다.

"사장님, 회의에 참석하실 시간입니다."

붉은 빛으로 충혈된 눈을 무겁게 뜨고 뻣뻣한 팔을 올려 인터폰의 버튼을 눌렀다.

"회의 준비는?"

"다 됐습니다. 일 분기 결산보고는 1 회의실에서 약 10분 후 시작하며 신제품에 대한 품평과 새 브랜드에 대한 컨셉은 2 회의실에서 한 시간 후에 있을 예정입니다. 보고서는 두 번째 결재 서류함에 있고 나머지는 사본으로 각각 1 회의실과 2 회의실에서 나눠드릴 겁니다."

"지금 간다고 해줘요."

"예. 참, 누님께서 전화하셨습니다. 연결하지 말라고 하셔서 나가셨다고 했습니다."

"알았어요."

진우는 잠시 전화를 응시했다. 그러나 정작 수화기를 들고 호출해 낸 사람은 누나, 최지희가 아니었다.

"여보세요?"

"누나는 괜찮아?"

잠시 아무 소리도 들리지 않았다. 한참만에야 인후의 억눌린 듯한 음성이 들렸다.

"만나셨죠, 어제?"

굳이 발뺌할 이유를 찾지 못했다.

"그래."

"하! 뭐라 할말이 없네요. 뻔뻔하다는 생각 안 드십니까?"

그걸 모를 진우가 아니었다.

"정말 너무하시네요. 대체 뭘 하잔 말입니까? 다시 과거를 건드려 무슨 이득이 있다고."

“이득을 보고자 이러는 게 아니야.”

“그럼 뭡니까? 얼마나 아파하나 실험이라도 해보는 겁니까?”

“인후!”

“제 이름을 부르지 마십시오. 너무 한 처사였어요 누나…….”

인후는 말을 멈췄다.

“아픈가?”

“그걸 말이라고 하십니까? 애들에게 겨우겨우 갔어요. 식사는커녕 물도 못 마시고 나갔다구요.”

자신이 생각해도 너무 경솔했다. 그럴 의도는 없었는데 막상 혜수의 얼굴을 보니 과거의 감정이 밀려들어 자신도 모르게 생채기를 내고야 말았다. 그녀의 잘못이 아님을 알면서도 말이다.

“할말이 없군.”

“물론 할말이 없으시겠죠.”

누나를 끔찍이 위하는 동생 아니랄까봐 혜수가 못 다한 분풀이를 하고 있는 듯했다.

“도움이 필요해.”

“도움이요? 지금 저에게 하신 말씀입니까? 대체 절 뭘로 보는 겁니까!”

“나 혜수와 다시 시작하고 싶어.”

인후는 잠시 말문을 잃은 듯 조용했다.

“미쳤군요. 미치지 않고서야 그런 말을 그렇게 술술 꺼낼 수는 없는 거죠.”

인후는 버럭 화를 냈다.

“잘 들어, 혜수 역시 날 못 잊고 있어. 부정할 텐가? 못하겠지. 혜수 자신 외에 그녀를 가장 잘 아는 사람이 인후일 테니까. 그러니 도와줘. 과거를 잊게 할 수는 없어도 옛 감정을 누그러트릴 수는 있으니까. 그럼 새로 시작할 수 있어. 그렇게 하고 싶어.”

“죽은 사람 살려내요. 악담으로 퍼부었던 말 주어 담아 봐요. 그럼 도와드리죠.”

인후는 못해 낼 것을 뻔히 알면서도 해내라는 억지를 쓰고 있었다.

“살려내면, 도와줄 텐가?”

“물론 물심양면으로 돕죠.”

비웃음 섞인 말에도 진우는 끄덕하지 않았다.

“좋아, 살려내지.”

진우는 조용히 수화기를 내렸다. 진우의 추측이 들어맞는다면 인후는 자신의 말을 지켜야 할 것이다.

“사장님!”

진우는 기운차게 일어나 회의실로 향했다. 그에게 도전거리가 생겼다. 꼭 이루어야 할 일, 해낼 일이 생긴 것이다.

“창혁, 이것 좀 옮겨줘요.”

“약한 척하지 말아요, 헬렌. 나보다 더 두꺼운 팔뚝을 가지고서는 무슨 엄살을.”

노려보는 여자의 매서운 눈매에도 창혁이라 불린 남자는 끄덕도 하지 않았다. 이에 더 화가 난 듯, 여자는 흥 소리를 내며 돌아서 버렸다. 그 모습에 남자의 얼굴이 잠시 흐려졌다.

“샐쭉하는 모습이 누굴…… 닮았네요.”

돌아섰던 헬렌이 잠시 창혁을 쳐다보았다.

남자는 허허로운 얼굴을 돌려 묵묵히 헬렌이 가리킨 상자를 집어들었다.

5

　너무나 많은 사람들이 지나가는 거리 한복판에서 불쑥 떠오른 과거의 편린이 그의 걸음을 멈추게 했다. 그러고 보니 그 사람의 마지막을 본 사람이 자신이었다. 그랬다, 그를 공항까지 안내하고 아니 호위하고 나선 사람이 자신이었다. 형이 그래야 한다고 했기에, 아니 둘 사이를 갈라놓는 이가 그 사람이라는 생각에 진천은 적의까지 드러내며 그를 공항으로 이끌었다. 비행기를 기다리는 그 긴 시간 동안 둘이 나눈 대화라고는 몇 시 비행기인지를 확인하고 대답하고 가방에 대한 이야기를 주고받은 게 다였다. 할말도, 어떤 말을 해야 할지도 알 수 없기에 둘은 가만 입을 다물었다.

　그는 간간이 한숨을 내쉬었고 그런 사이사이 고개를 저었다. 아마도 형수를 떠올리고 있는 듯했다. 결혼식장에서도 당당할 수 없었던 사람이라는 생각에 잠시 불쌍하다는 감정이 들기도 했지만 그건 이내, 형의 울분을 떠올리는 순간 날아가 버렸다. 양주를 두 병이나 비운 후에야 털어놓은 형의 감정.

　그녀를 사랑해, 눈물이 날 만큼.

형이 그런 말을 했다는 게 도무지 믿기지 않았다. 자신의 귀가 잘 못되어 환청을 듣는 게 아닌지 의심했다. 그래서 이 일을 맡았다. 걱정 말라는 말까지 덧붙여. 그렇게 창혁이라는 사내 옆에 앉아 멀거니 지나는 사람들의 다리만을 보고 있었다. 늘씬한 여자 다리부터 말쑥한 정장바지, 형형색색의 다채로운 신발에서 털이 부숭부숭한 통나무 같은 다리에 신겨져 있는 슬리퍼까지 물릴 만큼 관찰하고 또 관찰했다. 그런 그가 안됐는지 창혁이라는 사내의 입가에 미소가 어렸다. 아마도 들어가라는 말 따위를 꺼내봐야 소용없음을 이미 알고 있는 듯했다. 그런 그가 게이트로 들어가기 직전 그를 돌아다보며 한마디를 남겼다.

"혜수에게 잘해 주세요."

아마도 그보다 더한 말들을 하고 싶었을 것이다. 세세한 곳까지 일러주며 그녀를 돌보게 하고 싶었으리라. 하지만 그는 그러지 않았다. 형만큼이나 안타까운 얼굴을 하고서는 그렇게 들어가 버렸다. 남은 자신의 죄책감을 덜지도 못하게 그렇게 가버렸다.

그런데 이제 또다시 그 앙금의 찌꺼기를 흩트릴 수밖에 없는 순간이 왔다. 형 부탁에 자신의 개인적인 이유까지 더해져 형수와 형이 다시 만나게 하는 역을 맡았다. 아마도 이승에서 그가 맡는 연기는 이런 일이 다인 듯했다.

좋게 말해 큐피트, 나쁘게 말해 뚜쟁이.

아니, 이 말들은 모두 좋은 말이다. 단지 나쁜 거라면 그의 가슴이 까맣게 멍들어진다는 것뿐. 하긴 그만 그런 것은 아니다. 서울에서의 마지막 일정을 마치고 버스에 오르는 형수의 뒷모습이 어떠했는지 그는 똑똑히 기억하고 있었다. 그건 무척 슬픈 일이었다. 차창 밖으로 흔들어주던 손이 무척이나 시려 보였다. 안녕이라는 말과 함께 웃어주던 그 미소도 마찬가지였다.

무엇을 잘했고 무엇을 잘못했던 것일까? 자신이 그렇게 잘못한 것이냐고 묻기에는 그 스스로가 해답을 알고 있었다. 이런 의문을 갖는

다는 것 자체가 무의미하다는 사실을. 형은 형수와 있어야 하고, 형
수는 형과 있어야 한다. 둘은 서로 사랑하고 그 사이에는 아무것도
있을 수 없다. 너무나 잘 아는데도 자꾸만 뒤를 돌아보곤 한다.

익숙한 벨소리가 그의 귓가에 울렸다. 수신번호에 뜬 이름은 누나
였다. 이쯤에서 나타날 거라고 예상은 했었다. 발도 넓고 귀도 밝은
누나가 모를 거라곤 기대도 하지 않았다.

"누나, 나야."

"그래, 안다."

아마도 화가 난 듯했다. 목소리에 날이 섰다.

"웬일이야?"

"웬일이냐고? 몰라서 묻니?"

"예의상 물어봤어."

"갈수록 능구렁이가 되어가는구나. 그래, 이번 일은 누가 계획한
거야."

"계획이라니. 아니야."

"빤한 거짓말을 잘도 하는구나. 그래 진우하고 혜수랑 만났니?"

앞뒤 자르고 본론부터 시작하는 버릇은 죽는 그 순간까지도 고쳐
지지 않을 것 같았다.

"응."

"무슨 말을 했는데? 혜수는 괜찮아 보였어?"

"무슨 말을 나눌 겨를도 없었어."

"왜?"

"그냥. 형수가 좀 싫어하는 듯해서."

"당연한 반응이지, 뭘 기대했다니? 그건 그렇고 왜 다들 나에게는
쉬쉬한 거야."

"쉬쉬한 건 아니지."

"이게 쉬쉬한 거 아니면 뭐야. 그뿐이야? 진우 한국에 들어온 지
얼마야. 그런데 코빼기도 보기 힘들잖아. 애는 지가 상전이라고 착각

하는 거 아니니? 위아래가 어디인지 아직도 모르는 거 아니냐고. 호텔에서 너희 셋을 봤다는 말 못 들었으면 나만 또 모르고 넘어갔을 거 아냐."

세상이 참으로 좁긴 좁은 모양이었다.

"형 많이 바빴어. 그리고 한 번 봤잖아. 누나도 알잖아, 오자마자 아버지가 볶아댄 거."

"그게 이유가 된다고 생각해? 그리고 그날도 그놈 피곤하다고 집안 식구 모두 돌아가야 했잖아. 하여간 그놈의 성질머리하곤. 어머니를 찾아뵙기는 한다니? 아버지야 회사에서 뵙겠지만."

그러고 보니 형이 얼마 전 아무 연락도 없이 집에 온 적이 있었다. 솔직히 폭풍전야의 고요함이 흐르는 저녁이었다. 숨막히는 가운데 형이 온 용건을 밝히길 기다렸다. 그런데 뜻밖에도 저녁을 먹으러 왔다고 했다. 미국에 있을 때 자신에게 들려준 얘기를 실천에 옮기는 듯했다. 하기 힘들고 불가능에 가까워도 하나하나 해보는 노력이라도 하겠다는 다짐과도 같았던 말. 단지 힘들었던 그 순간을 그런 식으로 모면하려는 줄 알았다. 그런데 그게 아닌 듯하다. 형은 정말로 하나하나를 실천에 옮기고 있는 것이다.

"얘! 전화하다 말고 무슨 잡생각이야?"

"아니야."

"아니긴. 하긴 그놈이 나에게 연락하고 그럴 놈이 아니지. 미국에 가 있는 삼 년간 전화도 안 했던 것이 돌아와서 예의 차릴 거라 믿는다는 건 어불성설이지."

"누나."

"뭐?"

"그냥 잠시 모른 척해."

"뭘 모른 척해?"

"형이 하는 대로 내버려두라고."

"나더러 입다물고 있어라?"

"응."

지희는 섭섭한 마음이 들었다. 자신이 끼어든다고 일이 틀어지는 것도 아닌데 벌써부터 두 형제가 그녀를 따돌리고 있었다.

"내가 만들어준 정분이야. 끝을 확실하게 하든가, 아니면 새 출발할 수 있게 해줘야지."

"어쩌려고?"

"뭐가 그리 걱정이야. 마치 내가 나서면 일이 틀어지기라도 할 듯이 말하는구나."

"그런 건 아냐."

"아니라니 됐다. 혜수 내려가고 한참인데 어째 진우가 조용한 거니?"

"나도 몰라. 통화 안 해 봤어."

"그래, 알았다. 끊자."

둘은 전화를 끊고 서로의 상념에 잠겼다.

조용한 날들이었다. 누나가 내려가고 서울은 또다시 언제 그랬냐 싶게 떠들썩한 분위기로 돌아가 있었다. 시끄러운 소음공해에 익숙해 있던 인후의 귀에 갑작스레 왕왕대는 도시가 짜증스러웠다. 이유는 말할 필요도 없었다. 진우가 던진 한마디.

'살려내면 도와줄 텐가?'

마치 살릴 수 있다는 자신감에 찬 말이었다.

'좋아, 살려내지.'

왜 그 말이 진실처럼 들리는 걸까, 마치 정말로 살릴 수 있는 것처럼.

일들이 꼬이기 시작하자 제대로 풀리는 것이 하나도 없는 것만 같았다. 근영이에게서는 당분간 근신해야 한다는 전화를 받았고 형준 선배에게서는 일만 해 걱정이란 누나의 소식을 전해 들었다. 어머니는 꿈자리가 뒤숭숭하다며 현태와 자신에게 몸조심하란 당부까지 하셨다. 말씀 없기로 유명한 아버지까지도 어머니를 거들고 나서고보니 마치 폭풍전야의 거리에 홀로 선 기분이었다.

"아, 뭐가 이렇게 복잡한 거야. 매형 전화만 안 받았어도 이런 잡 생각은 안 했을 거 아니야."

그렇다고 달라지는 것은 없었다. 죽었던 형이 다시 살아나는 것도 아니거니와 그로 인해 상처난 가슴을 끌어안고 사는 누나나 어머니를 어떻게 도울 수도 없는 일이었다. 매형이 왜 자꾸 옛 상처, 옛 고통에 매달리려 하는지 이해할 수 없었다. 아니, 이해하고 싶지 않았다. 감정이라는 것이 마음먹은 대로 되는 것이 아님을 알면서도 그런 세세한 부분까지 신경 써 주고 싶은 인물이 아니기에 억지스런 원망의 마음까지 생겼다. 그냥 어딘가에 화풀이를 하고 싶었다. 그런 이기심이 더욱 심기를 불편하게 했다.

"젠장."

그 옛날 진우가 물었던 질문이 떠올랐다.

'서로에 대한 마음을 접은 이유가 부모님의 결혼 때문인가?'

아니라고 할 수 없었다. 아니라고 단박에 잘라 말할 수 없었다. 꾹 다문 그의 입매를 보는 것만으로도 충분한 답이 되었을 것이다. 돌아서는 진우를 잡았다. 물어야 했다. 어떻게 알았냐고. 아니, 아니라고 말해야 했다. 하지만 그가 채 무어라 하기도 전에 진우의 쓰디쓴 말이 뒤를 이었다.

'남자의 예감. 그것이 눈에 보이는 실상 너머를 알려줬어. 창혁이란 인물은 사기 따위 치지 못할 위인이야. 또 하나밖에 모르지. 정직하기 해도 분별력은 없고 혜수에 관한 일이라면 죽을 수도 있는 인물이야. 내가 혜수에게 손을 댈 때마다 움찔거리는 짓만 안 했어도 이렇게까지 의심 안 했어. 아니, 그렇게 슬픈 눈으로 혜수를 바라보지만 않았어도 그냥 지나쳤을지 모르지. 나란 인물은 내 울타리 안의 것을 흘끔거리는 짓을 참아줄 정도로 도량이 넓지 못해.'

그는 싸늘한 웃음을 남기고 인후의 답만을 가진 채 떠났다. 그리고 누나는 결혼했다. 끌려가다시피 하는 누나를 잡지도 못했고 울며 돌아온 누나를 보듬어주지도 못했다. 그것이 너무나 가슴 아팠다.

인후는 근영이의 전화번호가 저장되어 있는 번호를 길게 눌렀다.
핸드폰 화면에 1번이란 번호가 뜨더니 금세 신호가 갔다.
"근영아."
"어, 인후야."
"보고 싶어."
정말 보고 싶었다. 근영이의 투덜이 스머프 같은 얼굴이 보고 싶었
다. 땍땍거리는 모습까지도 보고 싶었다.
"인후야!"
인후에게서 처음으로 감정 섞인 말을 들은 근영은 그만 할말을 잃
었다.
"너 뭐 잘못 먹었니?"
"에잇."
"아, 알았어. 화내지 마. 근데 너무 이상하다. 너한테 그런 말 들으
니까."
"알았어, 앞으로 이런 말 절대 안 할 거야."
"안 돼, 그러지 마. 더 해줘. 빨리."
"뭐, 무슨 말?"
"방금 한 말."
"싫어."
"하여간 청개구리야. 근데 무슨 일 있어?"
"아니."
"아닌 게 아닌데? 뭐야, 어서 불어."
"그냥. 누가 안 놀아주니까 심심해서 그래."
"정말 보고 싶다는 말이야?"
"그럼 쓸데없이 그런 말했겠어?"
"알았어. 이따 집 앞으로 와. 잠깐은 나갈 수 있을 거야."
"진짜?"
"진짜."

“알았어. 지금 갈게.”

“아니, 있다가…….”

이미 전화는 끊어진 후였다. 근영은 아무래도 혜수와 진우와의 사이에서 무슨 일이 벌어진 것 같다는 생각이 들었다. 인후가 모두 말해 준 것은 아니지만 진우가 돌아왔고 혜수가 자신조차 보고 갈 수 없을 정도로 허둥대며 내려간 것을 보니 보지 않아도 듣지 않아도 보고들은 것처럼 알 것 같았다. 친구가 아파하는 게 싫었다. 그러기엔 혜수는 너무 힘들게 살았다. 어리광이란 것도 모르고 컸던 친구를 근영은 항상 안타까워했다. 그런데 또다시 힘든 일이 벌어지려 한다. 하지만 이것이 정말 잘못되었다고만 할 수 있을까? 서로를 가슴에 묻은 사람들이다. 이유도 많았고 탈도 많았지만 그것이 사랑을 못할 이유가 될 수 있을지는 자신할 수 없다.

자신부터도 미적거리는 인후를 몸이 달게 만들지 않았던가. 처녀가 남자를 유혹한다는 것이 어디 말처럼 쉬웠겠는가만은 이러다 볼 장 다 볼 것 같다는 생각에 인후를 충동질했다. 그렇다면 진우도 할 수 있으리라. 3년이 지나도 잊을 수 없었다면 그는 해낼 수 있을 것이다. 혜수에게는 그의 끈기가 필요하다. 그러고 보니 혜수와 연락한 지도 한참이나 지났다. 아무래도 한번 내려가 보든가 전화라도 해야 할 듯했다. 바보 같은 자신의 친구가 울고 있지 않기만을 바랐다. 더 이상 흘릴 눈물이 남이 있다면 말이지만.

서울에서의 일정을 마치자마자 돌아왔다. 혜수는 서울에서의 모든 것을 지워버리고 싶었다. 정말 그럴 수만 있다면 무엇이든 할 수 있을 것 같았다. 그를 봐도 고작 욕이나 하고 돌아설 수 있을 거라고 믿지는 않았지만 이 정도일 줄은 몰랐다. 아니, 그가 내뱉은 말에 놀란 심장이 제 기능을 상실한 채 좀처럼 수그러들 줄을 모르는 지금과 같은 상태일 거라고는 미처 깨닫지 못했다.

어쩔 수 없이 그럴 때마다 일에 매달렸다. 각종 보고서에 학습준비,

견학 계획에 진도표까지 다시 만들었다. 뒤에 걸려 있는 아이들의 작품까지도 하나하나 떼내어 먼지며 때를 벗겨냈다. 그리고도 모자라 가정통신란을 만든다 부산을 떨고 형준이 해놓은 일을 자신이 다시 하고 자매결연 학교에 대한 준비며 여타의 잡일까지도 도맡았다. 형준과 미희는 그런 혜수의 아슬아슬한 줄타기를 지켜볼 뿐이었다.

"무슨 일이 있어도 단단히 있었던 게 분명한데. 아이들에게 집중도 못하는 것이…… 뭘까?"

"진천과 간 일 때문일 거야. 내가 경고까지 했는데. 쯧쯧쯧."

형준의 대답에 미희가 추궁했다.

"뭔가 알고 있었지, 그치? 대체 뭐야, 무슨 일이야. 저번에도 요상한 말을 하더니. 빨리 말해, 말하라니까."

"아, 방정은. 진천이 형 온 거 얘기했잖아."

"그게 뭐?"

형준은 답답하다는 듯 가슴을 쳤다.

"만난 거지. 뻔한 걸 묻냐?"

미희는 그 말에 경악한 듯 입이 벌어졌다.

"설마. 진천이를 그렇게 안 봤는데. 세상에 어떻게. 그럼, 그 소풍도 다 속뜻이 있었다는 말 아냐? 깜빡 속았잖아."

"당연한 거지. 괜히 그런 복잡한 일을 자청했겠어?"

"그럼 너도 알았단 얘기잖아? 그러면서도 동의하다니. 니가 더 나빠."

"자꾸 너너 할래?"

"지금 그게 중요해? 그나저나 어쩌지, 쟤 저러다 쓰러지는 거 아냐?"

그 말에 형준 또한 걱정스런 기색을 보였다.

"두고 보는 수밖에 없지. 어쨌든 일이 이렇게 됐으니 우리가 지켜봐 주는 도리밖에 없어. 저녁이나 넉넉히 해. 이대로라면 끼니도 거를 게 뻔하니까."

미희는 형준의 말에 수긍을 하는 듯하다 번쩍 고개를 쳐들었다.

"너 보초 서라. 잠도 자지 말고 보초 서는 거야."

“뭐?”

“혹시 알아, 그 사람이나 나타날지. 니가 저지른 죄의 대가를 받아야 할 거 아니야. 이 근처에 얼씬도 못하게 니가 마을 어귀까지 나가서 보초를 서는 거야.”

“너 미쳤냐?”

“넌 미치지 않고 어떻게 그 일을 두고만 봤냐? 어떻게 만나게 내버려둘 수 있었냐고.”

형준은 그저 눈을 살짝 내리깔고 아이들 속으로 사라져버렸다.

“어디 가. 하여간 저 얌체.”

미희는 형준을 한참이나 노려보았다. 전화벨이 울리지만 않았어도 끝까지 노려보고 있었을 것이다.

“네, 성원분교입니다.”

“혜수니?”

“아닌데요. 누구…… 지희 선배?”

“누구니?”

“저예요, 미희.”

“난 또. 혜수 있니?”

미희는 잠시 입술을 깨물었다.

“아니요. 애들 데리고 산에 갔어요.”

그녀의 눈 앞에 계단을 청소하고 있는 혜수가 보였다.

“그래? 그럼 어쩔 수 없구나. 혜수 오면 전화하라고 해.”

“선배 너무 한다. 제 안부는 안 물어요?”

“잘 살고 있는 거 알아.”

“쳇. 그러면 할말이 없잖…… 혜수야!”

다급하게 부르는 미희의 목소리가 전화선을 타고 흘렀다.

“뭐야, 왜 그래? 미희야, 미희야?”

“형준 씨, 형준 씨, 혜수가 쓰러졌어. 빨리빨리.”

형준을 부르는 목소리며 혜수가 쓰러졌다는 말이 지희의 귀에까지도 들렸다.

"혜수가 쓰러져? 쓰러졌어? 미희야, 대답해."

"아, 선배 전화 끊어야겠어요. 병원차 불러야 한단 말예요."

미희는 급하게 선배의 전화를 끊었다.

지희는 띠 하는 기계음이 들렸음에도 전화기를 내려놓을 수 없었다. 잠시 멍한 상태로 있다 겨우 정신을 차렸다. 이걸 진우에게 알려야 할 것인지를 생각하느라 아까운 시간들이 또 흘러갔다. 하지만 아무리 생각해도 알려야만 할 것 같았다.

혜수를 떠올리지 않고도 몇 시간을 버틸 수 있는 날들이 지나고 있었다. 그만큼 바빴단 말이었다. 그래 봐야 열흘밖에 지나지 않았다.

밀려드는 일에 파묻혀 잠시라도 혜수에 대한 생각을 잊을 수 있는 날들이 고마웠다. 업무 파악하는 데만도 상당한 시간이 걸렸다. 너무 오래 일손을 놓았었기에 익숙해지는 데 오랜 시간이 걸렸다. 매일 야근을 했고 비서가 챙겨주는 간단한 식사를 제외하면 먹는 것 또한 부실하기 그지없었다. 그것을 실감할 때마다 문득 예전 기억이 되살아났다.

찬합에 바리바리 싼 정갈한 음식을 들고 찾아오던 혜수. 피곤하다는 말에 조용히 어깨를 주물러주기도 하고 망을 보아주겠다며 십 분의 단잠을 청하던 조용한 음성까지 모든 것이 그리웠다.

부저음과 함께 윤 비서의 낭랑한 목소리가 들렸다.

"전화 왔습니다, 사장님. 미국의 이환수 씨라고 하셨습니다."

"연결해요."

뻣뻣한 목줄기를 한 손으로 누르며 수화기를 들었다.

"최진우입니다."

"안녕하셨습니까?"

느긋하고 너무나 낮은 저음의 목소리는 틀림없이 이환수, 그였다.

"부탁하신 건에 대한 보고서입니다. 어떻게 보내드릴까요?"

뭔가 진척이 있는 것이다.

"우선 팩스로 받아봤으면 합니다."

목소리가 떨리지 않는 것이 신기했다.

"예, 그러죠. 그리고 유전자 감식을 해봐야 확실한 걸 알겠지만, 의심이 아주 틀린 것은 아니더군요. 사체의 훼손 정도가 매우 심해 알아볼 수 없었다는 진술을 확보했습니다. 직접 주검을 보셨습니까?"

"아닙니다."

진우의 목소리가 떨려나왔다.

"아닐 확률이 크단 말씀을 드리고 싶군요. 이곳 경찰이 동양계 남자 사체에 신경을 쓸 위인들이 아니고 보면 더욱 그렇죠. 충돌하면서 불에 상당 부분이 타 손가락 지문도 제대로 확인을 안 한 것 같습니다. 여권과 주위에 떨어져 있던 물건만으로 확인을 마친 모양입니다."

그러고 보니 진우도 걸리는 것이 있었다. 하루라도 빨리 땅에 묻어버리고 싶다는 일념으로 절차 따위를 생략하는 방법으로 일을 처리했다. 굳이 필요하다고 하는 것들조차 돈의 힘으로 밀어버렸다.

"그럼 살아 있을 수도 있다는 말입니까?"

"예. 워낙 모든 게 급하게 처리되어 제대로 된 것을 찾기가 힘들더군요. 그런 이유로 살았을 가능성이 상당히 높다는 쪽이 우세합니다. 그리고 지난번에도 말씀드렸지만, 미국이란 나라가 좁지 않은 관계로 만약 숨고자 작정한 사람이라면 그런 사람 뒤를 캐는 건 사막에서 바늘 찾기보다 더 힘듭니다. 단서라고는 죽은 지 일주일 후 발견된 카드내역뿐인데 솔직히 이것만으로는 쉽지가 않을 듯합니다. 게다가 삼 년이나 지난 일이라 그를 알아보는 사람이 거의 없더군요. 한 가지 단서를 잡긴 했습니다만 신빙성이 높지는 않습니다."

진우의 얼굴에 수심이 어렸다.

"유전자 검사 건은 이곳에서 처리하죠. 나머지는 더 조사해 주십시오."

"예, 그럼."

　진우는 전화를 내려놓으며 탄식하지 않을 수 없었다. 왜 진작 유전자 검사를 떠올리지 못했을까. 아니, 그 어떤 것도 그의 죽음에 대한 내용을 부정할 수 없었다. 그가 그렇게 되도록 내버려두지 않았다. 그저 그의 죽음만을 받아들일 수 있게 했다. 그렇게 만들었다. 그가 직접 나서서 한 일이었기에 너무나 생생히 기억하고 있었다. 확인 사살을 위해 그녀 앞에 시신을 내놓았을 때 혜수는 망연한 눈으로 그를 올려다보았다. 울지도 않았다. 한동안 계속된 그 모습에 진우는 만족감 같은 것을 느꼈다. 이제 걸리적거리는 것은 아무것도 없다는 생각마저 들었다. 그렇기에 인맥을 동원하고 돈을 뿌리는 것이 아깝지 않았다. 하지만 이내 그의 만족은 흔적도 없이 사라져버렸다. 혜수는 가슴을 쥐어뜯으며 울어댔다. 아이를 잃었을 때보다도 더 많이 아파했다. 그 이해할 수 없는 행동에 이번에는 진우가 망연해졌다. 그리고 결국 둘은 헤어져야 했다.

　진우는 과연 이 소식을 어떻게 알려야 할지 망설여졌다. 이 중요한 과제를 어떻게 다뤄야 할지 감이 잡히지 않았다. 확 터놓고 싶은 마음이 굴뚝 같지만 그래선 안 되는 문제였다. 조율이 필요하고 세심함과 꼼꼼함이 더해져야 할 일이었다.

　"사장님, 일 번 전화입니다."

　"누구입니까?"

　"동생분이신데요."

　진천의 전화에 진우는 잠시 미간을 접었다. 특별한 일이 아니면 전화를 할 녀석이 아니었다.

　"나다."

　"아, 형. 별일 없지?"

　"왜."

　"아니, 지희 누나가……."

　진천이 잠시 말을 끊었다.

　"누나가 뭐?"

“누나가 형수에 대해 묻기에 혹시나 형에게도 전화할까 싶어서.”

“아니, 아무 연락 없었다.”

“그럼 다행이고.”

“누나가 뭐라고 했는데?”

“형하고 형수랑 만났느냐, 무슨 말을 나눴느냐, 형수는 괜찮아 보이더냐…… 왜 자기에게는 올라온다는 말도 안 했느냐 등등 아주 정신없이 혼났어.”

참견쟁이가 가만 있을 리 없었다.

“형에게 전화할 것 같기에 내가 미리 선수 친 거야.”

“알았다.”

“참 형, 인후가 결혼한다는 소식 들었어?”

뜻밖의 소식이었다.

“아니.”

“근영이란 분과 한다던데, 형수 친구 아냐?”

“맞아.”

진우도 근영이란 여자를 알고 있었다. 솔직하고 대담하며 불처럼 화를 내는 박력 있는 여자로 기억하고 있었다. 어쩌면 그래서 혜수와 친한 건지도 모른다. 둘의 성격이 판이하게 달랐으니까.

“짜식, 그런 재주 있는 줄 몰랐는걸?”

“그렇구나.”

“그만 끊을게.”

진우가 수화기를 내려놓기가 무섭게 핸드폰 벨이 울렸다. 액정화면에 뜬 이름을 보자 절로 쓴웃음이 났다.

“왜?”

“인사가 먼저 아니니?”

꽁한 마음이 그대로 드러난 말이었다.

“용건이나 말해. 회의 들어가야 해.”

“내가 전화하면 항상 바쁘지. 안 바쁘다가도 말이야.”

“이 분 남았어.”

“그 안에 끝나. 우선 혼내는 것부터 해야겠지. 하지만 안 할 거야. 그래 봐야 내 입만 아프고 니 귀엔 멍멍 짖어대는 개소리로밖에 안 들릴 테니까. 사돈 총각 결혼한다더라. 어디서 들었는지는 별로 중요한 거 아니니 상관도 하지 않을 거고.”

설마 이것 때문에 전화한 것은 아니리라. 이 소식은 누구에게서나 들을 수 있다. 그 외에 그가 모를 만한 그런 폭탄을 터트리고 싶어 수고스럽게도 전화를 했으리라.

“내가 하는 말 잘 들어.”

“듣고 있어.”

“혜수…… 쓰러졌어.”

진우와 같은 곳에 있었다면 지희는 그녀 특유의 냉소적 웃음을 흘렸을 것이다. 하지만 진우의 얼굴이 어떻게 변했는지, 놀라 일어난 진우의 태도가 어떠했는지 지희는 볼 수 없었다.

“너 숨넘어가는 소리가 여기까지 들린다. 왜, 걱정되니?”

“누구에게 들었어?”

“미희. 서울 올라와 너 만났단 말 듣고 어떤지 알고 싶어 전화했어. 있으면서도 없다고 거짓말 치더니 눈앞에서 혜수가 쓰러지니까 어쩔 수 없이 밝혀지고 말았지. 병원에 있는 사람 괴롭히지 말라고 신신당부하더구나. 물론 니 귀에 들어갈 거 알고 한 말이겠지.”

“얼마나 아픈데.”

“모르지. 내가 가서 본 것도 아니니까.”

답답한 마음에 목에 걸린 넥타이를 신경질적인 손길로 잡아당겼다.

“어느 병원인지는 알아났어?”

“왜, 내려가게?”

“그래.”

순순히 대답하는 진우가 기특했는지 지희 역시 병원 이름이며 병실 호수를 알려주었다.

"가면 형준이 조심해라. 아주 단단히 벼르고 있던데."

"고마워."

지희는 놀라 한동안 아무 대답도 하지 않았다.

"너 지금 고맙다고 했니?"

진우는 한숨만 쉬었다.

"참, 세상 오래 살고 볼일이네. 너에게 그런 말도 듣게 되다니. 아무튼 조심해서 갔다와. 올라와서 혜수 어떤지 말해 주는 거 잊지 말고"

할말만 하고 끊어버린 지희 누나가 오늘만큼 고마워 보긴 처음이었다.

"윤 비서, 지금 이후 일정 취소해요."

"하지만 회의는……."

"내일로 미뤄요. 하루 미뤄도 상관없는 일이니까."

"예, 알겠습니다."

진우는 마음이 바빴다. 어디가 얼마나 아픈지 모르는 상황이었기에 더욱 그랬다. 걱정도 되고 한편으로는 화도 났다. 괜히 혜수를 밀어붙인 것이 아닌지. 그래도 이렇게 쉽게 무너지리라곤 생각지도 못했다.

그는 검토중이던 서류를 그대로 둔 채, 걸려 있는 겉옷만을 들고 밖으로 뛰쳐나갔다.

그녀 앞에 들이대는 승거불들이란 것들이 고작 만들어낸 영상물에 지나지 않는다는 사실을 그는 모르는 것 같았다. 그때나 지금이나 막무가내인 그 태도도 그랬다. 그는 대체 무얼 원했던 것일까? 결코 이혼 따윈 없을 거라고 했다. 그건 그가 한 말이었다. 그녀가 아니라 그가. 그런데 왜 자꾸 그녀 앞에 이런 것들을 내놓았을까. 도무지 이해할 수 없었다.

"나더러 어쩌라구요?"

"신경 쓰이게 하지 말란 말야. 이런 것들 보지 않게 해달라고."

"오빠예요. 잊었어요, 내 오빠라구요. 내 오빠요. 어떻게 얼굴도 안 보고 살아요. 어떻게 그럴 수 있어요. 그게 말이 되요?"

"보지 마. 보지 않으면 돼. 왜 그게 어렵지, 왜 어려운 거냐고? 아니 어렵지 않아. 결코 어렵지 않아. 단지 그러고 싶지 않을 뿐이야. 안 그래?"

"모르죠, 그럴지도. 그럼 어쩔 거예요? 그런 마음이라면 어떻게 할 거냐구요."

"말 다했어?"

"자꾸 의심하니까 그래요. 오빠와 나 사이란 거…… 있지도, 있을 수도 없는 거예요. 알면서 왜 이러는 거예요. 당신이야말로 이해할 수 없어요."

그녀의 말에도 그는 화를 풀지도, 그 지긋지긋한 의심으로 뭉쳐진 마음속 덩어리를 풀지도 않았다.

"보내. 갈 거란 약속 지키라고 해."

"어디로요. 왜요? 전 처음부터 반대했어요. 이건 쫓겨가는 거고 난 그러고 싶지 않아요."

"그럼 내가 하지."

"진우 씨!"

"내가 한다고. 못한다고 했잖아. 지금 못하겠다고 했잖아. 그러니 내가 해. 어떤 수단과 방법을 사용하든 내가 처리해."

"진우 씨, 이러지 말아요. 이러면 우리만 힘들어져요."

"내 눈앞에 보이지 마. 그럼 힘들어질 것도 없어."

매일처럼 이런 날의 반복이었다. 싸우고 소리치고 그리고 그의 승리로 끝이 났다. 이젠 오빠에게 떠나란 말까지 해야 하는 상황에 몰리고 말았다. 어떻게 오빠에게 그런 말을 할 수 있겠는가. 어떻게.

혜수는 돌아선 그의 등을 한참이나 멀거니 바라보았다. 그녀가 하지 않으면 그가 나설 것이고 그건 정말 바라지 않는 일이었다. 결국 이번에도 혜수가 백기를 들어야 했다.

대답이 들리지 않자 그는 보이던 등을 돌려 그녀의 얼굴을 살피기 시작했다. 항복선언을 듣기 위한 준비과정 같았다. 그의 눈빛이 묻고 있었다. 그의 뜻대로 할 것인지. 그리고 그녀는 체념하듯 대답했다.

"알았어요."

그는 만족했고 그녀는 또다시 물러났다. 진우의 눈에 그건 매우 화가 나는 모습이었다. 또한 자신이 진짜 만족을 했는지 알 수 없었다. 그녀의 대답이 듣고 싶었고 결국 두 귀로 확실한 답을 들었다. 그랬음에도 불안했고 그래서 결국 끝을 보기로 결심하기까지 했다. 의처증에 걸린 정신병자가 따로 없었다. 어쩌면 의심 많은 어머니의 병을 물려받았는지도 모른다. 정신병도 유전된다니 같은 병을 앓고 있는지도 모를 일이었다. 하지만 사내로 태어나 자신의 것이라 생각한 여자를 지켜내는 일이 꼭 그렇게 나쁘지만은 않을 것이다.

그에게는 자신만을 위한 것이 없었다. 살아오면서 꼭 한 번은 가져야 할 안식처를 그는 아직도 찾지 못했다. 지금까지 벌거숭이로 내던져진 기분으로 살았다. 하지만 더는 싫었다. 자신만큼이나 흠 많은 그녀에게서 자신만을 위한 안식을 얻고 싶었다. 그것이 그리 큰 욕심일까? 그렇다 해도 이제는 너무 늦었다. 자신에게 있는 감정이란 것은 모두 그녀를 향해 있으니까. 이제 더는 발을 뺄 수 없을 만큼 깊은 곳까지 들어온 그녀다.

시간은 흘러갔지만 그의 목마름은 가시지 않았다.

6

"뭐냐 너! 아프다는 거 순 뻥 아냐?"

열심히 아이스크림을 먹고 있는 혜수를 형준은 아니꼽다는 표정으로 내려다보았다.

며칠간 무리를 하긴 했다. 중간고사가 끝나자마자 소풍 준비로 바빴고 서울에 가서도 비록 미희 선배가 도와주긴 했어도 25명을 두 명의 교사가 인솔해야 했으니 쉽지만은 않았다. 돌아와서도 이것저것 서류를 작성하고 교육위원회 방문에 자연학습 교재 준비와 자매결연을 맺은 학교와의 교류 행사 일정 등을 조율해야 했다. 일이 필요했던 혜수는 완벽하다 싶은 것도 다시 검토하고 형준이 해놓은 일에도 손을 댔다. 사실 두 명의 교사가 처리하기에는 너무나 엄청난 업무량이었다. 그러니 자연 늦게까지 일에 매달려야 했고 그렇지 않아도 혼자 먹는 음식을 맛없어 하던 혜수는 끼니를 거르기 일쑤였다. 아니, 무엇보다 밤마다 꿈에 나타나는 그를 보지 않기 위해 줄어든 잠이 그녀의 건강을 해치는 데 한몫 단단히 했다. 마음의 병과 합쳐진 과로는 치명적이 되고 만 것이다.

"아, 억울해. 나도 열심히 일했다구. 코피 터지도록 했는데 왜 난 멀쩡하고 너만 쓰러진 거냐?"

"나 참."

옆에서 듣고 있던 미희가 남편을 노려보며 입을 열었다.

"평민이 어찌 귀족의 고통을 알리오. 뭘 해도 그대는 쓰러질 일이 없지. 암 그렇고 말고. 머슴이 쓰러지는 거 봤어? 이런 병은 고뇌란 것을 할 줄 아는 양반에게만 생기는 거야."

"뭐야?"

"열받기는……."

너무 심했단 생각을 한 미희는 은근슬쩍 웃음으로 모면하려 했다. 헌데 형준의 미소가 더 은근했다.

"내가 머슴이면 넌 뭐야?"

미희의 눈이 번쩍 떠지며 형준을 한참이나 쳐다보았다.

"설마 내가 아씨를 훔친 도둑놈이라곤 못하겠지?"

"야!"

이긴 승리감에 도취된 형준은 미희의 사정권 밖으로 벗어났다. 잠시 마음의 분을 삭히던 미희는 이젠 그가 있지도 않다는 듯 혜수만 봤다.

"푹 쉬어. 아주아주 푹 쉬어. 물론 그 동안 학교는 두 동강이 나 있을 테지만."

미희의 말에도 형준은 아무런 영향을 받지 않았는지 유유자적이었다.

"그래, 넌 푹 쉬도록 해."

"그래그래. 워드 작업 같은 거야 나도 할 줄 아니까 너는 걱정 마. 내가 못하면 누가 하겠지."

미희의 말에 드디어 형준이 반응을 보였다.

"하지 마. 니가 왜 워드 작업을 해? 니가 건드리는 순간 일은 세 배가 되는 거야."

"시끄러. 도와준다니까."

"안 도와줘도 돼."

"싫어. 도울 거야. 무지막지하게 도울 거야."

"독수리타법, 그거 손가락만 아픈 거야. 무지막지하게 염려된다고."

"독수리 아냐."

앙칼진 미희의 목소리에도 형준은 끄덕도 안 했다.

"아니긴 뭐가 아냐. 저번에 생각 안 나? 발표자료 좀 쳐달라고 했더니 네 시간째 한 페이지도 못 쳤잖아. 그리고선 손가락이 저리네 부었네 연신 얼음찜질만 해놓고는."

"그건 특수문자가 많아서 그런 거란 말야. 그림은 또 뭘 그리 많이 넣니? 그리고 이거까진 쓴단 말야. 아니아니, 무엇보다 일을 세 배로 늘여 놓는다면서. 그래서 할 거야."

미희가 가운뎃손가락을 들어 보였다.

"그래 좋겠다. 중지까지 쓰고 일을 세 배로 만드는 재주 있어서. 잠깐, 너 그러면서 은근슬쩍 욕하는 거 아냐?"

가운뎃손가락만 들린 모습이 썩 보기 좋지는 않았다.

"흠, 그렇게 되는 건가?"

둘은 또다시 투닥투닥 다투기 시작했다.

혜수는 차라리 과도하다 싶을 만큼의 일거리가 좋았다. 최소한 일에 매달려 있는 시간만큼은 그를 떠올리지 않아도 됐으니까. 시간이 흐른 것도, 잊으려 했던 모든 노력도, 그와 단 한 번의 만남을 가진 것으로 박살나고 말았다. 그것이 못 견디게 혜수를 괴롭혔다. 부질없는 사랑을 한 것이 어디 그녀뿐이겠는가만은 이렇게 휘둘리는 사람은 오직 그녀밖에 없는 듯했다.

병실 창 밖으로 많은 사람들이 지나가고 있다. 그들 모두가 한 번은 사랑을 해봤을 것이다. 아니, 여러 번 했을지도 모른다. 그들은 오늘의 사랑앓이를 내일까지 가져가지 않는 특별한 방법을 알고 있는 것은 아닐까? 그녀만 모르는 방법.

"뭐냐? 밖에 이쁜 남자라도 지나가냐?"

"이쁜 남자? 남자가 어떻게 이뻐?"

"어떻게 이쁘긴, 이쁘면 이쁜 거지. 왜 요즘 애들 그 꽃미남인가 뭔가 하는 놈들을 좋아한다잖아. 혹시나 혜수도 그런가 해서 해본 얘기지."

"얘가 앤가."

"아니면 말고."

혜수는 빙긋이 웃으며 먹다만 아이스크림을 내려놓았다.

"왜, 더 먹지?"

"속이 차요."

"그래? 그럼 내가 먹어야지."

형준이 냉큼 가져가 입안에 넣었다.

"하여간 먹보, 식충이라니까."

"잘 먹는 건 좋은 거야. 그러니까 이렇게 쌩쌩한 거라고."

"혜수야, 넌 저런 남자 만나지 마라."

"혜수야, 넌 나 같은 남자 만나야 된다."

"따라하지 마."

"저 아파요, 알죠?"

계속 싸움을 해대는 둘에게 질려버린 혜수가 자신의 병을 무기로 들었다.

"거 꾀병 아녔냐?"

"선배!"

혜수가 노려보자 형준은 슬쩍 뒤로 삐졌다.

"다음에는 저 인간 안 데리고 와야겠다. 내 정신도 저 인간 닮아갈 것 같아."

혜수는 오십보백보란 말을 해주고 싶었지만 꾹 참았다.

"그나저나 언제 퇴원하니?"

"내일쯤에요. 넘어지면서 머리를 좀 부딪혔다고 바로 퇴원은 안 된대요."

"집에 알려야 하는 거 아니야?"

미희의 물음에 형준이 중간에 끼어들어 대답했다.

"나도 연락하려고 했지. 그런데 혜수가 못하게 했어. 인후 결혼 준비로도 바쁜데 자기까지 걱정 끼치고 싶지 않다나."

형준은 말을 하다 말고 입을 다물었다. 혜수를 병원으로 옮기는 도중에 받은 지희 누나 전화에 모두 불어버리고만 것이다. 서울에 올라갔다 온 후유증이 깊어 애 정신이 반은 나간 거 같다, 누나 동생 관리 좀 똑바로 해라, 나이를 먹은 만큼 지혜로워질 줄 알았더니 조금도 변한 거 없더라 등등. 바로 진우의 귀에 들어갈 모든 내용을 술술 말해버렸다. 이 사실을 혜수가 안다면, 아마 병원에 한 열흘쯤 강제 입원시켜 놔야 할 것이다.

"일어나, 가자."

"뭐 이렇게 빨리 가려고 해?"

"학교 일이 얼마나 남았는지 못 봤어? 혜수를 도우려면 일분일초라도 더 매달려 학교 일을 해줘야 하는 거 아냐?"

"아, 알았어. 가, 간다고."

미희는 손사래를 치며 따라 일어났다.

"더 있다 가란 말 못하겠네요."

"당연히 그렇지. 아무튼 우리는 간다. 몸조리 잘해라. 내일 모시러 오마."

"그럴 필요 없어요."

"야, 넌 환자야. 첫째도 둘째도 요양이 먼저라고 하신 의사 선생님 말씀 벌써 잊었어?"

문고리에 손을 올리고 있던 형준이 이것저것 참견하며 챙기는 미희를 끌어당겼다.

"아, 이 말은 꼭……."

"그만해, 혜수가 바보냐?"

그렇게 시끄러운 둘이 빠져나간 병실에는 이제 침묵만이 가득했다. 이 인 일 실인 그녀의 침대 옆에는 아직 환자가 들어오지 않았다. 그렇기에 병실은 기괴할 정도로 고요했다.

머리맡에 있는 베개를 두드리고 편한 자세로 몸을 뉘였다. 하지만 마음은 편하지 못했다. 그 원인이 무엇인지 혜수는 너무도 잘 알고 있었다.

"쟤 정말 괜찮은 걸까?"

미희는 혜수가 있는 병실을 쳐다보았다.

"아마 노력하고 있는 거겠지. 그럴 수밖에 없는 문제잖아. 아, 나도 이제 뭐가 뭔지 모르겠다."

"처음에는 뭐 알았어? 여하간 쓰러질 정도로 힘들었다니 내 맘이 다 아프다."

형준은 혜수의 아픔을 감싸 안는 미희를 보며 그래도 마누라 하난 정말 잘 얻었다는 생각을 했다. 마음 씀씀이가 여간 아름다운 게 아니었다.

"아이구, 이쁜 내 마누라."

"왜 이래? 사람들 봐."

가다 말고 꼭 끌어안는 형준을 미희는 얼굴을 붉히며 밀어냈다. 분명 싫어서는 아니었다.

"알았어, 알았어. 집에 가서 많이 이뻐해 줄게."

미희는 주책이라며 투덜투덜 저만치 걸어가 버렸다.

진우는 혜수에게 가는 길이 너무나 길게 느껴졌다. 뭔가를 이렇게 염원해 보는 것도 오랜만이었다. 자기를 다시 본다면, 말할 필요도 없이 혜수는 내쫓을 것이다. 하지만 상관없었다. 지금 그에게 있어서는 혜수가 쓰러졌단 말을 듣는 순간 느꼈던 아찔함을 달래는 것이 가장 시급한 문제였다.

지방도시의 도로 역시 서울과 별다를 것이 없었다. 중심가는 길을 막고 즐비하게 늘어선 차로 혼잡했다. 후끈 달아오른 아스팔트에서 연기가 날 지경이었다.

겨우겨우 도착한 병원은 생각 외로 자그마했다. 서울에서 본다면 개인병원 수준이라고나 할까. 차를 주차시킬 공간도 넉넉하지 못했다. 가까운 주차장이래 봐야 두 블럭도 더 떨어진 횡한 공터가 고작이었다. 그곳에 차를 대고 병원 쪽으로 걸음을 재촉했다.

유리문을 밀고 들어서자 서늘한 병원 공기가 갑작스레 진우의 발길을 멈추게 했다. 그에게 있어 병원은 좋지 못한 기억만을 안겨준 장소였다. 대개 사람들이 갖는 막연한 공포와는 그 근원이 달랐다. 어머니의 죽음을 확인하고 자신의 조각난 다리와 사투를 벌여야 했던 곳, 혜수의 처절한 비명소리를 들은 장소이며 자신의 아이를 짓밟게 허락했던 곳이었다. 쓴물이 올라와 잠시 무엇이라도 잡고 서 있어야 했다.

"최진우 씨?"

익숙한 목소리에 옆을 쳐다봤다.

"이형준 씨."

"이거 내 이름까지 기억해 주다니 영광입니다."

빈정거리는 그의 말에도 진우는 아무런 대꾸를 하지 않았다.

"안녕하세요."

"예."

미희가 형준 대신 인사말을 건넸다.

"혜수 만나러 오셨군요."

당연한 말이었다.

"312호 실이에요."

"뭐야, 너?"

형준이 미희의 말에 반박했다.

"나보고는 참견하지 말라더니 넌 뭐야?"

"조용히 좀 해. 가보세요. 대신 안부만 묻고 가주세요. 다른 건 안 돼요. 의사 선생님이 절대 안정이 필요하다고 하셨거든요.”

“그래, 절대 안정. 지금 이 사람 만나면 절대 안정이고 뭐고 없어져.”

“그래도 여기까지 혜수 보려고 오신 거야. 그리고 우리는 만나라 마라 할 입장이 아니라구.”

미희는 형준의 팔을 단단히 틀어쥐고 문으로 향했다.

“야야, 잠깐만. 나 할말 있단 말야.”

“우리가 할말이 뭐가 있어. 아무튼 빨랑 따라와.”

미희의 마음이 변한 것은 아니었다. 아직도 진우란 남자는 그녀에게 있어 죽일 놈일 뿐이다. 다만 혜수가 병원차에 실리는 순간 입 밖으로 꺼낸 한 마디에 자신의 생각은 온전히 자신 속에만 넣어둬야 한다는 것을 깨달았다.

‘진우 씨……’

아마 혜수 자신도 누굴 불렀는지 기억하지 못할 것이다. 그것이 자신의 진심임을 또한 깨닫지 못하고 있을 것이다.

“빨랑 와, 예뻐해 준다며? 빨랑 가서 그 예뻐해 준다는 말의 풀이를 해주도록 해.”

“하여간 못 말려.”

형준도 이쯤에서 포기하고 순순히 미희의 손길에 이끌려 밖으로 나갔다.

312호라 써진 병실 앞에 선 진우. 그는 잠시 그렇게 서 있었다. 과연 들어가 무슨 말을 해야 할까 싶었다. 보고 싶었다고, 걱정되어 미치는 줄 알았다고 말해 봤자 혜수는 코방귀도 뀌지 않을 것이다. 웃기는 건 예전에도 이와 똑같은 그림이 그려졌던 때가 있었다는 것이다. 막 혜수와 자신의 아이를 잃어버리고 고질병처럼 따라 다니던 창혁이 손을 든 직후였다. 혜수는 눈물로 얼룩진 고개를 들어 그를 향한 경멸을 토해냈다.

‘만족스럽겠네요. 너무나 만족스러워 미쳐버릴 수도 있겠네요. 이

제 두 손 들어 항복하는 내 꼴 보며 비웃는 일만 남은 건가요? 그래요, 당신이 원하는 대로 해드리죠.’

혜수는 자신의 손에 들린 종이를 무자비하게 갈기갈기 찢었다.

‘이게 뭔지 궁금하지 않아요? 오, 물론 이런 것 따위엔 신경 쓸 시간이 없으시겠죠. 그래서 제가 대신 처리했어요. 이젠 당신 신경 건드릴 거 없으니 맘 편할 거예요.’

그는 가장 가까운 곳에 떨어진 종이조각을 집어들었다. 하지만 너무나 갈기갈기 찢겨 그 형체를 알아볼 수 없었다.

‘혼인 신고서예요. 당신 호적에 오르지도 못한 게 얼마나 다행스러운지 모를 거예요.’

그가 아직 처리하지 못한 것들 중 하나가 갈기갈기 찢긴 채 그의 발치에 떨어져 있었다.

‘이젠 끝이네요. 아니, 끝일 것도 없죠. 시작이란 것 자체가 없었으니. 그만 가줘요. 피곤해요.’

진우는 할말이 없었다. 아니, 어떠한 변명거리도 갖다붙일 수 없었다는 말이 맞다.

그의 부름에도 혜수는 몸을 돌린 그 자세를 풀지 않았다. 그건 너무나 확실한 메시지를 담고 있었다.

끝. 엔드. 영원한 안녕.

하지만 그걸 받아들일 만한 여유가 그때의 그에겐 없었다. 그는 혜수의 말을 무시했다. 창혁이 떠나고 잠시 방황의 기간을 거친 후에 분명 자신의 자리로 돌아올 거라 그리 생각했다. 하지만 그건 어디까지나 그의 생각일 뿐, 혜수는 돌아오지 않았고 그는 받아들여지지 못했다.

딸깍.

문 열리는 소리가 들렸음에도 혜수는 감고 있는 눈을 뜨지 않았다. 뭔가를 놓고 갔음이 분명한 미희일 거란 생각에서였다.

"뭘 또 놓고 갔기에 돌아온 거예요? 설마 늘어놓던 잔소리가 다 안 끝나서 온 건 아니죠?"

"글쎄, 난 잔소리를 하는 편은 아닌데……."

번쩍 눈을 뜬 혜수의 시선이 진우의 눈과 마주쳤다. 그렇게 한동안 서로를 쳐다보았다.

"왜 온 거죠?"

"걱정되어서라면……."

혜수의 눈에 비난의 말들이 어렸다.

"사실이야. 쓰러졌단 얘기를 듣고 오는 길이야."

"그럼 그만 가셔야겠네요. 내가 왜 쓰러졌는지 고해 바칠 의무 따위 없으니까."

"많이 변했군. 손님 대접이 형편없어."

아무렇지도 않은 듯 의자에 엉덩이를 걸치는 진우를 혜수는 못 볼 걸 봤다는 듯한 얼굴로 쳐다보았다.

"지금 뭐 하는 거예요?"

"앉는 거야."

새로운 모습이었다. 예전의 그라면 그녀의 가슴에 비수를 꽂아도 열두 번은 더 꽂았을 것이다. 그리고는 두 번 생각할 것도 없다는 듯 휙 돌아 그대로 나가버렸으리라. 헌데 지금 그는 평소와는 다른 게 능글능글한 사람처럼 구렁이 담 넘어가듯 아무렇지도 않게 그녀의 앞에 앉았다. 과연 이걸 어떻게 받아들여야 하는 것일까?

혜수의 얼굴은 싸늘함 그 자체였다. 물론 다른 어떤 것을 기대하지도 않았다. 그래도 사람의 감정이란 건 은연중에 의외성을 기대하기 마련이었다. 하지만 이내 그런 감정을 접었다. 그리고 파리한 얼굴을 하고 있는 혜수를 살폈다. 그렇지 않아도 마른 사람이 그와의 소모전이 힘이 들었는지 혈색이 말이 아니었다. 먹기만 한다면 그는 최고의 명약을 지어다주고 싶었다. 그녀가 받아주기만 한다면 말이다. 하지만 그가 주는 어떤 것도 그녀에게는 독으로 보일 것이란 사실을 잘 알기에 섣부른 짓을 감행할 수 없었다. 그저 잠시 자신의 또 다른 일면을 보여줄 기회로 받아들여야 할 뿐이다.

"얼굴이 말이 아니야."

"……."

"뭐라도 사올까? 급하게 오느라 아무것도 가져오지 못했어."

"……."

"하긴 주위에 뭐 살 만한 곳도 없더군."

"……."

"외진 곳에 병원을 세워 놓아 환자가 있을까 싶었는데."

"……."

"……."

진우는 혜수를 물끄러미 쳐다보았다. 무엇이 혜수를 이렇게 만들었을까. 물으나 마나한 질문을 하다니. 답은 그도 알고 혜수도 알고, 그들을 아는 모든 사람이 알고 있다. 자신의 곁을 떠나는 그 순간에도 이렇지는 않았는데. 원망은 담았을지언정 그를 보고 있기는 했다. 미움이 담겼을지언정 그와 말은 주고받았다. 헌데 지금은 아무것도 없다. 그녀의 시선, 그녀의 목소리, 그 어느 것 하나 있지 않다.

"교사 수가 턱없이 부족한 거 아니야?"

"……."

"많이 피곤해 보이는데 눕는 게 나을 것 같아."

"진우 씨."

진우는 눈을 아래로 내린 채 고정된 모습으로 앉아 있는 혜수를 바라보았다.

"그럴 필요 없어요."

"……."

"당신에게는 어울리지 않아요, 지금 모습."

"……."

“우스워요. 그때는 이렇게 마주 앉아 얘기할 수 있기를 너무나 바랐는데, 그럴 수 없었죠. 당신이 들어주려 하지 않았거든요. 물론 알고 있겠지만.”

“…….”

“걱정해 줘서 고마워요. 정말이에요. 화내서 미안해요. 하지만 아직은…… 앙금이 남았네요.”

더 이상 말을 잇지 못했다. 뭐라 말하겠는가, 그만 가달라고? 차마 다신 그 말을 꺼낼 수 없었다. 서울 집에서 야박하리만치 화를 내며 그를 밀어냈을 때, 그때 다신 그러지 못하리라는 것을 알았다. 자신의 가슴이 더 아팠던 것이다. 물론 그 때문만은 아니다. 그는 지금 그녀를 걱정해 여기까지 달려왔다. 사람의 도리를 따질 때가 아니라 해도 어쨌든 마주보고 있는 지금 그런 말을 할 수는 없었다. 그렇다고 그를 내버려둘 수도 없는 노릇이었다. 서울서의 마지막 모습이 아직도 선명하게 뇌리에 박혀 있지 않은가. 며칠 사이 새사람인양 서글서글하게 굴어도 그 안까지 바뀌진 못하는 법이다.

“그만 가달란 말이군.”

“…….”

“이곳 공장에 일이 있어. 올라가려면 한 사흘쯤 걸릴 거야. 다시 오도록 하지.”

올 거 없다고 말한다 해도 들을 그가 아니었다.

“그런 얼굴 하지 마. 당신은 항상 그런 얼굴을 해 사람을 미치게 만들지. 마치 내가 때릴 것처럼 잔뜩 웅크린 모습으로, 나란 인간이 지겨워 더는 못 보겠다는 얼굴을 하고 있어.”

진우는 입술을 깨물었다. 더는 말을 이어선 안 될 것 같았다.

“갈게.”

휭하니 나가버린 진우의 뒤에 남겨진 혜수는 그렁그렁한 눈물을 간신히 참고 있었다. 그리고 생각했다. 그때도 그랬다고. 자신만을 남기고 훌쩍 떠나버린 그날, 그 역시 이런 얼굴을 하고 있었다고. 자신 때문인지 아니면 스스로에 대한 환멸 때문인지 그는 지독히도 슬픈 눈을 하고 있었다. 그 공허함에 그를 안아버릴 것만 같았다.

한쪽 가슴이 아프게 시려 왔다. 자신이 만들어 놓은 일이기에 누구를 탓할 수도 없었다. 하지만 섭섭한 감정을 어쩌진 못했다. 이로써 세 번의 만남이 이루어졌다. 하지만 그 사이 변한 건 아무것도 없었다. 혜수의 아픔이 너무나 깊게 뿌리 박혀 있어 좀처럼 어찌할 수 없다는 사실을 깨달은 것을 제외한다면.

쓰러져 병원으로 갔다는 말에 느껴야 했던 죄책감이라니. 자초한 일이란 생각이 제일 먼저 머리를 강타했다. 서울에서 쏟아낸, 말도 안 되는 투정에 욕지기가 나왔다. 물론 자신에게 한 욕이었다. 자그만치 3년만에 본 얼굴이면서 조금도 반가워하지 않는다는 생각에 매달려 자신이 행동방향을 잊고 만 것이다. 역시나 어리석은 중생이 저지를 만한 어리석은 행동이었다.

혜수의 병실을 나온 진우는 꼼짝도 않은 채 벽에 기대섰다. 지나가는 사람들의 의아해하는 시선 따위에는 신경도 쓰이지 않았다. 그러기엔 그는 너무도 지쳐가고 있었다.

7

혜수는 주룩주룩 내리는 장대비에 그렇지 않아도 처져 있는 기운이 더욱 내려앉는 것 같아 울적했다.

그건 아마도 이틀 전 그를 봤기 때문일 수도 있다. 아니, 더 정확하게는 다시 들르겠다는 그의 약속을 하루에도 수십 번씩 떠올리고 있는 자신이 한심스러웠기 때문이다.

그렇게 쉽게 물러갈 그가 아닌데 왜 그날은 그렇게 순순히 물러났을까. 마지막 한 방도 날리지 않고 말이다.

이런저런 생각들로 수입도 제대로 진행할 수 없었다. 이상한 시선으로 쳐다보는 아이들에게 아무렇지 않은 듯 농담을 길고 웃어 보이며 그렇게 이틀을 보냈다. 차라리 빨리 나타나 자기 할말을 하고 사라져줬으면 싶었다. 그래야 속이 후련해질 것만 같았다.

그날 저녁 이틀 내내 내리던 빗줄기가 가늘어지다 구름 사이를 비집고 해가 비쳤다.

오랜만에 본 햇빛을 반가워하며 신이 난 아이들이 텅 비워 뒀던 운동장을 휘젓고 다니기 시작했다. 흙탕물 튀기는 것이 삶의 목적이라도 되는 듯.

　마을의 전경은 한적한 시골의 정적인 모습을 하고 있었다. 빗물을 머금어 더욱 푸르른 녹음이 나지막한 집들을 병풍처럼 둘러싸고 있었다. 아이들 키보다 약간 높을 것 같은 담벼락을 사이에 두고 이웃해 있는 집들은 모두 대문을 활짝 열어 놓았고, 넓은 밭이며 논들은 좁은 샛길을 경계로 나란하고 반듯하게 정리되어 있었다. 산을 뒤로 두고, 졸졸 수로를 따라 흐르는 물길이 여기 저기 굽이쳐 흐르고, 작년 가을 추수를 마치고도 그 자리를 지키고 선 허수아비만이 그가 볼 수 있는 유일한 사람의 흔적이었다.

　시멘트로 급조한 듯한 길을 따라 마을 안으로 들어섰다. 고급 승용차가 다니기에는 턱없이 좁아 보이는 길이지만 나름대로 반듯했다.

　진천이 어찌나 상세하게 길을 알려줬는지 한 번 온 적 없는 이곳이 마치 어릴 적부터 항상 와봤던 곳인양 낯이 익었다. 이쯤에선 칠이 벗겨진 대문이 나오고 이쯤에선 담배라고만 쓰여진 구멍가게가 보이고 이만큼 가야 갈래길이 나오며 거기서도 10여 분은 더 가야 학교라는 진천의 말은 어느 거 하나 틀린 게 없었다.

　늘어진 나뭇잎을 헤치고 나서야 오도카니 자리한 학교가 모습을 드러냈다. 학교 크기라 봐야 서울 학교의 3분의 1밖에 되지 않는 듯했지만 그 정겨움이란 비할 데가 없었다. 벌써부터 시끄럽게 울어대는 매미소리며 졸졸 꽐꽐 소리를 내며 흐르는 개울가며 모든 걸 안아줄 것만 같은 산이 학교 전체를 둘러싸고 있었다. 하늘이 정해준 명당 같았다.

　학교 안으로 차를 몰고 들어가자 여기저기 띄엄띄엄 놀고 있던 아이들이 달려왔다. 운동장은 빗물 때문인지 질척질척했지만 아이들은 별로 상관없는 듯했다. 그의 차를 발견한 아이들은 놀던 것을 멈추고 유심히 쳐다보기 시작했다. 그것도 잠시, 그의 차 번호판을 확인하고는 곧 관심을 돌렸다.

한쪽 나무 그늘에 차를 세우고 뛰어 놀고 있는 아이들을 향해 뚜벅뚜벅 걸음을 옮겼다.

"와, 차만 닮은 줄 알았드이만 차주인까정 닮아 삣다."

그를 보고 하는 말이 분명했다. 아마 진천과 비슷해서 그러는 것이리라.

"여기 한혜수 선생님 계시지?"

"야, 그란디요. 헌디…… 지금은 만날 수가 없는디."

"왜지?"

의아해하는 그를 보면서도 아이들은 저희들끼리 찌르고 눈짓을 주고받을 뿐 대답하려 들지 않았다.

"이유, 말해 줄 사람 없니?"

"고자질하믄 안 되는 거인디."

양 갈래로 머리를 딴 여자아이가 사뭇 걱정되는지 말끝을 흐렸다.

"말하지 않을 테니까 걱정 마라."

"지금…… 쪼까 피곤끼가 안 가셔서 쉬고 계시니께 깨우지 마시소."

이번에는 제일 나이 어린 듯한 아이가 대답했다.

"잔다구?"

"야, 요즘 선상님 눈이 삘게갖고 몇 날 못 주무신 것 같드만 오늘은 꾸벅꾸벅 졸기까정……."

"시방 누구보고 존다 카는기가."

"그라문. 그기 존 거 아이고 뭐꼬?"

앙칼진 여자아이의 음성에 제일 처음 그를 향해 다가섰던 남자아이가 가슴을 딱 펴고 반박했다.

"그냥 쪼깨…… 눈만 감으신 거제."

"아이고야, 으수로 생각해 준다?"

둘의 티격태격에도 진우의 질문은 계속됐다.

"어디 계시지?"

"조기요."

진우는 가장 가까이에 있는 사내아이의 머리를 쓰다듬어 주고는 발길을 돌렸다. 아이들이 가리킨 곳은 하나밖에 없는 학교 건물이었다. 멀리 낯익은 사람이 자신을 보고 서 있는 게 보였다. 어른이고 남자였다. 또한 눈에 익었다.

"이렇게 또 뵐 줄은 몰랐습니다."

진우는 형준이 내민 손을 잡기는 했지만 그를 따라 인사를 건네지는 않았다.

"무슨 일로 오셨는지 여쭤봐도 되겠습니까?"

그리 잘 알지도 못하는 사람에게 다짜고짜 물을 만한 질문은 아니었다. 그것도 좋지 않은 감정을 실어서.

"누굴 좀 만나러 왔습니다."

답을 알고 있으면서도 묻는 저의를 알 만했다. 이곳이 감히 어디라고 함부로 들어온 것이냐는 텃세였다.

"돌아가십시오."

적이 당황스러울 말이었다. 물론 이 말에 진우가 당황했다는 건 아니다. 그저 씁쓸할 따름이었다.

"돌아가라, 제가 그쪽에게 이런 말을 들을 이유는 없다고 봅니다만."

"아직 힘들어합니다. 상황 봐가며 덤비셔야죠. 지금 같은 상황은 피 흘리는 아군의 상처에 소금 뿌리는 것보다 더 좋지 못합니다."

형준다운 비유였다. 그나마 적군이라 하지 않은 게 어딘가.

"혜수와의 만남에 일일이 다른 사람의 의견을 물어야 하는지는 몰랐습니다."

이건 거북하다 못해 심기가 편치 못한 진우의 감정을 완곡하게 표현한 거였다.

"상황이 상황이니만큼 어쩔 수 없죠. 저 역시 혜수를 아끼는 사람 중 하나라고 자부하기 때문에 이러는 겁니다."

"그래요?"

"네."

진우의 입가가 서서히 무너졌다. 비웃음인 듯도 하고 슬픔이 배인 듯도 했다.

"이건 당사자가 해결해야 할 문제입니다. 옆에 있는 사람들이 아무리 떠들어봐야 소용없죠. 그렇지 않습니까?"

형준은 입을 열었다 도로 닫았다. 진우의 말이 옳았기 때문이다. 옆에서 아무리 떠들어봐야 소용없는 거다. 물론 자신이 먼저 둘을 붙여 무슨 일이 일어나는지 보고 싶었던 건 사실이다. 하지만 그 뒤가 이런 결과일 거라고 예측했다면 아마 그 생각을 접었을 것이다. 최소한 다시 생각해 보기는 했을 것이다. 쓰러지도록 아파할 거라고 그가 어찌 상상이나 할 수 있었겠는가. 아직 그런 감정이 남아 있다니 형준으로선 놀라울 따름이었다.

"적어도 혜수에게 당신이 왔다는 말을 전해줄 시간은 주셨으면 합니다."

"아니요, 이대로 비켜서십시오."

더 이상은 나설 수 없었다. 그는 어디까지나 제3자니까.

"보기 좋게 깨지는군."

"선배."

나직한 말소리에 형준과 진우 중 누가 더 놀랐는지 알 수 없었다. 그저 굳어진 진우의 표정과 형준의 움찔하는 행동이 그 둘의 심경을 말해 줄 뿐이었다.

"됐어요, 선배. 됐어요."

유리문의 손삽이를 잡고 있는 혜수의 손이 하얬다.

"한번은 만나야 하니까."

혜수의 얼굴이 며칠 사이에 더욱 수척해져 있었다.

"들어오세요, 여기서 말할 게 아니라면."

진우는 혜수의 뒤를 따라 안으로 들어갔다.

"앉으세요."

교무실이란 곳까지 들어오는 데는 일 분도 걸리지 않았다.

책상 두 개, 큰 의자 두 개, 작은 의자 몇 개, 냉장고와 기타 물건들. 그뿐이었다. 아이들이 만들었음이 분명한 몇 가지 공작물과 그림들이 장식으로 놓이고 하얀색의 벽이며 밤색의 마루, 정말 그게 다였다.

혜수는 그의 눈에서 아무런 감흥도 보지 못했다. 그에게 이곳의 모든 것이 얼마나 하찮아 보일까 싶었다. 그저 지저분한 시골 동네의 그저 그런 학교 교무실이겠거니, 생각할 것이다. 갑자기 진천이 생각났다. 저만치 삐딱하게 놓여 있는 의자에 불안하게 앉던 진천. 진우로선 생각도 못할 장난이 가득 밴 천진하기조차 한 진천이 떠올라 잠시 씁쓰름한 미소를 지었다.

장난기와 웃음으로 가득한 진천에 비해 진우는 연륜에서 오는 진중함이 있었다. 그건 어른이 갖는 삶의 무게를 의미하는 것일 수도, 음울함일 수도 있다. 그는 그런 모습으로 조용히 혜수를 향한 시선을 멈추고 맞은편에 앉았다.

"아이들 솜씨가 좋아."

뒤쪽 벽면을 가득 채운 그림들을 보고 한 말이었다. 그 중에서도 유독 하나에 시선이 끌린 듯 한참을 보고 있었다. 그건 은미가 그린 거였다. 작년에 그린 것인데 액자에까지 넣어두었다. 그럴 만하기에 두고두고, 아니 자신이 이곳에 있는 동안에는 언제나 거기 걸려 있을 것이다. 사생대회에 나가 받아온 도지사가 수여한 우수상. 동네잔치가 벌어지고 그 떠들썩함 속에서 수줍음 많은 은미가 짓던 해맑은 웃음이 떠올랐다.

"네, 상을 받기까지 했죠."

말해 봐야 그에게는 아무 짝에도 소용없는 웅웅거림일 뿐인 것을.

"화가로 키워야겠는걸."

그는 생각 외로 그 그림을 오래도록 들여다보았다.

마을의 정경을 그린 풍경화에서 그가 보고 있는 것은 무엇일까? 푸르름에 눈이 시릴 것 같은 산새? 들녘을 물들이는 여문 곡식의 풍요?

아니면 과거 함께 갔던 지리산 속 그의 산장? 그림 한쪽에 자리잡은 유독 깨끗한 집을 보고 그 생각을 떠올리는 것은 아닐까? 그와 그녀가 처음으로 남자와 여자의 인연을 맺었던 그 장소를 떠올리고 있는 것은 아닌지. 그곳에서 잉태된 그들의 아이를 떠올리는 것은……. 아니다, 그는 과거에 가슴 아파할 만큼 감정적인 사람이 아니다.

"앉으세요. 차는?"

"냉커피."

혜수는 잠시 진우를 올려다보았다. 그리고는 아무 말 없이 커피를 탔다.

혜수가 타준 냉커피의 맛. 기억 속에만 남아 있던 커피의 맛이 입 안 가득 퍼졌다. 프림, 설탕이 잔뜩 들어간 이 맛이 얼마나 그리웠던 가. 정작 단 것을 싫어하는 진우는 유리컵·가득 담긴 커피 중 반도 마시지 못하는데 말이다.

"쓰러졌다는 말에 걱정 많이 했어."

혜수는 대답할 말을 찾지 못했다.

"옛날 생각이 나더군. 마음이 아프면 몸도 함께 아팠잖아. 그때나 지금이나 내가 해줄 수 있는 건 또 아무것도 없지."

진우는 혜수의 시선을 의식해서인지 미소를 지어 보였다.

"그럴 필요 없어요."

커피잔을 쥔 손만을 내려다보던 혜수가 그의 말을 잘랐다.

"걱정해 주는 거 고맙지만……."

"그래, 필요 없겠지. 내 걱정 따위야 혜수 곁에서 벌어져 주는 섯 으로 대신하면 좋겠지. 하지만 욕심이란 게 그렇게 맘대로 되는 게 아니잖아. 그거, 혜수도 알다시피 내가 좀 과해. 어쩔 수 없어."

그의 눈은 절실했다. 대체 그녀에게 무얼 기대하는 걸까? 무엇을 저리 간절하게 바라는 것일까?

혜수는 잠시지만 그가 변한 것 같다는 생각을 했다. 하지만 그렇게 크게 변하진 못했다. 하긴 그럴 거라 예상했었다. 그렇기에 너무도 힘들게 3년이란 시간을 보냈는지도 모른다. 언젠가는, 언젠가는 한 번, 꼭 한 번은 그를 만날 거란 걸 알고 있었다. 그것이 단지 지금이란 것만을 모르고 있었을 뿐이다. 그런데 막상 다시 그를 앞에 두고 보니 지금 그것이 대체 무슨 소용일까 싶었다. 아직도 혜수의 가슴은 아프고 그를 보면 그 아픔에 눈이 시려지는 것을, 뜻 모를 화가 치밀고 폭포수 떨어져 내리듯 흘러나올 것 같은 말들을 잡고 있느라 이렇게 힘이 든 것을, 괜히 그 긴 시간을 가슴에 담고 있었다 싶었다. 어쩌면 이 못된 심보는 세월과는 무관한지도 모른다.

"사과할게요."

혜수의 숙인 고개를 진우는 오랫동안 바라보았다.

"오래 전에 정리했어야 했는데 그땐, 알죠? 삼 년 전에요. 대화를 나눌 수 없는 상태였죠. 서울에서 그랬던 거 미안하게 생각하고 있어요. 그럴 일이 아닌데 감정 정리를 잘 못했어요. 아직도 좀 그렇고요. 그러니까…… 그러니까 내 말은……."

"그 이야기는 그만둬."

혜수는 잠시 진우의 얼굴을 응시했다. 하지만 금세 고개를 숙이고 마주 잡은 손에 신경을 집중시켰다.

"그래요, 이쯤에서 그만해요. 서로 물고 뜯고, 그거 예전에 지치도록 했잖아요. 그래서 남는 건 미움뿐이란 거, 잘 알게 됐잖아요."

조용조용 내뱉은 말 한 마디 한 마디가 모두 옳았다. 그렇다고 그대로 혜수의 말을 따를 수는 없는 노릇이었다. 3년간 겪은 그의 아픔이 그를 가만 내버려두지 않을 게 뻔하기에. 잊을 수 있다면 모를까 그럴 수 없다면 혜수의 말을 들어주는 건 불가능했다. 그걸 어떻게 이해시킬 수 있을까?

"너, 보고 싶었어. 나란 인간 그런 거 잘 모르는데, 그리움이란 게 그렇게 가슴 아픈 건지 몰랐거든. 아니, 내가 이렇게 연연해할 줄 몰랐단 말이 더 정확하겠군."

혜수는 숨을 가슴에라도 가두려는지 거칠게 들이마셨다. 그렇게 한참을 있었다. 그가 또다시 말실수한 것이 아닐까 걱정이 들려는 찰나, 혜수의 감긴 눈가에 촉촉한 물방울이 맺혔다.

"나, 난…… 난……."

부정의 말 한 마디 하는 게 왜 그리 힘든지 결국 포기하고 말았다. 울컥하고 치솟은, 목까지 차오른 멍울을 조용히 쓸어내릴 뿐이었다. 그런 혜수의 모습을 지켜보던 진우는 어떻게 다음 말을 꺼내야 할지 망설였다. 과연 해야 하는 걸까? 그저 묻어둔다면……. 하지만 그것이 어떤 결과를 가져왔는지 그는 잘 알고 있었다. 흉하고 썩은 곳일수록 드러내고 잘라내고 똑바로 직시해야 하는 법이다. 그것이 이 순간 아픔이 된다 해도.

"지금 이런 순간에 이 말을 해야 할지 모르겠다."

혜수는 조용히 눈을 들어 진우를 봤다. 그의 까만 눈동자가 더욱 까맣게 타들어가는 게 보였다. 무엇일까? 분명 자신과 관련된 말이었다. 하지만 지금처럼 이렇게 마주한 순간, 항상 둘은 다른 말을 했었다. 둘과 관련 있지만 어쩔 수 없이 마음을 아프게 하는 말들, 그런 얘기를 주고받아야 했다.

"꼭, 해야 해요?"

진우의 눈이 그렇다고 말하고 있었다.

"창혁……."

"맙소사."

혜수는 우는 것인지 웃는 것인지 모를 신음소리를 냈다. 그러더니 돌아서서 창가로 걸어가 버렸다. 바르르 떨리는 몸을 주체할 수 없는지 자신의 몸을 팔로 감싸 안았다.

"세상에, 어떻게 죽은 사람 얘기를 또다시…… 변한 거 없어, 당신은 여전한 거야. 하나도 변하지 않았어!"

"내 말 들어. 그런 거 아니야, 혜수야!"

"아니요, 듣고 싶지 않아요. 변한 게 없다구요, 없어요. 그러니 제발 그만해요. 죽은 사람이라구요. 꺼내지 말아요, 꺼내지 말라구요."

“살아 있어.”

가늘게 떨리던 몸이 일순간 움직임을 멈췄다. 서서히 머리를 들던 혜수는 잠시 창가의 어느 한 곳을 응시했다.

“장난치지 말아요. 그거…… 별로…….”

“제대로 확인 못했어. 기억 나?”

어떻게 기억을 못하겠는가. 싸늘하게 굳어버린 시신을 내려다보며 자신을 원망하고 미워하고 가슴을 쥐어뜯으며 그렇게 떠나보냈는데 어떻게 잊겠는가.

“미쳤군요. 이러지 말아요. 이러지 않아도 충분히 괴로워요.”

떨리는 입술로 겨우겨우 한 마디 한 마디를 뱉어냈다.

“이건 날 위해 하는 행동이야. 엉킨 사슬을 온몸에 감고 있을 수는 없어. 그럴 수 없는 거야.”

“그래서, 그래서 당신을 멀리 하려는 거예요. 아무도 그 일을 들추고 싶어하지 않아요. 아무도 죽은…… 죽은 사람…… 뭐가 그리 알고 싶어 다시 깨워요. 편하게 둬요, 이대로.”

“죽지 않았어, 살아 있어.”

“아니요, 죽었어요. 당신이 내 앞에 들이민 건 싸늘하게 식은 오빠였다구요. 흉측함에 놀라 기절할 만큼 날 아프게 하는 모습으로 누워 있었던 건 다름 아니라 내 오빠였다구요. 그 순간을 즐긴 사람은 당신이었고 지금까지 아파하는 사람은, 나라구요.”

혜수의 볼에 눈물이 흘러내렸다. 진우는 마치 그때로 돌아간 듯했다. 자신이 어머니의 시신을 본 후에야 해방감을 맛봤듯 그녀도 김창혁이라는 사람에게서 놓여날 줄 알았는데 그게 아니었다. 그와는 달리 그녀는 너무나 고통스러워했다. 온몸으로 그 뜻을 표현했고 그는 그 메시지에 더욱 분노했다.

천 조각을 들어올려 확인하는 그 절차가 얼마나 고욕인지 그때의 그는 떠올리지 못했다. 숱한 잘못 중 하나에 불과한 그 일이 있은 직후 결국 둘은 갈라서는 데 동의했다. 그녀는 절대 그를 받아들일 수 없다 했고 그는 그녀의 멸시에 화가 나 그러라고 말해버렸다. 그 일이 지금 와 두고두고 그를 괴롭혔다. 어쩌면 그때 그녀를 끝까지 잡았다면 지금은 한결 편한 사이가 되어 있지 않았을지…….

"검사가 필요해. 확인 절차야. 당신에게 먼저 알려야 했어. 선택권을 줘야 하니까."

그의 말에 혜수는 코방귀만 끼었을 뿐이었다.

"무슨 선택이요, 최진우란 사람 참 무서워요. 지금, 지금 이걸 선택하라구요? 하, 그렇군요. 선택할 수 있는 거군요. 선택할 수 있는 거야."

머릿속이 하얗게 지워져 무슨 말을 해야 할지도 알지 못했다.

혜수 곁으로 한 발 다가선 진우가 조심스럽게 한 손을 어깨에 올렸다. 금세 혜수의 몸이 굳어짐을 손바닥 아래로 느낄 수 있었다.

"원망, 들 거야. 알아."

"안다. 왜 내가 미안해했을까, 왜, 왜!"

혜수의 시선이 잠시 허공을 떠다녔다. 이슬 맺힌 눈길을 둘 곳을 찾지 못하고 한참이나 헤맸다. 그리고는 서서히 그를 보았다. 그 눈에는 그에 대한 원망이 들어 있었다. 어쩌면 아까의 체념이 담긴 시선보다 나은지도 모른다. 최소한 그에게 감정이란 것을 드러내고 있으니까. 하지만 꼭 그렇지만도 않았다. 예전에 보았던 반짝임을 다시 보고 싶었다. 그가 주는 것에 행복해하는 그런 미소를 보고 싶었다. 지리산 자락의 안락했던 그 보금자리에서 처음 보았던 그 수줍은 미소가 자꾸만 그를 잡아당겼다. 둘의 시선이 마주쳤다. 그와 함께 그의 생각이 그녀에게 흘러드는 듯했다. 붉어진 눈시울 가득 그때의 추억이 되살아났다. 속삭임에 한숨짓고 그의 손길에 미소짓던 자신이 생각났다. 하지만 혜수는 결연히 그 기억들을 지웠다. 지금 그녀에게는 그때의 기억이 필요치 않았다. 그래 봐야 한순간의 환영에 불과하니까. 현실은 차갑기 그지없는 얼음성과 같은 것, 절대 한순간의 따스함으로는 버틸 수 없다.

진우는 살며시 혜수의 떨리는 몸을 안았다. 몸을 굳히긴 했어도 거부의 몸짓은 없었다. 그와 함께 청결한 비누 향이 혜수의 내음과 섞여 그리움을 품어냈다. 부드러운 머릿결의 감촉도 여전했고 무엇보다 자신의 턱 아래에 닿는 아담한 혜수의 육체가 소담한 감정을 드러내게 했다.

"진우 씨."

낮게 깔린 목소리에 슬픔의 깊이가 묻어났다.

"부탁 하나 해도 돼요?"

일순 진우의 눈에 긴장의 빛이 어렸다.

"내가 준비될 때까지 조금만 기다려줘요. 아직은 부모님께는 말씀드리지 말아줘요."

부탁을 들어주겠다는 의미였는지 혜수를 안은 팔에 힘이 들어갔다. 그런 그의 위로가 힘이 됐다. 생각지도 않은 그 따스함에 감격스럽기까지 했다. 하지만 이내 털어냈다.

"진우 씨, 그만."

"아파하지 마. 아파하지 마. 잘못은 내게 있으니까. 그러니까 아파하지 마라."

혜수가 창혁의 주검을 앞에 두고 온갖 몹쓸 말들을 퍼붓던 그날 진우도 그곳에 있었다. 그도 혜수가 악에 받쳐 퍼부어대는 말들을 모두 들었었다. 그래서 이번 결정이 쉽지 않았다. 꼭 혜수에게 알려야 할까란 고민도 했다. 하지만 이 일을 매듭지으려면 어쩔 수 없었다. 아니, 혜수가 아니라면 이런 짓을 할 이유가 없었다.

"약속, 할게."

마지막 말을 남기고 진우는 밖으로 나갔다. 숨죽인 혜수의 울음소리가 들린 건 그때였다. 진우의 꼭 쥐어진 주먹이 손 안의 압력을 높인 것은 또다시 시작된 자신의 이기심이 부끄러워서였다. 결국 이번에도 자신은 혜수를 울리고 있었다.

시간은 또다시 흘러갔다. 그 무심함이라니.

혜수는 병원에서 퇴원한 지 얼마 되지도 않아 또다시 입원해야 할 것 같은 사람의 얼굴을 하고 있었다. 형준의 얼굴이 근심으로 찌푸려진 것은 물론이고 미희마저도 진우를 막지 못한 책임감에 괜히 바닥만 내려다봐야 했다.

"말렸어야 했을까?"

"그건 아닐걸. 내 생각에는 뭔가 다른 게 있어."

"그게 뭔데?"

"그걸 알면 여기 있겠냐?"

"그럼?"

"도 닦았지. 그래서 우리나라 점 집의 다국적화를 꿈꾸며……."

"괜한 말을 했지. 하여간 입만 살았어요."

두 사람의 티격태격하는 모습에도 아랑곳하지 않고 혜수는 창 밖만 하염없이 바라보고 있었다.

"한혜수, 뭐하나?"

퉁명스레 부른 말에 혜수는 소스라치게 놀랐다. 부른 사람이 무안할 정도였다.

"뭐야, 왜 그래?"

"아니에요, 선배. 그만 딴 생각하다……."

형준은 한쪽 눈썹을 들어올리고는 의심의 눈초리로 쳐다보았다.

"너 솔직히 말해 봐. 나한테 죄졌지?"

듣고 있던 미희는 진지함이라곤 약에 쓰려 해도 없는 사람이란 결론을 내렸다.

"그럼, 그렇지."

미희는 형준에게서 거둔 시선을 혜수에게 보냈다.

"어제 진우 씨 온 거 알아. 뭐 할말 없니?"

"어제요?"

"그래, 어제."

"왜요, 걱정돼요?"

“당연한 거 아니니?”

“하긴. 나도 내가 걱정돼요.”

“무슨 일이야? 응?”

혜수는 한참이나 말하지 못했다. 혜수에게서 대답 듣는 걸 막 포기
하려던 찰나 생각지도 못했던 말이 흘러나왔다.

“오빠가…… 살아 있대요, 살아 있대요.”

멍한 표정의 형준과 입을 쩍 벌린 미희의 모습이 혜수는 우습기까
지 했다. 이 소식이 자신만 놀래킨 것은 아니란 생각도 들었다. 형준
의 얼굴은 더 했다. 지금이 웃을 상황이 아님을 알면서도 자꾸만 웃
음이 새어나왔다.

“혜수야.”

“살아 있대요. 살아서 숨도 쉬고…… 그런데요. 어딘가에서…….”

“너…….”

“살아 있다잖아요. 살아 있다고…….”

혜수를 바라보는 둘의 얼굴이 점점 굳어갔다.

“시신 봤잖아, 니 눈으로 직접.”

혜수는 금방이라도 눈물을 쏟을 듯한 얼굴이었지만 입가의 웃음을
거두진 않았다.

“그렇죠? 제가 본 거 맞죠?”

“설마…….”

형준과 미희는 서로를 쳐다보았다.

화상을 입긴 했어도 알아볼 만은 했다고 전해들었다. 그래서 모든
가족이 애통해하지 않았던가. 그런데 그게 아니었다니. 비슷한 점 몇
가지로 산 사람을 죽은 사람으로 오인하고 말았다니. 두고두고 죄책
감을 느낄 또 하나의 가슴앓이가 아닐 수 없었다.

세 사람은 각자의 생각에 잠겼다. 먼저 형준은 그 자식이 미쳤구나
란 생각을 했다. 아무리 혜수를 위해 물불을 안 가린다지만 어떻게
죽음으로 끝을 맺은 사람의 뒤를 캘 생각을 했는지 이해가 가지 않

았다. 그뿐인가. 한 남자로서, 자신이 남자이니 남자로서 그의 지금 심정을 헤아려 볼라 쳐도 도저히 이해 불가능이었다. 일부분은 알 것 같으면서도 나머진 그러지 못했다. 과거의 청산까지는 좋은데 꼭 이런 식으로 해야 할까 싶었다. 질투란 감정이 만만치만은 않은 것이다. 꽤나 사람의 진을 빼게 하는 것인데 어떻게 그것을 단번에 눌러 버릴 수 있었을까? 결국은 찾아내 혜수 앞에 보이려 하다니 용기가 대단한, 막가파식의 돌진하고 보는 사람으로 변해버린 것인지 심히 고심을 해봐야 할 듯했다. 아니면 바보거나.

미희는 형준의 얼굴을 보며 예전에 형준이 해준 애기를 떠올렸다.

'한 남자가 여자를 사랑할 때 가장 신경 쓰는 것은 내 여자 넘보는 다른 놈들이야. 그게 자신보다 괜찮다고 판단되면 호르몬이 통제 불능의 상대로 날뛰게 되거든. 그러면 제 아무리 마인드 컨트롤이 뛰어나고 인내심이 부처님과 동급이어도 결국은 끝을 보게 돼. 나 최진우란 사람 이해해. 그만큼 혜수에 대한 감정이 깊었단 말이야. 끝까지 이혼은 없다고 했다잖아. 그 말이 뭘 뜻하겠어?'

아마 그때 자신은 이렇게 대답했던 것으로 기억한다.

'별 미친 놈의 미친 생각이라고 밖에 말 못하겠네. 의심할 걸 해야지 말도 안 되는 것에 억지주장 피는 놈을 뭘 이해하고 자시고 해? 됐어, 혜수 내가 거둘 거야. 그놈 손에 못 가게 할 거라고.'

'너 아니어도 그 사람 욕하려고 선 줄이 서울에서 부산까지야. 하지 마, 내버려둬.'

집념의 사나이라고 해야 하나. 아무든 그는 대단한 자존심을 가진 대단한 남자임엔 틀림없었다. 비틀린 자존심에 비틀린 생각을 가지고 있다 해도 말이다. 그나저나 혜수의 파리해진 얼굴이 걱정이었다. 말을 해도 꼭 이런 시기에 하다니 그가 제일 못하는 것이 바로 적시에 맞는 대화법인 듯했다.

이른 저녁이었다. 하지만 혜수는 집으로 들어가 나올 생각을 하지 않았다. 저녁을 함께 하자는 둘의 청도 거절했다. 심란하기에 그런다는 것을 알면서도 걱정을 누그러트리진 못했다.

"아, 심란해."

"혜수보다야 하겠냐."

"그렇긴 해도."

"이거 진천이 자식은 알고 있나?"

"가만. 설마?"

미희가 아니라는 듯 고개를 가로저었다.

"설마가 사람 잡지."

"아, 정말 왜 그래? 그렇게까지 진천이……."

하지만 모를 일이었다. 서울에서 있었던 일도 누가 꾸몄던가. 바로 진천이었다.

"전화해서 물어봐야지."

"하지 마. 아직 혜수도 알릴 생각이 없나본데 우리가 뭐 하러?"

"그냥 아느냐, 그렇게만 물어보면 되지."

"그게 될 말이야? 뭘요? 한마디면 끝 아냐."

"그럼 다 불어버리지 뭐."

"혜수가 입 다물고 있는데 왜 우리가……."

"쟤가 입을 다물고 있으니까 우리라도 나서야 하는 거야."

"어불성설이야."

"시끄러."

결국 형준은 진천의 번호를 누르고야 만다.

"어, 너냐? 나다. 그래그래 잘 산다. 뭐 하나 물어보려고 전화했다. 아, 그래 알았다니까. 인사는 그만해, 짜샤. 니 형 말이다. 아니아니 그게 아니라, 거 자식 말을 끊기는. 내 말 잘 들어. 오늘 니 형 여기 왔다갔다. 그래, 만났어. 아니, 그 일 때문은 아니다. 물어볼게 있어. 형이 뭐라 안 하디? 혜수 오빠에 대한 말 같은 거. 음, 없었다. 정말 아무 말도 못 들었어? 아니, 별일은 아니야. 오늘 좀 놀라운 소식을 들어서. 뭐 너도 곧 알 테니. 그래, 아무래도 살아 있다는 것 같아."

미희가 기겁을 하고 형준의 손에 들린 전화기를 뺏으려 했지만 신장 차이와 힘에 밀려 어쩔 도리가 없었다.

"진천아, 너 괜찮냐? 누구긴 누구야. 말했잖아, 혜수 오빠라고. 그래, 알아. 사고 나서 삼 년 전에 죽은 사람으로 돼 있는 거 안다고. 그런데 오늘 니 형이 아닐 수도 있다는 말을 해서 말이야. 다른 사람이 했다면 한푼 어치의 값도 안 쳐주겠지만 너희 형 입에서 나온 얘기다 보니 안 믿을 수가 없다. 그래그래, 나도 놀랐어. 형에게 직접 물어봐. 그걸 내가 어떻게 아냐? 혜수가 알았으니 서울에서도 알게 되겠지. 이게 어디 쉬쉬할 문제냐. 그래, 그럼 니가 넌지시 말을 꺼내든가. 어쩌면 그게 덜 충격일 수도 있으니까. 그래, 잘 말해 봐."

생각지도 않게 일이 틀어져버린 건 이 순간부터였다. 혜수는 잠시 충격에서 벗어날 시간이 필요했고 진우 역시 동의했다. 아니, 진우는 일이 어느 정도 진행된 후에야 말을 꺼낼 작정이었다. 또다시 3년의 시간이 걸린다 해도 말이다. 그런데 말은 이상한 곳에서 흘렀고 서울에 계신 혜수의 부모님에게도 그날 소식이 전달돼 버렸다.

진우의 휴대폰이 요란하게 울린 건 피곤한 몸을 이끌고 집으로 걸어 들어가고 있을 때였다.

"네, 최진우입니다."

"그 말 정말이니?"

진우는 갑작스런 누이 지희의 물음에 걸음을 멈췄다.

"무슨 말?"

"혜수, 혜수네 오빠 살아 있다는 말."

발 없는 말이 천리를 간다더니 그새 말이 샌 듯했다.

"누가 그래?"

몰려오는 피곤에 관자놀이께를 눌렀다.

"누가가 중요한 게 아니지. 그게 사실이냐고 묻는 거야."

모른다고 대답하고 넘어갈 수도 없는 노릇이었다.

"사실인지 아닌지는 나도 몰라."

하긴 이 말이 가장 정확했다. 아직 유전자 검사를 한 것도 아니니까.

"그럼, 그럴 수는 있다는……. 맙소사, 가능성이 아주 없진 않다는 말이구나."

지희도 꽤나 놀란 듯 쉬이 말을 잇지 못했다.

"그래."

"니가 알아냈다는 것도 맞니?"

아까보다는 한결 누그러진 목소리로 물었다.

"맞아."

"어떻게 알았니?"

이젠 정말 기운이 다 바닥난 듯했다. 엘리베이터의 버튼을 누르며 이쪽에서 말을 끊기로 했다.

"나 피곤해, 내일 얘기해."

"지금 얘기해."

"피곤하다니까."

지희는 피곤한 기색이 역력한 동생을 더는 다그칠 수 없었다. 그 정도로 몰인정하지는 않았다.

"알았어. 그럼 약속 잡아. 내일 언제 어디서 볼 건지."

"스케줄 봐야 해."

"미뤄."

"왜 이렇게 막무가내야. 그리고 누나와 무슨 상관이라고 이래?"

끝을 보고야 말겠다는 누나의 태도에 목소리가 높아졌다.

"상관이 있는지 없는지는 내가 결정할 테니 얘기나 해. 그리고 잘난 척 코 높일 것 없어. 내 도움 안 받을 것 같니?"

일리 있는 이야기였다. 하지만 끈질기게 물고늘어지는 누나가 진우는 못마땅하기만 했다.

"내일 점심 때쯤 회사로 와."

"알았어. 참, 혜수에게 갔었다며?"

이만해서 전화를 끊어도 좋으련만 참으로 질긴 누이였다.

"맞아."

"건드리지 마. 잘 참고 있는 애 힘들게 하지 말라고."

팔은 안으로 굽는다는 말도 다 거짓인 듯했다.

"엄청 생각해 주는군."

"갈구지 마. 비아냥거리지 말라고. 여하튼 고운 털이라곤 눈을 씻고 찾아봐도 없어."

누나에게까지 원망이 남아 있다고 한다면 뭐라고 할까?

"피곤해."

"알았어. 이만 전화 끊을게. 참, 저녁은 꼭 챙겨 먹고 자."

진우는 끊어진 전화에서 들리는 윙윙거림에 안도감까지 느껴졌다.

누나가 알았다면 아마 모든 사람이 안 것으로 봐도 무방할 것이다. 말이 난 근원이 어디인지 물을 계제도 못됐다. 씁쓰름함에 절로 한숨이 났다.

눈이 왕방울만 해지는 형준을 어렵지 않게 떠올릴 수 있었다. 놀란 맘에 확인차 이곳저곳에 전화했으리라. 안 봐도 뻔했다. 그래도 올라온 지 하루만에, 아니 반나절만에 퍼질 거라곤 생각도 못했다. 아니, 말이 날 거란 생각 자체를 하지 못했다. 하긴 어차피 알려질 사실이었다. 단지 혜수와의 약속을 지키지 못하는 것이 안타까웠다. 시달릴 그녀가 안쓰럽고 곁에 있을 수 없는 자신의 입장에 울분이 치밀었다.

집 앞에 도착해 문을 열기도 전 시끄러운 전화벨은 또다시 자신의 존재를 알렸다. 귀찮기도 하고 정말 피곤하기도 하기에 전원을 눌러 꺼버렸다. 시끄러움 뒤의 고요는 적막 그 자체였다. 횅한 집안은 그 적막감을 상쇄시킬 만큼의 숨쉴 틈조차 없는 듯했다. 그래도 오늘만은 그 고요가 반가웠다. 씻고 죽은 듯이 자고픈 심정이었다. 잠이 자비를 베풀어준다면 더할 나위 없을 것이다. 하지만 한국에 와 제대로 된 숙면을 취한 적이 없었다. 있었다 해도 잠시뿐이고 아침에는 언제

나처럼 뻐근한 다리의 통증이 미친 짓을 한 대가를 상기시켰다.

오늘도 어김없이 진열장에 가지런히 놓인 술병으로 손을 뻗었다. 알코올에 대한 그리움도 유전인가 싶었다. 어리석은 생각이라 치부하면서도 차마 가슴 한쪽의 어둠을 몰아내지 못했다.

그러고 보니 참으로 유치했던 과거가 떠올랐다. 그런 프로포즈가 어디 있을까? 아니, 그런 식으로 청하는 게 아니었다. 그런 요구를 해서는 안 되는 거였다. 그럼에도 자신은 그녀에게 손을 뻗었고 예상된 다음의 결과가 더한 상처를 남겼다. 아버지의 의심병을 물려받았기 때문이다. 그 병이 어머니의 알코올에 대한 욕구만큼이나 진하게 그의 속 깊은 곳에 배어 있었기 때문이다. 당시에는 그런 것을 알지도, 알아차리려고도 하지 않았다. 지금에 와서야 후회할 뿐이다.

투명하게 빛을 발하는 물건을 혜수는 하염없이 내려다보았다. 그것이 무엇인지 몰라서가 아니었다. 당연히 받아들일 것이라 생각하는 진우의 태도가 못마땅해 그것을 집어들지 않았다.

진우의 이마에 주름이 지는 것으로 보아 그녀의 행동이 거슬렸음이 분명했다. 그러나마나 혜수는 그 빛나는 물건을 잡지 않았다.

"김창혁, 스물여덟. 태창상사 실장으로 있는 젊고 유능한 인재."

혜수의 두 눈이 진우에게 고정됐다.

"계속 읊을까?"

"무슨 말이 하고 싶은 거예요?"

"솔직히 지리산 내려가서 널 안았을 때, 그때 끝낼 생각이었어. 모두가 바라마지 않는 미래 신원의 안주인이 겨우 학교 선생이 되는 게 꿈인 여자하고는 어울리지 않는다고 생각했거든."

"그럼……."

혜수는 자신의 앞에 놓인 반지를 쳐다보았다.

"이건 뭔가요?"

"그렇게 생각했다는 말이었어. 날 이렇게까지 흔들 거라고는 생각

못했으니까. 물론 잠자리에서의 만족감만으로 하는 말은 아니야.”

혜수의 입술이 떨리기 시작했다.

“내 것에 손을 대는 인간이 있을 줄은 몰랐어.”

“내가 물건인가 보군요.”

“그럼, 물건이지. 아주 값비싼. 내가 그렇다고 한다면 그런 게 돼.”

“어떻게, 어떻게 그런 말을…….”

혜수의 말은 진우의 날카로운 눈빛에 끊어졌다.

“맞아. 앞으로도 그 성질 변할 거라곤 기대 마.”

“어련하시겠어요.”

신랄하게 쏘아대는 혜수를 진우는 재미있다는 듯 쳐다보았다.

“자존심이 상했다 이거군. 나 역시 그래. 내가 손 털기 전까지 누구도 내 것에 손을 댈 순 없어.”

결국 자신과 누군가를 연결시켰고 그게 성에 차지 않아 결혼이란 것까지 한단 말이 아닌가?

“오해예요.”

“그래도 어쩔 수 없어. 결정을 내렸으니까. 준비도 끝났고.”

준비란 말을 하는 그의 얼굴이 심상치 않았다. 그 말이 혜수의 폐부 깊은 곳에 가 박혔다.

“준비라뇨?”

“그저 그렇게만 알고 있어. 자연히 알게 될 테니.”

“그렇겠죠. 암요, 누구의 이명인네.”

일어선 혜수의 팔을 돌연 진우가 잡아 앉혔다.

“아직 말 안 끝났어.”

“전 끝났어요. 더는 하지 말아요. 넘어올 것 같으니까.”

“앉아.”

혜수는 마지막 그의 말에 탁 소리가 나도록 팔을 잡아 뺐다.

“웃기지도 않아요. 말도 안 되는 상상이나 하고 있는 당신과는 아무 할말이 없어요.”

"아이가 생긴다면?"

아이라는 말과 함께 묻어난 소름 끼치는 냉기에 혜수는 흠칫 놀랐다.

"아이 때문이라구요? 그것도 말이 안 되죠. 지우라고 말하면 끝인 거예요. 당신은 그런 거 잘하게 생겼어. 아주 딱딱하고 사무적으로, 마치 지우개로 쓱싹 흔적도 없이 지우면 되는 걸로 착각하는 사람처럼 말이에요. 이쯤에서 그만해요. 생겼는지도 모르는 아이 운운하지 말아요. 그나마 남아 있는 당신의 좋은 점들이 점점 희박해지고 있으니까."

"내게 좋은 점이 남아 있는 줄은 몰랐는걸?"

"그렇겠죠."

진우는 천천히 일어나 혜수와 마주 섰다.

"잘 들어. 이 결혼 누가 뭐라고 해도 해. 너 또한 이 결혼으로 얻는 이득을 계산하고 있을 거야. 부정하기 힘들걸."

하지만 혜수는 부정하고 싶었다. 그녀가 잃어버릴 것들이 더 많다는 걸 알기 때문에.

"그러니 이쯤에서 항복해. 더 끌면 좋을 거 없어."

모멸감. 지금의 혜수 심정이 그랬다. 두 번 생각할 것도 없이 레스토랑을 나왔다. 집에 들어가는 순간까지 이어진 그에 대한 수많은 욕들은 그녀 평생에 처음으로 해보는 거였다. 결국 그녀를 쫓아온 그가 한 마디 했다.

"그만해, 듣기 거북해."

"거북해요? 그렇겠죠. 고귀한 존재로 착각하는 사람 귀에 이런 말 따윈 듣기 거북하겠죠."

"그만하라고 했어."

"더 하면요, 더 하면 어쩔 거예요?"

"피를 나누지 않은 놈과 함께 한 집에서 사는 거, 누가 봐도 옳지 못해."

"옳지 못하다니요. 그런 말이 어딨어요?"

"내 말대로 해야 할 거야. 이미 그렇게 손을 써 놨어. 너로서도 어쩔 수 없을걸?"

혜수는 슬쩍 웃어 보이는 그의 미소에 전율이 일었다.

"뭐예요, 도대체 뭐예요? 그 웃음의 의미."

"한쪽은 곧 떠날 거야. 넌 내게 오는 거고."

"누가요? 누가 떠나요?"

"누구겠어. 자기가 그런다고 하더군. 물론 우리 결혼식은 보고 떠날 거야. 그 정도의 아량은 있으니까."

표정 없는 그의 얼굴을 일그러뜨리고 싶었다. 마치 자신을 괴롭히던 문제를 해치운 사람 같은 표정이라니. 마땅히 그녀에게 가져야 할 감정은 모두 배제되고 소유와 집착만이 만들어낸 놀라운 아이러니였다.

"내…… 오빠예요, 오빠라구요."

조용한 혜수의 외침이 울려퍼졌다.

오빠라. 오빠로 남을 수도 있었던 사람. 자신이 캐고 또 캐내지 않았다면 어쩌면 혜수의 말이 진실이 되었을 수도 있다. 어쩌면……. 하지만 지금도 가슴 한 자리에는 다 쳐내지 못한 어둠 한 조각이 자리하고 있다.

일은 빠른 속도로 진행되었다. 형준 선배 덕에 사실이 알려지기가 무섭게 진우는 일사천리로 일을 밀어붙였다. 검시소에 의뢰를 하고 국립과학수사연구소에 등록하는 잔나한 서류작업까지 미쳤다. 혜수의 새어머니에게서 좋다는 허락만 떨어지면 모든 것이 순차적으로 척척 이뤄져 나갈 판이었다.

헌데 웬일인지 새어머니는 입을 굳게 다물고 계셨다. 집안 식구 누구도 그 일에 대해 입을 열지 않는다고 인후가 전해 줬다. 아들이 죽지 않았다는 소식에 제일 기뻐할 줄 알았던 새어머니였기에 놀라지 않을 수 없었다. 인후 말에 의하면 뭔가를 기다리고 있는 것 같다고 했다. 새벽같이 일어나 불공을 드리러 가시고 돌아와서도 내내 불경을 외거나 기도를 드린다고 했다.

무얼 기다리고 계시는 걸까? 어쩌면 혜수처럼 마음의 준비를 하고 계시는지도 모른다. 진우의 폭풍우 같은 일처리에 한 템포 쉼표를 찍고 싶으셨는지도 모른다. 어디까지나 이런 중요한 일이 마치 급히 해치워야 할 결재서류처럼 다루어지는 게 싫어서인지도 모른다.

무얼 기다리고 계시는 걸까, 무엇을?

"혜수야."

생각에 잠겨 있던 혜수는 다급하게 불러대는 형준의 목소리에 자리를 털고 일어났다.

"왜요?"

정문 앞에 선 짐차에 가득 담긴 물건은 분명 성능 좋은 신형 컴퓨터들이었다.

"이게 다 뭐예요?"

"아, 그러니까……."

형준의 흥분했던 목소리가 잦아들었다.

"어제 진우 씨가 전화했었어."

순간적으로 혜수의 눈이 바닥으로 향했다. 속내를 감추려는 무의식적인 행동이었다.

"그런데요?"

"그러니까 전화해서 하는 말이……."

"이걸 보내겠다고 하던가요?"

"그래."

혜수는 말없이 짐을 내리는 사람들을 응시했다. 형준은 혜수가 금방이라도 도로 싣고 가버리라고 소리 지를까 염려되는 듯 잠시 그녀의 행동을 살폈다.

"그렇게 볼 거 없어요, 선배. 준다는 데 받아야죠. 돈 많은 사람이에요. 아시잖아요."

두 명의 남자는 형준과 혜수에게 컴퓨터 놓을 곳을 물었다. 곧 컴퓨터는 두 개의 교실에 나뉘어 놓였다.

저녁 무렵에야 제 기능을 발휘할 수 있게 되었다. 아이들은 어떻게 그 소식을 들었는지 설치하는 내내 문가에 붙어 있었다. 설레는 듯 키득거리는 웃음소리와 나지막하게 속닥이는 소리가 들렸다. 큰 소리라도 내면 물건을 도로 가져가기라도 할 것처럼 아주 조심스런 모습이었다.

"수고하셨습니다."

"아닙니다. 그리고 인터넷 설치를 위해 내일 다른 기사들이 올 거예요. 한두 시쯤 되겠지만 더 늦어질 수도 있어요. 우선은 전화선으로 쓰시게 될 겁니다. 통신선이 이곳까지 들어오는 덴 좀 시간이 걸리거든요. 그래도 최대 일주일 안에는 모두 끝날 겁니다."

"하지만 선 설치 공사비를 우리가 물어야 하는 거 아닌가요? 예전에 그쪽에서 그렇게 말씀하셨는데."

"아, 이미 지불하셨습니다."

자신이 물어놓고도 아차 싶었다. 진우의 일 처리 솜씨를 모르지도 않는데 말이다.

"예, 수고하셨습니다. 안녕히 가세요."

"예."

그들이 떠나고 아이들의 시간이 돌아왔다. 쓸어보고 만져보고 자판에 손을 올리기도 했다.

"야야, 우데다 손을 대노."

"와, 괜찮기만 하구만."

"맞다. 만진다고 고장나믄 뭐할라꼬 여기 두것노?"

혜수와 형준이 나섰다. 전원을 넣고 부팅을 시키는 방법부터 간단한 워드문서 창을 여는 방법, 그림판을 불러내 형편없는 낙서를 하는 방법까지 가르쳤다. 아이들은 떠날 줄 모르고 컴퓨터 앞에 모여 앉았다.

"이거이거 큰일인걸. 과외까지 시켜야 할 판이야."

“그래서 싫으세요?”

싫다고 하기엔 그의 벌어진 입이 다물어질 줄을 몰랐다.

“뭐 딱히 그런 건 아니지.”

형준은 슬슬 웃음을 흘리며 다시 아이들 속에 파묻혔다. 나중에야 이 소식을 들은 미희는 아직 남아 있는 애들에게 횡재 어쩌고 하며 자신의 워드 솜씨를 뽐냈다. 면박을 주는 형준만 아니라면 애들에게 꽤 먹혔을 것이다. 이에 대한 미희의 반응은 생각 외였다. 말을 안 하기로 작정한 사람 같았다. 아마도 값싸게 입을 놀린 남편의 행동에 아직 화가 나 있는 모양이었다.

혜수는 미안한 마음에 둘 사이에 끼어들 수가 없었다.

“야, 아직도 열 받았냐?”

미희는 잠시 노려보더니 다시 아이들이 만지고 있는 컴퓨터로 시선을 내렸다.

“헤이, 삐순이. 진짜 삐졌냐?”

하지만 아무 반응이 없었다. 이내 시들해진 형준은 재미없다는 듯 그녀 곁에 와 앉았다.

컴퓨터는 성능 좋음을 자랑이라도 하려는 듯 갖가지 것들이 모두 깔려 있었다. 그들이 주고 간 프로그램 중 반은 게임이었다. 교육용 교재도 있지만 아이들이 좋아할 만한 것부터 교육상 문제는 있지만 금세 빠져들 만한 것들까지 다양했다.

혜수의 머리는 빠른 속도로 이 모든 것을 교육하는 데 어떻게 활용해야 할지를 모색했다. 칭찬을 위한 상으로, 또는 잘못을 했을 시에는 벌을 주는 용도로 사용하는 것이 가장 좋겠다는 결론을 얻었다.

“아, 고맙단 전화를 해야 하는 거 아닌가?”

좋았던 기분이 금세 달아났다. 티를 내지 않으려 했지만 어쩔 수 없이 얼굴에 나타난 듯했다.

“내가 대신할까?”

“아니에요. 제가 할게요.”

혜수는 돌아서서 교무실로 향했다.

들어온 지도 한참, 가만히 전화기만 내려다보았다. 그러다 이렇게 멍하니 있는 자신이 우스워 수화기를 집어들었다. 몇 번의 신호가 가지도 않았는데 그의 목소리가 들렸다.

“네.”

“아, 저예요.”

그가 받을 걸 알고 한 전화였는데도 무척 당황스러웠다.

“컴퓨터는 잘돼?”

“네.”

“내일쯤 인터넷도 사용 가능할 거야.”

“아까 컴퓨터 가지고 온 분이 그렇게 말씀하시더군요.”

“애들에게 필요할 것 같았어.”

“고마워요.”

텅 빈 공간에 마치 두 사람만 있는 듯했다. 말을 하지 않지만 그럼에도 누가 먼저 전화를 끊는다든가 다음 말을 이으려 하지 않았다. 그렇게 한참의 시간이 지났다.

“필요한 거 있으면…….”

“지금 해준 것만으로도 충분해요.”

진우는 그렇겠지라고 생각했다. 그밖에 원하는 것은, 정말 원하는 것은 마음 안에 담아두고 마치 원하지 않는 척을 하겠지. 아니, 어쩌면 정말 원히지 않을 수도 있었다. 다시 겪고 싶지 않을 테니까.

“아무튼 고마워요. 잘 쓸게요.”

“그래.”

“참, 오빠 일도…… 고마워요. 이 말, 꼭 하고 싶었어요.”

혜수는 말을 마치기가 무섭게 전화를 끊었다. 아마도 마지막 말은 참으로 하기 힘들었을 것이다. 다른 누구도 아닌 그가 찾고 있다는 사실이 마음에 설리는지도 모를 일이다. 그럼에도 고맙다 말해야 하는 혜수의 심정을 진우는 헤아릴 수 있었다.

시간은 흘러가고 있었다. 누가 잡을 것도 잡을 수도 없는 시간이기에 흘러가는 거야 당연지사라지만 마냥 흐르는 시간이 반가운 것인지 아니면 지루한 시간 속에 파묻히는 것에 대해 화를 내야 하는 것인지 판단이 서지를 않았다. 어둑어둑해진 저녁 하늘의 서늘함에 소름이 돋았다.

그러고 보니 형준 선배와 미희 선배의 요즘 근황이 마치 자신 때문인 듯해 미안한 맘이 들었다. 척을 진 사람들마냥 서로 말도 하지 않았다. 다행히 오늘 낮부터 투닥거리기 시작했기에 그나마 다행인 듯 싶었다. 미희 선배의 말이 아주 틀린 것은 아니다. 형준의 값싼 입놀림에 괜한 사람들 가슴까지 아프게 했다는. 하지만 가만 생각해 보면 그것도 아니다. 언젠가는 알려질 일이었다. 단지 때와 상황이 안 따라주었을 뿐이다. 미안해하는 형준 선배에게 그렇게 말해 줄 수도 있었다. 하지만 하지 않았다.

왜일까? 아마도 그 말을 하고 난 후 가슴이 답답해질 자신이 눈에 보이기 때문이리라. 누군가에게 죄가 없다면 또 다른 누군가가 그 죄를 가슴에 져야 할 테니까. 그것이 자신이 될까 싶어 그래서 말을 하지 못하는 것이다.

"혜수야."

아마도 감시가 필요하다 생각했던 모양이다. 빼꼼히 문을 열고 안으로 들어선 미희 선배는 제일 먼저 굴전에 눈길을 보냈다. 좀전에 다섯 장이나 들려보냈는데 언뜻 보아도 한 장 이상은 줄어든 것 같지 않았다.

"뭐야, 안 먹었어?"

"먹었어요."

"에게, 겨우 요만큼?"

"아까 밥 먹었잖아요. 내가 돼진가 뭐."

미희는 입을 오물거리더니 잠시 혜수의 옆에 서서 창 밖을 내다보았다.

"나 말시켜도 되니?"

"하지 말라고 하면 온몸을 꼴 거면서."

"그래도 참을 때 정도는 알아."

"물어 보세요."

"서울 부모님 어떠셔?"

잠시 적막감이 어렸다.

"괜찮으세요, 두 분 다."

그 자리에 혜수가 없었기에 그런 거지 결코 괜찮지 않았다. 마른하늘에 날벼락 같은 일이 아닌가. 어떻게 괜찮다는 말로 다 표현할 수 있을까만 조목조목 집어가며 어떻다라고 말할 기운이 없기에 그저 그렇게 대답할 뿐이었다.

"진우 씨 전화했었어."

"알아요."

전화가 왔을 때 혜수도 곁에 있었다. 형준은 감형이라도 받으려는지 조심스레 없다고 거짓말을 했다. 믿을 진우가 아니었지만 여하간 순순히 물러나 주긴 했다. 아마도 그녀가 걱정이었으리라. 그가 터뜨린 폭탄이니까 당연히 걱정이 됐을 것이다.

"근영 씨가 전화해도 되냐고 묻더라. 아마 인후에게서 소식을 들었나봐."

이 일 저 일이 겹치다보니 그만 근영이를 까맣게 잊고 있었다.

"어떤지 묻는데 뭐라고 말 못하겠더라."

미희가 잠시 혜수의 눈치를 살폈다.

"그냥 편하진 않은 것 같다고 했어."

"네."

혜수가 자신의 말을 듣고 있지 않음을 알 수 있었다. 미희는 걱정이 이만저만이 아니었다. 이러다 또다시 쓰러지는 것은 아닌지. 또다시 진우의 이름을 입에 올리고 눈물로 붉어진 눈을 뜨는 건 아닌지. 정말 걱정이 됐다.

"그럼 전화해 줘. 난 전했다."

"네."

혜수는 미희 선배가 나간 문을 멀거니 바라만보다 한쪽 작은 테이블 위에 놓인 전화기에 손을 뻗었다. 아마도 많은 양의 욕을 먹어야 할 것이다. 하지만 그게 왠지 그리웠다. 따발총 쏘듯 말을 해대는 근영이의 쉼 없이 욕 세례가 듣고 싶었다.

미희가 집에 들어간 순간 터뜨린 비명은 너무나 처절한 것이었다. 누가 들으면 살인현장에라도 있는 줄 착각했을 것이다.

"뭐야, 내 굴전은?"

"니꺼? 난 그런 거 모르는데."

"야."

"에해, 먹는 거 가지고 왜 그러시나? 그리고 우리 냉전중 아니었나?"

역시나 사람 약 올리는 데 세계 챔피언감인 형준이었다.

"아무리 그렇기로…… 나보고 많이 해놓을 테니 혜수 좀 보고 오라더니 뭐야 대체! 똥개 훈련시켜? 그렇지 않아도 몸이 무거워져 힘들어 죽겠는데."

은근히 자신의 배를 앞으로 내밀었다.

"유세는."

삐죽거리는 형준의 얼굴을 보자 미희는 두 눈에 쌍심지를 켰다.

"뭐야?"

"배고픈 걸 어떻게 해. 냉장고도 뒤지고 밥통도 뒤졌지만 먹을 만한 건 하나도 없더라."

"왜 없어. 어제 시장에서 사온 냉동 스파게티하고 피자가 있잖아."

"요기."

형준은 기다렸다는 듯 자기의 배를 가리켰다.

“걸신 들렸니?”

“그런가봐. 아, 왜 내가 이렇게 먹고 싶은 게 많은 거지? 임신은 니가 했는데. 하긴 내가 널 너무나 사랑한 나머지 임신징후를 내가 대신 겪는가봐.”

말도 안 된다는 듯 미희의 입이 쩍 벌어졌다.

“그렇지? 니가 생각해도 내 사랑의 힘에 감동스럽지 않냐?”

“감동? 개뿔이나. 감동할 게 없어 임산부 음식까지 뺏어 먹는 너 같은 놈에게 감동하나?”

“대리체험이라니까.”

“입에 침이나 발라.”

너무나 화가 난 미희는 들어오던 발길을 돌렸다.

“어디 가?”

“혜수네 남은 굴전 먹으러 간다.”

“아, 짜슥 식탐은. 여기 있다 먹어라.”

뒤를 돈 미희의 눈에 보이는 건 적어도 열 장은 너끈히 되는 굴전이었다.

“혜수에게는 미안하지만 더 이쁜 것 주려고 골라놨어.”

선심 쓰는 듯한 태도의 형준을 옆으로 노려보면서도 미희는 입이 귀에 걸렸다.

“맛있어?”

쩝쩝 소리까지 내며 먹는 미희가 에삐 보이는지 연신 토닥이는 형준이었다.

“어, 맛있어. 우리 신랑 이렇게 음식 잘하는지 몰랐네? 와, 이 쫀득함.”

감탄사에 연신 입맛을 다시며 맛나게 먹어댔다. 형준은 뿌듯한 맘으로 요기도 먹어보고 저기도 먹어보라며 시시콜콜 알려주기까지 했다. 그런 형준이 좋기만 한지 미희 역시 그래그래를 외쳐댔다.

혜수가 제일 처음 들은 근영의 말은 욕이었다.

'나쁜 기집애.'

혜수는 근영의 말에 엷은 미소를 지었다.

"그렇지? 나, 나쁜 기집애지?"

'그래. 아주아주 나쁜 기집애다. 어쩌면 연락 한 번 없냐. 내 전화 받으면 손목 부러지지?'

"그래, 미안하다. 연락하려고 했는데, 그게 내 맘 같지 않네. 그나저나 결혼식 어쩌니?"

근영은 슬쩍 말을 흐리는 혜수에게 한마디 더 할까도 생각했지만 그냥 넘어가 주기로 했다.

'어쩌긴, 다음으로 미뤄야지. 아빠도 그 소식 들으시고 당연한 일이라고 하셨는걸.'

혜수의 침묵을 근영은 조바심 어린 마음으로 기다렸다.

"미안하네."

'뭐가 미안해? 니가 왜 미안한데? 웃기네, 착한 척하기는. 야야, 너랑 나랑 알고 지낸 지 20년이다. 어디서 내숭을 떨어.'

킥킥거리는 웃음소리가 났다. 혜수의 것인지 의심스러울 정도로 정말 재미있어하는 소리였다.

'웃기는. 웃음으로 때울 수 있을 것 같아? 천만에. 넌 예단 명단 어느 곳에도 없어. 쌀 한 톨 주나봐라. 결혼식장에서도 너만 쫄쫄 굶길 거야. 그래도 웃을래?'

"너 시누이를 너무 우습게 안다?"

'허, 시누이? 야야, 웃기지 좀 마라. 너 같은 시누이는 한 트럭 갖다 줘도 끄덕도 없어. 그저 맹해서 내가 옆에서 챙겨주지 않으면 아무것도 못하면서.'

"아무리 그래도 맹하다니. 여린 여인이라면 몰라도."

'어, 뭐냐. 지금은 비련의 여주인공 역이냐? 관둬, 안 어울려. 씩씩한 내 친구로 돌아와. 어서!'

"씩씩해, 나."

'그럼, 누구 친군데.'

근영은 지금 친구의 곁에 있고 싶었다. 그래서 그 안쓰러운 어깨에 팔을 두르고 자기의 품으로 끌어당겨 두 눈이 퉁퉁 붓도록 함께 울어주고 싶었다. 혜수의 일이 슬퍼서도 그렇지만 임신이란 호르몬 이상증상 때문에도 감정이 매우 격해져 있었다. 그걸 인후는 임신을 가장한 자기를 괴롭히려는 꾀병과 같은 거라고 했다. 만약 이런 때 예전과 같은 혜수란 친구가 있었다면 죽을 만큼 입을 나불거리며 자기 편 좀 들어달라고 졸라댔을 것이다. 근영은 그것이 너무나 그리웠다.

"몸은 좀 어때?"

'내가 병자니. 하긴 배불러오려고 해서 큰일이다. 나 살도 쪘어. 삼킬로그램이나. 으으, 이제 배가 마구마구 접히려 해. 아, 그래 솔직히 말하지. 접힌다, 것도 대박으로. 미치겠다.'

부르르 몸을 떨며 자신의 말을 과장되게 표현하는 근영이 눈에 선했다.

"아버지는 뭐라셔?"

'살다보니 아버지의 급한 성격이 이렇게 반가울 수가 없더라. 항상 빨리빨리란 말 들으며 자라서 여간 불편한 게 아니었거든. 너도 알지? 우리 아버지 차 타면 어떻게 되는지?'

혜수의 얼굴에 미소가 어렸다.

"응, 그럼."

'내가 그 성격 덕을 볼 기라고 어떻게 알았겠니. 물론 뻔했던 걸로 끝나 좀 그렇지만.'

성격이란 말에 굳어진 혜수의 얼굴을 근영이 못 본다는 게 그렇게 고마울 수가 없었다.

'뭐야? 너 지금 딱딱하게 굳어버린 거 아니지?'

"그럼."

'다시 길게 말해 봐. 짧게 말하면 니가 어떤 기분인지 내가 알아차리기 힘들단 말야.'

“기집애, 끈질기기는.”

‘그럼, 내가 또 한 끈질김하지.’

근영이의 기분 좋은 웃음소리가 전화선을 타고 흘렀다.

‘참참참, 어머님이 집에 놀러오라고 그러셨어. 배도 불러오는데 좋은 음식 맛있게 먹어야 한다고. 그래서 나 내일 놀러 가. 뭐 좋아하냐고 해서 탕수육하고 피자하고 불고기하고 또…… 내가 뭐라고 했더라. 아무튼 그런 게 먹고 싶다고 했지. 그랬더니 어머님이 잠시 아무 말씀도 안 하시는 거야. 걱정돼서 괜찮으시냐고 물었더니 어머님이 뭐라고 하셨는지 알아?’

“모르지.”

‘너 그걸 다 먹니 하시더라니까. 어찌나 무안하던지. 내가 좀 먹는 걸 좋아하잖아.’

“좀?”

‘그래, 많이 먹는다. 나 돼지다. 넌 친구가 돼서 꼭 그런 걸 따져야겠니? 아무튼 알아줘야 돼.’

“너 지금 나 약오르라고 이런 말 하는 거잖아.”

‘역시 눈치가 코치다. 사실 어머님께 내가 아양 좀 떨었어. 이것도 먹고 싶고요, 저것도 먹고 싶어요, 어머님. 내가 좀 낯짝이 두껍지.’

시원한 웃음소리와 함께 발 구르는 소리까지 들렸다.

“넌 니가 얘기해 놓고 뭐가 그렇게 웃기니?”

‘웃기지. 옆에 있던 인후의 얼굴을 니가 봤어야 한다니까. 아, 그리고 할말 있어.’

근영이 할말 있다고 할 때는 긴장을 해야 한다. 가끔 가다 떨어뜨리는 것들이 모두 핵폭탄 수준의 폭발을 야기하기 때문이었다.

‘진우 씨가 한 말 진실이야.’

“뭐?”

‘진우 씨가 한 말 사실이라구.’

혜수는 저도 모르게 침을 삼켰다.

“무슨 말?”

‘창혁 씨 얘기도 그렇고 진우 씨…… 진심도.’

혜수는 놀라 할말을 잊었다. 다른 사람도 아닌 근영이가 이렇게 말할 줄은 몰랐다. 순간적으로 배신감이 들었다. 자신의 곁에서 한없이 편 들어줄 것 같던 근영이 어떻게 진우에 대해 저렇게 말할 수 있는지 혜수로서는 도저히 이해할 수가 없었다.

“그만해, 근영아. 아무 말도 하지 마.”

‘혜수야.’

“너…… 기억나니? 내가 서 있던 그 공항.”

어떻게 그 순간을 잊겠는가. 근영은 그때 친구를 잃는 줄만 알았다. 슬픔만으로 사람이 죽을 수 있다면 혜수는 그날 죽었을 것이다.

‘기억해.’

“그때야, 내가 날 버려야겠구나 생각한 건.”

‘무슨 말이야?’

“날 버리지 않고는 계속 그에 대한 기억을 품고 살아야 하니까. 그 고통에서 벗어나려면…… 어쩔 수 없이 날 버려야 한다고 생각했어.”

근영도 알고 있었다. 그렇게 묻어두기만 했기에 오히려 혜수는 그 기억에서 빠져나오지 못했을 것이다.

“나, 그를 잊기 위해 별별 짓을 다했어. 너도 알잖아. 그런데…….”

결국은 그가 돌아올 것임을 알고 있었고 그래서 3년이란 시간을 기다림으로 채우는 결과가 되어버렸음을 지금 이 순간 너무나 생생하게 깨닫게 되었다. 입을 열어 말하지 않아도 근영은 그런 혜수의 심정을 이해할 수 있었다.

‘혜수야.’

“내가 이러는 건, 이러는 건…… 두려워서야, 두려워서…….”

전화선 너머로 울먹이는 혜수의 울음소리가 들렸다.

혼잡한 로비의 커다란 기둥 뒤, 혜수의 꼭 다물어진 입술이 바르르 떨리며 한숨 같은 말들이 흘러나왔다.

"근영아, 그가 가. 나 버리고, 날 여기 두고 혼자만, 혼자만 가. 어떻게 그럴 수 있니? 어떻게 날 두고, 날 여기 혼자 두고 저렇게 아무렇지도 않은 듯 갈 수 있는 거니? 어쩌면 한 번 돌아보지도 않고 저렇게 야박하게 가버릴 수 있니? 어떻게 그럴 수 있니, 어떻게!"

근영의 눈에 비친 혜수는 그야말로 비참함 그 자체였다. 쉴 사이 없이 흐르는 눈물을 닦을 여유도 없었다. 그뿐인가, 흐느낌을 참기 위해 들썩이는 어깨가 너무나도 여려 보여 근영의 작은 손으로 감싸도 부서질 것만 같았다. 그럼에도 내밀지 않을 수 없었다. 조금이라도 친구의 슬픔을 나눠 질 수 있다면 무언들 못할까 싶었다. 괜히 미안한 마음까지 들었다. 자신의 잘못이래 봐야 친구를 두고 떠나는 진우란 사람을 말리지 못한다는 사실뿐인데, 그 사실이 너무나 미안해 고개조차 들 수 없었다. 차라리 어거지라도 부려 그를 붙들 수만 있다면 이렇게 속이 쓰리진 않을 것이다. 그런 주먹구구식의 행동이 먹혀들 위인이 못된다는 사실을 알고 있는 스스로에게 화가 날 지경이었다.

"가버리면…… 지금 가면…… 다시는 볼 수 없잖아. 그런 거잖아. 그런 거잖아."

혜수의 눈물이 알알이 떨어졌다.

혼잡한 공항의 기둥 뒤에 선 혜수가 눈물로 흐려진 시선을 거두기도 전 진우는 자리에서 일어나 게이트로 향했다. 저도 모르게 한 발 내디딘 혜수는 이내 뒤로 물러났고 그 모습을 보기라도 한 듯 진우가 돌아섰다. 어리석다 했지만 이 정도일 줄은 몰랐다. 그의 돌아보는 모습에 왜 그리 목이 메였는지. 자신이 몰아내고 다시는 안 받아준다 큰소리 쳐놓고는 이내 이렇게 달려와 그의 뒷모습에 눈물짓고 있다.

세상살이 편한 게 아니라지만 사는 게 이렇게 힘들다면 더 이상 살 가치를 논하고 싶지도 않았다. 지 손으로 손목 그어 세상과 이별

하는 것만이 다 살았다는 뜻을 비치는 방법은 아니다. 마음 문 닫고 다시는 누구도 들여놓지 않는 그런 삶을 사는 것도 죽음과 진배없는 거였다.

혜수는 그런 삶을 살았다. 아니, 그러려 발버둥쳐댔다. 그럼 괴로움도 고통도 없으니 슬픔이나 비통함 따위도 느끼지 못할 테니까. 하지만 그렇게 내버려두지 않는 것이 또한 세상이었다. 자신의 선택이었고 마지막 삶의 의미라 그리 정했음에도 세상에 대한 원망의 숨을 내쉬고야 말았다. 눈물도 보였다.

편한 삶이 무엇인지 모르고 살았다. 지금까지 그랬으니 앞으로도 그렇게 살 수 있었다. 하긴 그런 맘으로도 어머니를 보내진 못했다. 마음속 단단한 그릇 속에 어머니를 담고 판판하지만 무게 실린 것으로 뚜껑까지 달아 꼭꼭 닫아놓았다. 그렇게 포기하지를 못했다. 차라리 어머니 자리에 아무도 들이지 않은 것처럼 그도 들여놓지 않았다면, 그랬다면 어땠을까?

이런 가정이 부질없음은 그녀 스스로가 잘 알고 있었다. 그녀 스스로가 눈 멀고 귀 막고, 잡고 잡히며 인연의 끈을 잇고야 말았다. 누구에게 하소연하지도 못할 만큼 그녀 스스로가 스스로를 바보로 만든 것이다. 멍청하게도 어리석게도 그렇게 하고 만 것이다. 그에 대한 처절한 응징에 절로 눈물이 흘렀다. 이젠 그를 보내야 한다. 그러고 싶지 않다 해도 어쩔 수 없는 결과인 것이다. 받아들여야 할, 그럴 수밖에 없는 현실인 것이다.

"차라리 잡자. 그렇게 아프다년……."

바보 같은 말임을, 하는 근영이나 듣는 혜수나 모두가 알고 있었다.

"그래, 차라리 잡아 앉히는 거야. 그래서 내 옆에, 아니 내가 그의 옆에 있는 거야. 그럼…… 이렇게 아프지 않을까?"

그렇게 해도 아플 거라는 게 너무나도 자명한 답이었다.

"혜수야."

"어리석은 꿈을 꿨었어. 그의 곁에 내가 있고, 내가 그를 바라보고,

그의 곁에서 그렇게 있다보면 그가 날 바라보고, 그의 마음 내게 열려…… 내게 열려서…… 남들처럼 살 수 있겠지. 욕심이었어. 내 욕심.”
　끝내 말을 잇지 못했다. 근영은 알 수 있었다. 지금 친구의 심정이 어떤지. 하지만 자신이 해줄 수 있는 일이 아무것도 없었다. 그것이 너무나 싫었다. 그것이 근영을 화나게 했다.

　근영은 한숨과 함께 혜수의 울먹이는 소리를 가만히 듣고만 있었다. 진정될 때까지 기다려주는 것이 근영이 지금 할 수 있는 전부였다. 그럼에도 안타까운 마음에 당장이라도 달려가고 싶었다. 그럴 수 없음이 한스럽고 그렇게 못해 미안했다.
　“미안해.”
　나직이 속삭이는 혜수의 말에 근영은 맺힌 눈물방울을 털어냈다. 자신까지 울먹여 친구의 기분을 상하게 하고 싶지는 않았다.
　“나이를 어디로 먹는 건지. 아직도 눈물이 이렇게 많을 수 있다는 게 신기해. 그렇지?”
　‘나이와 눈물이 무슨 상관이니? 울고 싶으면 우는 거지. 이제 다 운 거야?’
　“응.”
　마무리로 남아 있는 눈물을 닦아내는지 잠시 조용했다.
　“콧물까지 났어.”
　‘울면 콧물이야 자동이지.’
　“그러게.”
　‘아휴, 결국 내려가야겠네.’
　“응? 왜?”
　‘아프다 외치는 놈 그냥 됐다 나중에 무슨 꾸사리 들으라고.’
　“아니야, 괜찮아. 오지 마.”
　‘섭하다, 그렇게 말하지 마. 하루라도 빨리 보고 싶으니 내려오라고 해야 하는 거야, 지금은.’

"……."

'알았어, 알았어. 그 한마디했다고 삐치기는.'

"내가 언제?"

'지금 그랬어. 삐쳐서 입 나온 거 여기서도 보인다 뭐. 아무튼 그럼 내려가는 건 다음으로 미룰게.'

"그래."

'대신 나 필요하면, 알쥐?'

"응."

'울고 나니 개운하지?'

"응."

'좋아, 담에 만날 땐 환하게 웃기다.'

"알았어."

'그럼, 니가 먼저 전화 끊어.'

근영의 작은 배려가 또 한 번 혜수의 마음에 잔물결을 만들었다. 근영은 수화기 내려놓는 소리가 혼자 있는 사람, 그것도 막 펑펑 운 사람에게 어떤 영향을 미칠지 잘 알고 있었다. 그만큼 속이 깊은 친구였다.

혜수는 일어나 화장실로 갔다. 내일 퉁퉁 부은 얼굴을 보이지 않으려면 찬물로 세수라도 해야 했다.

진우는 회사 일로 하루 24시간이 부족하기만 했다. 그런 짬짬이 개인 생활을 한다는 것 자체가 기적 같았다. 특히나 혜수 일이니만큼 무엇보다도 우선순위에 두고 있었다. 어쩌면 바쁘다는 사실이 그를 지탱해 주는 지지대가 되고 있는지도 모른다.

"사장님, 손님이 와 계십니다."

"누굽니까?"

오늘 그의 스케줄 표에는 손님을 만날 일이 없는 것으로 되어 있었나.

“장모님 되신다고.”

진우의 눈썹이 약간 흔들렸다.

“들여보내세요.”

그의 눈에 문을 밀고 들어오는 장모님이 보였다.

“장모님.”

그를 보고 어쩔 줄 몰라하는 장모님을 뵈니 진우가 되레 불안해지려 했다.

“앉으십시오, 뜻밖이라 좀 놀랐습니다.”

“바쁜 사람 시간 뺏어 미안하네.”

“별 말씀을요. 앉으십시오, 차는 뭘로…….”

“됐네. 그냥 할말이 좀, 아니 부탁할 게 좀 있어서.”

무슨 말인지 매우 하기 힘든 듯했다. 불안스레 입술을 떠는 모습이나 손에 쥐고 있는 백을 쥐었다 놨다 하는 걸로 봐서 창혁의 일이 분명했다.

“편하게 생각하십시오.”

그의 말을 듣고도 한참을 망설였다. 그리고는 대단한 결심이라도 한 듯 그가 있는 쪽으로 몸을 돌렸다.

“그냥…… 묻어두면 안 되겠나?”

창혁의 어머니이자 혜수의 새어머니이고 자신에게 장모님이 되는 분의 이 말을 듣고도 놀라지 않았다면 그건 거짓이다. 하지만 놀라는 한편으로는 화가 치밀어 올랐다. 고맙다는 절을 받으려고 한 일은 아니었지만 누구보다 반겨야 할 사람 입에서 이런 말을 듣는다는 게 기분 좋지 않았다.

“이유를 여쭤도…… 되겠습니까?”

그의 물음에 꼿꼿이 세웠던 몸에서 일순간 힘이 빠져나간 듯 혜수의 새어머니는 구부정한 자세로 틀어 앉았다.

“꼭, 이래야 할 필요가 있을지……. 아들 자리에 들어와 있는 사람에게도 못할 짓이지. 만약 아니라고 한다면 그 사람은 어찌되는 건

가. 저대로 불에 태워져 누울 곳 잃고 뿌려질 거 아닌가. 맞다면……
그 또한 가슴 아픈 일이지. 자식놈 못 알아보고…… 결국은 무덤까
지 파 확인한 거 아니겠는가. 아니, 그것만은 아니지. 조용히 잠들기
를 원했던 아들놈 깨워 뭐가 좋겠어.”

진우는 무어라 말을 꺼낼 수가 없었다. 그건 살아 있음을 믿고 싶
어하는 것만큼 풍파를 일으키고 싶지 않다는 이중적 의미였다.

“어머님, 만약, 만약 나중에라도 나타나면 그때는…….”

“그래. 차라리 정신 차려 나중에라도 나타나면, 그때…… 그때 해
도 늦는 것은 아니지. 인후 혼사 문제도 있고…… 현태도…….”

“아버님도 같은 의견이십니까?”

대답이 없었다.

“이대로 묻어두신다고 해서 될 일이 아니라고 생각됩니다.”

“하지만 나는 싫으네. 그놈, 그 못난 놈 뭐 하러, 뭐 하러…….”

아마도 여기까지가 한계인 듯했다. 돌연 눈물을 보이시더니 그 자
리에서 펑펑 소리까지 내며 아이처럼 울었다.

“이놈이, 이놈이 이럴 놈이 아닌데. 얼마나 조용하고, 얼마나 착하
고, 얼마나 다정다감하던 놈인데. 그런데 어떻게 이럴 수 있는 건지.
어떻게…… 말썽 한 번 없이 자라고 야단 한 번 맞지 않고 컸는데
왜 이런 일을 만드는 겐지. 못난 놈, 못난 놈. 가져서는 안 되는 마음
을 품어 뭘 어쩌려고…….”

진우의 후두부를 강타한 충격은 잠시 정신을 혼미하게 했을 정도
였다. 자신이 저지른 업보가 하나씩 둘씩 자신에게 돌아오고 있었다.
잊고 있었던 사실 하나가 지금 방금 생각났다. 마치 당연한 권리라도
있는 듯 큰아들을 유학 보낸다는 조건으로 혜수와 결혼하고 사업자
금을 대겠다고 했던 자신의 실언이 지금 비수가 되어 그의 가슴에
와 꽂혔다.

여윈 뼈대를 들썩이며 자신의 옷자락을 틀어쥔 채 우시는 이 가련
한 여인은 자신이 불어넣은 그 사실을 진실로 믿고 사죄를 하고 있

비(悲)의 이름 191

는 것이다. 가슴에조차 묻지 못한 자식이 아니겠는가. 그럼에도 지금 과거의 잘못으로 마치 죄인인양 고개를 조아리고 있었다.

"어머님."

"내 자식이지, 내 자식 아닌가. 그냥 덮어 두세. 그냥 내버려두는 게야."

오열하는 소리가 그의 가슴을 때렸다. 세상 모든 어머니가 지금과 같은 순간에 과연 이분처럼 할 수 있을까 싶었다.

"어머님, 죄송합니다."

"자네가 왜? 못난 놈을 자식으로 둔 어미의 업보 탓인걸."

"아닙니다, 그런 게 아닙니다."

"내 자네에게 뭐라 할말이 없어. 그래도…… 이 일만은 묻어 두었으면 해. 아무 소리도 안 들었으면 싶어."

진우는 어떤 말도 더 꺼낼 수 없었다. 아마도 시간이 좀더 필요한 듯싶었다. 기다림에 익숙해지지 않았던가.

"네, 어머님."

회사 로고가 새겨진 재킷을 입은 나이 지긋한 남자 앞에는 석 삼 자를 얼굴에 새긴 젊은이가 앉아 있었다. 나이는 많지 않았지만 분명 까탈스럽고 차가운 성격임에 분명해 보였다. 또한 참을성이 없어 욱 하는 성격 그대로를 내보일 것도 같았다.

그런 사내의 입에서 보이는 것과 비슷한 좋지 못한 말들이 흘러나오고 있었다.

"이 말까지 드리고 싶진 않았습니다. 혜수, 그 사람과 피 한 방울 섞이지 않았습니다. 충분한 가능성을 가지고 있죠."

고개 숙여 듣고 있는 어른을 향한 진우의 시선에는 아무 감정도 드러나지 않았다.

"아시고 하신 것 아니었습니까? 자식이니 순종하고 받아들일 것이다, 아닙니까?"

어른의 눈이 꼭 감기고 미간에 깊은 주름이 졌지만 진우의 방종은 그치지 않았다.

"눈에 넣어도 아프지 않을 따님이라 하셨죠. 그 따님이 마음에 품은 사람의 어머니를 선뜻 자신의 품에 안았을 땐 누구보다도 당신의 마음이 우선시되었다는 걸 뜻하겠죠. 제 요구는 간단합니다. 이번 어음 제가 막아드리죠. 대신 큰아드님을 미국으로 보내주십시오."

놀란 듯 중년의 남자가 고개를 들었다.

"지금, 내 딸을 두고 흥정을 하자는 말인가?"

"아니요, 흥정은 없습니다."

잠시 장인 될 분의 까만 눈이 진우의 눈동자를 응시했다. 마치 무언가를 들여다보겠다는 듯한 그 눈은 결국 찾던 걸 찾은 후에야 떨어졌다.

"왜 자네 마음을 얘기하지 않는지 모르겠군. 그게 더 큰 효과를 거둘 텐데."

마음이란 말이 진우의 비위를 거슬렸는지 그의 미간에 힘이 들어갔다.

"여자란 남자의 마음을 양식으로 하네. 표현 하나 말 하나만으로도 평생을 너끈히 버틸 수 있는 게 여자지. 혜수 어미가 병원에 있는 사이 지금의 집사람을 만났네. 잘 웃어주고 하는 것이 혜수 어미와는 많이 달랐어. 그 사람은…… 미안하단 말을 입에 달고 살았지. 얼른 죽어야 할 텐데 모진 목숨 쉬 끊어지지도 않는다면서…… 그렇게 미안하단 말만 했어. 왜 그땐 그 말을 참을 수 없어 했는지. 지금 생각하면 미안한 맘뿐이네. 그때 지금 집사람에게 한 만큼의 반만 표현했던들…… 혜수와 척을 지진 않았을 게야. 그놈을 봐야 했어. 지 어미 묻고 오던 날…… 날 향해 말하더군. '이제, 끝이네요. 시원하시겠어요.' 후……."

나이에 비해 백발이 성성한 혜수의 아버지는 젖은 눈가를 닦을 생각도 못하는지 그렇게 잠시 먼 곳을 응시했다.

"그놈 마음 아프게 하고 싶지 않네. 못 들은 것으로 하지. 내 집 가
솔들에게 피죽을 끓여 먹어도 내 손으로 거둘 테니 염려 말게. 자네
말대로는 안 되겠어."

진우는 잠시 자신의 앞에 있는 남자를 응시했다.

진우 역시 그 말을 하고 후회하는 중이었다. 이 어른은 자신의 부
친과는 근본이 달랐다. 식구들을 위해 자신의 모든 것을 바칠 줄 아
는 진짜 어른이었다. 인내란 게 무엇이고 미안한 게 무엇인지를 아
는, 또한 자식이란 눈에 넣어도 아프지 않을 애물단지임을 잘 아는
분이었다. 화도 나고, 자신이 마치 선심이라도 쓰는 듯한 기분에 말
을 함부로 했다. 큰 실수였고 후회도 들었다.

"혜수…… 만났었습니다. 아주 예전에. 아마 장지에서 돌아오던
길이었나 봅니다. 비를 맞고 서 있는 모습에 저도 모르게 우산을 씌
워주었죠. 그 공허함, 저도 겪어봤습니다. 그걸 잊을 수 없다는 것 또
한 알고 있습니다. 표현을 잘못한 것 같습니다. 죄송합니다."

그 순간의 진우는 진심이었다. 남자 대 남자로서 마주 대한 둘 사
이에 오가는 미묘한 시선, 그 안에는 분명 믿음이 있었다.

"울리지 않겠다는 말씀은 못 드리겠습니다. 생각보다 혜수가 잘
우는 여자라서요."

"그래, 그놈이 눈물이 많아."

진우가 고개 숙여 아까의 일을 사죄했다.

"됐네. 앞으로 잘 좀 부탁하네. 그리고 그 돈은…… 받지 않는 게
좋겠어. 혜수가 알아 좋을 것도 없고."

"미리 말씀하십시오. 오해는 없을 겁니다. 결혼 얘기는 제가 먼저
꺼내겠습니다. 돈을 드린 사실을 숨기는 것이 나중에 더 큰 오해를
부를 수도 있습니다. 제 능력이 되고, 돕고 싶어 드리는 말입니다. 아
까의 말은 잊어주십시오."

하지만 진우의 생각처럼은 되지 않았다. 혜수는 오해했고 그 오해
의 틈은 계속 벌어졌다. 진우나 혜수만의 힘으로는 결코 그걸 좁힐

수 없었다.

　진우는 자신이 죽어 염라대왕 앞에 무릎 꿇고 과거의 죄를 고할 때 아주 오랜 시간이 걸릴 거라는 생각이 들었다. 너무나 잘못한 것이 많아 그 수를 헤아릴 수 없을 테니까. 지금도 자신은 많은 사람의 가슴을 아프게 하고 있다. 자신의 심장이 조각나 너덜너덜해졌다는 이유로 말이다.

　하지만 아직은 죽은 후가 아니기에, 염라대왕 앞에 가려면 꽤나 많은 시간이 지나야 할 테니, 어쩌면 오늘 당장 교통사고 따위로 목숨을 잃을 수 있다는 사실을 알고 있음에도 손에서 놓을 수 없는 마지막 기회이기에 진우는 또다시 자신의 욕심을 채우기로 했다. 죽은 후 따윈 그때 일이니까. 지금 당장은 살아야 하니까.

　인후가 어머니의 행방에 대해 넌지시 말을 꺼낸 후부터 혜수 아버지는 한숨만 내쉬었다. 아내의 심정을 모르지 않기에 한숨은 더욱 깊어졌다. 아마도 고해성사하는 기분으로 찾아갔으리라. 인후의 말을 빌자면 엄숙함이 극에 닿아 쓰러질 것처럼 보였다니 그 심정이 오죽했겠는가. 하지만 그래서는 안 되는 것이다. 살아 있지 않은가. 살아서 어딘가에서 숨을 쉬고 있다는데, 죽은 자식 가슴에 묻으며 아파하던 시간에서 벗어날 수 있다는데 무엇이 그리 걸려 못하겠다 버티는 것인지.

　이유인즉슨 자신이 자식의 사랑을 빼앗았다 그리 생각하고 있는 것이다. 하지만 그것이 어디 아내의 잘못인가. 비밀로 하면서까지 자신이 그러자 했고 그렇게 밀고 나갔으니 끌려오듯 결혼해서 지금에 이른 것인데 그 죄를 어찌 아내에게 물을 수 있단 말인가. 안쓰러움과 시큰함에 절로 한숨이 났다. 그런 그의 심정을 알기라도 했는지 전화벨이 울렸다. 아내에게서 온 전화임을 확인하자마자 질책의 말이 흘러나왔다.

비(悲)의 이름　195

"왜 그런 짓을 했어?"

"내 아들 문제예요."

"당신 아들만은 아니지. 내 아들이기도 해."

전화선 너머 아내의 눈물이 보이는 듯했다.

"여보."

"이번 일은…… 아무 말도 하지 말아줘요."

잠시 침묵이 흘렀다.

"그럴 수야 없지. 죽은 줄 알았던 아들이 살아 있다는데, 아주 작은 가능성이라도 그냥 둘 수는 없는 법이지. 아들 자리에 묻혀 있는 이름 모를 사람에게도 그래서는 안 되는 거고."

"왜 안 되요? 되고 말고요. 그냥 묻어둬요, 이대로."

"허, 사람하고는. 누구보다 찾고 싶은 사람이 당신이면서 이건 또 웬 억지야."

주르륵 볼을 타고 흐르는 눈물을 그는 볼 수 없었다.

"억지 부리면 안 되나요? 지들 사이 갈라놓은 게 누구예요? 왜 원망스럽지 않겠어요. 내가 모를 줄 알아요. 아무 말 안 하고 있었지만, 그 심정들이 오죽 했을까. 당신은 왜 또 비밀로 했어요? 다 늙은 우리가 포기하면 됐을 것을."

정말은 그렇게 생각하지 않았다. 사람의 도리란 것 때문에, 사람들의 눈이란 것 때문에, 아픈 사람 병원에 두고 서로를 바라보고만 있었다. 그게 또 얼마나 고욕이었던가.

하지만 정작은 혜수의 어머니를 보내고 나서가 더 힘이 들었다. 성급하게 굴어서는 안 되는 걸 알면서도 죽은 사람 보낸 지 두 달만에 결혼식을 치르고야 말았다. 그 일 때문에 혜수는 두고두고 그녀를 받아들이지 못했다. 하긴 그런 일을 누구는 쉽게 받아들이겠는가. 아들은 또 얼마나 그녀를 피했는가. 나중에서야 혜수와 아들의 사이를 알았다. 그때는 이미 너무 늦어 있었고 또한 자신을 희생시키고 싶지도 않았다. 늘그막에 찾아온 사랑이라고 젊은 사람보다 못하다 할 수 없

는 거였다. 감정이 누구에겐 더 중하고 누구에겐 못하다 말할 수 없
는 게 아닌가. 그래도 그 일은 두고두고 가슴에 남아 아들과 혜수 둘
중 누구를 봐도 떳떳치 못한 자신을 만들고 말았다.

"나라도 찾을 테니 그리 알아. 미국이란 나라가 아무리 넓어도 사
람 사는 곳 아닌가. 찾으려들면 또 못 찾을 건 뭐야. 괜히 마음에도
없는 말 하지 말고 그냥 둬."

그래도 남편만은 그녀의 심정을 헤아려주고 있었다.

슈퍼를 하는 그녀의 힘겨워하는 모습을 안쓰러워하던 그였다. 회
사 일로 피곤할 터인데도 꼭 하루에 한 번씩은 그녀의 가게에 들러
이것저것 힘쓰는 일을 척척 해주곤 했다. 그게 얼마나 믿음직스러웠
는지 모른다. 아들이 슈퍼에 자주 들르는 혜수를 마음에 두고 있음을
깨닫지 못한 건 아마도 자신의 눈이 사랑이란 것에 가리워져 있었기
때문이리라.

"시간을 주세요."

남편은 한참만에야 알았다는 말을 하고 전화를 끊었다.

인후는 아버지에게 알린 것처럼 누나에게까지 그 말을 전할 수는
없었다. 하지만 옛말에 발 없는 말 천리를 간다고 어머니의 포기선언
은 혜수의 귀에까지 들어간다.

"아직이니?"

미희는 쭈뼛거리며 서울 근황을 물었다.

"뭐가요?"

"어머니께서 아직 결정을 못하신 거야?"

"그런가봐요."

"벌써 꽤 됐잖아, 그 말 나온 지."

혜수는 대답 대신 고개를 끄덕였다.

"하긴, 나 같아도 결정하기 쉽지 않을 거야. 아니면 어떡하니? 괜
한 기대했다 아닙니다 하면 그건 또 사람을 얼마나……."

"거참 쓸데없는 말 골라가며 하네."

형준이 미희의 말을 가로채며 교실로 들어왔다. 미희 역시 자신이 쓸데없는 말을 했다고 생각했는지 입을 다물었다.

"괜찮아요, 선배."

"괜찮긴. 니 얼굴엔 아직 나 아파 죽을 것 같아요라고 쓰여 있어."

"무슨."

"거울 봐. 나날이 뚱땡이가 되어 가는 누구와는 달리 넌 이제 바람 불면 날아갈 것 같다고."

미희의 눈이 예사롭지 않았다.

"거참, 비유를 해도……."

"아니, 누가 너라고 말했냐? 괜히 찔려하고 그래."

"나보다 그쪽 살이나 관리해. 임신은 내가 했는데 왜 먹기는 그쪽이 먹는 거냐고."

"입덧하느라 넌 못 먹잖아. 남은 음식 해결해야지."

"내가 언제 음식을 남겼어. 뭐 남길 거나 주고 그런 말을 해."

또다시 시작된 말씨름에 휘말릴까 염려라도 되었는지 혜수는 조용히 그 자리를 피했다.

"임신 개월 수 증가하면 뇌세포는 반비례로 죽어가나?"

"무슨 말이야?"

"거참 눈치가 둔치야. 서울 사정을 왜 물어?"

"궁금하니까."

"그걸 니가 왜 궁금해하냐고?"

미희는 잠시 할말을 잃었는지 뚱한 모습으로 그를 노려보았다.

"그러는 그쪽은 안 궁금한가 봐?"

"나? 당근, 정보를 입수했지."

"뭔데?"

"안 알려줘."

"빨랑 불어."

미희는 점점 부풀어오르기 시작하는 배를 마치 위협에 쓰는 무기라도 되는 듯 앞으로 내밀며 거리를 좁혀 왔다.

"너 혜수에게 말할 거지?"

"아니야."

"진짜지?"

"그래."

형준은 국가기밀이라도 털어놓는 듯 주위를 힐끔거리기까지 했다.

"거참, 뜸 좀 그만 들여."

"듣는 자세가 안 돼 있어서 말 안 해."

"얼른 안 해?"

형준은 미희를 잠깐 노려보다가 입을 열었다.

"어머니가 포기하셨대."

그때 다시 들어가려고 열려 있던 문으로 발을 들여놓던 혜수는 그만 그 자리에 얼어버렸다. 혜수의 등장을 보고만 미희 역시 마찬가지로 굳어졌고 그런 미희를 보고 있던 형준이 뒤를 돌아 혜수를 쳐다보았다.

"혜수야."

"왜요?"

"뭐?"

당황한 형준이 되묻자 무표정인지 굳어져 표정이 없는 것인지 알 수 없는 혜수가 겨우 입을 열어 자신이 꺼낸 말을 되풀이했다.

"왜냐구요? 왜 포기하셨대요?"

"나도 몰라. 그냥 그 말만 들었어."

"누구에게요?"

형준은 그것까지 말할 수 없다는 듯 입을 다물었다.

"도련님이죠?"

"혜수야."

"그렇죠?"

“아니야, 인후가 전화했었어.”

혜수는 돌아서서 왔던 길을 되돌아갔다. 자신이 무슨 말을 하러 왔는지는 이미 까맣게 잊어버리고 말았다.

포기했다는 말, 그 말은 자신이 가슴에 담은 아픔을 평생 지고 살라는 말밖에는 안 된다. 죽은 것처럼 꾸민 사람이 설마 자기 발로 돌아오겠는가. 그렇다면 두 번 다시 용서를 빌 수 있는 기회조차 없어진다는 의미가 된다. 그 모진 말들을 다 어떻게 하라고 마지막 남은 기회마저 앗아가는 것인지. 하지만 어머니를 탓할 수는 없는 일이다. 자신만큼 가슴 아프셨을 당신이었을 테고 그렇기에 무엇보다 이번 일에 어머니의 허락만큼 중요한 것은 없으니까.

정말 그럴까, 자신에겐 아무런 권리도 없는 걸까. 거기까지 생각이 미치자 혜수는 집으로 뛰어가기 시작했다. 숨이 턱에 닿도록 급하게 집으로 뛰어들었다. 그리고 전화기를 채들었다.

“여보세요.”

“어머니 계시니?”

“누나.”

현태가 반갑게 인사를 건넸다. 하지만 혜수는 다급하게 어머니만을 찾았다.

“엄마, 엄마, 누나 전화야.”

잠시 후에 전화선을 통해 현태의 숨 들여 마시는 소리가 들렸다.

“하지만 엄마, 누나라니까.”

“현태야, 엄마 바꿔봐.”

누나의 채근과 어머니의 완강한 거부 사이에서 현태는 정신을 차릴 수가 없었다. 대체 무슨 일이기에. 그러다 현태 역시 감을 잡을 수 있었다.

“형 때문이지. 그렇지, 누나?”

“그래.”

“잠시만.”

현태 역시 굳어진 목소리로 말을 마치고 어딘가로 걸어가는 소리
가 들렸다. 다시 전화선을 통해 불분명한 소음이 들려왔다.

"받아봐요."

현태의 마지막 말이 들리고도 또 한참이 지났다. 소리라도 지를까
싶은 심정에 이르렀을 때야 어머니의 목소리가 들렸다.

"그래, 나다."

"왜 반대하세요?"

"그만 잊자."

"무엇을요."

"그냥, 모두 다."

"그런다고 잊혀져요?"

"혜수야."

"저 어머니 심정 이해한다고는 못해요. 왜 이러는지 지금의 제 머
리로는 헤아릴 수가 없어요. 하지만 이건 아니란 생각이 들어요. 어
머니, 이건 아니에요."

"아니다. 이게 최선이야. 잊어달라고 한 건 그놈이니까."

"대체 왜 이러세요?"

혜수의 목소리가 높아졌다.

"혜수야."

"네."

"내가…… 죄가 많아. 너에게 참으로 죄가 많아."

"어머니."

"어머니 소리 듣기도 미안해."

"아니요. 그렇지 않아요. 용서는 제가 구해야 해요. 제가 당하고 보
니 알겠어요."

"니들 좋아했던 거 알고 있다."

"예?"

어머니의 갑작스런 말에 혜수는 잠시 그 뜻을 이해하지 못했다.

“무슨 말씀이세요?”

다시 침묵이 찾아들었다.

“어머니.”

“그냥, 그냥 물러났어야 했는데. 니 아버지가 아무리 끌어당겼어도 그래서는 안 되는 거였는데.”

윙하는 기계음이 귓가를 잠식해 들어갔다. 아무 소리도 들리지 않는 가운데 한참이나 기계음만이 볼륨을 높였다.

“그래서 너에게 더 미안하다. 니 결혼도 알고 보면 나 때문…….”

“어머니, 진우 씨 말 믿지 마세요. 그 사람이 뭐라고 했는지는 모르지만…….”

수화기 너머로 숨넘어가는 듯한 소리가 들렸다.

“뭐, 뭐라고? 그럼, 최 서방도 알고 있었던 거냐? 아이고 세상에. 내가…… 니들 결혼까지 망쳤구나.”

혜수는 아차 싶었다.

“아니요, 어머니. 아니에요.”

“전생에 무슨 죄를 지었길래 이렇게 박복할 수 있는 건지. 아이고 세상에, 아이고 부처님.”

“어머니, 제 말 좀 들으세요. 그 오해는 이미 풀렸어요. 우리는 그것 때문에 헤어진 거 아니에요. 어머니도 아시잖아요. 우린 아이 때문에…….”

혜수는 더 말을 이을 수가 없었다. 전화는 끊어졌고 조용한 정적만이 남았다. 풀려가야 할 일들이 더욱 꼬이기만 했다. 갑갑증이 한 꺼풀 더해지고 말았다.

그렇게 며칠이 흘렀고 힘든 시간을 보낸 어머니가 어려운 허락을 하셨다는 인후의 기별을 받았다.

전화기 너머의 목소리가 떨리고 있었다. 분명 그 일로 전화를 했으리라. 그럼에도 선뜻 말을 꺼내지 못하는 심정이 오죽할까.

“건강은 좀 어떠십니까? 인후가 걱정이 많더군요.”

“괜찮아졌네. 그보다…… 저번에 한 말…….”

“네.”

한참을 뜸을 들이며 말을 꺼리시더니 힘겹게 한마디를 던졌다.

“다시 부탁함세.”

그걸로 끝이었다. 진우의 입장에서 보면 껄끄럽고 개운치 않은 일에 마침표를 찍을 수 있게 되어 시원할 만한데도 왠지 모를 미안함에 아무 말도 할 수 없었다. 혜수의 심정도 이런지 궁금해졌다. 그렇게 아픈 얼굴을 하고야만 이유가 떠난 사람에 대한 그리움 때문이 아니라 이런 그의 감정과 맥을 같이 하는 게 아닌지, 아니 그런 것이라 믿고 싶어졌다. 그렇기만 하다면 이렇게 질기게 남아 있는 감정의 잔재들을 마음껏 떨칠 수 있을 테니까.

“알겠습니다.”

“자네에게 미안하이, 내 자식 일인 것을. 딱히 지금 누구에게 부탁할 수도 없고. 현태는 나만큼이나 정신이 빠져 있고, 장인께서도 혜수 일에 인후 일, 거기에 회사 일까지 신경 쓰이는 게 많아 손을 댈 엄두도 못 내고 있으니…… 그러니 어쩌겠나.”

“괜찮습니다. 아니, 꼭 제 손으로 해드리고 싶었던 일이었습니다. 아직 절…… 사위로 여기고 계시다면, 저도 자식 아닙니까.”

“그렇지? 그렇게 생각해도 되는 거지?”

쉼 없이 되뇌는 음성이 떨렸다.

“안정을 취하시는 게 급선무입니다. 벌써부터 지치시면 나중엔 버티실 수 없게 됩니다.”

“그래, 그렇지.”

눈물을 닦는 잠깐의 시간이 흐르고 한숨과 함께 말이 이어졌다.

“염치는 없지만 잘 좀 부탁함세. 그냥 묻어두려 했지만 어미의 감정이라는 게 그렇게 되지가 않네 그려. 되도록 아무 탈 없도록 조심해 주게. 날도 함부로 정하면 안 되는 게 또 무덤에 손대는 일 아니겠는가. 나야 평생 점보는 집 나든 적 없다보니 아는 곳도 없고…….
혹여 용한 곳 있음 말해 주게. 그래도, 그래도 아들놈으로 여겼던 사
람인데 아무렇게나 할 수는 없지.”
　결정하고 나니 아마도 걸리는 게 많으신 모양이었다.
　“걱정 마십시오. 제가 다 알아서 하겠습니다.”
　“그래 주겠는가? 그럼, 자네만 믿네. 그리고…… 정말 미안하네.
내 박복함 탓이니 날 원망하게나.”
　“어머님, 무슨…….”
　“이만 끊음세.”
　진우는 잠시 자신의 손에 들린 수화기를 내려다보고 있었다. 마지
막 말뜻은 단지 창혁과 관련해서 한 말은 아닌 듯싶었다. 무슨 뜻인
지 알 수 없는 마지막 말이 자꾸만 그의 귓가에 메아리쳤다. 무엇일
까, 무엇일까?
　진우는 상념을 떨쳐내고 누나 핸드폰으로 전화를 걸었다. 날을 잘
잡아야 한다는 당부까지 받았는데 소홀함이 있어서는 안 되는 일이
었다.
　세 번의 신호가 떨어지고 퉁명함 그대로의 성격을 드러내 보이는
목소리가 들렸다.
　“그래, 뭐야?”
　“부탁 좀 해.”
　누나만큼이나 서두 없는 말솜씨였다.
　“뭔데?”
　“날 좀 받아다 줘.”
　“날?”
　뜬금 없는 말에도 정도란 것이 있을 터인데 진우의 말 생략 정도
는 한계란 것이 없는 듯했다.
　“손 없는 날. 뭐 그런 거 있잖아.”
　“하게? 안사돈께서 반대하신다며?”

"그래, 그랬어. 그런데 하기로 했어. 오늘 다시 전화 주셔서 부탁 말씀까지 하셨으니 선택의 여지가 없지."

지희의 머리에는 벌써 어디어디의 용한 점집 위치가 그려지고 있었다.

"알았어. 그럼, 사돈총각 혼삿날은?"

"그 일은 우리가 신경 쓸 게 못돼."

"신경 쓸 건 오직 혜수와 관계 있는 것뿐이다 이 말이구나. 하지만 인후란 인물이 혜수에게 상당한 발언권을 가지고 있다면 말은 달라져. 내 말 틀리니?"

"나설 명분이 없어."

"넌 혜수의 남편이야."

"전남편."

지희도 이 말에선 잠시 주춤했다. 진우의 말이 옳았다.

"그래도 넌지시 의향을 묻는 것 정도는 괜찮겠지. 날은 내가 받아 올게."

진우의 침묵은 승낙을 의미했다.

"할말 다 끝났으니 이만 끊어야겠지?"

"수고해 줘."

"알았어."

그렇게 일은 진행됐다. 날을 받는 것이 문제였지 받고 나니 모든 게 술술 풀리는 듯했다. 보름도 채 남지 않은 기간 동안 그 모든 일을 할 수 있을까 싶었지만 진우의 손에선 불가능이 없는 듯했다. 그 야말로 모든 것이 그의 손을 거쳐 이루어졌다. 심지어 장지에서 쓸 제사음식까지도 진우가 준비했다. 그런 그의 움직임을 동생을 통해서 듣는 혜수의 심정은 착잡하기만 했다.

8

뒤숭숭한 꿈자리에 잠을 이루지 못했다. 자꾸만 누군가가 진우의 목덜미를 잡고 놓아주질 않았다. 숨까지 콱 막히는 것이 금방이라도 목이 졸려 죽을 것 같은 공포를 맛봤다. 깨었을 땐 허겁지겁 공기부터 들이마셔야 했을 정도이다. 들썩이는 가슴이 파열이라도 할 듯 뛰어댔다.

"젠장."

이런 밤이면 다시 잠을 이룰 수 없었다. 혜수가 그 남자와 같은 방에 있는 모습을 보았을 때처럼이나 기분이 나빴다. 그때처럼 무언가 부수고 싶은 욕구에 팔뚝의 근육을 비집고 힘줄이 불거져 나왔다. 하지만 그럴 수 없었고 그러지 않으리라 다짐했으며 이후 단 한 번도 누군가를 향해 폭력을 행사하지 않았다.

이른 아침을 알리는 푸른 빛 여명이 커튼 사이를 비집고 들어왔다. 주기적이라 해야 할지 일상적이라 해야 할지 알 수 없는 충혈되고 피곤한 낯빛으로 오늘도 아침을 맞았다. 아주 긴 시간 동안 혼자 맞이하는 아침이건만 왜 이리 적응이 안 되는지, 그는 오늘도 욕실이며 침실에서 느껴지는 자신만의 온기에 진한 외로움을 느꼈다. 그건 회사에 도착해 업무에 몰두하고 있을 때조차 순간순간 찾아들었다.

회의를 마치고 막 사무실 안으로 들어선 그를 향해 윤 비서가 너무나 중요한 메시지를 전했다.

"사장님을 급하게 찾는 전화가 여러 번 왔었습니다. 핸드폰이 꺼져 통화가 안 된다고 하시더군요."

"누구라고 하던가요?"

"밝히진 않으셨는데 이환수 씨란 분 목소리였습니다. 그리고 국과소에서 연락이 왔습니다."

진우는 심장이 덜컥 내려앉는 기분이었다. 순간적이라지만 타인에게 자신의 무방비한 모습을 드러냈다.

"괜찮으세요?"

"알았어요."

자신의 방으로 들어왔음에도 그는 앉을 수도, 서 있을 수도, 전화기가 있는 곳을 돌아볼 수도 없었다. 이렇게 무언가를 두려워해 본 적이 있었나 싶었다. 아니, 단 한 번, 어머니의 시신을 확인해야 했을 때도 지금만큼이나 두려워했었다. 하지만 그건 그가 어릴 때였다.

진우는 전화기를 들었다. 그리고 조용히 결과를 전해 들었다. 그의 눈빛이 흔들리고 아주 잠깐 눈시울이 붉어진 것도 같았다. 몇 마디 오고가지도 않은 듯한데 이미 모든 것을 알아버린 듯 그는 초연했다.

"예, 알겠습니다. 제가 전해드리죠."

전화기를 내려놓는 손길이 떨렸다. 부서질 듯 부여잡은 손길의 힘을 푸는 덴 아주 오랜 시간이 걸렸다. 그리고 또다시 누군가에게 전화를 걸었다.

"어떻게 됐습니까?"

인사도 생략했다.

"찾았습니다."

그의 목울대가 심하게 요동쳤다.

“어디입니까?”

“위스콘신 밀워키의 작은 가게에서 일을 하고 있더군요.”

“확실합니까?”

“그럼요. 이미 가서 얼굴까지 확인한 상태입니다. 비교적 힘들게 사는 건 아닌 듯하더군요. 집은 밀워키 외곽의 작은 단층집을 동거인들과 함께 쓰고 있습니다. 모두 세 명이고 전부 동양인입니다.”

“제가 갈 때까지 주의해 주십시오.”

“그러죠.”

진우는 전화를 끊고 마주 잡은 손 위에 이마를 댔다. 정신을 차릴 수가 없었다.

찾고자 할 때까지만 해도 이런 감정이 들 거라곤 생각도 못했다. 말할 수 없는 착잡한 심정은 뭐라 형언하기 힘들었다. 자신했었다. 모든 정황이 자신에게 유리하다고 판단해 다시 돌아온 것이다. 그런데 지금 또다시 그는 흔들리고 있었다.

“사장님, 기획실 회의 준비가 끝났습니다.”

“미안하지만 내일로 연기해 줘요. 이후 스케줄 또한 모두 비워요.”

“하지만 사장님, 오늘…….”

“내일로 미루든가, 아니면 모두 취소해요.”

당황한 윤 비서가 잠시 머뭇거렸다.

“예, 알겠습니다.”

사장실 밖에서 윤 비서가 몸을 움찔거리자 비서실의 다른 직원이 물었다.

“사장님, 왜 그러세요?”

“나도 모르겠어. 아무튼 별로 안 좋으신 것 같아. 또 어디를 가실 모양인데?”

“착 가라앉은 목소리가 저한테까지 들리던데요.”

“그러게.”

말이 채 끝나기도 전에 진우는 밖으로 나와 어리둥절해하는 비서

진을 뒤로 했다.

"토요일인데 정말 안 갈 거야?"

"싫어요."

"그래도 이번 장은 크게 열린다고 했잖아."

"그래도 싫어요."

"하여간 무슨 애가 저렇게 고집이 셀까."

"고집이 아니라 이 황금 같은 시간을 또 선배 내외와 보내는 고통을 겪고 싶지 않을 뿐이에요."

"고통?"

마지막 쉬된 소리는 형준의 것이었다.

"고통이라니. 이것이 보자보자 하니까."

"아무튼 어서 다녀오세요. 전 낮잠이나 잘 테니."

"같이 가면 좀 좋아?"

"맛있는 거나 사오세요."

"먹기나 하면서 그런 말을 해라."

"먹어요. 많이 먹을 테니 사오기나 하세요."

등을 떠밀어 둘을 읍내로 보냈다. 오늘 장은 꽤 크게 열릴 거라고 했다. 원래 5일장이 서는 날이기도 했지만 2년에 한 번 하는 마을제와 단오제가 한꺼번에 겹친 것이다. 아마도 넘치는 먹거리며 볼거리, 사람들의 흥겨움으로 즐거울 것이 분명했다. 하지만 혜수는 그런 즐거움을 단호히 뿌리쳤다.

아니나 다를까, 읍내는 벌써부터 시끌시끌했다. 마을 이장님과 옆 마을 이장님이 준비한 잔치마당에는 벌써부터 많은 사람들이 자리를 차지하고 앉았다. 아마도 잠시 후에 펼쳐질 공연 때문인 듯했다. 애들도 신이 나 이곳저곳을 뛰어다녔다. 서울에서야 단오가 별 일이겠는가만은 이곳에서는 달랐다. 힘든 농사일에 지친 몸과 마음을 풀 수 있는 날이 그리 많지 않은 농촌에서는 오랜만에 한곳에 모여 왁작지껄

수다만 늘어놓아도 즐겁고 행복한 법이었다. 게다가 볼거리와 놀거리
가 흔하지 않은 이곳 사람들이 노래자랑이나 장기자랑, 변변치는 못
하지만 서커스 공연을 볼 수 있는 이런 기회를 놓칠 리 만무했다.
　"기집애, 같이 왔음 좀 좋아."
　"넌 조심조심 다닐 걱정이나 해. 꽤 배가 나온 게 이젠 정말 임신
부 같다 야."
　"어머, 무슨 소리. 아직도 팔팔해."
　조심하란 남편 말에 더욱더 팔랑거리며 다니는 폼새가 여간 웃기
는 것이 아니었다.
　"하여간 청개구리 아니랄까 봐."

　선배 내외를 장에 보내고 혜수는 오랜만에 대청소를 시작했다. 팔
을 걷어붙이고 시작한 것이 그 동안 밀어 두었던 집 주변까지 손을
대게 만들었다. 한참을 풀도 뜯고 쓸고 치우는 일에 몰두했다. 집안
으로 들어와서는 밀린 빨래며 집안 곳곳의 먼지를 털고 비질에 닦는
일 등 그날 하루 내내 고된 노동의 시간을 보냈다.
　일을 마쳤을 때는 저녁을 지을 힘조차 남아 있지 않았다. 이럴 때
는 도시에 산다는 게 조금은 부러웠다. 도시에서는 아무 거나 시켜
먹을 수 있으니까.
　시원하게 열어 놓은 문으로 솔솔 바람이 들고 그 바람에 땀으로
젖은 몸을 씻을 생각도 않고 멍하니 앉아버렸다. 아무 생각도 들지
않았다. 그게 오히려 좋았다. 잡념도 없는 무념무상의 상태. 오랜만에
느껴보는 평화로움이었다. 눈까지 감으니 잠이 오려 했다.
　"혜수야."
　움찔. 생각지도 않던 목소리를 들어서일까? 혜수는 눈에 띄게 몸
을 떨었다. 눈을 떠 올려다보니 진우의 얼굴이 보였다. 환상이 아니
었다. 정말 그녀 앞에 진우가 서 있었다.
　"놀라게 해서 미안해."

“아니에요.”

일어서던 혜수는 아직도 손에 쥐어져 있는 걸레를 보고서야 자신의 꼴이 얼마나 우스울지 떠올릴 수 있었다.

“청소 중이었어요.”

“뭐 도울까?”

예상밖의 물음에 혜수는 잠시 눈만 껌벅였다.

“아니에요. 다 끝났어요. 들어…… 오시겠어요?”

왜 그런 말이 나왔을까? 그를 정말 들이고 싶었을까? 화장실로 가 대충 세수만 하고 나오는 짧은 순간 많은 생각들이 머릿속을 스쳐갔다.

“더운데 시원한 거라도 한 잔 드려요?”

“그래 주겠어?”

얼음이 든 차가운 커피가 기다렸다는 듯 그의 앞에 놓였다.

“지나던 길이었나 봐요.”

그렇지 않다는 걸 알면서도 혜수는 그렇게 서두를 꺼냈다. 그런 혜수의 말에 진우는 씁쓸한 미소를 지었다.

“음.”

불어오는 바람에 시원한 커피까지 더해졌다. 코끝을 스치는 바람의 냄새에다가 마치 시간조차 멈춰버린 듯한 지금이 진우로선 꽤나 낯설었다.

“무척 조용하군.”

“모두 장에들 가서 그래요.”

“장?”

“단오잖아요. 읍에 장이 서 모두 그곳에 갔어요.”

진우는 왜 같이 안 갔냐고 물으려다 그만뒀다.

“형준이었나? 그 선생 내외도 갔어?”

“네. 미희 선배, 임신부치고는 돌아다니길 좋아하거든요.”

임신이란 말에 진우는 고개를 들었다. 그러나 너무나 성급한 반응을 보였다는 생각에 다시 커피잔을 응시했다.

“그랬군. 아, 저녁 좀 얻어먹을 수 있을까?”

“네?”

혜수의 눈과 진우의 눈이 마주쳤다.

“저녁. 오는 길에 휴게소에서 먹은 것이 전부라 좀 출출하네.”

“왜……?”

혜수의 말은 끝을 맺지 못했다. 원수가 될 필요는 없는 것이다. 오빠 일이 마무리되면 다시 보기 힘들 테니까. 적어도 혜수는 그렇게 생각했다.

“그렇지 않아도 저녁…… 지으려 했어요.”

거실과 붙어 있는 주방에서 이것저것을 장만하는 혜수의 몸놀림을 진우는 하나도 놓치지 않으려는 듯 지켜보고 있었다. 물론 혜수 또한 그 눈길을 의식했지만 그녀는 내내 모른 척했다. 약간은 시끄럽게까지 느껴지는 TV 소리를 줄이고 싶었지만 둘 사이에 자리잡은 침묵의 장벽을 깨는 것이 두려워 아무 말도 하지 않았다.

“야, 고집쟁이. 얼렁 나와 이거 받아라. 무거워 죽겠다.”

그때 형준이 소리치며 집으로 들어섰다. 그러나 형준의 걸음은 중간에서 멈춰졌다. 진우가 혜수네 집 소파에 앉아 TV를 보고 있을 줄이야 꿈에도 생각지 못한 일이었다. 뒤를 따라 들어오던 미희 역시 놀라긴 마찬가지였다.

“너무 자주 뵙네요.”

자주라곤 볼 수 없었다. 하지만 진우는 그 말을 못 들은 척 받아넘겨버렸다.

“들어오시죠.”

마치 제 집인양 집안으로 청하는 모양새가 형준의 마음을 긁었다. 하지만 뭐라고 입을 열기도 전에 미희가 선수를 쳤다.

“밥하니? 우리 것도 있지? 또 뵙네요.”

미희는 혜수에게 장에서 한 가득 사온 먹을 것을 넘기며 진우에게 인사말을 건넸다.

“이게 다 뭐예요?”

“돼지 통구이, 부추전, 꼼장어구이, 막걸리. 아, 그거 직접 담근 거란다. 이장님이 보증한 거니까 아마 맞을 거야. 그리고 그 검은 봉지는 똥집이고 그 옆에 것은 나도 잘 모르겠다. 하여간 이것저것 사왔으니 실컷 먹고도 남을 거야. 똥집은 이 사람 거니까 손댈 생각 말고 맛있게나 만들어라.”

미희의 찌르기에도 형준은 끄덕도 하지 않았다.

“웬걸 이렇게 많이 사왔어요?”

“아마 손님 올 걸 알고 그랬나보다.”

미희가 자꾸 째려봤기 때문인지는 모르겠지만 형준은 아까와는 달리 말을 풀었다.

“소주 있나? 소주 드시죠?”

“네, 그럼요. 그렇지 않아도 사오신 거 보니 한잔해야 하지 않을까 하던 참이었습니다.”

“그럼요. 저런 안주를 앞에 두고 그냥 넘어가는 우스운 짓은 또 저희 같은 사람 생리에는 안 맞죠.”

혜수는 형준의 말에 이의를 제기했다.

“소주 없어요.”

“사오면 되지.”

“슈퍼 아줌마도 장에 가셨을 거예요.”

“아저씨는 집에 계시던데. 아까 들어올 때 인사 나눴다.”

혜수의 눈총에도 형준은 아랑곳하지 않았다. 그렇게 술 파티가 벌어졌다.

“아, 여기만큼 살기 좋은 곳이 또 있을라구요. 대문을 열어놓고 나가도 도둑 들 염려가 있나, 고추장, 된장, 심지어는 김치 걱정도 없다니까요.”

“인심이 후한 곳이군요.”

“아무렴요. 여기 이장님이 또 혜수의 광팬 아니겠습니까. 혜수가 한마디만 하면 득달같이 달려오셔서는 마치 자식을 어르듯하신다니까요.”

“선배!”

“내 말 틀리냐? 내가 여기 처음 왔을 때는 그 뭐냐, 옥수수, 그것 하나도 삶아주지 않았다 이거야. 너 왔을 땐 어땠냐? 감자다, 고구마다, 아주 퍼 날랐잖아.”

술기가 올라서일까, 형준은 별 서운할 일도 아닌 것을 꼬투리 잡아 혜수를 난처하게 했다.

“우리 낭군이 그런 설움을 받았단 말야?”

“그럼. 니 낭군이 그런 설움을 받았다 이 말이지.”

“알았어. 내가 내일부터 물리도록 옥수수도 삶아 주고 감자에 고구마도 퍼 날라줄게.”

“야, 니가 주는 게 무슨 의미가 있냐?”

“왜 없어. 내 낭군을 그만큼 사랑한다는 거 아니야.”

술은 형준이 마셨는데 취한 건 미희 같았다. 그러다 묘해진 분위기를 의식했는지 미희는 형준의 옆구리를 손가락으로 찌르며 채근했다.

“시간도 늦었는데 우리 그만 가자.”

“아직 초저녁이잖아.”

“초저녁은 무슨, 얼른 일어나.”

“난 무쇠라니까. 그깟 잠 매일 자는데 하루 안 잔다고 뭐 되냐?”

“그래도 잠은 자야 하는 거야. 우리 아가가 피곤하다고 어서 가서 자고 싶데.”

“아, 그래? 우리 아가가 그렇게 얘기했어?”

“그렇대도.”

“알았어. 이거 그만 퇴장해야 할 것 같은데 어쩌죠? 우리 다음에 한잔 더 하죠. 그때는 아주 코가 삐뚤어질 때까지 마셔 봅시다.”

이미 반은 풀린 눈을 하고 있는 형준이건만 끝끝내 자신이 취한 것을 인정하지 않았다.

"그러죠. 다음엔 진정한 주당을 가려보도록 하죠."

"암요, 좋죠. 가자, 마누라야. 일어나라."

"그래그래. 아이고, 착한 우리 남편."

휘청이는 형준의 몸을 부축한 미희가 간신히 진우에게 인사를 건네고 밖으로 나갔다.

문 밖까지만 나갔다 들어온 혜수는 술자리를 치우고 있는 진우를 보고 놀란 눈을 했다.

"두세요. 제가 할게요."

"둘이 하는 게 빨라."

상을 치우고 정리를 하는 동안 둘은 침묵했다. 딱히 이유가 있어서라기보다 하다보니 그렇게 됐다. 그건 꽤나 사람의 신경을 곤두서게 하는 일이었다. 어느새 정리는 끝이 났고 시간도 너무 늦은데다 술까지 마신 터라 그냥 가라고 할 수도 없는 애매한 순간이 오고야 말았다.

"여기서 잘 수 있을까?"

거실 한가운데 서 있는 둘의 시선 방향은 제각각이었다.

"방에 자리를 깔아 둘게요. 그곳에서 주무세요."

"아니야, 그냥 지금 가는 게 좋겠어."

돌연 말을 바꾼 그의 의중을 알아보려는 듯 혜수의 눈길이 그에게로 향했다. 하지만 이내 다시 바닥으로 떨어졌다.

"자고 가도, 돼요."

혜수는 꺼먹이는 가슴을 안고 아무렇지도 않은 척 방으로 들어가 자리를 깔았다.

"화장실 세면대 위에 새 칫솔 있으니 그거 써요."

진우가 화장실에서 나왔을 때까지도 혜수는 이곳저곳을 닦으며 분주한 듯 움직였다.

"들어가서 쉬세요."

"내가 도울게."

“아니요, 다했어요.”

진우가 보기에 혜수에게는 지금 무언가 할 일이 필요한 듯했다. 그 심정을 이해할 수 있었기에 아무 말 없이 방으로 들어갔다.

진우가 방으로 들어가자마자 혜수는 싱크대를 닦던 손길을 멈췄다. 마음이 안정되질 않았다. 한 집에 있다는 사실만으로도 무슨 일인가가 일어날 것만 같은 불안감이 피어올랐다. 그건 그가 온 순간부터 조금씩조금씩 커져갔었다. 그는 분명 무슨 말인가를 하기 위해 온 듯했다.

설마.

혜수의 눈길이 그가 있는 방으로 향했다. 결과가 나온 것이다. 그것을 알리기 위해 여기까지 왔으리라.

그걸 왜 이제야 깨달은 것일까.

얼마의 시간이 흘렀을까. 한 손에 든 걸레의 축축함을 깨달은 순간 혜수는 한기를 느꼈다. 겨우겨우 정신을 추슬러 문단속을 했다. 그리고 잠시 방문 앞에 섰다. 무슨 생각에서였는지 알 수 없다. 단지 문의 손잡이가 보였고 정말로 그 문의 손잡이에 절로 손이 갔다. 어느 순간 문이 열렸고 혜수는 자리에 든 진우를 내려다보고 있었다. 그게 다였다. 이불도 덥지 않고 입고 있던 옷 그대로 누워 잠이 든 듯한 그를 확인한 순간 다시 문을 닫았다.

하지만 그녀의 그런 조용한 움직임을 진우는 하나도 놓치지 않았다.

진우는 달그락거리는 낯선 소리에 인상을 찌푸렸다. 그의 집에서는 들을 수 없는 소리였다. 퍼뜩 감겨 있는 눈을 떴다. 하지만 바로 몸을 일으키지는 않았다. 그 소란스러움의 근원지가 어디며 자신이 현재 어디 있는지를 깨달은 후에는 더욱 몸을 일으키고 싶지 않았다.

문 하나만 열면 혜수가 부엌에서 무언가를 열심히 만들고 있을 것이다. 그건 어렵지 않게 떠올릴 수 있었다. 예전에도 그녀 몰래 살피곤 했었다. 무언가를 하기 위해 애쓰는 모습. 딱히 음식을 만들 때만을 의미하는 것은 아니다. 전화통화에 열중할 때도, 하늘을 올려다보며 반쯤 벌어진 입 모양을 추스르지 못하는 모습도 그는 사진처럼 가슴에 박아 놓았다. 그 모습을 좁은 병실의 하얀 벽을 캠퍼스삼아 하루에도 수십 번 그림으로 그려보기도 했다.

"일어…… 났어요?"

혜수가 부르는 소리에 상체를 일으켰다.

"응, 일어났어."

"상 차렸어요. 식사해야죠."

손목에 찬 시계를 확인했다. 상당히 늦은 시간이었다. 그러고 보니 참으로 오랜만에 단 잠을 잔 것 같았다.

"지금 나가."

진우가 화장실에서 나왔을 쯤 한 상 가득 먹음직스런 음식들이 차려져 있었다.

"국만 뜨면 돼요. 앉으세요."

"응."

그가 앉은 맞은편에 그녀가 앉았다. 말은 필요 없었다. 애써 말하지 않아도 서로가 어떻게 느끼고 있는지 손으로 잡을 수도 있었다. 누구도 수저를 드는 사람이 없었다. 그건 어쩌면 먹기 위해 차려진 상이 아니었는지도 모른다. 과거를 회상하려는 하나의 절차였는지도.

"할말이 있어."

"저 먼저 일어나야겠네요."

마치 진우의 말은 듣지 못한 사람 같았다.

"혜수야."

"문은 잠그지 않아도 돼요. 여기는 도둑 들 염려가 없거든요. 가져 갈 것도 없지만. 식사하고 그대로 둬요. 점심 때 와서 치우면……."

"할 얘기가 있다고."

"듣지 않을래요"

혜수가 벌떡 일어났다.

"그러지 마. 알았어. 내가 일어날게."

이미 알고 있는 것이다. 굳이 말로 풀지 않아도 그의 이런 등장만으로 그녀는 모든 걸 알게 된 것이다. 자신이 두려워한 감정을 그녀도 느끼고 있는 것이다. 죄책감. 정말 쓰디쓴 감정이 아닐 수 없다. 또한 떨칠 수도 없다.

"항공기 좌석 좀 예약해 둬요."

사무실에 들어서자마자 인터폰으로 비서에게 지시했다. 자신이 직접 가 확인하리라. 그리고 데려와 그녀 앞에 보이리라. 살아 있다니 적어도 혜수의 죄책감을 절반은 줄여줄 수 있지 않겠는가. 그를 마주한다는 사실이 주는 터질 듯한 심정보다 그것이 더 중요하게 느껴졌다. 창혁이 남은 이들을 버린 이유 따위야 그가 알 바 아니라지만 적어도 자신이 목적한 바 중 일부는 해결이 되는 셈이다. 또한 제발 그렇게 되길 바랐다. 죄책감 이외의 감정은 없기를.

지친 듯 피곤한 기색이 역력한 사장에게 이런 보고를 올린다는 것자체가 미안한 듯 윤 비서는 잠시 머뭇거렸다.

"뭡니까, 할말 있으면 하세요."

"누님께서 오늘도 벌써 세 번이나 전화하셨어요. 더는 둘러댈 핑계도 없고……."

진우의 눈에 더욱 진한 피곤의 기색이 어렸다.

"그럴 필요 없어요. 받지 마세요."

하지만 어떻게 그럴 수 있겠는가? 휴대폰의 발신자 표시를 회사 전화에 달지 않는 이상 그 전화를 피할 방법은 없었다.

"알겠어요, 전화 오면 바꿔요."

진우는 비서의 곤란하다는 표정에 한숨을 쉬며 대꾸했다.

"예."

비서의 살았다는 표정을 보고 나서야 진우는 미안한 감정이 들었
다. 해결 안 된 미제가 있을 때 누나란 사람이 얼마나 극성스러워지
는지 모르는 그가 아니었다. 그런 생각을 채 접기도 전에 전화가 걸
려왔다.

"칠전팔기, 아니지 백전백일기까지 가야 연결될 줄 알았다. 피해서
될 성싶었니? 내 성격 몰라서 그랬어?"

그 동안 화가 쌓인 듯 목소리 자체에 불길이 실렸다.

"당분간 조용히 지내고 싶었어. 물론 누나의 공으로 그리 되진 못
했지만."

"오냐, 상전 못 알아봐 황공무지로소이다. 무슨 애가 그 모양이니,
응?"

"할말만 해. 지금으로선 시끄러운 거 딱 질색이야."

지희는 질렸다는 듯 한숨을 내쉬었다.

"그래그래, 그 성격 어디 가겠니. 일방통행밖에 모르니 그 모양인
거야. 우회로가 더 빠를 수 있다는 걸 왜 몰라? 부딪혀 깨놓고도 용
서받길 바란단 말이야? 바보가 따로 없어 정말. 다른 건 안 그러면서
왜……."

"일절만 해."

"오냐! 분부대로 합지요."

지희는 목소리를 가다듬은 후 다시 말을 이었다.

"사돈총각 결혼, 그거 니가 서둘러. 첫째 살았는지의 여부가 뭐가
중요해. 종적 감춘 게 뭐 좋은 일이라고. 저번에도 말했지만 뒤로 미
룰 이유가 없다고 봐."

"내가 나설 일이 아니라고 한 것 같은데."

"명분 찾다 일 다 망쳐. 어차피 혜수와 어떻게 해보겠다는 욕심으
로 시작한 일이잖아. 죽은 놈 살려내는 일은 하면서 왜 이 일은 못해.
혜수도 혜수지만 주변도 만만찮게 널 밀어낼 거야. 이미 끊긴 인연이
라 생각하기에 두고 보는 것뿐이지 니가 좋아 가만 있는 건 아니잖

아. 이럴 때 점수를 좀 따놓아야지. 정 못하겠다면 내가 나설게."

"맘대로 해."

지희가 듣기엔 거의 자포자기 식의 말처럼 들렸다.

"뭐야, 이쯤에서 그만 둘 작정이야?"

"……."

"대답해, 그런 거야?"

아무리 추궁해도 뒷말을 이어주지 않는 진우였다.

"하여간 그 성질머리하고는. 오냐, 내가 나서마. 넌 굿이나 보고 떡이나 먹어라."

지희는 할말 다했다는 듯 뚝 전화를 끊어버렸다. 전화기를 한참이나 내려다보고 있던 진우는 꺼끌거리는 목구멍으로 침을 삼켰다. 누군가가 자기 대신 나서주길 바라는 것은 아니었다. 딱히 명분이 없어그러는 것은 더욱 아니었다. 혜수의 상처받은 눈을 얼마나 더 지켜볼수 있을지 용기가 나지 않을 뿐이다. 자신이 조사만 시키고 아무 일도 안 한 채 가만 있는 것처럼 보일 것이다. 급한 성격의 누나가 그런 자신을 가만 둘 리 없다는 것은 진작부터 알고 있었기에 오늘에서야 전화 받을 용기를 냈는지도 모른다. 하긴 이보다 더 나쁜 상황이 될까 싶었다. 인정받고 싶은 욕심이 너무 과했음이다. 자신이 이만큼이나 해보인다면 그만 용서해 주리란 안일한 생각이 진창이 아닌 늪 속에 발을 들이게 한 것인지 모른다. 또다시 자신의 자만이 화가 되어 돌아오고 있었다. 모두가 원치 않는 일을 혼자만이 원하고있었던 것이다. 혼자만의 만족을 얻겠다는 욕심으로 말이다.

인터폰으로 비서를 호출했다.

"윤 비서."

"네, 사장님."

"박 이사 불러요."

"예, 알겠습니다."

박 이사와의 문제를 매듭짓고 나면 급한 회사 일은 어느 정도 마무리 단계에 이른다. 이제부터 다시 시작한다는 게 우습긴 했지만 누나 말대로 두고볼 수만은 없는 노릇이니 그 다시란 것을 해야 할 때인 듯도 싶었다. 나서준다니 잠시 두고보겠지만 여기서 더 틀어지지만 않았음 하는 게 솔직한 진우의 심정이었다.

심란한 마음을 달래주는 데는 산책이 최고다. 맑게 흘러가는 시냇물 소리에 귀를 세우고 바람에 실려오는 알싸한 향내를 맡으며 마을 어귀를 향해 천천히 걷는 것. 그렇게 걷다보면 불편한 심기는 어느새 발 아래 깔린 모래만큼이나 의미 없게 느껴진다. 물론 다시 마주 봐야 할 때는 꼭 그렇지만도 않지만.

혜수가 이런 생각 저런 생각을 하며 걸음을 옮기고 있는 사이 지희는 마을 어귀에 다 닿아 있었다. 우연찮게도 혜수가 보였다. 두 번 생각할 것도 없다는 듯 차를 세우고는 밖으로 튀어나가 혜수에게로 향했다. 물론 길 안내를 한 진천을 차에 남겨 두는 것 또한 잊지 않았다.

"넌 내리지 마."

"왜?"

"글쎄, 내리지 마. 혜수와 둘이 얘기하고 싶어."

진천은 걱정이 담긴 눈길로 저만치 걸어가는 누나를 바라보았다. 처음 형수 있는 곳까지 안내하라는 말을 들었을 때는 식은땀까지 흘렸다. 지희 누나가 사람 봐가며 말을 가리는 타입이어야 주소도 알려주고 선뜻 길 안내까지 맡아 나서겠지만 어디 그런가.

지금도 형수 곁까지 다가긴 지희 누나가 힌치의 망설임도 없이 형수를 불러 세우는 모습을 조마조마한 심정으로 보고 있었다.

"혜수야!"

혜수는 단박에 그 목소리를 알아들을 수 있었다. 이제는 진우네 가족을 한 사람씩 만나야 하는 운명에 처한 건 아닌지 잠시 걱정이 되기도 했다. 하지만 이내 돌아서서 지희 언니를 마주 보았다.

3년이란 시간은 혜수에게만 변화를 가져온 건 아니었던 듯싶었다.

지희 언니의 얼굴에서 느껴지는 연륜은 예전 선배로서, 진우의 누이
이자 자신의 시누이로서 바라보던 때하곤 딴판이었다. 딱히 뭐라 꼬
집을 수는 없지만 그때보다 유해진 것만은 틀림없는 것 같았다.

"오랜만이지?"

"네, 그러네요."

한순간 혜수는 지희의 눈을 피했다. 찌르는 그 시선은 그녀의 속내
를 알아내려는 듯 날이 서 있었다.

"여전하구나."

"언니두요."

"그건 아니지. 나야 지는 해 아니냐. 얼굴에 자글거리는 주름 숨기
느라 바쁜 그런 나이 말이야."

혜수가 아무 말도 않자 지희는 이쯤 하면 인사는 다 나눴다는 듯
본론을 꺼냈다.

"니 오빠 소식 들었다."

"네?"

"살아 있다니 다행이지 뭐."

"지금, 지금 뭐라고 하셨어요."

진우에게 들어 알고 있을 것이라 생각했던 지희는 아무것도 몰랐
다는 듯 놀라는 혜수를 보고 잠시 의아해했다.

"몰랐니?"

"검시 결과만 나온 것 아니었나요?"

"진우 만났잖아?"

"만났어요, 만났는데……."

"아무 말 못 들은 거야?"

"……."

"사람하고는. 여기까지 내려와 그 말 안 하고 뭐한 거래."

지희는 긴 한숨을 내쉬었다.

"살아 있다더라. 미국 어디라고 하는데 잘 모르겠어. 아무튼 살아

있다니 잘된 거지."

지희는 여전히 대답을 않는 혜수의 놀란 얼굴을 걱정스럽게 바라봐야 했다.

"괜찮아?"

"잠시, 걷고 싶어요."

"걸으면서 얘기할까?"

"아니요, 저 혼자요."

지희의 눈이 혜수의 이곳저곳을 꼼꼼히 살폈다. 그리고는 원하는 대로 해주는 것이 좋겠다고 판단했는지 돌아섰다.

"그래, 잠시 혼자 있고 싶겠지."

지희는 잠시 물러나 주기로 했다. 아니, 이렇게 흔들리는 혜수에게 과연 자신의 말이 어떤 효과를 발휘할지 심각하게 고민하지 않을 수 없었다. 결코 좋은 말은 아니다. 이미 과거에 했어야 했을 말을, 단지 자신과 그 일에 관계된 사람들의 이기심으로 묻어뒀던 그 이야기를 꼭 오늘 털어놓아야 할까 싶어 잠시 자신 같지 않은 심약한 마음이 들기도 했다.

하지만 이내 고개를 곧추세웠다. 필요한 일이란 생각이 들었다. 반드시 알려야 하는 일, 평생 진우의 입에서는 나오지 않을 말이기에 자신의 입으로라도 해줘야 할 말이다. 조금이라도 진우를 이해시키기 위해서 말이다.

"뭐야, 벌써 끝난 거야?"

"시작도 안 했어. 잠깐 하고 끝낼 문제가 아니잖니. 진중하게 앉아 얘기하려고 장소를 옮기기로 했다."

"그래도 형수가 누나를 홀대한 건 아닌가 보네."

"홀대도 환영도 아니야. 그게 더 마음 아파. 그리고 왜 진우는 말 안 했다니?"

"뭘?"

"사돈네 큰총각 살아 있다는 말."

"안 했대?"

"모르고 있더라."

"이런 젠장."

진천은 형의 말을 우연찮게 들었다. 아니, 걱정이 되어 형의 사무실에 찾아간 날 형이 전화 받는 걸 무심코 들은 것이다. 그 말을 들은 진천 역시 벼락을 맞은 듯 잠시 꼼짝도 못했다. 살아 있을 수도 있다는 사실을 어렴풋이 인식하고 있는 것과 확신을 하는 것은 엄연히 다른 문제였다. 저도 모르게 지희 누나에게 털어놨고 그리하여 여기까지 오고 말았다.

일은 점점 꼬여만 가고 있었다. 풀기 위한 일들이 모든 상황을 자꾸만 악화시키는 것 같아 진천은 겁이 나기 시작했다.

혜수는 그랬구나란 말만을 되풀이하고 있었다. 갑자기 찾아와 그녀를 놀라게 한 건 그 소식을 전하기 위함이었다. 쓸데없이 부여한 의미들은 다 무의미한 것이었다. 그는 예의상이라도 그런 말을 전화로 전할 사람이 아니었다. 자신은 무엇을 원했던 것일까? 그의 돌연한 출현이 의미하는 바를 너무나 크게 생각하는 것은 아닌지. 정말 예전의 바보로 돌아가려는 것은 아닌지 혼란스러워졌다. 오빠도 그러했을 것이다. 이런 복잡함이 싫어 모습을 감춰버렸던 것이리라. 모르는 바는 아니지만 원망이 남는 것은 어쩔 수 없는 일이다.

이제 곧 오빠를 보겠구나. 제일 먼저 무슨 말을 할까?

안녕. 아니면 나쁜 놈, 나쁜 놈, 나쁜 놈이라고 욕을 할지도 모른다. 아니 그보다 얼굴을 마주 보고 반가워할 수 있을까? 과거의 말도 안 되는 원망을 그대로 내보이지는 않을까 그것이 염려됐다. 그러면 안 되는 거니까, 이제는 그런 바보 같은 짓을 해서는 안 되는 거란 걸 아니까 그러면 안 되리라.

"가, 가서 오지 마. 오빠 때문이란 거 알지? 그러니까 오지 마. 충분해. 이만하면 오빠 성에 차겠지. 아니야? 그럼 더할까? 이번엔 뭐 할까? 침대에라도 알몸으로 뛰어 들까? 그거 진우 씨 보면 화 많이 내겠지? 그럼 오빠는 만족할 거고. 응? 말해 봐. 말해 보라니까! 내 생각이 어때? 이보다 좋은 계획 있으면 말해 봐.”

악을 쓰는 와중에도 웃고 있다니. 그것이 창혁의 눈에 어떻게 비칠 지 혜수는 알지 못했다.

“그러지 마. 나…… 가. 갈 거야, 혜수야.”

“그래, 가란 말야. 왜 안 가고 미적거려서 이런 일 만들어. 왜?”

그녀의 악다구니는 계속됐다.

“아버지 빼앗아간 그 여자 닮아 그럴 거야. 같은 피가 흐르잖아. 다른 사람 짝인 거 훔치고 싶어 몸이 근질거릴 거야. 맞아, 그런 거야.”

“그만해. 어머니에 대한…….”

“왜? 그건 못 들어주겠다? 하, 효자 났네. 나라에서 표창장이라도 수여해야 하는 거 아니야? 웃기고 있네. 정말 웃기고들 있어. 두 달 이야. 우리 엄마 죽고 두 달만에 결혼식하게 만드는 재주 물려받았으 니 오죽할까. 그런데 어쩌지? 기록갱신은 못하겠네. 난 네 달이나 걸 렸잖아. 어머니께서 성내시겠어, 오빠.”

“그만하라니까.”

창혁이 화를 내고 있었다. 혜수가 창혁을 알아온 세월이 적지 않은 데 오늘에야 처음으로 창혁이 화를 내는 모습을 보고 있었다. 그런데 그것이 그렇게 슬플 수가 없었다. 왜 그런지 버려진 것만 같아 참을 수가 없었다.

“더 할 거야, 더 할 거라고. 우리 엄마 아프게 한 사람이니까. 난 더 욕할 자격 있어. 오빠는 우리 부부 사이를 갈라 놨잖아. 아니, 이 제는 오빠도 아니지. 무슨 오빠야, 너 따위가. 그렇게 부른 세월이 아 까워 죽을 것만 같아. 화가 나 심장이 터질 것만 같아. 너 따윌…… 너 따윌…….”

순간 핑 도는 현기증에 그녀는 땅바닥으로 곤두박질쳐지는 느낌이었다. 창혁이 아니었다면 혜수는 차디찬 바닥 위에 쓰러졌을 것이다.

“놔, 이 더러운 자식. 놓으란 말야.”

주저앉아 있는 그녀의 어깨가 그렇게 애처로울 수 없었다. 하지만 창혁은 손을 내밀어 위로해 줄 수 없었다. 언제나 그 어깨에 손을 올리고 위로를 해주었건만 오늘만은, 지금만은 그럴 수 없었다.

“내 아이 살려내……. 그 사람도 내 옆에 놓아두란 말야. 모든 걸 다 처음으로 돌려놔, 돌려놓으라고…….”

온몸이 눈물로 된 인형처럼 혜수의 눈에선 투명한 방울들이 계속해서 쏟아져 내렸다. 그것이 얼마나 아까운지 그녀는 모르고 있었다. 이렇게 가슴 아프게 하고 싶지 않기에 자신이 물러난 것이라고, 그런데 결과는 이렇게 되고 말았다고 변명하고 싶었다. 하지만 혜수는 조금도 그 말을 들어줄 수 없었다.

“가, 혜수야. 나 갈게. 니 옆에 그 사람을 두고 갈 수 없어도…… 니 아이를 살려낼 수 없어도…… 니가 원하니까…… 가. 듣고 있지? 듣고 있는 거지?”

혜수의 울음소리가 더욱 커졌다. 그것이 얼마나 사람 마음을 아프게 하는지 모르는 듯했다. 온몸을 쥐어짜듯 우는 혜수를 어떻게 할 수 없는 창혁의 심정은 이미 부서져 만신창이가 되어버렸다. 결국 무너져 우는 혜수 옆에 자신도 무릎을 꿇어버렸다. 차마 손으로 어루만질 수 없어 자신의 두 손만 꼭 쥐었다. 고개 숙인 그의 눈가에서 한 방울, 두 방울 눈물이 떨어졌다.

혜수도 소리 없는 눈물을 따라 흘렸다.

저만큼 지희 언니가 타고 온 차가 보였다. 잿빛으로 변해버린 담장 안 낯익은 차에서 내리는 사람은 진우와 너무나 닮은 이였다. 혜수는 자신의 마음 안에서 진우를 버릴 수 없다는 사실을 절감했다.

“미안해요.”

“뭐가요?”

"이렇게 될 거라고는 생각 못했어요."

혜수는 미소지었다. 그 미소가 얼마나 쓸쓸한지 모른 채.

"도련님 잘못 아니죠. 예전에 끝냈어야 했던 일들을 너무나 오래 끌고 있었어요."

"원망, 안 해요?"

"안 해요."

"왜요?"

"누구 잘못도 아니니까."

진천의 입가에도 미소가 어렸다.

"원망해도 되는데. 아니, 하게 될 거예요. 누나가 형수 찾은 이유를 알거든요. 어떤 힘든 말을 할지 아는데도 여기까지 왔어요. 이젠 제가 도망가야 할 것 같아요."

진천은 천천히 돌아서서 차에 올라탔다. 교정의 푸르름 사이로 마음을 곱씹고 있는 듯한 지희 언니가 보이고 다가갈수록 언니의 얼굴에서 어떤 절실함을 읽을 수 있었다. 그것이 또 한 번 혜수의 마음을 철렁이게 했다.

지희는 시원하게 그늘진 아름드리 나무 아래 평상에 앉았다. 바람에 실려오는 새소리며 개울물 소리가 고즈넉한 마을 정경을 더욱 정겹게 했다. 하지만 그게 다였다. 더는 그 안까지 들여다보지 않았다. 아니, 못했다. 복잡한 머리에 달라붙어 떨어질 줄 모르는 걱정들 때문에 그리할 수 없었다.

저만치 느릿한 걸음으로 걸어오는 혜수가 보이자마자 일어났다. 곁으로 다가오기까지 꽤 시간이 걸린다는 사실을 알면서도 가만히 앉아만 있을 수 없기에 서서 기다렸다.

작았던 혜수가 점점 커져 실제의 모습과 비슷해졌다. 드디어 서너 걸음 떨어진 곳까지 다가와 섰을 쯤 평온해 보이는 혜수의 얼굴과 그에 비해 초조해하는 자신의 얼굴이 얼마나 상반되어 보이는지를 깨달았다.

"할 얘기 있어. 아, 이 말은 아까 했지."

"네."

"여기 좀 앉자."

지희는 앉았지만 혜수는 그냥 그 옆에 섰다. 마주 보이는 학교의 아담함이 눈에 들어왔다. 한 번도 이런 학교를 다닌 적 없는 지희는 과연 저런 곳에서 배우는 학생이 있을까 싶었다. 하지만 그걸 밖으로 꺼내 묻진 않았다. 산적해 있는 문제들만으로도 골이 아픈 지금 어떻게 그런 생각이 들었을까 싶기도 했다.

"하세요. 하실 말씀 있으시다면서요."

지희는 순간 서운함이 들었다. 혜수와 자신이 알고 지낸 지가 얼마인가. 잠시 동생 문제로 남인 듯 모르는 척 살아왔지만 친한 학교 선후배에서 언니동생으로 또 시누이올케 사이까지 가기도 했다.

"그래, 할말이 있지. 아니, 들어주었으면 하는 얘기야. 진우 얘기이기도 하고 내 얘기이기도 해. 아니, 우리 부모님 얘기야. 정확하게는 돌아가신 어머니 얘기지."

진우란 말에 잠시 긴장하는 듯하던 혜수는 이내 평정을 찾은 듯 아무런 반응이 없었다.

"앉아라."

"아니요, 괜찮아요."

"서서 들을 얘기는 아니야."

혜수의 눈길이 지희의 얼굴에 닿았다.

"그냥 들을래요."

지희의 눈길도 혜수의 얼굴을 훑어 두 눈을 들여다봤다.

"우리 엄마…… 자살이었어."

혜수의 동공이 커지고 놀라 삼킨 숨소리가 곁에 있는 사람까지 숨막히게 할 만큼 커다랗게 울렸다. 쓰러질 듯 창백하게 질린 얼굴 위로 검은 그림자가 드리워졌다. 잠시의 침묵은 커다란 해일이 되어 두 사람을 덮쳤다. 그 힘에 밀려 혜수는 일순 세상과의 끈을 놓았다. 적막하던 어둠의 공간이 서서히 밝아진 건 나직한 목소리로 독백하듯 읊조리는 지희의 말소리가 들리면서부터였다.

지희는 자신의 앞에서 금방이라도 쓰러질 것만 같은 얼굴을 한 혜수를 말없이 보고만 있었다. 잠시 후 미약하나마 흔들리는 혜수의 몸짓에 지희는 저도 모르게 한숨을 내쉬었다. 그리고는 마치 달래는 것처럼, 아니 신부에게 죄를 고해하는 신도처럼 엄숙하게 말을 이었다.

"어디서부터 시작해야 할까? 그래, 처음부터가 좋겠구나. 아버지와 어머니의 불화, 그게 시작이거든. 누가 누굴 배신하고, 누가 누굴 미워하고, 아웅다웅 다투고. 차라리 그런 문제라면 이렇게 힘들지도 않았을 거야. 지독한 애증이 쌓이면 그건 한 사람을 망치고도 남는 거야. 그래, 난 진우를 봐왔으니까 그래서 아마 널 의심했는지도 몰라. 아니다. 이 얘기가 먼저가 아니지. 우리 부모님 얘기로 돌아가야겠지. 들어주는 것도 쉽지 않을 거야. 하지만 말하는 나 역시……."

지희가 잠시 말을 끊었다. 혜수를 살피기 위함도 있지만 말이 나와주지 않을 만큼 목이 메여서이기도 했다.

그게 얼마나 오래 전 얘기였는지 잠시 시간을 거슬러보았다. 강산이 두어 번 바뀌고도 남을 시간, 어느새 그 정도의 시간이 흘러가 있었다.

"누구야?"

"뭐가?"

아직 현관에서 신발을 벗지도 못한 남편을 향해 여자의 독기 서린 말이 날아들었다. 짐짓 교양이 흐를 것 같은 차가운 얼굴로 누군지를 추궁하는 여자는 싸늘함에 냉기가 뚝뚝 떨어질 것 같은 눈으로 지친 듯한 남자를 쳐다보았다. 이에 질세라 남자 역시 빙하의 얼음벽 같은 눈으로 마주 섰다. 얼음과 얼음이 부딪혔을 때 나는 마찰음이 들릴 것만 같았다.

"돈으로 해결할 수 없는 것도 있지. 아무리 숨겨봐야 영원히 입 닫고 있는 비밀 따윈 세상에 없어. 그러니 말해. 아님, 내 손으로 직접 해결할 테니."

남자의 입에서 한숨이 새어 나왔다.

"맘대로 해. 뭐 묻은 개가 뭐 묻는 개 나무란다더니. 먼저 바람 핀 게 누군데 이제 와 이런 소리를 해."

"그래, 말 잘했어. 난 바람이었어. 한번 불고 지나갈 바람. 아니지 그렇게 바람을 일으킨 장본인이 누구야? 죽도록 사랑하는 여자 뒷바라지하는 남자라. 이 얼마나 우스개 소리야? 하지만 웃음으로 때울 일은 아니지. 돈독 오른 남자를 선택한 건 나였으니까."

남자의 얼굴이 벌겋게 상기됐다.

"헛소리 그만해!"

"이럴 땐 그 흔한 욕 하나 배워두지 못한 게 한스러워. 니까짓 걸 선택하려고 그렇게 반대하는 결혼을 했을까 싶다고……."

"그만 두지 못해?"

여자의 입에서 시니컬한 웃음이 흘러나왔다.

"한 여자 처리하고 나니 다음 타자가 기다리고 있군. 이번엔 또 뭐야? 이번에도 누가 죽는다 그러디? 그래서 있는 돈 없는 돈 털어다 그 여자 갖다 줬어? 하긴 돈 많은 여자와 결혼했으니 그 정도는 즐겨봐야겠지."

남자는 더는 들을 필요가 없다는 듯 신발을 벗다 말고 도로 신고 밖으로 향했다.

"지금 그 문 나가면 세경은 문 닫을 줄 알아. 이건 농담이 아냐. 아직 내 돈이 많이 필요할 텐데, 안 그래? 땅부자라고 우습게 보지 마. 이래 뵈도 발은 누구 못지 않게 넓으니까. 잘되라 염불 외는 것도 수준급이지만 못되라 훼방 놓는 것에도 일가견이 있거든."

그저 흘려들을 말이 아니었다. 세경이 이만큼 성장한 것은 다 아내의 돈 때문이었다. 자신이야 가난한 지방 명문가의 아들이란 타이틀

하나만을 거머쥐고 있을 뿐이었다. 정말이지 세상에서 말하는 불알 두 짝만 온건히 지키고 있는 사내가 바로 자신이었다.

"어서 말해. 누구야?"

아마도 아니라고 말해 봐야 소용이 없을 터였다.

"그래? 말하기 싫단 말이지?"

순간 등골에 식은땀이 흘렀다. 진천의 생모를 어찌 만들었는지 모르는 그가 아니었다. 솔직히 아내보다 먼저 외도한 쪽은 그였다. 그렇기에 진천이 태어난 것이 아니겠는가. 그런 진천의 생모를 거의 죽음으로까지 몰아넣은 사람이 지금 자신의 뒤에 서 있는 아내라는 여자였다. 지금의 자신이래 봐야 데릴사위보다 못한 존재, 큰 소리 칠 위치도 그만큼 당당하지도 못한 그였다. 그렇기에 눈에 불이 붙고 차갑고 도도한 표정으로 그를 마치 머슴 다루듯 하려는 그녀를 향해 손이 올라갔는지도 모른다. 그게 시작이었다. 전쟁의 시작이자 비극의 첫 신호탄.

"그렇게 시작됐어. 내가 그리 어린것도 아니라 다 기억하거든. 진우야 어정쩡한 나이라지만 난 아니지. 막내 진천이란 벌거숭이를 징그럽게 느낄 만큼은 나이가 들었으니까. 아버지 손에 끌려 그 애를 보러 간 적이 있거든. 태어난 지 이틀 후였던가, 아마 그럴 거야. 어머니는 그 사실을 아시고 졸도까지 하셨어. 아주 작심하고 이런다며 길길이 날뛰고 어딘지 모를 곳에 전화 거는 모습을 보고 어찌나 떨리던지. 엄마 몰래 아버지께 전화 넣은 게 아마 내 생애에서 최고로 잘한 일일 거야. 그렇게 하길 정말 잘했다 싶었지. 한 사람 잡을 뻔했거든. 그리고 세경은 신원의 전신이야. 처음부터 이만한 기업은 아니었다는 말이야. 엄마의 힘을 빌고 엄마의 사람들을 이용하고…… 그렇게 큰 것이 신원인 거야. 아마 그래서 어머니는 신원을 물고 늘어졌는지도 모르지. 신원의 지분 30%를 다른 누구도 아닌 진우 앞으로 해놓고 돌아가셨으니까. 넌 잘 모르겠지만 니가 우리 집에 시집 왔을 때 진우와 아버지는 한창 싸우고 있었어. 신원을 누가 갖느냐는 거지. 진우의 능력이야 벤처하면서 충분히 드러난 상태였고 아버지는 구식이라 해도 세경을 신원으로 만든 장본인이니 그만큼 프라이드가 대단하셨어.”

지희는 잠시 하던 말을 멈췄다. 그리고는 점점 굳어져 가는 혜수를 쳐다보았다.

혜수를 만나 이런 이야기를 하기로 결심한 것이 정말 잘한 일일까 자꾸만 회의가 들었다. 하지만 이미 늦었다는 것 역시 알고 있었다.

“걷잡을 수 없이 파경으로 치닫는 두 분을 어쩔 수 없이 바라만 봐야 했어. 어린 진우의 눈엔 아마…… 하여간 두 분은 이혼까지 하게 됐어. 조건은, 엄마가 진우를 키운다는 거고.”

혜수는 눈에 뜨일 정도로 긴장했다.

“그게 뭘 뜻하는지 넌 아마 모를 거야. 우리 엄마를 본 적이 없으니까. 참 대단한 분이셨지. 조용한 듯하면서도 치밀하고 계획적이고, 사람 피 말리는 덴 선천적으로 재주 있는 분이기도 하셨어. 그런 어머니에게 진우를 맡겨야 했던 거야. 나중엔 진우가 아버지 자식이 아닐 수도 있다는 막말까지 하셨지. 아버지는 결국 어머니에게 지셨어. 그 말에 진우를 놓았으니까. 자기 자식 아닌 진우를 키울 필요는 없다고 생각하셨겠지. 진우가 우리에게 왔을 때, 하, 그때도 아버지는 진우를 남보다 더 먼 거리를 두고 대하셨어. 진우는 아마…… 그것에 더 큰 상처를 받았을 거야. 내가 검사다 뭐다 설친 후에도 우리 노친네는 믿지 않았으니까. 더 나이 들고 진우의 모습에서 당신의 모습을 찾은 후에야 후회를 하셨어. 진우를 그렇게까지 밀어낸 건 어쩌면 어머니 손에 진우를 맡겼다는 죄책감 때문이 아닐까 싶기도 해.”

혜수는 창백한 얼굴로 단 한 마디의 대꾸도 하지 않았다. 그것이 지희의 속을 까맣게 태웠다.

“이해해 달라고 하면 내 욕심이 큰 거니? 그래, 그렇지. 내 욕심이 큰 거지. 사실…… 진우를 어머니 손에 맡기고 나오면서, 나 해방감을 느꼈어. 그 어린것이 받을 고초는 생각 않고, 내 일신의 안위만 생각했거든. 숨통이 트이는 기분이었다고나 할까. 그런데 열여섯 나이로 아버지 지붕 아래로 걸어 들어온 진우는, 6년이란 시간이 사람을 저렇게도 변하게 하는구나, 그렇게 생각하게 만들었어.”

먼 산에 시선이 박힌 듯한 지희의 눈에는 그때를 회상하는 듯 아픔이 스며 있었다.

“어찌나 미안하던지, 어찌나 죄스럽던지. 결국 그래서 너희 둘 사이에 끼어들었는데. 괜찮을 줄 알았거든. 괜찮을 거라고 그렇게 믿었거든. 내 생각이 짧았어. 한때는 꽤나 잘 선택했구나 싶었는데. 진우와 너 사이 틀어지면서 주위 사람 역시 편하지 않았어. 그건 알아둬, 너만 상처받은 건 아니란 사실 말이야. 내가 우선 그랬고, 진천이도 그랬고, 너희 집 식구며 우리 집 노친네도 그랬고. 이 말을 하려던 게 아닌데. 그냥…… 그때는 말할 수 없었던 진실이란 것을 털어놓고 싶었어. 대단할 거 없는 자존심을 내세운다는 게 지금은 좀 우스워졌거든.”

지희의 눈에 눈물이 맺혔다. 처음 보는 모습이었다.

“언니.”

“내가, 내가 말하지 않으면…… 그놈이 할 것 같지도 않고…….”

혜수의 눈에 초점이 없었다. 망연할 만하다지만 지희는 덜컥 겁이 났다.

“혜수야.”

“너무하네요.”

원망이었다.

“정말 너무하네요.”

지희는 그 말에 고개를 들 수도 없었다.

“그럼 또 나더러 이해해라, 용서해라, 그리고…… 받아들여라. 그 말을 하려는 거죠?”

“혜수야.”

　"아버지도 그랬어요. 어머니 돌아가시고 두 달도 안 돼 결혼하시면서 그냥 이해해라, 받아들여라, 그러셨어요."
　눈가에 그렁그렁 맺힌 방울들이 하나둘 굴러 떨어졌다.
　"왜 다들 나에게 이러죠? 왜 다들 이해하고 용서하고…… 그러라고만 하는 거죠?"
　평상에 주저앉은 혜수는 멍한 눈길로 아까 지희가 봤던 곳을 응시했다.
　"그 사람 사랑하는 거, 그거 무척 힘들어요. 그 사람 아주 힘든 사람이에요. 그래도 사랑했어요. 어쩌면 지금도 사랑하는지 모르죠. 그런데…… 너무 힘들어서…… 가슴이 아프고 그래서…… 하고 싶지가 않아요. 언니는 이해하라고, 이해해 달라고 이런 말까지 하는 거겠죠. 하지만 하고 싶지 않은데, 또다시 아플까 봐 겁이 나는데, 이럴 땐 어떡해요? 나조차도 누군가에게 용서를 빌어야 하는데, 그것만으로 벅찬데, 내가 뭘 할 수 있는지도 모르는데, 이럴 땐 어떡해요? 어떡하냐구요?"

　지희가 돌아간 후에도 혜수는 그 자리에서 일어날 수 없었다. 그다음 얘기들은 어떻게 들었는지도 기억나지 않았다. 다만 진우의 가슴에 맺힌 응어리가 자신 못지 않다는 사실에 화가 치밀 뿐이었다. 자신의 곁에 있는 사람들이 하나같이 아픔을 머금고 있다는 게 마음에 들지 않았다. 재미나게 살아도 한 세상 아까운데 가슴 절절하게 산다는 게 얼마나 안타까운지 말로 표현할 수 없었다.
　'그보다 놀라운 건 독설이 대단한 우리 엄마가 진우의 가슴에 남긴 상처야. 진우가 우리에게 왔을 때…… 우린 모두 아무 말도 못했어. 그 눈에 담긴 살기에 아버지조차 입을 다물 정도였으니까. 배신은 엄마도 했으면서, 엄마도 다른 남자 만나 바람을 폈으면서도, 엉뚱하게 죄 없는 진우를 잡은 거야. 죽는 그 순간까지 아버지에 대한 화를 누르지 못하셨던 모양이야. 모든 걸 빼앗아 갔다며…… 그렇게…… 원망한 모양이야. 진우가 우리에게 왔을 때 거의 매일 밤 악몽에 시달리며 비명으로 잠을 깼어. 그놈 자존심이 어릴 때라고 달랐겠니. 그런 애가 비명을 지를 정도였으니. 정신과 치료를 권하는 우리를 한사코 밀쳐내더니 자기 주변에 철옹성을 쌓아 버리더구나. 나, 그거 말리지 못했어. 누나가 되어 어떻게 그럴 수가 있었는지.'

바보가 따로 없었다. 그 역시 겁을 내고 있었다는 걸 몰랐던 것이다. 자기만큼이나 겁을 내고 있었다는 걸 보지 못한 것이다.

"그렇게 살았어요? 잘난 척 모든 거 다 할 수 있는 것처럼 굴더니…… 고작 아픔을 감추기에 급급한 거였어요? 그렇게 이유를 물어도 대답을 안 해주더니…… 이런 비밀 가슴에 품고 있으려 그렇게 애를 쓴 거예요? 당신이란 사람도…… 참 우습네요."

이건 혜수의 솔직한 심정이었다. 바보 같은 사람이고 자신보다 더한 겁쟁이란 생각까지 들었다.

오빠 또한 그랬다. 항상 어눌하게 웃고 무엇 하나 자기 주장을 내세우지 못하는, 언제나 그녀의 편에 서 주었던 오빠. 그런 오빠였기에 미안했다. 차라리 그렇게 막말을 하지 않았더라면……. 떠나는 순간에 왜 그리 모진 말들을 퍼부어댔는지. 아무리 생각해 봐도 자신의 잘못이었다. 그런데 왜 오빠는 그녀에게 미안해했을까? 그녀의 결혼이 순탄치 못해서? 그것이 오빠 때문이라서? 그건 그녀의 변명이었다. 자기 자신에 대한 면죄부와도 같은 거였다. 바보 같은 오빠는 그런 이유 따윈 보지도, 보려고도 안 했다.

사람이 사람을 좋아하는 데 미안할 게 뭐가 있겠는가? 그게 가족으로 묶여 여자 남자로 볼 수 없다는, 사회적 윤리에 반한다 해도 마찬가지이다. 어느 한쪽의 일방적인 감정이었고, 남은 한쪽이 받아들이지 않을 감정이었기에, 그건 그저 짝사랑으로 끝맺음할 수도 있었다. 사랑한 쪽이 조금은 아프겠지만 후에는 '아, 그랬었지'란 감정의 찌꺼기만을 남길 뿐 해될 것은 하나도 없는 거였다. 그걸 부풀리고 마치 세상을 부서놓은 듯한 원흉으로 만든 것은 다름 아닌 그들 둘을 야릇한 시각으로 본 사람들이었다.

　한때, 아버지와 지금의 어머니가 결혼하기 전, 창혁이 오빠란 존재가 되기 전, 조금은 그런 감정이 있었다. 그런 그녀를 끌어주고 다독인 것은 다름 아닌 오빠였다. 자신의 감정을 살필 줄 알고 다른 이를 생각할 줄 아는 사람. 배려가 무엇인지 너무나 잘 알고 있어 탈인 오빠란 사람이 있었다. 그런 오빠를 괴롭히고 아프게 한 것, 그것이 혜수를 두고두고 가슴 아프게 했다. 누가 뭐라 해도 그녀의 편에서 싸워줄 영원한 아군을 그렇게 잃어버렸다. 그게 속이 상하고 억울하고 화가 났었다. 그렇게 만든 진우가 밉고 그런 진우에게 빠진 자신이 혐오스러웠다. 그래서 모든 걸 오빠의 탓으로 돌리며 밀쳐버렸다. 만약 이렇게 가슴 아프고 힘들 때 오빠를 만나면…… 그녀는 무너질 것이고, 또다시 오빠에게 기대려 할지도 모른다. 하지만 정말 그런 일이 벌어진다면, 진우 역시 예전의 그 잔인함으로 자신을 대할까?

9

　진우는 화가 치밀어 견딜 수가 없었다. 누나를 앞에 두고 있는 지금은 더욱 그랬다. 혼자 잘난 척 모든 걸 할 수 있을 것처럼 하더니 일만 더욱 꼬아 놓았다. 너무나 복잡하게 얽혀들어 머리가 핑핑 돌 지경이었다.

　"미친 거 아냐? 그걸 왜 혜수에게 말해. 왜 이렇게 제멋대로야."

　"그럼 그렇게 묻어두고 혜수와 잘되길 바란 거란 말이니? 웃기지 마. 너부터 풀지 못하면 해결이란 건 없어."

　"내가 알아서 해. 이런 극적인 방법을 쓰지 않고도 얼마든지 풀 수 있다구. 누나야말로 뭔가 착각하는 모양이야. 이건 우리 둘의 문제야. 어머니 옆에 날 두고 떠났을 때 나에 관한 그 어떤 것도 누나 손을 떠난 문제란 말야."

　순간적으로 지희의 얼굴이 창백해졌다.

　"어머니와 산 건 나지 누나가 아냐. 그 속에서 어떤 일이 있었는지 또한 누나가 아닌 내 머리에 각인되어 있어. 나 편하자고 누나에게 털어놔 죄책감 늘게 하는 일 따윈 안 해. 알아들어? 나 하나로 족하니까. 그 세월 어떻게 버텼는지 나 혼자만 알면 족하고, 나 혼자 기억하는 것으로 끝이라 생각하고 있으니 제발 건들지 마. 왜 쓸데없는 일을 해 일을 크게 만들어. 그런다고 나아지는 게 있을 것 같아? 죄책감 만드는 거 도움이 안 돼.”

“죄책감을 만들려는 게 아냐. 사실을 알려주는…….”

“아니, 이건 죄책감을 만들어. 내가 아파했을 거라고 믿을 테니까. 그런 날 자신이 버렸다고 생각할 테니까. 그걸 모르겠어? 혜수를 모르냐고? 다 자신의 잘못으로 묻어두려 할 거야. 난 그게 싫어. 그런 감정 안고 나에게 오는 것 따윈 바라지 않는다고. 그건 내게 남은 마지막 자존심이야.”

지희는 아무 말도 할 수 없었다.

“이제 다시는 나서지 마.”

지희는 무어라 말을 하려는 듯 입을 열었지만 이내 다물었다. 진우의 말이 옳았다. 자신도 가기 전에 그런 감정을 이용하리라 계획까지 하지 않았던가.

“난…… 난…….”

대단한 독설가 지희가 말을 잇지 못하는 순간이었다.

“그냥 내버려 둬. 그럼 돼. 그냥 내버려두면…….”

돌아선 진우의 어깨가 힘겨운 듯 아래로 떨어졌다. 지희는 못내 미안했다.

“그래, 다시는 나서지 않을게. 난…… 돕고 싶었어. 넌 과거를 절대 털어놓지 못할 테니까. 아니…… 혜수가 이해해 준다면 그러면 널 받아들일 수도 있을 테니까. 그럼 모든 게 잘되지 않을까. 하, 어리석었구나, 내가.”

진우의 침묵은 길었다.

“그만 갈게.”

일어나 나가는 누나를 배웅하지도 않았다.

어느 정도 매듭을 풀었다 싶었는데 다시 원점보다 더욱 꼬인 상황이 되고 말았다. 이번엔 무엇으로 풀까. 내일 미국으로 떠나려 했다. 회사에 일이 있어 늦어진 일정을 더 이상은 미루고 싶지 않았기에, 아니 하루라도 빨리 과거를 청산하고픈 욕심에 모든 걸 뒤로 미루고서라도 떠나려 했는데, 이제는 또다시 자신할 수 없었다. 이러다 자신감을 잃어버려 영영 포기해버리는 것은 아닌지. 그렇게 되면 끝이었다. 혜수네는 아직도 준비중인 것으로 알고 있었다. 그가 바빠 빠르게 진척되지 못하는 것으로만 알고 있다. 더는 늦출 수도, 미루어 둬서도 안 되는 상황이었다. 마지막 결정을 혜수의 손에 맡기려 했는데 그마저도 할 수 없게 됐다.

진우는 수화기를 들었다. 아마도 인후가 적당하리라. 창혁이 살아있음을 이제 더는 비밀로 할 수 없으니까.

"누나, 누나 있어?"

갑작스런 동생의 목소리에 혜수는 벌떡 일어나 현관으로 향했다.

"인후니?"

"당연히 나지."

문을 열자 후줄근하게 젖은 모습으로 서 있는 인후가 보였다.

"어떻게 된 거야?"

"오다 비를 만났지 뭐. 와, 아주 무섭게 퍼붓던걸?"

비는 30분 전쯤 왔었다. 그 말은 마을 입구부터 여기까지 걸어왔다는 걸 의미했다.

"왜 걸었어? 여기 오는 차시간 못 맞췄구나?"

"응, 그렇게 됐어. 뛰었는데도 막차가 떠났다고 하더라구. 그래도요 아랫마을까지 오는 건 있어서 그거 잡아타고 왔지."

"밥은 먹었니?"

"아니."

"그럼 씻고 나와."

"급하게 오느라 옷도 준비 못했어. 아무래도 누나 옷 좀 뺏어 입어야겠는걸."

"내 걸 니가 어떻게 입니? 맞지도 않아. 잠깐 기다려, 형준 선배에게 빌려올게."

"뭐 하러."

"아니야. 습해서 탈수해도 옷이 잘 안 말라."

"그래 그럼. 참, 형준 형에게 술 한잔 생각나면 오라 그래."

"알았다."

오랜만에 혜수의 입가에 미소가 어렸다. 형준의 집에 가서도 연신 소리 내어 웃었다.

"그놈이 웬일이래?"

"모르죠. 오실 거예요?"

"아, 가지. 비도 왔고 슬슬 알코올이 땡길 때가 됐지."

"그놈의 비 물러간 지 꽤 됐고 술 먹고 고생한 지 이틀도 안 지났어."

미희가 매서운 눈초리로 형준을 노려보고 있었다.

"어허, 지아비 하는 말에."

"그제 아랫마을 아저씨랑 술 먹고 들어와 다신 안 마신다고 한 사람은 누구야?"

"오랜만에 인후가 왔잖아, 인후가."

"아이구, 별 핑계를……."

형준은 미희의 입을 틀어막으며 혜수를 돌아보았다.

"가, 갈 거야. 걱정 붙들어 매라고 해."

"예."

혜수는 웃으며 나왔다.

집으로 가는 길. 집에 누군가가 있다는 사실이 꽤나 혜수를 들뜨게 했다. 혼자가 아니란 사실이 주는 만족감 때문이리라. 혜수는 가벼운 발걸음으로 집으로 들어섰다.

"선배 올 거야."

"형준 형이 술 마다할 사람이 아니지. 미희 누나 열 좀 나겠는걸."

“맞아, 쌕쌕 숨소리까지 거칠던걸.”

“미희 누나라면 그럴 만하지.”

혜수는 웃으며 옷을 건네주고는 서둘러 부엌에서 음식을 장만하기 시작했다.

“뭘 이렇게 많이 해?”

“많이는, 시골이라 찬으로 올려놓을 것도 없는데.”

“음, 이거 뭐야?”

“고구마 줄거리인데 여기 분들은 이렇게 드시더라고. 어때, 먹을 만하지?”

간장에 조린 듯한 고구마 대는 마치 우엉처럼 엉겨 있었다.

“음, 괜찮네.”

이것저것 집어먹는 와중에도 인후의 시선은 누나에게 가 있었다.

“왜? 무슨 할말 있어?”

“뒤통수에 눈 달렸어?”

“아니어도 그쯤은 알아. 자꾸 힐끗거리지 말고 말해.”

“나 날짜 잡았어.”

혜수는 찬을 담아내던 손길을 멈췄다.

“언젠데?”

“2주 후.”

“어머니가 그렇게 서두르실 줄은 몰랐는걸. 창혁 오빠…… 일도 있는데.”

“사돈댁에서 해주시는 거야.”

혜수는 슬쩍 웃었다.

“근영이가 급하긴 했구나.”

“아니, 그쪽이 아니라.”

혜수의 손에 들려 있던 젓가락이 바닥으로 곤두박질쳤다.

“뭐?”

“지희 누나가 나섰어. 누나도 알잖아.”

“왜…… 왜?”

“내가 허락했어. 어머니도 아버지도 그 청 거절하셨는데, 내가 받아들였어.”

혜수는 멍하니 서 있기만 했다.

“이유 안 물어?”

“그렇게…… 하고 싶었니?”

“응, 하고 싶었어. 기다릴 일이 아니라고 생각했구.”

“잘했어. 니 일인데. 근영이 임신한 것도 그렇고. 맞아 기다릴 일이 아니지.”

인후는 그런 게 아니라고 말하고 싶었다. 사실은 보여주고 싶었다. 결혼은 행복한 거라고. 그러니 누나도 용기를 가지라고. 그것을 말해주고 싶었다.

“결혼 피로연도 할 거야. 요즘은 그런 거 안 한다고 하지만 근영이가 할 건 다 해야 한다고 우기는 바람에 어쩔 수 없었어. 누나는 확실히 찍혔으니까 도망갈 생각하면 안 돼. 이번에도 어물쩍 넘어가면 친구의 연이고 뭐고 없다고 전하랬거든.”

“그래, 알았어.”

혜수는 웃어 보였고 그게 마치 신호라도 되는 듯 인후도 웃었다. 웃는 혜수의 낯빛이 잿빛이란 것 따윈 상관 않기로 한 듯했다.

“우리 가족 결혼식은 슬픈 기억만 주는 것 같아.”

인후의 마지막 말이 혜수의 폐부에 와 박혔다.

“하세요, 결혼……. 하시라구요. 저 보지 않으면 돼요. 그럼 그만이라구요. 엄마 살아 있을 때도 그랬는데 이제 와 무얼 두려워하겠어요. 저요? 제가 과연 아버지 일 막을 만한 힘이 있나요? 걱정 마세요. 군말 없을 거예요. 죽은 사람만 불쌍한 거죠. 산 사람…… 산 사람이 뭐가…… 뭐가…….”

혜수의 두 눈에서 흐른 눈물에 옆에 있던 인후까지도 눈에 불을 켜고 아버지에게 반항했다.

"어머니 묻고 온 지 얼마나 됐어요? 말해 보세요, 뭐가 그리 급하셔서 이래요? 뭐가요? 이럴 거 어떻게 참으셨어요. 아니지, 참긴 뭘 참아. 어머니 면전에만 보이지 않았을 뿐 아버지는 어머니를……."

혜수의 말은 울먹임으로 끊어져 나왔다. 어쩌면 며칠을 굶어 기운이 딸려서일 수도 있었다.

"속인 거야, 우리를…… 배신한 거라고. 지금도 봐, 떡 하니 들어앉혀놨잖아. 우리 따위야 어떻게 되든 무슨 상관이야."

두 자식 앞에서 죄인이 되어버린 무력한 아버지의 모습을 보고 혜수는 연민을 느꼈다. 수년간 몸져누워 있던 어머니였다. 그 긴 세월 지켜주신 것만으로도 하해와 같은 성은으로 생각해야 하는지도 모를 일이었다. 하지만 지금은 아버지가 미워 어쩔 줄 몰랐다. 분풀이로 슈퍼 하시는 그 아주머니의 머리칼이라도 잡아뜯고 싶은 심정이었다. 어떻게 이럴 수가 있는가? 어떻게! 아버지께서, 그녀의 하나 남은 해일 수밖에 없는 아버지께서, 그녀와 인후를 버리는 것만 같았다.

"혜수야……."

"이해 따위는…… 바라지 마세요."

그때 아버지의 표정을 지금도 떠올릴 수 있었다. 중죄인의 모습으로 고개를 숙이던 아버지에게 쏟아낸 그 많은 가시들. 혜수는 지금 생각해도 끔찍하기만 했다. 그럴 일이 아니었다. 아버지의 인생인 거였다. 그녀가 살아줄 수 없는 아버지의 인생. 꽃 같던 청춘을 어머니의 병석에서 보내야 했던 아버지에게 혜수는 그럴 자격이 없었다. 자식이 무슨 훈장이라도 된단 말인가. 하지만 그때는 그랬다.

"그런 거 아니다. 그 사람은 혼자 된 지 꽤 됐고…… 나 역시 산 목숨이라지만…… 긴 세월……."

말씀은 거기에서 그쳤다. 뭐라 해도 그 자식의 귀에는 들어가지 않을 말이었다.

아버지는 더 이상 말을 꺼내봐야 더한 경멸만 날아들 것 같기에
거기에서 그만뒀다. 두 자식 중 어느 누구도 그 동안 살아온 자신의
삶을 보려 하는 아이가 없었다. 그게 섭한 것은 사실이었지만 당연하
다는 생각 역시 들었다. 아픔으로 핼쑥해진 어머니와 무뚝뚝함에 병
원에 가는 것조차 꺼리던 자신은 비교 자체가 되지 않았다.

　그가 마음속 깊숙이에 감추고 있는 슬픔은 바로 여기서 기인한 것
이다. 죽는 그 순간까지, 아니 죽은 후에까지 죄인이 되야 하는 이유.
그건 병석에 누워 있는 아내 대신 다른 여자를 보고 있었다는 것.

　어떤 말로도 변명이 되지 않는다. 하지만 하루가 한달 같고 한 해
가 백년 같기만 했었다. 떠난 혜수 엄마에게는 미안한 일이었지만 얼
른 새사람을 맞이하고 싶었다. 그렇게 안정이란 것을 찾고 싶었다.
집에 들어오면 그의 옷을 받아주고 식사며 빨래며 정갈한 손길을 내
밀 그런 살내음을 곁에 두고 싶었다. 욕심이 과했음이다. 하지만 어
쩔 수 없는 거였다.

　"앞으로 어머니 될 분이다. 그러니……."

　인후는 고개를 돌려버렸다.

　"인후야……."

　"부르지도 말아요. 그 입에서 내 이름이 나오는 것도 아까워. 아까
워 죽겠어."

　그때 밥상이 날아가 구석에 처박혔다. 인후는 그대로 아버지 손에
안방으로 끌려갔고 남은 혜수는 아무 말도 못한 채 울기만 했다. 너
무나 마음이 아팠다. 고약하게 구는 자신이 싫고 안방 문을 두드리며
그러지 말라 애걸하는 것도 싫었다. 모든 것이 싫고 화가 났다. 뜨거
운 국물에 바지가 젖었음에도 아픔조차 느낄 여유가 없는 동생이 안
타까워 미칠 것만 같았다. 정말 숨을 쉴 수 없을 정도로 분했다.

　둘의 눈이 마주쳤다. 잠시 옛 기억이 돋아났음을 한눈에 알 수 있
었다. 혈육이기에 느낄 수 있는 잔잔한 정에 웃음을 보였다. 정말 어

렸기에 그랬다, 어렸기에. 그 잠시만을 제외한다면 오누이의 오랜만의 해후는 정겨움과 즐거움으로 가득했다. 저녁상을 마주하고 앉은 둘의 눈에는 옛 추억과 함께 그 시절의 즐거움도 되살아났다.

"그때는 정말 밥 먹기도 싫었다구."

"거짓말. 먹고는 싶었지. 고집 세서 인정을 안 한 것뿐이겠지."

"그래그래, 누나가 이겼다."

"이기긴, 그 말이 맞는 거지."

어린 나이임에도 인후는 보통 고집이 센 게 아니었다. 한번 삐치면 한 달은 너끈히 말을 않기도 했고 누군가에게 화가 나면 어떤 구슬림에도 말려들지 않은 채 볼 때마다 노려보고, 퉁명스레 물건을 던지거나 숨기는 등의 유치한 짓도 서슴없이 했다. 새어머니만큼 많이 당한 사람도 없었다. 지금이야 현태 못지 않게 친자식처럼 부비기도 잘하고 애교도 서슴없이 부리지만 그때는 어떤 망나니 못지 않았다.

"아마 처음이었을걸, 내가 아버지에게 맞은 거."

"맞아."

"나도 왜 그랬는지 몰라. 그냥 화가 나서 어떻게 할 수 없더라구. 밥상이 엎어질 거라고는 정말 꿈에도 몰랐다니까."

"많이 놀랐었지. 하지만 시작은 내가 했잖아."

"그게 무슨 상관이야. 어쨌든 마침표는 내가 찍었는데. 내가 했으면서도 어찌나 놀랐는지……. 그때 아버지 얼굴이 잊혀지질 않아. 당신 스스로를 저주하는 것 같은 얼굴로 날 보시는데…… 혼나는 것 보나 그 표정이 더 슬프더라구."

"그래."

방에 가두어진 채 흠씬 두들겨 맞아야 했지만 인후는 끝끝내 눈물 한 방울 빼지 않았다. 아마도 그게 더 미우셨을 것이다. 벌겋다 못해 까맣게 멍이 들기 시작한 종아리를 보면서도 매질을 멈추지 않으셨다. 그 모든 게 마치 어제인양 선명하게 되살아났다.

"정말 맞아도 싼 행동이었어."

“내가…… 내가 일을 낼 줄 알았어, 니가 아니라.”

“만약 누나가 그랬다면 아버지가 그렇게까지 화내시지는 못 하셨을 거야. 차라리 다행이지. 그게 더 가슴을 아리게 하는 거잖아.”

“그래.”

그러고 보면 다행이었다. 천지분간 못하는 동생과는 달리 혜수는 조용한 성격에 일찍 철이 들어버렸다. 그랬기에 아버지가 가장 미안해하고 마음 걸려 한 사람이 혜수였다. 그런 아버지를 외면한 건 어쩌면 아직 어렸던 그녀의 마지막 치기였는지도 모른다.

“나 왔다.”

떠들썩한 소리와 함께 형준 선배가 들어섰다. 그 뒤로 미희 선배의 모습도 보였다.

“자.”

선배가 내민 건 다름 아닌 술.

“요즘도 대병 소주가 있어요?”

“여긴 시골 아니냐. 서울에서는 구할 수 없는 것 중 하나지. 나도 처음에는 좀 신기하긴 했어. 어릴 때 보고 처음 보는 거니까.”

“아무튼 앉아요, 형. 오랜만입니다, 형수님.”

“하나도 안 반갑다, 야.”

인후는 특유의 서글서글함으로 모두를 즐겁게 했다. 근영과 있었던 에피소드며 서울 거리를 휘젓고 다니던 시절은 다 지난 얘기란 푸념도 잊지 않고 늘어놓았다.

“바로 그거다. 결혼은 인생의 종착역이요, 족쇄지.”

“족쇄? 그럼 뭐 하러 결혼하자 한 거야?”

미희의 뾰족한 말에도 형준은 개념치 않았다.

“이건 남자에게는 정말 악법인 거야. 평생 한 여자만 바라보고 살라니. 아, 그게 얼마나 어려운 일인지 모르는 걸까?”

“아쭈.”

“하긴 이곳저곳 옮겨 다니는 나비노릇 하는 것도 나이 들면 끝이지. 그러니까 노후 보장책으로 결혼을 하는 거다, 뭐 이런 말이지.”

 “그러셔?”

 이 악물고 말하는 미희 선배의 얼굴을 형준 선배가 한참이나 쳐다 보았다.

 “얘도 결혼 전에는 좀 볼 만했는데, 하고 나니 영 아니올시다거든.”

 “뭐야?”

 “요 코. 작고 귀엽다 생각했는데 자꾸 보니까 너무 작고, 그에 비해 입은 좀 큰 것 같고.”

 “지…… 지금 말 다했어?”

 “하려면 오늘 밤 새지.”

 “어디 두고 보자.”

 “두고 보자는 사람 하나도 안 무섭더라.”

 형준은 자꾸만 미희의 심기를 건드렸다. 잘 흥분하는 미희는 이제 는 거의 광분상태에까지 이르렀다.

 “그만해요. 볼 때마다 싸우고 그러면 애들 교육상 문제 있어요.”

 혜수의 말에도 미희의 치켜 뜬 눈은 내려올 줄을 몰랐다.

 “내가 못살아. 어제는 뭐라는 줄 아니? 애 핑계 대고 삼 인분씩 해 치운다는 거야. 혜수야, 니가 말해 봐. 솔직히 이 정도면 임신한 여자 치고 조금 먹는 거 아니니?”

 혜수는 느닷없는 질문에 어정쩡하게 대답했다.

 “그래요. 조금…… 먹죠. 아, 안주 떨어졌다.”

 때마침 바닥을 보이는 안주를 핑계로 혜수는 자리를 털고 일어났다.

 “거봐, 혜수도 그렇다잖아.”

 “예의상 하는 말이지, 이 사람아. 나 같은 사람이야 예의 따위를 안 가리지만 혜수는 아니잖아. 거 나이는 어디로 먹어서 그런 거 하 나 모를까.”

 “흥, 그런단 말이지.”

 인후는 그런 둘을 보며 배꼽을 잡고 웃어댔다.

"누나, 대충 가져와. 술 먹지 안주 먹나?"

"어머, 너까지. 난, 난 안 보여?"

"아, 알았어. 누나 많이 가져와. 그런데 이러다 애가 밥을 좋아하는 게 아니라 술안주를 더 좋아하는 거 아닐까? 어디서 보니까 냄새도 맡을 수 있다던데."

"얜, 무슨 그런 끔찍한 소리를."

"아니야, 다분히 가능성이 크지. 태아로 있을 때 먹은 음식이 애 입맛을 좌우한다는 글도 있잖아. 그러니 냄새가 그리워 마실 수도 있지."

"정말?"

"그렇지 않아?"

얼토당토 안 한 말을 둘러다 붙이는데도 순진한 미희는 곧이곧대로 믿는 것 같았다.

"누나, 적당히 가져오라니까. 아니, 많이만 가져와. 양만 많으면 되겠다."

또다시 웃음이 뒤를 잇는다. 혜수는 데운 찌개와 과일을 들고 상으로 돌아갔다.

"와, 이러다 돼지 되겠네. 술을 이렇게 진수성찬으로 차려놓고 마신 적은 처음인 것 같아."

"흥이다, 뭐 이걸 가지고. 내일이라도 우리 집에 와. 내가 더 맛난 걸로 많이 해줄 테니."

"많이 해주겠다는 말은 날 핑계로 많이 먹겠단 뜻?"

"야, 그냥 한번 넘어가 주면 어디가 덧나지?"

유쾌한 농담이 오고가고 밤이 깊어질수록 술잔의 수도 늘어갔다.

거나하게 취한 형준 내외가 물러가고 둘만이 남았다. 인후는 마치 무슨 말을 하고 싶은 듯 거실에 그대로 앉아 있었다. 설거지를 한다는 핑계로 그런 인후를 외면하고 있던 혜수는 더는 핑계 댈 거리를 찾을 수 없어 결국 동생 옆에 앉았다.

“매형 전화 받았어?”

“찾아왔었어.”

“그럼 알고 있는 거지?”

“응.”

“화냈어?”

“누구에게?”

“둘 다에게.”

“응, 아니.”

부정도 아니고 긍정도 아닌 혜수의 대답에 인후가 어리둥절한 표정으로 쳐다보자 혜수는 살며시 웃어 보였다.

“혼자 화내고 그랬거든. 사실은 지희 언니가 말해 줬어.”

“나, 이렇게 물어보면 안 되는 거 아는데 그래도 물어봐야겠어.”

인후는 누나를 빤히 쳐다봤다.

“누나, 매형 사랑하지?”

대답이 없다.

“사랑하는 거 알아. 그러니까 아직 아파하겠지.”

인후는 누나를 다른 시각으로 보기 시작했다. 한 여자로서 한 남자를 사랑하는 안타까운 여자로 보는 것이다.

“용서하기 힘든 거야? 그런 거야?”

“인후야.”

“응.”

“용시, 그거 내가 하는 거 아니야. 오히려 받아야 해.”

혜수의 눈가가 젖어들었다.

“나 어지간히도 미련한가봐. 그 정도 됐으면 지울 만도 한데. 미련한 거 누굴 닮았는지 잊혀지지가 않네. 감정이 남아 자꾸만 뒤를 보게 해.”

“용서하기 힘들다는 말이네.”

“아니, 겁이 난다는 말이야.”

"상처, 받을까봐?"

"응."

인후는 가만히 누나의 손을 잡았다.

"사랑은 용기야."

"아니, 사랑은 인내야."

혜수는 동생의 손을 꼭 쥐었다.

"그런데 나에게 그런 인내심이 남았는지 잘 모르겠어."

마주 잡은 손이 따스해졌다.

"이번에는 누나가 인내하고 아파할 필요 없어. 조금씩 마음을 열어봐."

"자신이 없어."

"내가 사랑하는 누나는 용감해. 날 지켜준 용사라고. 누나는 나에게 엄마와 같아. 원래 엄마는 강한 거 아닌가?"

혜수의 젖은 눈이 웃고 있었다.

"내가 무슨 수로 너만 한 아들을 두냐?"

"말이 그렇다는 거지. 응? 강한 거지?"

혜수의 고개가 끄덕여졌다.

"응."

인후는 다음날 서울로 올라갔다. 혜수는 몇 번이나 손을 흔들었는지 모른다. 그래도 그리웠다. 웃으며 들어가라 손짓하는 인후 역시 떨어지지 않는 발걸음을 겨우 놀린다는 듯 그렇게 계속 뒤를 돌아보았다. 손을 흔들고 인사하고, 웃어 보인 후 다시 가고 그리고 또다시 그 과정을 반복했다.

혜수는 인후가 고개 아래로 내려가 더 이상 보이지 않게 된 후에야 손에 들린 청첩장을 내려다보았다.

'이거 안 주면 이를 갈 것 같아서. 근영이도 이거 꼭 직접 전해야 된다고 난리쳤거든.'

　금테의 살을 두른 미닫이문 모양을 닮은 청첩장은 너무나 예뻤다.
그녀가 봤던 어떤 것보다 정갈했다. 한참을 들여다보고 손으로 모양
을 쓸어보기도 했다. 오돌토돌한 것이 만져지는 게 더 좋았다. 그녀
의 결혼식에 사용되었던 유명 디자이너에 의해 만들어졌다는 청첩장
보다 훨씬 좋았다. 더 정스럽고 더 고아 보였다.
　'강한 거지?'
　인후의 말이 그녀의 가슴에 메아리쳤다. 정말 강해질 수 있을까?
또다시 그 모든 아픔을 가슴에 안아낼 만큼 강해질 수 있을까?

10

　식이 토요일 5시이기에 일부러 전날 올라갈 필요가 없었다. 그러다 보니 서두른다고 했는데도 시간이 빡빡해졌다. 기차보다 빠르겠다 싶어 탄 버스가 의외로 밀렸고 토요일의 서울 거리에서 택시잡기가 수월할 것 같지도 않기에 조급증은 커져만 갔다.

　"형수님."

　급히 서두르는 걸음을 멈추게 한 것은 반가운 듯 그녀를 맞는 진천이었다.

　"어머, 도련님."

　"서둘러야겠어요. 식이 다섯 시인데 네 시 반이라구요."

　무어라 안부를 묻기도 전에 둘은 자동차로 달음질쳤다. 차에 타 숨을 고른 후에도 둘 사이엔 아무 말이 없었다.

　"어쩐 일이에요?"

　조심스레 입을 연 형수에게 진천은 웃어 보였다. 아마도 지난번 만남이 아직까지 꽤나 껄끄러운 모양이었다.

　"인후가 부탁했어요. 왜요, 불편하세요?"

"아니요. 그냥 좀 의외여서."

둘이 언제 그렇게 친해졌는지는 솔직히 혜수도 알지 못한다. 단지 진우와 그녀가 헤어지던 그쯤 치고 받는 싸움이 있었고 그 후 둘은 암묵적인 어떤 관계를 형성한 것 같았다.

"피곤하시죠?"

"아니요."

"아니긴요. 눈가에 그늘이 졌는데."

며칠 잠을 이루지 못해 그런 거라고는 말할 수 없었다.

"그래요?"

"식사는 잘하시죠?"

"그거 제가 쓰는 멘트 아니었나요?"

"제가 하기로 했어요. 형수 챙기는 게 제 임무거든요."

겸연쩍은 미소와 함께 외면하는 형수를 진천은 아픈 눈으로 봐야 했다.

서울의 교통체증이 어제오늘의 문제가 아니었지만 시급을 다투는 사람으로서는 애간장이 탈 일이었다.

"이거 간당간당하겠어요."

"그러게요."

혜수는 초조해하는 진천을 물끄러미 바라보았다.

"요즘 왜 연락 안 하셨어요?"

"저번에 봤잖아요."

"아니요, 그렇게 말구요."

"연애 사업이 바빠 깜빡했죠, 뭐."

둘러대는 말을 믿는 건 아니었지만 더는 묻지 않았다.

"사실은요."

진천의 시선이 혜수에게로 향했다가 다시 차창 밖으로 돌려졌다.

"화내실 것 같아서요."

"제가요?"

"예."

"왜요, 왜 그렇게 생각하셨어요?"

"용서 안 된다고 하셨어요, 그 전에."

"제가, 그랬어요?"

"예. 저 형수에게 미움받는 게 제일 두려워요."

"미워 안 해요."

"지금은요."

진천의 웃는 낯이 보기 좋았다.

"그래서 오늘 운전기사 역을 자청했어요. 한번은 용서를 빌어야 할 것 같아서."

"그게 무슨 용서를 빌 일인가요?"

"그래요?"

"그래요."

진천의 시선이 혜수의 얼굴을 훑고 지나갔다. 마치 무언가 할말이 있는 표정이었다. 분명 그런데 입을 열려 하지 않았다. 그 말이 무엇이든 간에 오늘 할 만한 얘기는 아닌 듯했다. 오늘은 기쁜 날이니까.

도착하자마자 뛰어야 했다. 다행히 식이 시작되기 전이었다. 이유는 알 수 없지만 식이 약간 늦춰진 듯했다. 다행이다 싶었다.

마음이 급해져서인지 계단도 두 칸씩 올랐다. 그래도 신부의 친구로서 얼굴을 먼저 봐야 한다는 일념에서였다. 어제도 전화로 하루 일찍 올라오지 않아 화났다며 투덜거렸는데 식이 끝난 다음에야 얼굴을 보이면 죽음을 자초하는 일이 될 터였다. 아는 사람들에게 목례로 인사를 대신하고 황급히 신부대기실로 향했다.

그런데 왜 하필 그 앞에서 그를 보게 된 것일까? 마치 그곳의 주인공인 듯 당당하게 서 있는 그를. 사람으로 북적이는 그 넓은 공간에, 누가 누군지 식별하기도 곤란한 그런 소란 속에서, 어떻게 그만이 그곳에 서 있는 것인양 그렇게 마주 보게 된 것인지 혜수로서는 그 이유를 알 수 없었다.

　서로의 눈이 마주치고, 서로의 존재를 인식하고, 비련의 여주인공마냥 물기어린 눈으로 고개를 돌리는 그런 장면이라면 지겹도록 해봤고 물리도록 보아 왔다. 그러니 오늘만은 달라야 할 것이다. 그런 뻔한 모습 따위는 일 없다 해야 할 것이다. 그래서 마치 그란 사람을 모른다는 듯 혜수는 고개를 돌렸다. 아니, 마주 본 서로의 눈이 전하는 말들을 아직은 들을 수 없어 외면했다는 게 정답이다. 적어도 혜수는 그랬다.

　호텔의 화려함이야 말 안 해도 안다지만 이렇게 크고 좋은 곳에서 결혼식을 한다는 건 여자들의 꿈이 아닐까. 혜수도 바로 그런 곳에서 결혼식을 했다. 꿈 같았건 어쨌건 아름다운 결혼식이었다. 하지만 자신의 앞에 선 친구처럼 아름답지는 못했다.

　새하얀 면사포에 둘러싸인 근영의 얼굴은 은은한 조명과 자신에 찬 웃음, 행복한 미래란 삼박자를 지휘하며 놀라울 정도로 주위를 압도했다.

"이거 보기 아까운데."

"뭐야, 왜 이제 와."

평소처럼 소리를 질러대는데도 오늘만은 그것조차 우아해 보였다.

"그렇게 됐어. 자, 받아. 그리고 축하해. 너무 예쁘다."

"그래? 그런데 이거 뭐야?"

"선물."

근영은 기대에 찬 눈으로 선물을 끄르려 했다.

"아니, 나중에 니 신랑하고 함께 봐."

"뭔데?"

"얘기하면 재미없지. 그나저나 정말 예쁘다."

"내가 또 한 미모 하잖아."

"그래, 아름다운 한 쌍의 바퀴벌레가 되기에 충분하다."

“바퀴벌레라니. 오리나…… 아니, 그 뭐더라? 그래, 원앙. 원앙이라고 해야지.”

참으로 씩씩한 신부였다.

“아, 왜 이렇게 안 시작하는 거야. 떨려 죽겠는데. 식을 하기는 한데? 참, 너도 그랬니? 사진 말이야. 요즘 들어 사진은 원 없이 찍은 거 알지? 나중에 집에 와. 그럼 죄다 보여줄게. 있는 폼 없는 폼으로 찍은 거 무지 웃겨. 누런 얼굴의 동양인에게 하얀 드레스가 가당키나 하니? 그래도 내 인물이 훤하니까 볼 만한 거야. 우리랑 같이 찍은 사람들은 죽음이었다니까. 참, 둘째 도련님은 왜 하필 이런 때 여행을 가시니? 우리 결혼하는 게 꼴 보기 싫어서 간다는 인후의 말은 거짓이고 뭔가 있긴 한데 말해 주는 사람은 없네.”

근영의 주절거림에 뜻이 담겨 있었다. 하지만 친구만큼이나 긴장해 있던 혜수라 뒷말을 알아듣지 못했다. 확실히 근영이 긴장이 되긴 되나보다. 어찌나 주저리주저리 떠들어대는지 귀가 아파 올 지경이었다.

“뭐야, 수다의 장인 거야?”

“그래. 근데 식은 언제 시작해? 앉아 있기도 지루해 죽을 것 같아.”

그때 뜨거운 열기를 머금은 조명기구들을 든 한 무리와 신랑이 신부 대기실 안으로 들어왔다.

“신랑분, 신부님 옆에 서세요.”

“뭐야?”

뜨악해하는 근영에게 인후는 멋쩍은 미소를 지어 보였다.

“뭐긴 뭐겠습니까, 나중에 남는 것은 사진밖에 없다지 않습니까. 이런 고운 모습 오래 간직해야죠. 자, 자세 좀 잡아 보세요. 신랑분 좀더 붙으셔야죠.”

사진사의 넉살에 근영은 포기한 듯 맘대로 하라는 어깻짓을 해보였다.

정신이 하나도 없었다. 그건 당사자인 근영과 인후가 더 하리라.

뜨거운 조명에 얼굴이 녹아내릴 지경이었다. 그녀도 그랬다. 행복한 듯 입 근육이 굳어질 만큼 미소지었었다. 나중에 나온 사진들은 그래서 그녀의 공을 인정하는 듯 환하게 나왔었다.

"자, 이쪽 보시고. 네, 좋습니다. 이번엔 신랑분이 신부님 뺨에 키스해 보세요. 아, 신부님은 수줍게 고개를 돌리셔야죠. 그렇게 좋아하는 티를 내면 어떻게 합니까."

"아저씨, 내 맘이에요."

"아, 그래도……."

근영은 마치 먹이를 채는 독수리처럼 입을 부리처럼 내밀고 인후의 입술에 도장을 찍었다.

"보셨죠?"

"그거 찍혔습니다."

"그럼 어때요?"

근영의 씩씩한 대답에 둘을 보던 친구들이며 동생 친구들이 와자한 웃음소리를 냈다.

혜수의 결혼식은 저러지 못했는데. 마치 무슨 영화 찍는 듯 내내 어색하고 뭔가 빠진 듯 낯설음으로 가득했다. 딱딱하고 고압적이고 마치 정교한 의식을 치러내는 듯 이루어진 결혼. 그녀의 결혼식은 이런 즐거움이 없었다. 아마 그래서 사람들이 그녀와 진우만큼이나 굳어져 있었는지 모른다. 마치 언제 터질지 모르는 시한폭탄을 안고 있는 것처럼.

신랑과 함께 시끌시끌한 구경꾼들도 물러갔다. 임시로 만들어놓은 신부 대기실에는 잠시 근영과 혜수 이렇게 둘만 남게 되었다.

"혜수야."

근영의 부름에 혜수는 조용히 웃었다.

"너 진짜 이뻐. 내가 알고 있는 근영이가 아닌 것 같아."

"괜찮아?"

역시나 근영이를 속일 수는 없었다. 금세 혜수의 얼굴에 드리워진 그늘을 읽어냈다. 그건 아마 본능이라고 해야 할 것이다. 혜수가 근방 10미터 안에 진우가 있음을 알아내는 것과 같은 이치였다.

"진우 씨……."

"진우 씨 봤어?"

"응."

"내가 초대했어. 청첩장, 내가 보냈다고."

혜수는 그 말에 아무런 대꾸도 하지 않았다.

"이제 그만 끝을 봐야 하니까. 그렇지? 내가 너무 주제넘은 일 한 거야?"

"알아, 니 마음. 알아."

웃는 얼굴에 속을 근영이 아니었다.

"오늘은 너의 날이야. 내 일에 신경 쓰지 마. 나, 참 나쁜 친구네. 친구에게 좋은 날 이런 먹구름이나 끌고 오고."

혜수의 얼굴은 말과는 사뭇 달랐다.

"우린 친구야. 그리고 나 충분히 행복해. 그래서 미안하고."

"미안하긴. 내가 미안하지."

"그럼, 우리 서로 미안한 거네?"

혜수는 고개를 끄덕였다.

"축하해, 근영아. 잘 살아야 해."

그 말에는 염원이 담겨 있었다. 그렇지 않으면 안 된다고, 무슨 일이 있어도 행복해야 한다는 간절한 바람이 깃들어 있었다.

"그래, 너도! 너도 잘 살아야 해. 행복해야 해. 그래야 마음 편히 내 행복을 만끽할 수 있을 것 같아."

그 한마디에 혜수의 마음은 무게를 더했다. 자신이 얼마나 주위 사람을 힘들게 했는지를 보여주는 예인 것이다.

혜수는 겨우겨우 고개를 끄덕일 수 있었다. 그런 혜수에게 근영은 더 이상 아무 말도 하지 않았다. 그저 마른 두 손을 꼭 잡고 자신의 행복을 나눠주기라도 할 듯 힘껏 쥘 뿐이었다.

"신부님! 준비해 주세요."

"너다, 너 입장해야 한데."

혜수는 언제 흘러내렸는지도 모르는 눈물을 훔쳤다.

"그러네. 나 어때? 정말 예뻐 보여?"

빨갛게 충혈된 눈길이 더욱 사랑스러웠다. 이렇게 행복해야 할 순간에까지 자신에게 신경 써주는 근영이 고마울 따름이었다.

"그럼, 예뻐 보여. 세상에서 너처럼 예쁜 신부는 없을 거야."

"그 말 정말이지? 거짓말 아니지?"

"그럼, 정말이지."

"신부님, 나오세요. 옆에 계신 분은 드레스 좀 들어주시구요."

"예."

얼떨결에 근영이 옆에 선 혜수는 친구를 위해 그리고 자신을 위해 환한 미소를 지었다.

그날 근영은 너무나 아름다웠다. 세상의 모든 행복을 손에 쥔 사람처럼 웃음 하나하나가, 미소 하나하나가 모두 영롱한 진주였다.

'행복하니? 행복해야 해. 넌 그래야 해.'

혜수는 미소로 친구의 행복을 기원했다.

식장으로 들어서는 근영은 미혼으로서의 마지막 웃음을 웃어 보인 후 부드러운 음악에 맞춰 행진을 시작했다. 그런 근영이를 보고 있던 혜수는 누군가 옆구리를 찔러대는 통에 혼사만의 상념에서 벗어나야 했다.

"어머."

"그래, 나다. 우리는 너 안 오는 줄 알았어. 어디 있었니?"

"신부 대기실."

"우리도 거기 갔었는데?"

"좀 늦었어."

"으이그, 그건 그렇고 너 살아 있는 거 봐서 기쁘다."

"무슨 말이야?"

"우리는 모두 니가 죽은 줄 알았어. 알아? 근영이가 중간에 다리 역할 안 했으면 진짜 그런 줄 알았을 거야."

"하긴, 진짜 오랜만이다."

"당연히 오랜만이지. 무슨 사건 있어야 얼굴 한 번 보는 게 고작이니 나이 먹어 좋은 거 하나도 없어. 너 선생님 됐다는 얘기는 들었어. 진숙이부터 다른 애들 모두 저쪽에 몰려 있어. 참, 진우 씨 봤어. 같이 온 거니? 아까 너 어디 있는지 아느냐고 물었더니 누굴 좀 만나고 있다고 하더라. 아, 그 사람이 근영이였던 건가? 나참, 뭘 그런 걸 숨기고 그런다니."

"그랬어?"

"가자."

혜수는 미선이의 손에 이끌려 친구들이 있는 자리로 향했다.

정신을 가다듬고 보니 피로연장이었다. 인후와 근영은 오늘 하루 호텔에서 묵고 내일 괌으로 출발할 예정이라고 했다. 그래서 준비된 피로연장. 많은 나이 차는 아니라지만 여자 나이 27이면 남자 나이 서른 줄과 맞먹는 법이다. 특히나 결혼한 친구들이 많을 때는 감당하기 부담스러울 만했다. 인후의 친구들이 날렵함과 세련됨으로 중무장을 했다면 근영의 친구들은 아줌마 식의 막가파 놀이에 취해 있었다. 그건 이질적인 면을 극명하게 보여주는 단면에 불과했다. 그 자리에는 미선이처럼 남편과 동행한 이도 있었고, 아니라 하더라도 인후의 친구들이 같이 놀기에는 무척 부담스러운 아줌마들이 태반이었다. 거기에 인후의 친누나와 매형이 한 자리에 있어 더더욱 그랬다.

"야, 이미선, 이 뚱아! 그만 뛰어라, 스테이지 무너지겠다."

"왜 부럽냐? 아직 이 몸매면 처녀지 뭐."

"하이고 여기 진짜 처녀 놓고 못하는 말이 없네, 이 유부녀가. 찬우 씨, 좀 말려봐요."

"왜요, 신나는데."

찬우 역시 흘러나오는 빠른 리듬에 맞춰 그 귀여운 얼굴살을 흔들어댔다. 때마침 블루스 타임을 부르짖음과 동시에 느린 곡이 흘러나왔다. 유부녀들의 기회 포착은 전철과 버스에서만 이루어지는 것은 아니다. 바로 이곳에서도 그녀들의 기행은 제 모습을 드러냈다.

"자, 나가요."

인후의 친구들이 줄줄이 연행되듯 유부녀들의 품속으로 빨려들어갔다. 아마도 인후는 신혼여행 다녀와서 엄청 시달릴 것이다.

"야, 너도 나가. 왜 앉아만 있니?"

한바퀴 돌고 들어온 진숙이가 말을 붙였다.

"진우 씨, 아까부터 술만 드시네요. 그러지 말고 혜수 구제 좀 해줘요."

둘의 이혼소식을 들었을 것이 뻔한데도 진숙은 평소의 느물거림으로 진우의 손에 혜수를 끼워넣으려 했다. 행인지 불행인지 다시 음악은 바뀌었고 혜수는 굳이 진우를 마주할 필요가 없어졌다.

이번에는 진우 대신 혜수가 입에 술을 댔다.

"괜찮을까?"

"그러게. 혜수 술 약한데."

저만치에서 인후가 혜수의 친구들에게 걸어왔다.

"얘, 너희 누나는 괜찮아?"

"먹은 거 확인하고 있어요."

"누구랑 있는 거야?"

인후의 얼굴이 잠시 굳어졌다.

"매형이랑요."

"그래? 참, 우리가 잘한 일인지 모르겠다. 난 확신이 안 서."

"잘하신 거예요. 누나 성격 알잖아요. 한 번 아니다 싶은 건 맞아

도 아니라고 우기는 거. 특히 감정적인 면에서는 더욱 바보가 되는
거요.”

“그래. 그럼 우리는 가볼게. 좀 미안하네. 친구들이 화 많이 내지는
말아야 할 텐데. 결혼하고 아줌마 되면 다 이래.”

“좋은 경험한 거죠.”

“뭐야?”

“아니에요, 누나. 살펴가세요. 아니다, 우리도 그만 일어나는 게 좋
겠어요. 저희 누나 나오는 대로 함께 나가요.”

인후는 자리에 돌아와 나가자고 했다. 친구들은 풀려난다는 안도
감에서였는지 두말하지 않았다.

“니 말이 맞다. 이거 눈치 보여 더 앉아 있겠니?”

어느새 1시를 넘어가면서 나이 든 사람들이 자리를 지키기엔 매우
적당치 못한 처지에 몰리고 있었다. 내로라 하는 세련된 도회지 남녀
들의 현란한 춤이 막가파식 춤을 밀어낸 것이다.

“너만 아니어도 우린 더 있을 수 있어. 니 목소리가 얼마나 크면
우리 주위에만 사람들이 없겠냐?”

그것도 맞는 말이었다. 아줌마라고 낙인이라도 찍혔는지 그들 주
위의 테이블 두 개가 모두 비어 있었다. 진우가 그 자리까지 사두었
다는 사실을 아는 이는 없었다. 편하게 놀라는 진우 나름의 배려였지
만 그 사실을 알 리 없는 여인네들은 저마다 한마디씩을 늘어놓으며
소지품을 챙기기 시작했다.

“차 잡기도 만만치 않겠다. 어, 저기 한 대 온다. 나 먼저 갈게.”

“기집애, 같이 가. 나도 일산 방면이란 말야. 참, 거기. 그래요, 그
쪽. 그쪽도 일산이라고 했죠?”

“아…… 예.”

“빨리 타요. 안 잡아먹을 테니. 이래 뵈도 내가 울 신랑을 얼마나
좋아하는데.”

“어이그, 저 주책! 빨리 뛰어. 그렇게 굼뜨게 있다간 가버린다. 어

머, 진우 씨. 안녕히 가세요."

"예, 살펴가세요."

몸을 가누지조차 못하는 혜수를 안은 진우가 일행의 뒤를 따라 밖으로 나왔다. 눈이 마주친 진우와 어색한 인사를 나눈 미선 일행이 제일 먼저 자리를 떴다. 혜수가 한 행동이라고는 차례차례 집으로 향하는 친구들을 보며 황망히 손을 흔들어주는 게 전부였다.

그렇게 몇 분만에 인후와 근영이 그리고 진우와 혜수만이 남게 되었다.

"호텔에 방 잡았다고 했지?"

"네, 걱정 말고 들어가세요. 매형, 부탁드려요."

인후의 눈이 진우의 눈을 직시했다. 마치 그 눈 속에서 무언가를 읽으려는 듯했다.

"간다, 누나."

그런 후 인후는 아무렇지도 않게 진우의 손에 혜수를 맡기고는 뒤도 돌아보지 않고 걸어가 버렸다. 근영이만이 간간이 뒤를 돌아보며 걱정 어린 시선을 보냈다. 그 둘이 떠나자 혜수는 마치 버림받은 세 살짜리 꼬마마냥 어찌할 줄 몰랐다.

"가지."

어쩔 수 없이 그의 차에 타야 했다.

"술 마셨어요. 운전하면 안 돼요."

약간 혀가 꼬이는 발음을 하면서도 바른 생활 모범 시민 같은 말은 잊지 않았다.

"아까 마신 거 음료야."

세상에나, 천하의 진우란 남자가 음료나 마시고 있었다니. 그것도 술잔에. 혜수는 괜시리 웃음이 났다. 평생 그런 실없는 행동과는 거리가 멀 줄 알았다. 그런 그가 폼만 재고 술은 입에도 안 댔다니. 웃음소리는 혜수가 생각했던 것보다 크게 흘러나왔다. 그러다 뭔가 마음에 들지 않는지 고갯짓을 했다. 아무 생각 없이 그의 차에 올라탄 뒤에야 괜한 짓을 했다는 후회가 든 것이다.

"걱정 마. 많은 시간을 뺏지는 않을 거야. 잠시 할 얘기가 있어."

"무슨 얘기요?"

"이런 곳에서 할말은 아니야."

"피곤해요. 다음에 얘기해도 늦진 않잖아요. 나 취해서 내일 아무 기억도 못할 거예요."

하지만 진우에게선 아무런 답변도 들을 수 없었다. 굳은 침묵 속에 차의 미약한 엔진소리와 다른 차들이 내는 경적, 서울 거리의 흥청대는 소음만이 가득했다. 취해서 들어도 기억 못할 거란 변명 따윈 통하지 않을 듯했다. 그가 언제 그런 사정 봐주던 사람이었던가.

차는 그렇게 진우의 집을 향해 달려갔다.

진우는 열린 문을 딛고 서서 그녀를 안으로 청했다.

"들어와."

진우가 문을 잡고 들어오길 기다리는 곳은 예전 혜수가 알고 있던 그 집이 아니었다. 하긴 그 집을 아직 가지고 있을 거라곤 생각하지 않았다. 아니, 그 집을 떠올리려 하지도 않았었다. 하지만 낯익은 그의 얼굴과 겹쳐지는 그 집과 너무도 다른 구조를 가지고 있는 집으로 들어서려니 발길이 떨어지질 않았다. 억지로 걸음을 뗴 문 안으로 들어섰다. 그런 그녀를 따르는 그의 눈길은 혜수로 하여금 온몸의 숨구멍 하나까지도 느낄 수 있게 했다. 토해버린데다 오면서 술이 깨어버린 탓인 듯했다.

그의 집은 정갈했다. 그가 너저분하게 살 거란 생각은 하지 않았지만 쓸어 먼지 한 점 나올 것 같지 않은 것이 맘에 들지 않았다. 가구도 최소한의 것이 다였다. 그래도 그녀와 살 때는 이 정도는 아니었다. 횅한 느낌까지 들 정도의 썰렁함에 절로 팔짱이 껴졌다.

"뭐라도 들겠어?"

"아니요, 됐어요."

“그럼 저쪽에 좀 앉지.”

혜수는 그가 가리킨 거실로 향하며 그 혼자 살기엔 꽤나 큰 집이라고 생각했다. 하긴 예전에 둘이 살던 집도 원래는 그 혼자 기거하던 곳이었다. 그저 가구 몇 개가 늘어나고, 있으나 마나했던 자신이 부산물처럼 첨가되었을 뿐이다.

“여기.”

기어코 그는 그녀의 손에 주스잔을 밀어넣었다.

“할말 있다면서요?”

숨도 돌리기 전에 본론부터 거론했다. 이곳이 불편하기도 하거니와 숨통을 조여오는 듯한 침묵이 싫었기 때문이었다.

진우의 시선이 혜수에게 닿았다. 혜수는 그의 시선을 알면서도 애써 외면했다. 그녀의 눈길이 닿은 곳은 손에 들린 유리잔. 혜수의 경계하는 행동이 진우의 맘에 들지 않을 게 뻔했다. 하지만 그쯤에는 상관 않기로 한 듯했다.

“찾았어.”

혜수의 동공이 까만 흑빛으로 변했다.

“찾았다고.”

1분. 아니 실제로는 10여 초 정도에 지나지 않았다. 그 순간에 혜수는 아주 많은 상념을 떠올리고 또 지웠다. 겨우겨우 입에서 흘러나온 말은 살아 있다는 그의 말을 확인하는 한마디였다.

“들었어요.”

“왜 묻지 않지, 어디에 있냐고?”

“살아 있다는데 그게 어딘지가 뭐 그리 중요해요.”

진우는 혜수의 옆모습에 눈을 고정시켰다.

“혜수 부모님께는 아직 말씀드리지 않았어.”

혜수 역시 진우를 바라보았다.

“왜요?”

“시간을 달라고 했잖아. 선택은 혜수가 해야 할 것 같아서.”

“훗, 고맙지 않아요.”

“현태와 인후만 알고 있어. 현태는 급했던지 직접 찾아가겠다고 하더군.”

“그런데도 어머니가 모르세요?”

“현태가 자기 눈으로 확인해 보기 전까지는 말씀드릴 수 없다고 하던데.”

혜수는 고개를 끄덕이고는 창가로 향했다.

“내일, 말씀드릴게요.”

“위스콘신 밀워키. 그곳의 작은 마켓에서 일하고 있다더군. 외곽에 있는 집을 빌려 살고 있고 주위 사람하고도 그럭저럭 잘 지낸다고 해. 건강상태도 양호하고 생활 또한 어려움은 없는 것 같아.”

누군가가 보고서에 올린 내용을 요약해서 알려주는 듯한 그의 태도에 혜수는 쓴웃음을 지었다. 건강이 나쁘지 않다는 말 때문인지도 모른다.

“알고 싶은 거 있으면 물어봐.”

“멀쩡…… 한 거죠? 사지육신 고스란히 가지고서도 연락 한 번 안 한 거죠? 다친 곳도 없이, 잘 있다는 말이죠?”

“없어. 사진으로는 괜찮아 보였어.”

“부러지거나, 어딘가 터져서 피 흘리고 있진 않아요? 식물인간 인 양 꼼짝 못한다거나. 그것도 아님…… 우리를 기억 못한다거나.”

진우는 겨우겨우 혜수가 무얼 말하는지 알아챘다.

“부러져 있어야 하는데, 어딘가라도 터져서 철철 피 흘리고 있어야 하는데, 옴짝달싹 못하게 자리에 못 박혀 있어야 하는데, 그래야 변명이 되는데.”

진우는 자신이 이미 다녀왔다는 말을 할 수 없었다. 아직 혜수가 어떻게 받아들일지도 모르는 상황에서 그런 말을 꺼내 마음 상하게 할 필요는 없다고 판단했다.

“울어버려. 차라리 그게 나아.”

"뭐가요, 뭐가 나아요? 나아지는 건 아무것도 없어요. 당신도 참 딱해요. 왜 이런 일에 손을 댔어요. 그냥 둬도 누구 하나 알지 못할 일인데, 뭐 하러 욕 먹어가며 이런 일을 해요. 뭐 하러 원망 들을 이 일을 한 거예요?"

혜수의 뺨으로 눈물이 흘렀다. 진우는 가만히 그 눈물을 쓸어 내렸다.

"왜일 것 같아?"

혜수는 진우를 떠밀 듯 밀치고 그의 품에서 벗어났다.

"또 이러는군요. 넌 다 아는데 왜 모르는 척하느냐. 예전에도 이런 당신의 태도가 정말 싫었는데. 말도 안 되는 의심하면서 왜 알지 못하느냐는 표정을 지을 때 정말 미칠 것 같았어요. 그런데 아직도 그러는군요."

혜수는 진우의 얼굴을 쳐다보았다. 그의 눈에 담긴 회한이 혜수를 약하게 했다.

"정말이지, 당신은 그때나 지금이나 다른 게 없어. 지희 언니를 일부러 보낸 건 아니라지만 나에게 올 거란 건 알고 있었을 거야. 안 그래요?"

대답이 없었다.

"무슨 말을 할지 알고 있으면서 내버려뒀어."

"확실하게 알고 있는 건 없었어. 찾아가지 않을까 의심은 했지."

"막지도 않았구요."

"그래."

"이해받고 싶은 거예요!"

그의 눈이 그렇다고 말하고 있었다.

"그렇군요."

혜수는 그에게서 돌아섰다.

"예전에는 당신이 너무 무서웠어요. 밀어붙이는 힘에 밀려 내가 어디로 가고 있는지도 알지 못했죠. 알았을 땐 너무 늦어 어떻게 해볼 수도 없었구요. 뭐든 당신 맘대로 해서 나는 없는 거나 마찬가지였죠. 내 의지도, 생각도, 심지어 내 감정조차도."

"내가 어리석었기 때문일 거야."

"아니요. 내가 어리석기 때문이었어요, 당신이 아니라."

어깨를 으쓱해 보이는 혜수에게서 진우는 불안감을 감지했다.

"당신은 자신을 내보이는 걸 두려워했던 거예요. 내가 그랬듯이. 상처받을까 두려워한 거예요."

진우는 혜수에게로 다가갔다.

"맞아, 두려웠어. 지금도 마찬가지야."

품에 안은 혜수는 떨고 있었다. 두 눈 가득 고인 눈물을 보지 않아도 알 수 있었다. 크고 따스한 손이 혜수의 팔을 쓸어내렸다.

"들어주겠어? 다른 사람이 모르는 나에 관해."

간절했다. 진우의 눈은 간절함으로 가득 차 있었다. 혜수는 차마 진우를 뿌리칠 수 없었다. 아마도 지희 언니에게서 들은 이야기 때문이리라.

하지만 그것만이 다는 아니었다. 그의 눈이 그녀만을 향해 열려 있었다. 창가의 어둠보다 더한 그늘이 그녀를 잡고 놓아주지 않았다. 그의 두 눈 가득 그녀가 들어 있기에 고개를 돌릴 수도 없었다.

"혜수가 생각하는 끔찍함까진 아니야. 그저 조금 불운했을 뿐이라고 할까. 내가 잠을 설치고 누나가 말하는 것처럼 비명으로 잠을 깬 건 어머니의 시신을 직접 확인했기 때문이야. 그래, 그 때문이야."

혜수는 두 눈을 꼭 감아버렸다.

"시신을 확인할 사람이 나밖에 없었어. 이혼한 상태이기도 했지만 아마 내가 성숙해 보였기 때문인 듯도 해. 확인해 줄 어른이 있냐고 묻기에 없다고 했거든. 날 데리고 들어가더군."

진우는 갑자기 몸을 떨었다. 마치 그때로 돌아간 듯.

"공기가 찼어, 무척. 긴 팔을 입었는데도 싸늘한 냉기에 소름이 돋았지. 어쩌면 기분 탓일 수도 있어. 차가운 철제 침대 위에 하얀 천을 덮고 있는 뭔가를 보는 순간, 그 추위 따윈 아무것도 아니란 생각이

들었어. 저것이 진짜 공포라는 거구나. 그때는 어렸으니까 시신이란 말 자체에 겁을 먹을 때잖아.”

분명 진우는 그때로 돌아가 있었다. 혜수의 팔이 떨리는 진우의 어깨 위에 놓였는데도 그는 알지 못했다.

“누워 계신 어머니는 그 동안 내가 봐 왔던 분과는 많이 달랐어. 매서움에 주눅이 들 정도였던 분이, 눈도 감지 못하고 반듯하게 누워 계시더군. 금방이라도 눈동자를 돌려 날 볼 것 같았어. 혈색이 남아 있었거든. 도저히 죽은 분이라고는 믿어지지 않았어. 이런 곳에 놓아 두었다 호령을 치실 것 같았어. 난…… 그대로 뛰쳐나왔어. 뒤도 돌아보지 않고.”

“진우 씨.”

“화장실로 달려가 제일 먼저 한 것은 속에 있는 걸 몽땅 게워내는 거였어. 하나도 남김없이.”

그는 위로를 필요로 했고 혜수가 그의 곁에 있었다. 마치 누군가의 조종이라도 받고 있는 듯 저도 모르게 혜수의 손이 올라갔다. 그리고는 그의 어깨에 손을 놓고 등을 쓸어내렸다.

“나중에 소식을 듣고 찾아온 누나는 경찰관을 잡고 난리를 치더군. 어린애에게 그런 걸 시켰다고. 그런데 정말은…… 이상하지, 난 오히려 시원하단 생각을 했거든. 이제는 더 이상 반듯한 옷차림을 할 필요도, 매일 입 다물고 두 시간을 꼼짝 않고 어머니 곁에 앉아 있어야 할 이유가 없어졌거든. 내 방에 먼지가 있는지 없는지의 여부를 따질 필요도, 술 냄새에 익숙해지려 노력할 필요도 없었어. 아버지를 향해 쏟아내는 온갖 욕설과 눈물을 받아줄 필요도 없었지. 사랑 따위의 쓰레기 같은 감정에 휘둘리지 말라는 충고를 듣지도, 최고가 되어야 한다는 협박을 받을 필요도 없었어. 시원하단 감정을 느끼는 것에 죄책감을 갖고 싶지 않았어.”

혜수는 저도 모르게 진우의 팔을 꼭 잡았다. 이해할 필요 따위는 없다고 생각했다. 그러지 말자고 다짐도 했다. 자신이 또 아파질 것

만이 자명한 사실이기에 정말은 용서하지 않을 거라고 그렇게 생각
했다. 그런데 지금 자신의 앞에서 떨고 있는 이 사람이, 정말 자신의
가슴에 상처를 냈던 그와 동일인인지 믿겨지지 않았다. 그저 꿈만 같
았다. 몽롱한 상황이 만들어낸 허상처럼 자꾸만 과거가 잊혀지려 했
다. 정말은 그것이 진실이고 지금이 허상인데 말이다.

"오늘…… 가지 말아줘."

혜수의 눈 속에 진우의 눈이 파고들었다. 떨고 있는 남자를 어떻게
대해야 할지 모르는 혜수로선 그의 청을 선뜻 거절할 수 없었다. 그
리고 자명한 사실 하나가 꼬리표처럼 따라 붙었다. 알면서도 그의 눈
에 자신이 졌다는 사실을 인정하기 힘들었다. 고개를 끄덕이면서도,
그의 억센 힘이 자신을 부실 듯 조여 오는데도 혜수는 그렇게까지는
되지 않을 거라 혼자 우기고 있었다.

오빠도, 진우도, 다른 모든 사람은 변했다 해도 그녀만은 변한 것
이 없었다. 또다시 진우가 자신만을 바라볼 거란 어리석은 꿈에 무너
지려 하고 있었다. 몽상가의 최후가 어떤지 그녀는 잊고 말았다.

그래서였다. 이제 과거 따윈 상관없다 생각한 것은 그의 과거가 자
신보다 아프기에 지금의 이런 것 따윈 잊어줘야 하는 게 아닐까 하
는 의무감.

그런데…… 그 의무감은 또다시 그녀를 아프게 만들었다.

11

세상이 빙빙 돌았다. 무엇 하나 제자리인 것이 없었다. 또다시 어리석은 짓을 했다는 바보 같은 생각들만이 머릿속을 가득 채웠다.

"이게 뭐니, 이게 뭐니, 한혜수. 이게 뭐야!"

아프다 외치고, 고통스럽다 말하고, 눈물로 호소한 주제에 그가 떨고 있다는 사실 하나에 그 모든 것을 내던지고 말았다. 이건 어떤 말로도 변명이 되지 않았다. 이건 자해였다. 스스로 만들어냈기에 감싸안을 수조차 없는 상처. 그녀의 아픔을 보듬어주려는 그가 믿음직스러웠기에, 자신만을 보고 있는 그의 눈이 시리도록 보고팠기에, 그랬기에 안겼다는 얼토당토 안 한 말을 가져다붙일 수도 없었다. 그것이 아무리 사실이어도 그걸로는 부족했다. 그 정도로는 이유가 될 수 없었다.

또각. 또각.

텅 빈 지하도 넓은 공간에는 그녀의 발자국소리만이 가득했다. 흔들리는 몸을 받쳐주기엔 그녀의 구두는 너무나 불안했다. 그녀만큼이나 불안정한 구두였다. 흔들리는 몸을 잡아주지도 못하는 신발을 신은 혜수는 그래서 더욱 위태로웠다. 그럼에도 그녀는 그 신을 신은 채 계속해서 계단을 걸어 내려갔다.

순간 신발의 농간으로 몸의 중심이 흔들렸다. 그와 함께 한쪽으로 기울어진 몸을 계단에 설치된 바를 잡은 손이 간신히 지탱했다. 그렇게 한 채 한참을 서 있었음에도 세상은 공중제비를 멈출 줄 몰랐다. 결국 그녀를 주저앉히고야 말았다.

구겨진 정장에 흐트러진 머리, 얼룩덜룩하게 지워진 화장은 마치 그녀를 병자처럼 보이게 했다. 머리에 심각한 외상을 입은 환자거나, 아니면 미쳐버린 정신병자거나.

웃음이 비어져 나왔다. 왜 그러는지 이유조차 알 수 없는 웃음이었다. 자신은 울고 싶은데 소리는 웃음으로 바뀌어버렸다. 크득거리는 웃음이 그녀를 더욱 현실에서 분리시켰다. 그녀는 자신을 안에 가두어버린 정신병자를 연상케 했다.

깨문 입술이 붉은 빛으로 변했다. 그런데도 그 실성한 듯한 웃음은 멈추지를 않았다. 결국은 찝찔한 눈물 맛을 보고서야 멈췄다. 처량맞은 모습으로 두 팔로 자신을 감싸안은 채 계단 중간에 앉고 난 후에야 큭큭거렸던 웃음이 울음이란 것을 알았다.

눈을 뜨기도 전에, 정신이 맑아지기도 전에 진우는 그녀가 옆에 있음을 알았다. 그녀에게서만 맡을 수 있는 향. 그건 익숙해지고 싶었던 옛 향이었다.

얼마나 그리웠으면 이런 상상을 불러일으켰을까란 생각이 들었다. 하지만 향은 너무나 생생했다. 팔 안에 안겨 있는 따스함은 더욱 실감났다. 그래서 눈을 뜨고 싶지도, 정신을 차리고 싶지도 않았다. 눈을 뜨고, 정신을 가다듬고, 자신의 팔 안에 안겨 있는 그녀가 단순히 그가 만들어낸 허상임을 알고 싶지 않았다.

뒤척임. 그것까지 환상으로 치부할 수는 없었다. 조심스런 움직임과 부스럭거리는 소음들이 그의 귀와 감촉을 자극했다. 그의 눈에 닿은 그녀의 움직임이 무척이나 낯이 익었다. 벗어두었던 허물 하나하나를 정성 들여 꿰어 입는 모습은 예전에도 그를 불편하게 했었다. 마치 해서는 안 될 일을 하고 난 후 참회의 몸짓과도 같았다.

이제 잠시 후면 이별이었다. 그녀의 손길이 하나 남은 단추까지 모두 채운 것이다.

"저 가요."

그가 그녀를 불러 세우기도 전에 그녀는 문을 닫고 나가버렸다. 찰칵거리는 문소리는 그의 가슴 한가운데에 횡 하니 바람이 불어들게 했다.

미친 짓을 하고야 말았구나란 진실을 받아들인 건 이때였다.

그가 할 수 있는 것은 여기까지다. 더는 그가 할 것이 없었다. 자신의 진심을 못 알아준다면, 그것 역시 그대로 받아들여야 할 것이다. 떼를 쓰는 우스운 짓도; 매달리고 하소연하는 것도 이제는 때가 지났음이다.

이제부터는 기다림이었다. 진짜 기다림. 손쓸 방법 없는 하나의 거짓도 없는 기다림이 시작됐다. 어쩌면 이 사실을 알았기에 그녀에게 마지막 청을 했는지도 모른다. 그리고 그와 함께 하는 것이 그렇게 나쁘지만은 않다는 걸 깨달아주길 바랐는지도 모른다. 그녀를 알면서도 그런 기대를 했다.

역시나 무리였고 그녀를 더욱 밀어낸 결과가 되어버렸다. 그래도 후회는 없었다. 그의 베개 위에 배인 혜수의 향이 그의 폐부 깊은 곳까지 닿았으니까. 이로써 그는 기다림의 첫줄발을 그녀의 향기와 함께 했다는 기억을 간직할 것이다. 그 기억은 기다림의 고통을 완화시켜 줄 이완제가 되어줄 수 있을 것이다.

진우는 고개를 돌려 그녀가 벴던 베개에 고개를 묻었다. 그러고 보니 가장 중요한 일이 남아 있었다. 그래도 무언가 할 게 남아 있었다. 그건 어쩌면 최악의 상황을 만들어낼 수도 있었다. 그럼에도 하지 않을 수 없는 일, 단지 그녀라는 이유가 있기에.

휴가를 받아 들어오겠다는 창혁을 그가 다시 들어가 데려오더라도 되도록 빨리 불러들여야 한다. 진우는 미국에서 창혁을 만났던 때를 떠올렸다.

태연하게 앉아 마치 아무 일도 없는 듯 차를 마시는 것이 얼마나 고역인지 아냐고 묻는다면 지금 그런 상황이라 말해야 했다. 긴장이 되거나 딱히 기분 나쁜 것도 아닌데 자꾸만 손에 땀이 찼다. 시원한 걸로 시켰어야 하는 게 아닌가란 생각이 들었다. 뜨거운 커피의 김이 사라지고 에어컨 바람에 식어 가는 커피를 멀거니 바라보며 할 수 있는 생각이란 게 고작 이것이었다.

멀지 않은 곳의 문이 열리고 그가 보낸 사람의 연락을 받은 누군가가 들어온다면, 과연 첫인사로 무슨 말을 꺼내야 할까? 평생 이렇게 할말이 없어 본 적이 있나 싶었다.

그러고 보니 있었다. 3년만에 처음으로 혜수를 보던 날, 그날 그는 처음으로 말 따위를 한다는 게 얼마나 큰 수고가 필요한지 알았다. 그럼에도 고작 꺼낸 말이 자기 식의 선전포고가 되어버렸다. 그것도 혜수에게.

문이 열렸다. 이번에는 맞는 것 같았다. 그리고 맞았다. 안으로 걸어 들어오고 있는 사람은 3년 전에 죽었다고 되어 있던 그 사람이었다. 그가 자신을 발견하고 굳어진 얼굴로 다가서고 있었다. 진우 역시 자리에서 일어나 그를 맞았다. 두 남자의 손이 서로의 손을 감쌌다. 어색했다. 이 사람과의 스킨십이래 봐야 주먹다짐하던 잠시뿐이었고 그건 별로 상기하고 싶지 않은 기억이었다.

주문 후 차가 나오는 꽤 긴 시간을 말없이 서로를 응시하는 데 보냈다. 그건 정말 고욕이었다. 겨우 꺼낸 말이 3년만입니다란 인사 아닌 인사말이었다. 그 역시 창혁이 먼저 했다. 진우는 그저 그렇군요라는 대답을 한 게 다였다. 자신이 보자 청했는데도 말이다.

"좀 놀랐습니다. 진우 씨가 절 찾을 줄은 몰랐거든요."

“저도 제가 찾을 줄은 몰랐습니다.”

서먹함에 다음 말을 잇기가 쉽지 않았다.

“다들 별일 없겠죠?”

“걱정할 만한 일은 없습니다. 인후의 결혼이 가장 큰 일이라 볼 수 있죠.”

“인후가 결혼을? 벌써 그렇게 됐나요?”

창혁은 많이 놀란 듯했다.

“삼 년의 세월이 짧은 것은 아니니까요.”

진우는 잠시 창혁의 변화된 모습을 살폈다. 변한 게 없는 것 같으면서도 무언가 다른 게 있었다. 무어라 딱 꼬집을 수 없는 미묘함에 진우는 미간에 주름을 잡았다.

“절 찾아내시다니, 역시 진우 씨군요.”

좋은 뜻인지 그 반대인지를 알기 위해 살필 필요는 없었다. 창혁의 입가에 오른 미소는 거짓이 아니었으니까.

“한참 걸렸습니다.”

한 가지 생각이 머릿속을 스쳤다. 음울하게 느껴지던 창혁의 분위기가 조금은 걷힌 듯했다. 기분 때문만은 아니었다. 지금 그의 앞에서 웃고 있는 사람은 확실히 예전의 그와는 차이가 있었다. 먼 타국에서 오랜 시간을 보낸 사람치고는 혈색도 좋았다. 그와 반대로 진우의 얼굴은 형편없었다.

“한국에서 어떤 일이 있었는지 알고 계십니까?”

“혜수와의 이혼은 이미 알고 있습니다.”

흐려진 눈을 내리뜬 눈꺼풀로 가렸다. 그리고는 창혁이 아직 모르고 있는 사실을 입에 올렸다.

“모두 창혁 씨가 죽은 줄 알고 있습니다.”

창혁의 놀람은 예상대로였다.

“제가…… 죽어요?”

“네, 신분증과 함께 한 구의 시체가 발견되었고 옷이며 체구가 비숯해 누구도 의심하지 않았죠.”

“아.”

그게 다였다. 3년간 가족들의 가슴에 든 멍울을 아는지 모르는지 그 조그만 감탄사가 다였다. 특히나 혜수는 자신이 던진 말 때문이라며 얼마나 가슴을 쥐어뜯었는지 그는 정말 모르고 있었다. 진우는 한편으로는 화가 나면서도 다른 한편으로는 씁쓸한 미소가 지어졌다.

창혁은 강도에게 털리고 돈 한푼 없는 상태에서도 가족에게는 연락하고 싶지 않았다. 거리를 전전하다 결국 꼭꼭 감춰 뒀던 진우가 준 카드에서 돈을 꺼냈다. 이것이 마지막이라고, 절대 다음이란 없다고 맹세하면서. 그리고 그는 그 약속을 지켰다.

그날 그는 참 많이도 울었다. 연적이라고 말할 수조차 없는 혜수의 남자에게 받은 돈을 써야 하는 상황이 가슴 아파 울었다. 뱃속에서 울어대는 소리에 굴복하고 입 안으로 먹을 것을 털어넣으며, 꾸역꾸역 음식을 삼키는 자신이 역겨워 울었다.

이제는 다 지난 일이라며 입가에 미소까지 지을 수 있는데 그때는 아니었다. 아니, 지금도 그때 일을 생각하면 돌아보고 싶지 않은 편린으로 남아 있다.

진우는 자신이 해야 할 이야기들을 하나씩 둘씩 꺼내기 시작했다. 가만히 듣고만 있던 창혁의 안색이 붉어지는 것으로 보아 아마도 그의 뜻을 정확히 알아들은 듯했다. 그럼에도 그는 아무 말도 하지 않았다. 싫다 좋다 또는 그리하겠다거나 아니면 못하겠단 답변 중 어떤 것도 꺼내놓지 않았다. 그래도 상관없었다. 창혁이란 사람을 이제는 어느 정도 알 수 있었으니까.

“그랬군요, 그랬어요. 어머니, 많이 놀라셨을 텐데.”

“자식을 먼저 보낸 여느 부모님처럼 많이 아파하셨습니다. 보기 딱할 정도로.”

“네, 그랬겠죠.”

창혁의 눈이 진우에게로 향했다.

“아직 사죄를 못했네요. 아이 일 미안합니다.”

진우는 그저 아픔 섞인 미소를 지을 뿐이었다.

“창혁 씨 잘못만은 아니죠. 죄를 물어야 한다면, 제일 먼저 유황불에 던져질 사람은 저일 겁니다.”

“그럴까요? 둘이 안 됐으면 하고 바란 사람이 저인데도요? 아이에게 화를 내기까지 한 게 바로 저인데도 그렇게 말씀하시겠습니까? 누구 아이냐는 질문에 답을 안 한 사람이 저 아니었습니까?”

창혁의 쓸쓸한 미소가 진우의 눈에 비쳤다.

“그건 다 과거의 일입니다. 제가 여기 온 것은 그 지난 일을 되살리려는 게 아닙니다. 혜수를 잡고 싶습니다. 도움이 필요해요.”

의외였던지 창혁은 한참이나 말이 없었다.

“제가 도움이 되겠습니까?”

“네. 과거를 묻어 두는 일 따윈 전 못합니다. 지금까지 기다렸는데 하나도 나아지는 게 없더군요. 다시 시작하고 싶어요.”

“그게 가능할까요?”

“용서를 받고자 이러는 건 아닙니다. 그런 것 따위 없어도 잘 살아갈 테니까. 저란 놈 신경이 고래 심줄보다 더 질깁니다. 하지만 혜수가 없으면 그런 심줄로도 버틸 수 없어요.”

서로의 눈이 얽히고 이해의 시선이 오고갔다.

“최선을 다하죠.”

둘은 악수를 나눴다. 계약이자 협력자로서의 우정을 다지는 행동이었다. 둘에게는 예전의 치고 받은 일 따윈 아무것도 아닌 듯했다. 용서란 것이 이 둘에게서 시작될 거라곤 아무도 생각조차 못한 일이었다.

혜수는 진우가 미국에 다시 갔다는 말을 듣고 또다시 진우에 대한 생각으로 가슴이 아파 왔다. 믿다, 믿다, 스스로에게 암시를 걸었건만 이젠 그 약효가 발휘되지 않았다. 그저 그와 잠자리를 함께 해서? 그

의 과거 아픔이 그녀를 흔들어서? 그랬을 수도 있다. 정말은 많은 것
이 달라진 듯 마음 안이 혼란스러워졌다. 하지만 그것도 모든 것을
설명하기에는 부족했다.

그럼 대체 뭘까?

아이에 대한 기억이 흐려져서? 어쩌면, 어쩌면 그럴지도. 하지만
아이는 이미 그녀의 가슴에, 그의 독기에 젖은 말과 함께 묻었다. 그
럼 뭘까? 무엇이 이토록 그녀를 흔들리게 하는 걸까.

혜수는 그 답을 잘 알고 있다. 인정하지 못할 뿐 이유조차 모르는
것은 아니었다. 그럼 언제쯤 인정하게 될까? 그건 아무리 그녀 자신
의 마음이라 해도 알 수 없는 노릇이었다.

그날, 그 차가운 돌 바닥에 몸을 웅크리며 앉아 고통에 젖은 신음
소리를 흘리던 그날을 아무렇지도 않게 떠올릴 수 있다면, 그렇게 되
면……

차가운 돌바닥에 주저앉아 고통의 신음을 삼켰다. 조금이라도 큰
소리를 내면 아이가 어떻게 될 것 같아 신음조차 낼 수 없었다. 온
몸을 웅크리고 꺼져 가는 정신을 가다듬으려 애쓰며 자신의 배를 부
여잡았다.

하지만 한기처럼 쓸고 가는 고통의 전율에 저도 모르게 신음소리
가 새어나오고야 말았다. 주위 사람들이 놀란 듯 혜수 주위로 몰려들
었다. 저마다 한 마디씩을 건네지만 다리를 적시는 붉은 물을 멈춰
주는 이는 없었다. 저마다 손에 든 핸드폰으로 구조를 요청하는 것이
보였다. 하지만 그걸로는 그녀를 도울 수 없었다.

왜 아니겠는가. 그녀는 지금 유산이라는 커다란 위기에 봉착하고
말았다. 남편이 원하지 않는 아이. 아니, 인정받지 못한 아이. 그래서
슬픈 아이가 더 이상 삶을 살 의지를 잃었다는 듯 생을 마감하려 하
고 있다. 그녀의 슬픔도 뒤로 하고, 온몸을 떨게 하는 고통도 아랑곳
않고, 심술궂은 아버지의 성격을 빼닮은 아이는 성급하게도 그녀에

게서 떠나려 하고 있다.

혜수는 눈물이 흐르고 정신이 혼미해졌다. 그럼에도 의식의 한 자락을 억지로 잡고 있는 것은 오직 아이에 대한 미안함 때문이었다.

미안하다. 미안하다. 미안하다.

혜수가 할 수 있는 거라곤 그 말밖에 없었다. 마지막으로 흐려진 눈길 너머로 유독 새파랗게 멍울이 든 하늘이 보였다. 한 자락의 어둠조차 없는 하늘이 너무나 이상하다는 생각을 끝으로 혜수는 검은 물결 속에 잠기고 말았다.

많이 아파했다고 했다. 황폐해져 버린 눈을 더 이상은 볼 수 없어 병실 안에 발도 들이지 못하는 그를 향해 인후가 분노로 쏟아낸 많은 말 중 유일하게 기억하고 있는 말이었다.

아파하고 있다는, 얼마나 아파하는지 눈물조차 말라버렸다는 그 말에 병원에서조차 나와야 했다. 눈을 들어 혜수가 있을 병실 쪽을 바라보았다. 내려진 커튼이 주는 단절의 의미만이 대답인 듯 그의 눈에 비쳤다.

하지만 그는 이럴 것을 예상했음에도 선택을 했다. 그녀를 잃을 수도 있다는 사실을 알면서도 아무렇지 않은 듯, 마치 일상의 무언가를 요구할 때처럼 그 말을 뱉어냈다.

"지워주십시오."

"쉽게 결정할 일이 아니네. 자네 부인 의견은……."

진우는 두 눈을 번득였다.

"그 사람 의견 따윈 들을 이유 없습니다. 지금 그녀의 보호자는 저고, 지금 전 아내를 택한다고 말씀드렸습니다."

"이 사람, 진우."

"아니요, 더는 거론할 필요 없습니다. 그렇게 해주십시오."

"아직 시간이 있어. 경과를 보고……."

"제 말 안 들리십니까? 조금의 위험도 감내하고 싶지 않다고 말씀
드리지 않았습니까."

김 박사는 뭔가가 있음을 감지했다. 이성을 놓는 일 없는 진우가
이렇게까지 큰 소리를 내다니 분명 다른 이유가 있었다.

"뭔가, 뭐 때문인가?"

"알 필요 없으십니다."

이유가 없다고는 하지 않았다. 알 필요가 없다고만 했다.

"말하게. 난 의사야. 힘들겠지만, 어쩌면 위험할 수도 있지만 두 목
숨 다 살려보자는데 왜 유독 아이를 지우라고 하는지 그 이유를 알
아야 하겠네."

"의사라. 그 직분에 충실하셔야겠다 그 말씀입니까?"

"맞네."

"재정이 탄탄한가 보군요."

이건 분명 협박이었다.

"지금 자네…… 내게 협박을 하는 겐가?"

"협박이라뇨. 단순한 논제 하나를 던졌을 뿐입니다."

"아니, 난 그런 말에 넘어가지 않아. 내가 사람을 잘못 봤군."

방을 나가려는 김 박사의 뒤로 지친 듯한 진우의 목소리가 날아들
었다.

"그렇게 해주십시오. 그게 최선입니다."

"아니, 그건 최선이 아닐세. 자네 비위에 맞지 않는 뭔가가 있고 그
걸 바로잡기 위한 수단으로 아이를 이용하려는 거겠지. 내 말 틀린가?"

아무 대답도 없었다.

"그렇군."

김 박사가 나가고 창살 사이로 비쳐 들던 햇살이 바닥에서 벽으로
옮겨가는 동안에도 진우는 꼼짝도 하지 않았다. 서서히 몸을 움직이
려 할 때쯤에는 아주 많은 시간이 흐른 후였다.

그리고 문을 나서기도 전에 그의 귀에 그의 소원이 성취되었음을

알리는 하나님의 음성이 들렸다.

"잠시 후 타고 계신 비행기는 인천국제공항에 착륙할 예정입니다."
승무원의 말이 흘러나오고도 한참 후에야 땅에 발을 디딜 수 있었다. 창혁이 무엇을 어떻게 도울지는 아직 의문이었다. 확실한 한 가지는 자신이나 그나 더 이상의 상처를 만들고 싶어하지 않는다는 것이다. 스스로에게나 가족, 그리고 혜수에게.
"접니다. 아니요, 바로 회사로 들어갈 겁니다."
찾을 짐도 없기에 금세 공항을 빠져나올 수 있었다. 주차해 두었던 차에 몸을 싣고 회사로 가는 길에 소식을 알리려 전화를 들었다.
"안녕하셨어요. 아닙니다, 지금 공항입니다."
긴 침묵이 흘렀다. 그리고 다음에 이어진 진우의 말에 나직한 흐느낌이 들려오기 시작했다.

아이는 사산됐다. 죽어서 태어난 아이.
진우는 그 여린 생명을 보지 못했다. 하지만 울부짖는 혜수의 울음소리는 똑똑히 들을 수 있었다. 미친 사람마냥 오열하는 혜수가 이상하기까지 했다. 낯설고 반갑지 않은 그녀의 모습. 아이를 가졌다는 그녀의 말을 들을 때보다도 더욱 기분이 나빴다. 그의 아이도 아닌데 왜 그리 목을 메고 아파하는 것인지 이해할 수 없었다. 아니, 이해하고 싶지 않았다. 이제 그의 발밑에 엎드려 용서를 구해야 할 텐데 그녀는 그러지 않았다.
더욱 이상한 것은 그를 보는 그녀의 시선이었다. 마치 부모를 죽인 원수 보듯 바라보았다. 그것도 진심을 담아. 정말 용서할 수 없는 눈이었다. 그를 그렇게 봐서는 안 되었다. 그의 어머니만큼이나 혐오의 눈을 하고서 보고 있다니 그 사실을 믿을 수조차 없었다.
"축하해요."
그녀의 목소리는 악을 쓰며 울어대느라 쉬어 있었다.

"당신 소원대로 아이가 죽었으니 이 얼마나 축하할 일인가요. 그런 소원을 빌다니 정말 세상에 하나밖에 없을 아비 아냐. 축하해요. 축하해. 죽을 만큼 축하해."

마지막 말들은 악귀가 내지르는 소리 같았다. 미친 듯한 웃음소리에 온몸을 오싹하게 하는 눈빛. 그와 어우러진 발광.

진우는 무언가 잘못되었음을 알았다. 그가 뭔가를 놓친 것 같았다. 무엇을 놓쳤을까, 무엇을.

병실을 빠져나온 진우는 조용히 김 박사를 찾았다.

"어떻게 된 거야? 한참 불렀어."

"아, 딴 생각을 했어."

"폭탄 터져도 모를 것 같더라. 참 회사 일도 아니라던데 미국에는 왜 갔다온 거야?"

"누가 그래, 회사 일이 아니라고?"

"아버지."

아버지의 관심을 받게 되다니, 진우는 슬쩍 미소지었다. 엘리베이터 앞에 선 그를 알아봤는지 직원 몇이 아는 체를 했다.

"그렇게 웃지 마. 요즘 아버지 최대 걱정이 형이야. 얼굴이 많이 상했다고 어머니에게 보약이라도 지으라고 하시던걸."

"넌 여기 무슨 일이야?"

"사실 형 만나러 왔어. 그런데 윤 비서가 형 미국 가고 없다고 하더라고. 그냥 가기도 뭐해서 아버지에게 갔다가 오늘 들어온다는 얘기를 들었지."

진천이 어깨를 으쓱해 보였다.

"비행기 좌석이 없어서 다른 걸 타고 왔는데 혜수 오빠 데려왔다."

진천은 별달리 놀라는 모습이 아니었다.

"알고 있었어?"

"짐작은 하고 있었어, 그러지 않을까 하고. 더 이상은 가만히 기다리고만 있을 형이 아니니까."

엘리베이터 문이 열리고 진천이 따라 탔다.

"나 할말 있어."

"뭔데?"

"사무실에서 하는 게 좋을 것 같아."

보나마나 혜수 일임을 알고 있었다.

"말해 봐."

"사무실에서 한다니까."

"여기서 해."

아무렇지도 않은 듯한 목소리였음에도 진천은 속지 않았다.

"형수랑 무슨 일 있었지?"

"무슨 일?"

"나야 모르지."

"왜 그렇게 생각하는데."

"전화 왔었어."

"혜수에게서?"

"아니."

누군지 뻔했다. 사무실로 가는 사이 대화가 중단됐다. 그것도 잠시,
진천은 마치 속에 담아뒀던 말을 참지 못하겠다는 듯 털어놓기 시작
했다.

"증세가 나아지는 듯하다가 더 심해졌다며 서울에서 무슨 일 있었
냐고 묻더라. 뭘 알아야 대납을 하든가 말든가 하지. 모른나고 했더
니 알아보라고 했어."

"혜수와 내 일이야."

"얽힌 사람들이 너무 많아서 문제지. 연애하고 끝났다면 이럴 일
도 없지. 결혼했었잖아. 게다가 혼자 사는 사회도 아니고 관계 맺고
사는 사람들이 어디 한둘인가? 아니라면 형도 창혁이란 사람 찾을
이유가 없었겠지. 단지 둘만의 문제라면."

“하고 싶은 말이 뭐야?”

“뭔가 있어, 그렇지? 그날, 인후가 결혼하던 날 말이야.”

진우는 동생을 빤히 쳐다봤다.

“늦게 전화가 왔었어. 인후 목소리 꽤나 심각했었다고. 형 어디 있는지 아느냐고 묻기에 집에 있을 거라고 했어. 아무리 해도 전화를 안 받는다고 하기에 나도 모른다고 그랬지. 그러다 안 되겠다 싶어 새벽에 형네 집에 갔었어. 내가 누굴 봤을 것 같아?”

“알면서 묻는 이유가 뭐야?”

“꼭, 꼭 그래야 했어?”

진천은 자신의 속내가 얼마나 많이 밖으로 흘러나왔는지 깨닫지 못하고 있었다.

“진천아.”

“말해.”

“형수야.”

“뭐?”

“니 형수라고. 아직 내 사람 못됐다 해도 지금 그렇게 하고 있는 중인 거 너도 알아.”

“무슨……?”

“무슨 말인지 알 텐데.”

진천은 형의 눈을 피했다.

“그래서 너에게 부탁하는 게 쉽지 않았어. 니가 혜수를 많이 좋아한다는 걸 아니까. 그 감정이 어느 선까지인지 확인하지 못했을 뿐이야. 지금은 너에게도 미안하게 생각한다. 하지만 알았다 해도 부탁했을 거야.”

“상관없어.”

고개를 든 진천의 눈은 젖어 있었다.

“한번쯤 다들 앓아보는 그런 감정이잖아.”

떨리는 입가에 그려진 미소가 가슴 아팠다.

"그럼 이쯤에서 퇴장해야겠지? 이제는 내가 도울 일 따윈 없을 테
니까."
어리게만 보였던 동생의 뒷모습이 오늘만은 자신보다 더 크게 보
였다.

진우의 부재는 혜수를 많이 답답하게 만들었다. 그가 미국으로 떠
난 소식은 형준에게서 들어 알고 있었지만 그가 들어왔단 소식은 아
직 들려오지 않았다. 아주 떠나버린 것인지 아니면 잠시 출장을 간
것인지, 그것도 아니면 누군가를 만나러 간 것인지. 답답함에 절로
손이 수화기로 향할 지경이었다. 걸어봐야 진천인데 혜수는 그러고
싶지 않았다.
"야!"
"아, 깜짝이야."
형준은 일부러 혜수의 귀에다 대고 소리를 질렀다.
"너 점점 가는귀 먹냐?"
"무슨 일 있어요?"
"꼭 무슨 일 있어야 부르는 건 아니지. 니가 하도 뭔가를 골똘히
생각하기에 한번 불러본 거다."
혜수는 하고 있던 일에 다시 손을 댔다.
"그거 맞은 거야."
"네?"
"니기 방금 틀렸다고 줄 그이놓은 기 맞은 기라고."
"아."
형준은 혜수의 눈 앞으로 고개를 들이밀었다.
"너 정신 어디다 빼고 있는 거냐?"
"잘못 볼 수도 있는 거죠."
"아니야, 뭔가 있어. 예전처럼 물에 빠진 귀신 같진 않은데 정신
빼놓는 일은 더 잦아졌단 말씀이야."

비(悲)의 이름　285

“물에 빠진 귀신?”

“그래. 허옇게 질려서 온갖 세상의 괴로움이란 괴로움은 혼자 다 짊어진 것 같은 표정을 하고 있었으니 말이야.”

그래도 대답이 없자 형준은 더더욱 다그쳤다.

“말해 보라니까.”

“무슨 말이요?”

“서울에서 무슨 일 있었는지.”

“아무 일 없었어요.”

“있었어, 분명히 있었어.”

혜수는 더는 안 되겠다 싶어 그곳을 나왔다. 물귀신은 자신이 아니라 형준 선배 같았다. 어쩌면 저렇게 끈질기게 물어올 수 있는가 말이다.

혜수는 작은 한숨을 내쉰 후 오늘은 아버지께라도 전화를 드려야겠다는 생각을 했다. 답답해 미치기 전에.

그 시각, 창혁은 3년만에 고국에 발을 디디고 있었다.

창혁이 돌아왔다. 그 소식을 듣고 놀란 사람은 비단 혜수만은 아니었다. 살아 있을 가능성이 있다는 말에서 살아 있다, 그곳이 어디며 아픈 곳도 없더란 말을 믿을 수 없어 되새김질하기도 전에 창혁은 이미 그녀의 앞에 와 서 있었다.

너무도 놀랍고 너무나 큰 충격인지라 앞에 선 사람이 신기루만 같았다. 눈 한 번 깜빡이고, 침 한 번 삼켜도 그대로 사라져 버리는 그런 신기루 말이다. 그랬기에 다가갈 수 없었다. 아니, 다가가기도 전에 사라질 테니 그럴 필요조차 느끼지 못했다.

하지만 앞에 선 이의 모습이 참으로 달랐다. 예전 순하게 웃기만 해 바보가 아닐까 싶던 오빠의 모습은 이제는 씩씩하고 기대어 눈물 흘려도 하나도 미안하지 않을 만큼 늠름했다.

어디 가 도라도 닦은 사람마냥 허허롭게 웃는 모습조차 예전의 물

기 어린 눈과 달라 혹시나 겉은 같은데 속은 다른 이가 아닐지 의심
스럽기까지 했다.

"오빠?"

"오랜만이지?"

"오빠야?"

"안 반가워?"

창혁이 한 걸음 다가섰다. 하지만 이내 달려든 혜수로 인해 그의
노력은 무색해졌다.

"반가운 거구나. 내가…… 반가운 거야."

마치 안심이라도 하는 듯 반복적으로 읊었다.

"오빠, 오빠."

"왜 이렇게 말랐어? 밥 안 먹어?"

3년만에 만난 사람이 아직도 그녀의 끼니를 걱정하다니 우스웠다.

"밥이 문제야, 밥이! 뭐니, 정말."

목소리가 떨렸다. 그나마도 목이 메어 와 다음 말을 이을 수조차 없
었다. 창혁은 그런 혜수의 등을 쓸어주고 머리칼도 넘겨주며 달랬다.

"그만 울어. 너 우는 것만 보겠다."

"그럼 어때, 지금까지 내가 얼마나 슬펐는데. 나 우는 거 위로해
줘야 해. 오빠는 그래야 해."

"그래, 알았어. 그래도 다음에 울어. 오랜만에 보는 혜수…… 우는
모습으로 기억하고 싶지 않아."

"울긴 누가 울어. 바보 같은 오빠가 자기 자리를 잊고 있었던 건
데. 그런 오빠 뭐 이쁘다고 내가 우니?"

"그래, 알았어. 알았다니까."

창혁을 노려보는 눈은 그렁그렁 고인 눈물로 뿌옇기만 했다. 그 반
투명 너머로 서로의 시선이 닿았다. 여전히 포근하고 인자한 노인의
눈을 하고 있음에도 분명 많은 것이 달라져 있었다. 딱히 무어라 말
할 수 없는 뭔가가 있었다.

"얼굴에 주름이 늘었다."
"그래?"
"고생 많이 했나 봐."
"고생은 무슨."
"아니야, 많이 했어. 많이 해서 이런 거야."
"그렇게 우기고 싶어?"
"응. 사실은 아주 많이 고생을 해서 다시는 집 떠날 생각을 안 했음하거든."
"나 많이 미움받는 거야?"
"지금은 그래."
창혁의 입가에 머문 미소는 마치 모든 걸 안다는 듯 고요했다.
"웃지 마. 그렇게 웃지 마. 그럼 또 투정 부리고 싶어져. 그렇게 되면 또 나쁜 말할지도 몰라."
"해봐. 이젠 나도 단련됐거든."
"나 말고 그런 말 하는 사람 있어?"
"응."
"미국에?"
"응."
"그럼 내가 조금 투정 부려도, 나 안 미워하겠네?"
"어쩌면 조금은 그럴지도 모르지."
"나 이기적인 거 알지?"
"글쎄."
"나 사실은 많이 떨고 있었다는 거, 과거의 잔해 같은 게 남아 날 망치지나 않을까 무척 고심했다는 거, 이런 말 할 정도로 이기적인 거 알잖아."
"그 정도 말은 괜찮은데."
"원망 많이 해서 저기 저 산만큼 나쁜 말 하고 그랬는데."
"그건 좀 아프다."

"욕하면서 나 많이 울었는데."

"그건…… 많이 아프네."

창혁의 눈가가 젖어들었다.

"원망 따위 난 할 수 없는데, 해서는 안 되는 건데. 아는데, 그게 안 되네."

"조금만 해봐."

"아니야. 방금도 했잖아."

"그 정도는 괜찮아."

"오빠가 부처야, 부처냐고? 아니지, 부처면 도망 안 갔지. 죽었다고 속이지도 않았겠지. 아니다, 아니야. 오빠, 계속 부처해라. 그럼 내 원망 들어줄 사람 없다고 가슴 문 닫을 필요 없잖아."

"문 닫고 있었던 건 알아?"

혜수의 숙인 고개가 긍정의 뜻임을 창혁은 알고 있다.

"삼 년, 적은 시간 아니야. 너나 나나…… 그 사람이나. 아마도 전생에 지은 죄가 많은가 봐, 서로에게. 하지만 이젠 그만하는 게 좋을 것 같아. 그 사람 니 원망 평생 들을 자신 있다던데, 난 그거 못할 것 같아 도망쳤잖아. 그런데 그 사람은 할 수 있을 것 같다더라. 아니, 그렇게 하겠대. 무식하면 용감하다던데 그 말이 맞나봐."

"안 들을래. 듣고 싶지 않아."

"아니, 들어야 해. 난 용기 없어 피했던 그 시간 동안 그 사람은 자신이 만들어놓은 일을 제자리로 돌리겠다고 발 벗고 나섰어. 왜 삼 년이나 걸렸냐니까 혼자 해결할 게 있었다고 하더라. 미국에서 꽤 큰 교통사고를 당했대. 재활하는 데 그 모든 시간을 쏟았다니 말 안 해도 어느 정도였는지 알겠지?"

"사고?"

"응. 자세한 건 나도 몰라. 한 가지 확실한 건 그 사람 나 찾는 데 삼 년이 걸린 셈이야. 결정적으로 미국까지 와서 날 찾으려 했다니까."

"오빠 죽은 걸로 돼 있었어."

“너와 이혼하고…….”

“우리에게 이혼 따윈 없어. 혼인신고도 안 했단 말야.”

창혁은 혜수 대신 쓸쓸한 미소를 지었다.

“사람이란 한번쯤 실수를 하기 마련이야. 대수롭지 않게 여겼던 걸 거야.”

“그만큼 나와의 관계가 가벼웠단 말이네”

“어떤 일로도 갈라설 일 없다 생각했었기 때문이겠지.”

“오빠는 몰라. 그 사람 나 가지고 놀았단 말야.”

“그랬다면 죽은 걸로 되어 있는 내가 자신이 준 카드를 썼다는 단서 하나만 가지고 미국까지 달려오진 않았겠지.”

“뭐?”

“그때는 지금처럼이나 평정을 유지할 수 있는 상태가 아니었어. 알지, 3년 전? 그런데도 너와 헤어지고 싶지 않다는 마음으로 날 찾으려 했던 사람이야. 나에 대한 감정은 그대로였는데도 널 위해 날 찾겠다고…….”

놀란 눈동자에 창혁의 모습이 거울처럼이나 투명하게 비쳐졌다.

“놀랍지? 진우란 사람 꽤나 무서워. 그렇지?”

“정말이야?”

“지금이라고 그 사람을 위해 거짓말을 해줄 정도로 나 도덕군자나 부처 같은 인간은 아니야.”

“최근의 일이 아니란 말이지? 그리고…….”

“그리고는 사고를 당한 거지.”

“그 사람 사업도 정리하고 갔어. 깨끗하게.”

“아버지 회사를 인계 받아야 할 테니 그럴 수밖에. 꽤나 치열한 싸움이었던 것 같더라. 그래도 끝내 이겨냈다지.”

“아버님이 불러들인 거 아니었어?”

“그건 맞는 것 같은데 삼 년 전에는 진우 씨가 이긴 것 같더라.”

“사고…… 났을 때 많이 아팠데?”

"글쎄, 그건 잘 모르겠는데. 한 가지 확실한 건 그 사람, 자존심 하나 가지고 그 힘든 재활훈련을 이겨낸 건 아닌 것 같아. 니 앞에 불구로 설 수는 없다는 집념이 아니었을까?"

그건 나도 마찬가지야. 창혁은 이 말까지 붙여 말하고 싶었다.

"이 말 하려고 왔어. 그 사람이 삼 년간 내가 자신 안에서 허우적거리던 거 꺼내줬으니 나 역시 이만큼은 해야 하는 거 아닐까 싶었거든. 이젠 너만의 아군을 가져봐. 난 못했지만 넌 할 수 있을 거야. 한때 사랑하고 평생 미워하는 거보다 한때 미워하고 평생 사랑하고 살았으면 해. 우리 처음이 썩 좋지 못했지만 이제부터라도 잊고 새로워지는 건 어때? 아니, 잊을 일도 아니지. 그저 잘못 엉킨 실타래가 이제 제대로 감기기 시작한 거야."

혜수의 눈에는 풍랑이 일고 있었다.

"그 좋은 머리로 열심히 생각해. 무엇보다 니 행복이 중요해. 왜인지는 모르겠지만 니가 불행하면 주위 사람들까지 덩달아 불행해지는 것 같거든. 그러니 니가 먼저 행복해져 봐."

혜수의 눈이 묻고 있었다. 정말 그래도 될까? 창혁은 웃음으로 그 대답을 대신했다.

"이런, 나 여기 먼저 왔는데 아무래도 어머니 아시면 섭하다 하겠지? 얼른 올라가 봐야 할 것 같아."

혜수는 그제야 정신을 차렸다.

"세상에, 그런 불효가 어디 있어."

혜수는 눈가의 눈물을 훔치며 창혁의 장단에 입을 맞췄다.

"솔직히 기쁘지? 내가 너 먼저 보러온 거."

"하나도 안 기쁘다 뭐."

"아니야, 속으로는 기뻐하고 있어."

"독심술이라도 배워 왔어?"

"그런 것 같아."

만나 한 자리에 앉아 볼 겨를도 없이 창혁은 많은 문제들만 남겨

놓은 채 떠나가 버렸다.

거짓말처럼 조용해졌다. 정말로 이 자리에 오빠가 있었는지 실감
하지 못할 정도로 만남은 너무나 짧았다. 아쉬움을 접을 사이도 없었
다. 그렇게 휑 하니 올라가 버리는 창혁을 잡을 수도 없었다. 그럼 너
무 이기적이니까. 자신이 말한 대로 정말 이기적이 되어버려 어머니
를 속상하게 만들 일이기에 욕심을 접어야 했다.

한편으로는 오빠가 던져준 많은 문제들이 머릿속을 복잡하게 해놓
았기 때문이다. 그건 단순하다고 할 수 없는 문제들이다. 아니, 어찌
보면 단순한 질문이다.

‘너, 그를 사랑하니?’

너무나 간단한 질문이 아닌가? 무엇 때문에 안 되고, 무엇이 가로
막고 있으며, 무엇이 그리도 불편하게 하는지 따위와는 상관없이 그
를 사랑하는지 아닌지의 여부만 확실하면 이 문제는 너무나 간단하
게 풀리는 것이다.

“너, 그를 사랑하니?”

입 밖으로 빠져나온 말들이 그녀의 눈을 감게 했다. 진실은 언제나
너무나 간단하기만 하다. 복잡하게 꼬고 그렇다 아니다 따지는 것은
모두 그 간단한 진실을 피하기 위한 방편에 불과한 것.

하지만 그 잡스럽고 쓸데없는 것은 너무도 많이 그녀를 괴롭히고
있다. 지난 3년과 그와 알고 지낸 그 전의 몇 개월, 그리고 지금 이
순간까지도.

오빠는 다시 미국으로 갔다. 만남이란 충격에서 벗어나 이제 해방
이란 알싸한 기분에 젖기도 전에 혜수는 또다시 만가지 감정에 빠져
버렸다. 잘 가란 인사도 했고 다시 만나자는 약속도 받았는데 자꾸만
한쪽 가슴은 텅 비어 채워질 줄을 몰랐다.

그리고 그런 사이사이에 그가 끼어들었다. 털어버려도 털어지지
않는 그의 영상이 새록새록 그녀의 마음을 적셨다. 이제는 마치 하루

의 일과처럼 그를 기다리고 있었다. 그녀 곁에 있는 모든 사람들이 작당이라도 한 듯 자꾸만 그렇게 이끌고 있었다. 모두 그와 그녀 사이의 일에 귀를 쫑긋 세우고 잔뜩 수집한 데이터를 둘을 엮는 데 사용하고 있었다.

무시하기에는 그녀의 마음이 많이 기울고 있었고 오빠가 남기고 간 숙제들이 더욱더 그것을 상기시켰다. 그건 기분 나쁘게도 거미줄에 걸린 듯한 감정을 이끌어냈다. 그 속에 뭔가 있지 않을까란 의구심이 들지 않는다고 한다면 그건 바보일 것이다. 알면서도 무시하고 있었다. 그런데 정작 진우에게선 아무런 연락이 없다.

왜일까? 이때쯤이면 으스대며 나타나 자신이 한 일을 과시해야 하는 게 아닐까? 그런데 왜 아무 말도 없는 걸까? 무엇 때문에? 이제는 싫어져서?

"도련님, 잠시 뵐 수 있을까요?"

이제는 오빠가 말한, 아니 지금까지 갈구해 온 문제를 해결할 때가 된 것이다. 만약 모든 게 꿈이라면, 그렇다면 또 한 번의 홍역을 앓아야 한다. 하지만 한 번 앓은 홍역은 다시는 찾아오지 않는다고 했다. 그것이 사실이라면 덜 아파하지 않을지…… 적어도 예전의 죽을 듯한 고통까지는 없을 거라는 작은 기대를 걸기로 했다.

12

여름의 계절이 지나고 가을의 문이 활짝 열려 어김없이 풍요한 들녘을 자랑하고 있었다. 기온이야 아직 30도를 오르내리며 끈적한 땀방울을 만들고 있지만 그것도 이제 자신의 철이 지났음을 아는지 아침 저녁에는 한풀 꺾인 기세로 고개를 숙였다.

오늘도 그에게선 연락이 없었다. 오빠가 떠난 지도 오늘로 꼬박 한 달이 지났다. 형준 선배의 입에서도, 미희 선배의 입에서도 진우란 이름은 나오지 않았다. 한 시간이 멀다하고 떠들어대던 그들이 이제는 그란 존재를 완전히 잊어버린 듯 말이 없었다. 하다 못해 잘 살고 있다란 정도는 넌지시 건넬 만한데 일언반구 말이 없었다.

정말 아무런 말이 없었다.

혜수는 교무실 자신의 책상에 앉아 있었다. 올해 초 봄의 향긋함을 들이마실 때와는 사뭇 달랐다. 그때와 같은 자세로 아이들이 제출한 숙제를 보고 있었다. 하지만 이제 더는 흥겹지 않았다.

살랑이는 바람기가 덥기는 했지만 그때와 다름없이 초록색 싱그러운 자연 그대로였다. 하지만 달랐다. 기다림 때문이었다. 자신이 무엇

을 기다리고 있는지는 모르겠지만 아무튼 무언가를 절실히 기다리고
있었다.
  그런데 그것이 무엇인지 도통 모르겠다. 뭔가를 해야 할 것 같은데
그것이 무엇인지 알 수 없었다. 알 듯도 한데 그것을 막 알려고 하면
그것은 어느새 저만큼 달아나 뒤에 있는 그녀를 쳐다보고 있었다. 답
답함에 잊어버리려 하면 꾸짖듯 그녀의 머리에서 맴을 돌았다. 이제
는 지쳐 생각하기도 진저리쳐질 것 같았다.
  아이들 숙제 위로 고개를 숙이고 있던 혜수는 갑작스레 들린 목소
리에 화들짝 놀라 고개를 들었다.
  “형수.”
  “도련님.”
  진천이 창문 너머로 그녀를 보고 있었다.
  “뭘 그렇게 골똘히 생각하세요?”
  “아, 아무것도 아니에요. 들어오세요.”
  진천이 잠시 사라진 사이 혜수는 얼굴을 손으로 감싸 꾹 눌렀다.
정신을 차리기 위함이었다. 손을 뗐을 때에는 진천이 그녀 앞에 서
있었다.
  “애들이 속썩여요?”
  “아니요.”
  “그런데 얼굴이 왜 그래요?”
  “제가 어떤데요?”
  “풀리지 않는 숙제를 떠안고 있는 사람.”
  “맞긴 한데 애들 때문은 아니에요. 차 한 잔 드려요?”
  “네. 어떤 건지 아시죠?”
  냉커피. 진천이 가장 좋아하는 형수가 타 주는 커피가 그의 앞에
놓여졌다.
  “도련님, 솔직히 이런 커피 싫어하시죠?”
  “아닌데요. 저 좋아해요. 처음 형수가 타준 게 이거였어요. 기억하

비(悲)의 이름 295

세요?”

“처음?”

“예. 형하고 결혼하고도 한참 동안 놀러갈 수 없었잖아요. 아버지 반대가 심해서. 몰래 놀러갔는데…… 그때 형수가 타준 게 이거였어요. 어찌나 달던지.”

진천의 얼굴이 과거와 맞물려 온화한 미소를 지었다.

“그런데도 마셨어요? 사실, 도련님 단 거 싫어하시잖아요.”

“이젠 아니에요. 형수가 타준 거 아니면 안 먹어요. 이런 맛 내려고 몇 번 시도는 했는데 아무리 해도 맛이 안 나더라구요. 숨겨놓은 비법이 있는 게 아닐까 싶다니까요.”

“그런 거 없어요. 커피 타는 데 그런 게 어딨어요?”

“그런가?”

진천은 형수가 타준 냉커피를 맛있게 마셨다. 얼음이 유리잔에 부딪히는 소리가 경쾌했다. 맛있게 마시는 진천을 따라 혜수도 한 모금 마셨다. 그러고 보니 처음 그녀가 타준 커피를 한참이나 쳐다보던 진천이 생각났다. 하지만 아무 말도 없이 한 잔을 다 마시고 갔었다. 나중에야 진천과 진우 둘 다 단 것을 좋아하지 않는다는 걸 알았다. 알고 나서도 혜수는 달디단 커피를 만들었다. 그건 그녀의 영역이었다. 누구도 바꿀 수 없는 그녀만의 것.

“제가 보자고 한 건…….”

“제가 형수 얼마나 좋아하는지…… 아세요?”

혜수의 말을 끊으며 던진 진천의 질문에 잠시 침묵이 찾아들었다.

“그럼요. 저도 도련님 많이 좋아해요.”

혜수는 진천이 싱거운 말 한 마디 던진 걸로 생각했는지 피식 웃었다. 그 말에 진천의 눈가가 어두워졌다. 웬일인가 싶어 살피는 혜수에게 진천은 금세 환한 웃음을 지어 보였다.

“왜요?”

“아니에요.”

그리곤 잠시 침묵했다.

"형수."

"네?"

"사랑이 뭐라고 생각하세요?"

"사랑이요?"

"네."

"글쎄요."

혜수도 궁금했다.

과연 사랑이란 감정이 무엇일까? 무엇이기에 이리도 무섭게 그녀를 잡고 놓아주지 않는 것일까? 자신이 정말로 사랑이란 걸 아는 걸까? 정말은 사랑을 하고 있을까?

"사랑은 감정이기 이전에 마음이래요."

진천은 평소와는 사뭇 달랐다.

"감정과 마음이 뭐가 다르냐고 하시겠지만 아주 많이 달라요. 감정은 한 번 쓰고 버리는 일회용 물건 같은 거예요. 하지만 마음은 달라요. 쓰고 버릴 수 있는 게 아니죠. 그러니까 마음으로 느끼는 것들은 달라요."

"왜…… 그런 말을 하세요?"

"왜냐하면…… 왜냐하면……."

진천의 눈가가 촉촉이 젖어들었다.

"이제는 감정 싸움 지겨울 때도 됐다 싶어서요."

누군가 젖은 눈을 들어 자신을 바라보는 일은 꽤나 사람을 곤혹스럽게 만든다. 그 이유를 모를 땐 더더욱.

"도련님, 사랑하는 사람 생겼군요?"

혜수의 미소에 진천 역시 희미한 미소를 지었다.

"네, 아주 예전부터 사랑했어요. 첫눈에 반했거든요."

"대단하네요. 도련님 같은 분을 한눈에 반하게 만들다니."

"네, 아주 대단해요."

혜수의 얼굴이 굳어졌다. 진천은 아주 많이 아파하고 있었다.

"형수, 형 사랑하죠?"

"도련님…….."

"알아요. 그냥 확인해 보는 거예요. 아까 제가 한 감정과 마음에 대한 말, 그거 헛으로 들으면 안 돼요. 아주 많이 고심한 후에 한 말이니까."

전혀 우습지 않음에도 진천은 웃고 있었다.

"미움은 감정이에요. 이제 쓸 만큼 썼으니 버려도 돼요. 아픔도 마찬가지죠. 이쯤 되면 지겨울 만도 한데, 그렇지 않아요?"

시선을 돌린 혜수를 진천은 끝끝내 바라보았다.

"치졸하게 어린애들도 아니고 무슨 싸움을 이렇게 오래해요. 다 큰 어른이면 어른답게 굴어요."

"도련님!"

"인정하세요. 형 사랑한다고 인정하시라구요. 아니면, 아니면 많은 사람 또 아파하게 돼요."

진천의 볼을 타고 눈물이 흘렀다.

"감추고 있는 거 얼마나 힘든데요."

혜수의 머릿속을 뚫고 말도 안 되는 어떤 것이 스쳐 지나갔다.

"잘 들으세요, 형이 어떤 사람인지. 아마 형수가 저 부른 이유도 이 얘기를 듣고 싶었기 때문이겠죠. 그러니 잘 들으셔야 해요."

진천은 어렵게 말을 꺼냈다.

"사고가 있었어요, 아주 큰 사고가."

혜수의 눈이 진천에게 고정되었다.

"어느 정도로 큰 사고였냐 하면, 차는 폐차시켜야 했고 형은 평생 불구로 살아야 했을 만큼 심각했어요. 더 심했다면 죽었을 수도 있었는데…… 어쨌든 지금은 살아 있고 멀쩡하게 걸어도 다니죠. 다리를 절지도, 손을 못 쓰지도 않구요. 형수 앞에 나타나 화나게 만들기도 하죠."

진천은 씁쓸한 미소를 입가에 띠웠다. 혜수는 아무 말도 하지 않고 딱딱하게 굳은 표정이었다.

"그런 얼굴 하지 마세요. 그럼 제가 말을 꺼내기가 더 힘들어지잖아요."

진천은 형수에게서 고개를 돌렸다.

"처음에는 평생 불구로 지내야 한다는 진단을 받았어요. 허리가 부러졌다고 했던 것 같아요. 다리가 둘 다 부러진 건 물론이고 신경 조직까지 다쳐 손쓰기가 쉽지 않다고도 했죠. 무릎 뼈는 조각을 찾기가 힘들 정도라고 했으니까. 아무튼 문제가 심각했죠. 그러다 허리는 괜찮고 또 신경이 살아 있다며 절룩댈 수는 있겠지만 잘하면 걷는 것까지는 할 수 있을 거라고 했죠. 그런 말을 듣기까지 육 개월이 걸렸어요. 육 개월. 그 기간 동안 형의 고통은 이루 말할 수 없었죠. 갈비뼈가 부러져 폐를 찔렀단 말은 했나요? 몸에 있는 뼈들은 죄다 조각난 것 같았어요. 살겠다는 의지로, 아니 형수를 봐야 한다는 의지로 치료를 받았어요. 형조차도 입에서 새어나오는 비명을 어쩌지 못할 만큼 힘이 들고 아파했죠. 땀으로 온몸을 적시고 눈물로 얼룩진 얼굴이었지만 악문 잇 사이의 비명 한 번으로 이겨냈어요. 그렇게 아프고 힘들 게 물리치료를 받더라구요. 그리고는 끝내 이겨냈어요. 병신이 될 수는 없다면서. 형수…… 형수 앞에 당당하게 서고 싶다고 그 고통 다 참아냈어요."

혜수의 볼을 타고 한 줄기 눈물이 흘러내렸다.

"이 악물고 그 고통 참아내는 데 의사들조차 고개를 내저었어요. 그거 쉽지 않은 거예요. 육 개월간 몇 차례나 재수술을 했는지 몰라요. 이후에도 재활이다 뭐다 엄청났죠. 형은 끔찍한 꿈만 꿨어요. 다시는 걸을 수 없다는 꿈, 그래서 형수에게 다가갈 수 없다는 꿈. 드디어 걸을 수 있다는 말을 들었을 때…… 나 처음 봤어요, 형이 우는 모습."

사고는 미국에 가자마자 일어났다고 했다. 3대의 차가 그의 차를

사이에 두고 앞뒤 그리고 옆에서 받아버렸고 그는 그 안에서 꼼짝도
못했다고 했다. 높은 철책을 어떻게 뛰어넘었는지 작은 사슴 때문에
벌어진 사고라 했다. 앞에서는 트레일러가 뒤에서는 5톤은 됨직한 트
럭이 부딪쳐 와 그를 그리 만들었다고 했다. 죽지 않은 것만도 기적
이었다고. 그래서 그녀의 마지막 연락에도 대답하지 않았던 것이다.
그녀가 버림받은 게 아니라 연락할 수 없었던 것이다.

저절로 눈이 감겼다. 감긴 눈 사이로 흘러내리는 눈물을 닦아낼 수
도 없었다.

"재활 훈련을 받는 형을 두고 저 혼자 귀국했어요. 가서 형수를 지
켜달라는 형의 말에 그곳에 형만 두고 왔어요. 형은 자신에게보다 형
수에게 제가 더 필요할 거라고, 그러니 가서 살피고 지켜봐 줘야 한
다고 했죠. 저 꽤 잘한 것 같아요. 형도 칭찬해 줬어요. 아주 잘해 줬
다고. 저 잘했어요?"

"잘했어요, 아주 잘했어요. 고마워요."

다독이는 혜수의 손길을 받으며 진천은 끅끅거리는 소리까지 내고
울었다.

"형 어머니가 돌아가시던 날 아버지 저희 집에 계셨어요. 제 생일
이라고…… 저에게 선물한다고……. 형 아파하던 날에는…… 전 형
수랑 있었어요. 웃고 있었어요……."

혜수의 볼을 타고 눈물이 흘렀다.

"아이 일…… 형수만 아파한 거 아니에요. 그 일이 형을 얼마나
파괴했는지 형수는 몰라요. 자신이 한 일이라며 누구에게 하소연도
못했어요. 자신만을 원망하고…… 그렇게 망가졌다구요. 그 고속도
로 사고…… 그거 사실 형이 낸 걸지도 몰라요. 죽을 만큼 달리고 다
른 차를 받아버린 거라구요. 사고 같지만…… 피할 수 없는 일이었
다고도 못한댔어요. 이건…… 미국 보험회사에서 직접 한 얘기였다
구요. 형 사고난 날이…… 아이 45제가 있던 날이었어요. 바로 그날
이었어요."

땅이 꺼지고 하늘이 무너져내려 그녀를 삼키는 것만 같았다. 지금 들은 이야기들은 귓가에서만 울려댈 뿐 머릿속으로는 들어가려 하지 않았다. 아니, 가슴에는 철문까지 내려 그 말을 외면하려 들었다. 누가 아파했단 말인가? 누가 누구에 대한 일로 아파했단 말인가? 무 잘라내듯 칼같이 잘라내 그 냉혈함에 가슴을 쥐어뜯어야 했건만 그는 도리어 자신이 아파했다고 하다니.

혜수는 기가 막히고 손이 떨려 무어라 말을 꺼낼 수조차 없었다.

"형수, 형 미워 말아주세요. 형 그만하면 죗값 치른 거잖아요."

무엇에 대한 죄란 말인가, 무엇에 대한? 그가 만들어놓은 것인데 왜 자꾸 그녀가 죄지은 양 가슴 아프게 하느냔 말이다. 이제 모든 걸 털고 잊는 게 어떨까 고민하던 차에 이게 웬 날벼락인가 말이다. 아이라는 한마디에 쓸어버리려 했던 과거의 감정이 퇴적된 찌꺼기마냥 찐득하게 달라붙어 버렸다.

떠나는 진천의 뒷모습도 봤다. 그러고 보니 요즘 따라 사람의 뒷모습을 보는 일이 많아졌다. 떠나는 사람들을 지켜봐야 하는 자신이 못내 안쓰럽기까지 했다. 바보처럼 그들을 떠나보내는 게 자신임을 알고 있기에 더욱 그랬다. 떠나보내는 사람만이 알 수 있는 감정들이 형용할 수 없는 슬픔을 만들고 있었다. 기뻐서 손 흔들 수도, 안타까움에 눈물을 훔칠 수도 있는 일이다.

하지만 그녀의 심정은 그런 단순한 말로 설명하기에는 너무나 복잡미묘했다. 이제 알 것도 같은데 그것을 인정하자니 자꾸만 과거의 그림자가 저 한편의 구석에서 자신의 존재를 주장하고 있었다. 이쯤 되었으면 구두점을 찍어도 될 터인데 그것이 이다지도 힘들 줄이야. 알 수 없었다, 혜수는 자신이 어찌 해야 할지 알 수 없었다.

"혜수야, 전화."

한참이나 눈치만 살피던 형준이 수화기를 건네며 그녀의 상념을 깼다.

비(悲)의 이름 301

"여보세요?"

"내다."

"아버지."

"그래, 잘 있었지?"

"네, 죄송해요. 오빠 왔을 때 올라갔어야 했는데."

"됐다. 애들 가르치는 게 더 중요하지. 그리고 이제 자주 들어온다고 했다."

"저도 들었어요."

"너부터 찾아간 거 알면서도 내 아무 말도 안 했다."

어떻게 된 일인지 알고 싶으셨던 모양이다.

"잘됐어요. 오빠, 이제 더는 바보 같은 짓 안 할 거예요."

"그럼 최 서방은?"

아버지에게는 아직 최 서방인 것이다.

"잘…… 모르겠어요."

"예전이라면 나도 합치란 말 못했을 거다. 최 서방이 너에게 썩 잘하지 못했으니 더더욱 반갑지 않아. 하지만 많이 변한 것 같다. 집에도 자주 온다."

"들었어요."

인후를 통해 진우에 대한 이야기를 들었다.

"무릎 꿇고 백배 사죄하고 싶다고도 했어."

"……."

"이제 다신 그런 일 없을 거라고도 했다."

아버지의 말씀이 무엇을 의미하는지 잘 알고 있다.

"아직 안 되겠니?"

"아버지."

"응?"

"왜 절 그 사람 곁에 두려고 하세요. 절 그토록 마음 아프게 했는데도요."

"늘그막에 이런 말 하는 거 우스울 수도 있다만 너 결혼할 때도
최 서방 눈에서 너에 대한 걸 읽었던 것 같다. 설마 하니 돈으로 딸
을 맺어주려 했겠나?"
"그때는 왜 아무 말씀 안 하셨어요?"
"그때는, 그때는 미안한 마음이 컸다. 지금도 그렇지만 너에게 죄
가 많아."
더 이상 듣지 않아도 알 것 같았다.
"저…… 올라갈게요."
"그래, 그래야지."
혜수는 두 눈 가득 눈물을 담은 채 전화를 끊었다. 그리고 호기심
에 찬 눈으로 바라보는 형준 선배의 곁을 그대로 지나 밖으로 나왔
다. 혹 하는 더위에도 불구하고 불어오는 바람이 서늘했다. 그 서늘
함에 혜수는 자신을 너머다 보았다.
이미 용서를 했는지도 모른다. 그저 과거의 껍데기에 얽매여 인정
을 하지 않았을 뿐 그날, 그와 함께 밤을 보냈던 그날 혜수는 용서를
했던 것이다.
과거에 아파하는 사람이 비단 자신만은 아니라는 사실에, 상처 따
위는 받을 것 같지 않은 그가 아프다고 말하던 그날 이미 단 하나의
질문, '너, 그를 사랑하니?'에 대한 답은 나와 있었던 것이다.

들어오는 현관문의 삐걱임이 어제보다 커졌다. 그건 공허한 그의
마음에 울리는 메아리와도 같았다. 공허하면 할수록 쩌렁쩌렁 울려
대는 울림.
오늘도 혜수에게서는 아무런 연락이 없었다. 내일도 없을 것이다.
그럼 그 다음날은? 아마도 없을 것이다. 이런 기다림은 사람을 지치
게 한다. 지치는 만큼 우울함도 커져간다. 물론 식욕 따위도 사라지
고 늘어나는 잡념에 주름만 는다. 그래도 불평할 수 있을까? 없다.
그래 봐야 소용없음을 아니까.

비(悲)의 이름　303

그럼, 이대로 포기하는 것은? 그가 제일 못할 일이 포기이다. 그러기에 일찌감치 리스트에서 지워버렸다.

한국에 왔던 첫날의 아침이 떠올랐다. 혜수의 꿈으로 아침을 맞았다. 혜수의 울먹이는 목소리. 그 울먹임에 메어오던 가슴. 이제는 꿈속이 아니어도 그랬다. 가슴이 메이고 눈물이 고이고……. 차마 눈물로 흘리지 못하는 그 떨림이 술잔을 들고 있는 그의 손 위로 방울을 만들었다. 술잔의 술들이 눈물을 대신이라도 한 듯했다.

혼자의 처량함을 안주로 삼고 있던 진우는 치를 떨 듯 울어대는 전화벨 소리에 눈살을 찌푸렸다. 그리고 왠지 모를 불안감에 선뜻 전화를 받지 못했다.

"여보세요?"

"형?"

"그래."

"나 지금 병원이야. 빨리 와야겠어."

"병원? 왜?"

"그게…… 아무튼 빨리 와. 여기 성모병원이고 응급실 쪽으로 오면 돼. 와서 다시 전화 줘."

진천은 할말만 하고 전화를 끊어버렸다. 진우의 심정이야 어떻든 상관도 않고 끊어버렸다. 그 전화에 화조차도 나지 않았다. 그저 일말의 불안감만이 엄습했다.

아무 겉옷이나 걸쳐 입고 밖으로 뛰어나갔다. 차 키를 놓고 왔다는 사실을 떠올리고는 다시 집으로 들어갔다. 그러고 봤더니 집 문도 잠그지 않았다. 겨우겨우 정신을 차려 병원으로 달렸다. 가는 내내 불안하고 초조했다. 자꾸만 혜수의 얼굴이 떠올랐다. 전화를 걸어 확인하고픈 마음이 굴뚝 같았지만 그조차 하지 못했다. 그러면 가기도 전에 진이 빠져버릴 것만 같았다.

신호등에 걸리는 것조차 짜증이 나 그대로 차를 몰았다. 그곳이 법원 앞이란 것 따위는 눈에 들어오지도 않았다. 검찰청이 지척이고 서

초 경찰서가 바로 앞이란 것 따위는 신경 쓰이지도 않았다. 남은 하나의 고개를 넘고 나니 성모병원이란 불빛이 보였다. 빨갛게 쓰여진 응급실이란 글자도 눈에 들어왔다.

아마도 이때부터였을 것이다. 호흡이 가빠지고 자꾸만 손이 떨리는 것이 잡고 있는 운전대까지 놓칠 지경이었다.

차를 어떻게 세웠는지도 모르게 뛰어들어갔다. 전화하란 동생의 말조차 기억나지 않았다. 마치 무슨 계시라도 받은 사람처럼 응급실로 향했다.

진천이 보였다. 불안한 듯 서성이는 동생의 모습이 보였다. 숨은 턱에 차 말조차 꺼내기 힘들었다. 동생의 불안해하는 모습에 왈칵 눈물이 쏟아질 것 같았다.

그랬다, 그렇게 된 거였다. 어찌되었는지 말조차 꺼내지 못할 정도였던 것이다. 그런 거였다.

서울로 가는 길이 이토록 멀었던가. 화급을 다투는 심정이고 보니 더없이 길게만 느껴졌다. 그렇다고 날아갈 수도 없기에 차창에 비치는 자신의 모습만 비춰볼 뿐이었다.

그러고 보니 또 서울행이다. 자주 나다닌 적 없는 자신이 요 근래 부쩍 서울행이 잦았다. 다 이유가 있어 그런 것이지만 오늘은 특별했다. 아니, 서울로 올라가는 길 하나하나가 특별했다. 그 중에서도 지금은 그를 향한 마지막 발길 같아 더 없이 설렜다.

뭐라고 해야 할까? 사탕 든 손길에 기대감을 안은 어린아이의 심정이랄까. 줄 것인지 그렇지 않을 것인지는 아직 결정되지 않았는데도, 그저 사탕만 눈에 보이는 순진한 어린아이마냥 심장을 벌렁이고 있었다. 어른이, 그것도 결혼의 경험과 아이를 잃어버린 아픔까지 알고 있는 여자가 느끼기에는 매우 생소한 심경이라 할 것이다. 그래도 좋은 것을 어쩌겠는가.

멀리 팻말이 보였다. 푸른 청록색을 띤 바탕 위에 쓰인 서울특별시란 글귀가 오늘 따라 정겹다. 넓은 고속도로의 화통함도 마음에 들었다. 그런데 정작 톨게이트를 지난 순간부터는 그리 밝은 심정일 수 없었다. 그가 거절하면, 이제는 정말 아닌 거라고 한다면 그때는 어쩌겠는가? 이런 방정맞은 생각이 촉촉이 젖은 가슴을 자꾸만 메마르게 했다.

정말 이것으로 마지막이라면…….

그때 쾅 하는 충돌음과 함께 몸이 앞으로 솟구쳤다. 그뿐인가, 팔이 화끈거리는가 싶더니 머리가 띵해졌다. 어딘가에 부딪힌 것이다. 사람들의 웅성임이 들렸다. 눈을 뜬 광경은 아까와 비슷했다. 단지 다른 게 있다면 사람들이 저마다 놀란 얼굴로 앞을 보고 있다는 것 정도. 그 외에는 달라진 것을 찾을 수 없었다.

아니, 하나 더 있다. 교통사고임이 분명하다는 것. 흰색 쏘나타 옆구리를 버스가 누르고 있었다. 아마도 저 충돌 때문에 앞으로 튕긴 듯했다.

"저기요, 팔이…….”

"네?”

옆 사람의 말에 자신을 팔을 내려다보았다. 어떻게 긁혔는지 알 수 없었지만 팔에서 피가 흐르고 있었다. 그것도 꽤나 많이 흐르고 있었다. 보고 놀라 어쩔 줄 몰라할 정도였다.

"여기요, 여기 아가씨가 다쳤어요. 운전사 아저씨, 소리만 지르지 말고 여기 좀 보라니까요.”

그녀보다 더 화를 내는 옆자리 아가씨가 고맙기만 했다. 자신은 뭐라 한마디도 꺼낼 수 없었다. 벙어리가 된 듯했다.

하지만 쏘나타 운전자와 실랑이를 벌이던 운전기사는 그녀에게까지 신경 쓸 여력이 없는 듯 보였다. 어쩔 수 없었는지 옆자리 아가씨가 자신의 핸드폰으로 119를 불렀다. 이미 다른 승객들은 싸움보다는 그녀의 상처가 염려된다는 듯 그녀를 보고 있었다. 몇몇 승객은 기사 아저씨에게 화를 내기도 했다. 하지만 아직도 그 아저씨는 그녀를 살펴볼 시간은 내지 못했다.

잠시 후 사이렌 소리와 함께 경찰이 나타났다. 근방에 파출소라도 있었는지 정말 빨리도 왔다. 그리고 119도 도착했다. 그렇게 그녀는 병원으로 향했다.

"혜수는…… 혜수는……?"

마치 미친 사람 같았다. 진천은 저렇게 처절하게 누군가를 찾는 사람이 자신의 형인지 눈으로 보고서도 믿을 수 없었다.

"치료중이야."

진우는 동생을 밀치고 안으로 들어가려 했다. 하지만 그곳은 함부로 들어가서는 안 되는 곳이었다.

"형, 왜 이래? 그만해, 괜찮아. 형수는 괜찮다고. 작은 사고야. 정말 괜찮아."

"내 눈으로 봐야 해. 진천아, 이거 놔. 나 봐야 해. 확인해야 해. 내가 얼마나 못됐는지 알지만, 이번만은 봐야 해. 사고라며, 나처럼 다쳤으면 어쩌지? 그렇게 아파하면 어떻게 해. 차라리 내가 다치는 게 나아. 내 뼈가 부서지고 내 살이 찢어지고……. 차라리 그게 나아. 혜수는 안 돼. 조금이라도 아파하면 안 된단 말야. 나 봐야 해. 들어가야 해."

진천의 힘으로는 미친 듯이 괴력을 내는 형을 막기에는 역부족이었다. 때마침 달려온 인후가 아니었다면 진우는 진천을 넘어뜨리고 안으로 들어갔을 것이다.

"매형, 매형, 진정해요. 누나 괜찮아요. 조금 찢어진 것뿐이에요. 정말이에요. 그거 꿰매고 있어요."

"그따위 상처라면 못 들어가게 할 리 없어. 난 알아, 안다고."

"아니에요. 정말이에요. 매형, 누나 괜찮아요. 정신도 육체도 다 멀쩡한 걸요."

하지만 소용이 없었다. 일순간 인후의 설명에 진정한 듯 곁에 있는 딱딱한 의자에 엉덩이를 걸쳤지만 잠시뿐이었고 인후가 건네준 커피를 마시고 잠깐 이야기를 나눈 후 또다시 조급해했다. 진우는 끝내 고집을 피웠다.

그가 막 문을 열려는 순간 혜수가 나왔다. 서로의 눈이 마주치고, 그녀가 괜찮다는 것을 확인하기까지 정말 오랜 시간이 지난 듯했다.

떠들썩한 밖의 소란이 고스란히 혜수의 귀에까지 닿았다. 진우의 울부짖는 소리에 가슴이 철렁하고 내려앉았다. 저토록 가슴이 저리도록 호소하는 사람이 진짜 진우인가 싶었다. 경미한 사고인데도 그는 마치 대형사고라도 되는 듯 아파하고 있었다. 그가 그랬던 것처럼. 그러고 보니 그는 그런 사고를 겪어봤다. 온몸의 뼈가 부서지고 장이 파열되고 폐가 갈비뼈에 찔리는 그런 사고를 경험한 그였다. 그런데 그런 그가 지금 그녀의 고통을 대신하고 싶어했다. 자신이 겪어본 그런 아픔을 그녀가 겪는다는 사실을 용납할 수 없다 했다. 차라리 자신이 대신하겠다고. 그런 거였다.

그는 그녀를 사랑하고 아픔을 함께 했다. 자신의 어리석은 고집으로 내내 그걸 안 보려 했었다. 이제는 안 보려 해도 안 볼 수 없었다. 그는 또다시 그녀의 사랑이 되었다.

작은 상처를 꿰매는 것치고는 너무 오래 걸렸다. 불안함에 초조함, 떨리는 손마디의 흔들림이 고통스럽기까지 했다. 왜 나오지 않는 것인지, 혹시라도 뭐가 잘못되어 쓰러진 것은 아닌지. 옛일이 떠올랐다. 정말 떠올리고 싶지 않은 옛일. 그가 사고를 당하던 날에도 떠올렸던 기억. 아이에 대한 기억. 정말 치떨리는 기억이 생각났다.

그는 혹시나 하는 마음에 죽었다는 아이의 유전자를 분석해 달라고 했다. 진우는 이미 아내 몰래 다시 한 번 검사를 받았다. 결과는 마찬가지였다. 생식불능. 그래도 혹시나 하는 마음에 유전자 검사를 의뢰하고 꺼질 것 같은 마음으로 병원을 빠져나왔다. 보나마나 뻔하다 싶었다. 아무리 바란다 해도 불가능한 일, 그게 바로 그녀의 임신이었다. 어쩌면 알면서 결행한 그의 행동에 죗값을 받는지도 모를 일이었다.

하지만 만에 하나 혹시란 것이 있을 수 있지 않을까 하는 기대심리. 무너져 내릴 다음 일까지는 생각하고 싶지 않았고 그 일말의 기대를 충족시키기 위해 최후의 수단을 사용했다.

그리고…… 그 혹시나 하는 일말의 의심이 진실이 되었을 때 진우는 더 이상 모든 것 위에 군림할 수 없었다. 용서의 말을 들을 위치에서 구걸해야 할 위치로 바뀐 그 한순간, 진우는 세상의 일부인 자신을 저주했다. 무고한 그녀의 진실과 거짓된 자신의 굴레가 교차하고 있었다.

"확실합니까?"

"네, 확실합니다. 아닌 것 같으시면 재검해 드릴 수도 있습니다."

그녀를 더 믿었어야 했다. 세상엔 만에 하나란 것도 일어날 수 있는 것이다. 그녀는 분명 자신과의 이혼을 원했다. 무슨 말로 그녀의 마음을 돌려놓을 것인가? 어떤 말로 용서를 빌어야 할까? 그것이 가능하기나 할까? 물론 불가능했다.

그리고 시간은 흘렀고 그는 지금 병실 의자에 그때처럼이나 처참한 심경으로 앉아 있었다. 이번에는 한 방울의 눈물과 함께.

불빛이 어린 그림자에 놀라 눈을 들었다. 인후는 조용히 커피 한잔을 내밀었다.

"누나, 조금 있으면 나와요. 그리고는 형부를 인정할 걸요. 그러니 얼굴 풀어요. 자, 이것 좀 드세요."

진우가 커피를 받아들자 그의 옆에 나란히 앉았다.

"이렇게, 아니 이런 곳에서 이런 말을 꺼낼 줄은 몰랐어요. 그것도 이렇게 빨리. 아무튼 할말은 해야겠죠 누나가 먼저 말해버리면 내 말 따위는 귀에도 안 들어갈 테니까."

　인후는 매형의 얼굴을 쳐다보았다. 그의 시선에 진우도 인후를 쳐다보았다.

　"저 처음에 매형 싫어했어요, 아주 많이."

　인후의 말에 진우가 웃었다.

　"알아."

　기운 없는 진우의 대답에 이번에는 인후가 웃었다.

　"거만도 이만저만이 아닌데다 마치 누나를 가지고 싶은 물건쯤으로 쳐다보는 게 싫었죠. 그래도 누나 결정이니까 따랐어요. 하지만 역시 끝이 나빴죠. 그뿐인가요? 혼인신고조차 안 했잖아요."

　"그건 오해야. 나도 잊고 있었으니까."

　"뭐 결과적으로는 누나 발령받는데 아무 지장 없게 한 거니까 잘된 것인지도 모르죠."

　"그럴까? 하지만 난 사과하고 싶어."

　"당연하죠. 그런데요……."

　진우의 눈이 인후의 웃는 입가를 따라갔다.

　"지금은 존경해요. 사고소식을 들었기 때문은 아니에요. 그런 일 따위를 이겨냈다고 존경이란 말을 할 수는 없죠. 물론 돈 많이 버는 능력을 타고나서도 아니에요. 누나를 끝까지 기다려줄 것 같은 고래 심줄 같은 인내심에 후한 점수를 준 거죠. 그래 봐야 고작 삼 년이지만. 아마 십 년이 지나도 매형은 누나를 기다려줄 것 같아요. 아니면 돌아버리든가. 물론 누나가 다른 사람하고 결혼했다면 또 다른 문제지만 말이에요."

　"그래도…… 기다렸을 거야."

　인후는 말도 안 된다는 듯한 표정을 지었다.

　"아니, 정말이야. 내가 한 짓은 그보다 나빠. 내 손으로 내 아이를 지우려 했으니까. 정신을 잃고 쓰려져 병원으로 옮겨졌다는 말을 듣고 바로 달려갔지. 그리고 아무도 모르게 애를 지워달라고 했어. 그게 나야, 그게 나란 놈이었어."

인후는 많이 놀란 듯했다.

"물론 내 말대로는 안 됐지. 그 전에 아이가…… 결국 아이를 잃었어, 나 때문에. 아이도 내가 원하지 않는다는 사실을 안 거야."

인후는 얼굴을 굳혔다.

"맙소사, 그 정도인 줄은 몰랐어요. 단지 원하지 않았다는 것 정도인 줄 알았죠."

"난…… 아이를 가질 수 없어."

인후의 얼굴은 후두부를 얻어맞은 듯한 표정이었다.

"뭐라구요? 설마…… 아니겠죠. 그걸 알면서도 누나랑 결혼한 건 아니죠?"

"알면서 했어. 그래서 더욱 미웠는지도 모르지, 내 자신이. 그 아이는 하늘이 준 천운이었던 거야. 훗. 그런데 내 발로 차버렸지."

그것이 매형이 짊어진 짐이었다는 걸 알았다. 화가 나는 한편으로 아픔이 일었다.

"누나, 그런 거 원하지 않아요. 사죄하듯 자신에게 잘하고 사는 거 원하지 않을 거예요."

"알아. 그런데 한국에 돌아와서도 정신을 못 차렸어. 바로 합치자는 소리나 했지. 그때 혜수의 눈을 잊을 수가 없어. 정신병자라고 생각하는 것 같았어. 그럴 만도 했지."

"제가 봐도 그럴 만했네요."

남자들끼리만 통하는 미소를 지었다.

"이제 어쩌실 거예요?"

"혜수에게 선택권을 줄 거야. 받아들이지 않는다면…… 처음부터 다시 해야겠지."

"다시 할 수…… 있겠어요?"

"창혁이란 산도 넘었어. 아이라면…… 글쎄, 그건 잘 모르겠어."

"시간이란 산은 만만치 않아요."

"나도 그게 걱정이야. 너무 늦게 나란 존재를 깨닫는 게 아닐지."

인후는 말해 주고 싶었다. 매형의 진심이 이미 통한 듯하다고.

"힘내요."

"고맙군."

진우는 종이컵을 구겼다. 그리고는 벌떡 일어났다.

"젠장, 왜 이렇게 안 나오는 거야?"

혜수가 나왔다. 그녀는 진찰을 받으면서 밖에서 들어가겠다고 소리치던 진우의 목소리를 들었다. 괜히 쑥스러운 기분도 들고 또 고마웠다. 그녀는 진우에게 촉촉한 눈길을 돌렸다.

진우에게 있어 혜수가 나오기까지는 족히 하루는 지난 듯했다. 하지만 그는 채 한 잔의 커피를 여유롭게 마실 수 있는 시간도 기다리지 않았다. 그러나 그에게는 그 시간이 어찌나 길었던지 몇 날 며칠을 대기실의 딱딱한 의자에 앉아 있었던 기분이었다.

그렇다고 불평 따위를 할 수는 없었다. 그녀가 무사한 모습을 보는 것만으로도 충분했다. 정말 그것만으로도 가슴을 쓸어내리는 떨리는 손을 진정시킬 수 있을 것 같았다.

"많이…… 기다렸어요?"

낮고 허스키한 목소리의 울림이 듣기 좋았다.

"아니."

방금 전까지 갈급증 난 것처럼 요동을 쳐대던 사람이라고는 믿어지지 않을 정도로 차분했다.

"기다려줘서 고마워요."

진우의 눈이 혜수에게 가닿았다. 그 말은 지금 이곳에서 기다린 그 짧은 시간을 의미하는 것이 아니었다.

"이제…… 그만 기다려도 되는 거야?"

고개를 끄덕이는 혜수의 눈은 눈물로 가득했다.

"나 많이 부족해. 어쩌면 또 아프게 할지도 몰라. 나 자신도 그게 가장 두려워. 그래도…… 떠나진 말아."

“저도…… 많이 부족해요. 또…… 많이 원망할지도 몰라요. 그래도…… 떠나지 말아요.”

혜수의 손이 진우의 손 위에 얹혀졌다.

“나 욕심 낼 거예요. 그 동안 못 했던 거 다 해달라고 할지도 몰라요. 투정도 심할 거고 화도 잘 낼 거예요. 예전에 못했던 거 다 할 거예요. 안 받아주면 삐칠 거고 그거 풀어주느라 다른 일 못할지도 몰라요. 하지만…… 하나는 약속할게요. 그때나 지금이나…… 당신에게 정직할게요. 당신도…… 그래 줘요. 혼자 아파하지 말고…… 나처럼 화내고 투정 부리고…… 삐치고…… 그런 거 해요. 혼자 담아두지 말고 내가 하는 것처럼 해요. 우리…… 그렇게 해요.”

진우의 품에 안긴 혜수의 눈은 이미 눈물로 가득했다. 그 눈물은 짜지 않았다. 달달한 것이 맛이 좋았다. 자신의 입술로 그녀의 눈물을 닦는 그에게 그 눈물 맛이 평생 기억에 남을 듯했다. 어쩌면 향긋한 과일 맛 같은지도 모른다. 그에게는 그만큼 좋았다. 함께 눈물을 흘릴 정도로 좋았다. 행복을 맛본다는 사실이 놀라울 정도로 그를 편안하게 했다. 그 동안의 일 따위는 아무것도 아닌 것 같았다.

그렇게 좋을 수가 없었다, 그렇게.

맺음말

검은 캔버스에 뿌려진 빛의 조각만큼이나 아름다운 것이 있다면 그건 자신의 무릎을 베고 누워 있는 혜수의 얼굴일 것이다. 이미 팔 불출 소리를 듣는 데 익숙해 있는 진우건만 오늘 따라 혜수의 얼굴이 그렇게 아름다울 수 없었다.

아까까지만 해도 스테이크를 먹고 싶다고 떼를 쓰더니 정작 음식을 시키자 먹지도 않았다. 갑자기 먹기 싫어졌다나. 그걸 보고 있는 인후가 버럭 화를 냈다. 이게 얼마짜리 음식인데 남기냐고. 그러더니 근영과 둘이서 그의 것까지 다 먹어버렸다.

그러던 혜수는 둘을 배웅하고 돌아서는 길에 달콤쌉싸름한 떡볶이 냄새에 유혹을 당하고 말았다. 그렇게 둘이 서서 맵고 짜고 달디단 떡볶이를 먹었다. 매연냄새를 물씬 풍기는 그 맛이 그렇게 맛있을 수가 없었다. 어쩌면 한 접시를 게눈 감추듯 해치운 혜수의 먹는 모습 때문일 것이다. 어찌나 복스럽게 먹던지.

진우는 갑자기 떠오른 생각에 미간에 주름을 잡았다. 혜수가 우겨서 한 일이었지만 어쩌면 그것이 성공했을 수도 있다. 아니라면 실망

밖에 더 하겠는가.

"혜수야?"

"응?"

"일어나 봐."

"싫어."

"물어볼 거 있어."

"물어봐."

혜수는 손을 그의 얼굴 있는 곳으로 올렸다.

"장난하는 거 아냐."

심각한 그의 목소리에 혜수가 눈을 떴다. 그러더니 그의 다리에서 머리를 들고 옆에 앉았다.

"왜요? 무슨 일 있어요?"

"물어볼 게 있어."

"뭔데요?"

"아이 가졌니?"

잠시 당황한 얼굴을 하더니 혜수의 얼굴이 붉어졌다.

"혜수야?"

"미안해요."

입술을 깨무는 혜수를 보며 진우는 애써 웃었다.

"괜찮아."

"그냥 먹기 싫었던 거예요. 실망시켜 미안해요."

"무슨 상관이야. 난 너만 있으면 돼. 다른 건 필요 없어."

인공수정이 얼마나 힘든 것인지 그녀는 잘 알고 있었다. 몇 번을 시도해도 임신이 되는 것은 정말 천운이었다. 또한 임신이 되었다 해도 저번처럼 조심한다 했음에도 유산이 된 후에는 기대라는 것조차 갖기가 힘들었다. 그래도 일말의 희망이라는 끈을 완전히 놓지는 못했다.

"우리 천천히 하자. 조급하게 생각할 필요는 없다고 봐. 아직은 너와 함께인 것만으로도 벅차거든. 그러니까 그런 생각하지 마.”

그는 정말 그녀만 있으면 되는 듯했다. 아이 없이도 한평생을 그녀로서 만족할 수 있는 듯했다.

하지만 혜수는 아니었다. 그에게 아이를 안겨주고 싶었다. 그러나 아직은 알릴 수가 없었다. 저번처럼 유산이라도 된다면 그의 실망이 얼마나 클지 알고 있기에.

하긴 그렇다고 비밀로 할 수도 없었다. 오히려 지금과 같은 상황이 그에게 더 고통일 수 있었다.

“유산돼도…… 아파하지 말아요. 우리에게 오는 길이 힘들구나, 그렇게 생각해요. 나도 당신만 있으면 돼요.”

“그래, 나도 그렇게 생각해.”

“진우 씨.”

“응?”

“사실, 나 아이 가졌어요.”

그녀의 눈을 들여다보는 그의 눈이 흔들렸다. 그 분명한 동요에 혜수는 마음이 아팠다. 또다시 실망하게 될까 두려워하는 마음. 그녀 역시 마찬가지였다. 하지만 이런 일에는 어쩌면 여자가 더 용감한지도 모른다.

혜수는 그의 손에 자신의 손을 올렸다. 그리고 꼭 감싸쥐었다.

“우리 축하할까요?”

“축하?”

“네. 이번 아이는 용감하기도 하고 진짜 건강하기도 할 거예요. 사랑받을 거란 것도 잘 알고 있을 거예요. 이건 어머니로서의 직감이란 거죠.”

그에게 자신감을 불어넣었다. 그건 그녀 스스로에게 되뇌인 주문과도 같았다.

“맞아. 용감하고 건강할 거야. 엄마처럼 씩씩한 아이가 나올 거야. 그리고 사랑도 느낄 거야.”

그의 손이 혜수의 어깨를 감쌌다. 그 따스함에 절로 눈이 감겼다. 그리고 소원했다.

아가야, 듣고 있니? 아빠의 심장소리란다. 엄마의 염원과 아빠의 기도가 널 지켜줄 거란다.

아이도 듣고 있었다. 그리고 환하게 웃고 있었다.

< 끝 >

이 글을 쓰기 시작한지 벌써 3년이…….

처음 넷 상에 글을 올리면서 내 자신의 용기에 스스로 감복하고 말았습니다. 물론 익명이란 점이 아주 많이 작용했다지만 그래도 누군가가 읽을 거라 생각하면서도 올렸던, 무지몽매에서 비롯된 힘이 지금은 감사할 따름입니다. 또한 격려와 평을 해주셨던 많은 분들에게도 고개 숙여 감사드립니다.

후기 글을 쓰기 전, 잠시 다른 분들의 뒷 글을 살폈습니다. 본문만큼이나 빛이 나는 글들을 보며 한숨을 지었죠. 저마다의 개성이 품고 있는 향을 맡으며 작품을 구상하던 당시와 써 가는 고혈의 과정들을 되밟아 보기도 했습니다. 그리고 내린 결론이 있다면 지금의 내 자리를 보여주는 길밖에 없다는 거였죠. 실제의 저를 보신다면 무척이나 실망하시겠지만 이 또한 글이란 가면으로 가릴 수 있기에 조금은 예쁘게 포장하려 합니다.

비의 이름에는 아주 많은 슬픔이 보입니다. 오랜 병간호에 지쳐버린 아버지, 그런 아버지의 결혼을 지켜본 자식들, 남편에 대한 미움으로 가득 찬 어머니와 이를 지켜봐야 하는 아들, 아들이 사랑하는 여자의 아버지와 결혼한 어머니, 그리고…… 사랑하지만 다가서는 것이 무척이나 어려운 남과 여가 있습니다.

둘은 사랑하지만 모든 걸 함께 해야 한다는 사실은 모릅니다. 일정한 거리에서 서로가 먼저 다가오기만을 바라죠. 그건 현실의 저이기도 합니다. 제가 살아오는 동안 격이란 것 없이 예(例)라는 허울을 벗고 만나는 사람이 몇이나 될까 싶습니다. 그 모든 걸 극복하고 마지막까지 만나게 되는 사람이 있다면 아마도 결혼을 하겠죠. 그리고 제가 원하는 식의 해피엔딩으로 마무리를 지을 겁니다. 하지만 아직은 아니죠.

이 글을 쓰면서 참 많이도 우울해했습니다. 스트레스도 상당했고 쓰다 말고 다른 일을 하기도 하며 외면하려 한 적도 있었습니다. 작품 속 인물들은 어느 정도 작가의 한쪽 면을 내리받는 것이기에 더욱 그랬는지도 모릅니다. 제가 본시 이렇게 칙칙하지만은 않습니다만 그런 면이 아주 없지도 않죠. 그리고 탈고.

해방감보다 섭섭함이, 끝이 남기는 잔향이 오래도록 저를 감싸안았습니다. 아직은 미흡하기에 글 쓰는 것에 어떤 평을 하긴 힘들지만 정신노동으로 인한 재해보험이 있어야 하지 않을까 합니다. 고된 육체노동과는 다른 피곤함으로 잠을 이루지 못하는 경우가 다반사였죠. 워낙에 불면증 증세가 있기도 했습니다만 글을 쓰는 중엔 잠을 제대로 자는 경우가 극히 드물었다는 걸 마침표를 찍고 니선 이가 갈릴 만큼 확실하게 깨달았죠.

이제 전 또 다른 시작을 준비하고 있습니다. 아마 이번에도 별별 핑계를 대며 도망 다니는 사태가 벌어질지도 모르겠습니다만 여기서 끝은 아니란 것은 확실합니다.

이 감격을 저 혼자만 만끽할 수는 없겠죠. 촌스럽게 무슨 thanks to냐 하시겠지만 이 부분 그냥 넘어가면 생명에 지장이 생길 수도 있는지라 몇 자 적고 가렵니다.

일용할 양식을 제공해 주셨을 뿐 아니라 작중 인물에게 이름까지
주신 근영 언니와 티격태격 눈싸움으로 기를 상승시켜 준 경은이, 간
간이 소주잔을 기울이며 '잘해'란 말을 던져준 난이 언니, 온갖 잡심
부름을 도맡은 명란, 도여 대여점을 운영한 죄로 상당한 책을 보도록
도움을 준 경희 언니, 도움을 주겠다고 철석같이 약속해 놓고는 감감
무소식이었던 나영이와 내 오랜 친구 상금. 고맙습니다. 그리고 부모
님께는 책이 나오는 날 큰절로 제 마음을 표하려 합니다.

처음 글을 쓰기 시작한 때의 봄 기운은 더운 공기와 함께 여름의
푸르름을 타 넘어 가네요. 제 글 역시 이 계절의 축복을 받았으면 합
니다.
끝까지 읽어주신 분들에게 감사드립니다.

남이서